千寻
文化

Qianxun－Culture

—图书·影视—

皇家萌学院

Huangjia Meng Xueyuan

顾念 GU NIAN WORKS 著

百花洲文艺出版社
BAIHUAZHOU LITERATURE AND ART PRESS

图书在版编目（CIP）数据

皇家萌学院 / 顾念著 . -- 南昌 : 百花洲文艺出版社 , 2019.12
ISBN 978-7-5500-3463-1

Ⅰ . ①皇… Ⅱ . ①顾… Ⅲ . ①长篇小说 – 中国 – 当代
Ⅳ . ① I247.5

中国版本图书馆 CIP 数据核字 (2019) 第 251999 号

皇家萌学院

顾念 著

责任编辑　蔡央扬
特约编辑　何　易
封面设计　柚子酒
出版发行　百花洲文艺出版社
社　　址　南昌市红谷滩新区世贸路 898 号博能中心 A 座 20 楼
邮　　编　330038
经　　销　全国新华书店
印　　刷　长沙鸿发印务实业有限公司
开　　本　880 × 1230mm　1/32　印张　10
版　　次　2019 年 12 月第 1 版第 1 次印刷
字　　数　328 千字
书　　号　ISBN 978-7-5500-3463-1
定　　价　39.80 元

赣版权登字：05-2019-316

网址　http://www.bhzwy.com
图书若有印装错误，影响阅读，可向承印厂联系调换。

目录

第一章	十里红妆误	001
第二章	公子世无双	030
第三章	王孙自可贵	055
第四章	稷下好韶光	082
第五章	书香染年华	110
第六章	情窦初开时	133
第七章	人间风月话	158

第八章　心有千千结　187
第九章　与君生别离　213
第十章　风起云暗涌　237
第十一章　惊变江州城　263
第十二章　君心似我心　289
尾声　313

第　一　章
十里红妆误

碧水清清，芳草连天。

南湖碧水倒映的一座宅邸，正是林家位于此的别院。

晨曦出现，树木掩映下的汀兰小筑暖意融融，如春山画卷一样的幕景中，亭台楼阁林立。着一袭月白蜀锦裙的人正在九曲回廊前晃悠，远瞧好歹养眼，但多看一会儿，就让人忍不住为她眉眼间的愁云惨雾忧心。

流云一样的人影转悠了许久，最终一挥裙裾，颓唐地倒回竹榻上。她抬起一双手，细皮嫩肉，完全是富贵前半生的最好写照——但再过不久，这些就都完了。

想她林思渺，堂堂林家千金，蝉联《江湖月报》少女专栏“你最想成为的大小姐”排行榜的桂冠十年……如此大好人生，锦绣篇章，在她还没将山河遍踏时，就要被强制终结了。

思来想去不得劲，林思渺翻了个身，从腰后的软垫下抽出一张揉皱了的东西：一张大红色、四四方方的纸。林思渺将其翻开，纸张上写着一个硕大的“喜”字，这让她的素手无故一颤，又赶紧将它翻了过去，生怕那个烫金的大字把她咬死。

唐家送来这张婚帖也是不易，自安都打马而来，辗转好几手，原本也是板板正正的，到了正主手里净遭罪，好像作为婚帖的它造了大孽。林思渺仰躺着，又一次翻开它，那上头的墨早就模糊不清，依稀可从左边那个墨团里看见她的名字，另一边的“唐”字还行，后一个字就看不清了。

“小姐，您再看它，也不会把婚帖变成找您去吃唐家重孙满月宴的请帖。”

话音从廊前落下来，脆生生的，要是不夹着那么多她不爱听的词，那就十分美好了。林思渺懒懒抬眼，就看见自家丫鬟郁茶走了过来。

郁茶笑盈盈地翻开石桌上的瓷盏，斟满一杯，捧到了林思渺眼前。

那里头是甜杏仁茶，浓郁的香味顺着林思渺的喉咙滑进去，还没到胃里，她就听对方又开口道：“都说唐家用毒第一，这纸墨也不差呀，都被您泼了那么多茶，这后面的‘凛’字还能看得清呢！”

“噗——”

第七次，林思渺一口杏仁茶喷在了帖上。

“少年天纵，侠武无双。”

这是她那个名义上的未婚夫唐凛，在江湖上最常被人夸谈的几句标准句型之一。

唐家和林家往上三代都有不小的交情，放在江湖盟中，也是翘楚碰翘楚。在家庭影响下，大家对林家千金和唐家少主都不陌生，《江湖月报》上今天是林思渺上榜，隔天就是唐少主的“女友粉”发表情诗，聊表相思。

都说父一辈，子一辈，到了林思渺和唐凛这里，两人互相大约就剩个耳熟了。

按说两人都是家中的宝贝，林思渺想过，若单纯只是长辈吃撑了乱点鸳鸯谱，那她和唐凛一起反对，郎无情妾无意的，这桩婚事也就办不成了。可当她兴致勃勃地向父亲提议时，父亲看了她一眼，而后说出了一个让她头昏脑涨的真相：亲事，唐凛早就同意了，连那张婚帖都是他亲手写的。

别说是跟她站在同一个阵营反对了，他简直是这场婚事的领头将军，而林父这回也打定主意让她嫁过去了。

看着林思渺如霜打了的茄子般的脸色，林父只说让她好好休息，到了那边跟唐凛好好过日子。

过日子？我连他叫哪个“凛”都没弄懂啊？

林思渺反抗、撒泼、耍赖，曾经这些法子百试百灵，这一次却毫无作用。父亲说是找她议事，实则就是临时通知当事人，而后就遣她下去，说是该玩该吃，看着来吧，迎亲的人再过半个月就到了。

被父亲丢进屋前，她还死死地拽住父亲的袖角，想挤出两滴眼泪佯装可怜，而多年如一日纵容她的父亲竟然抽开手，末了添上一句："唐凛，刀光凛冽的凛。你要实在闲着，在屋里多练练字儿也行……去了也不会太过丢人了。"

林思渺眼前一黑。

于是接下来半个月，林府闹了大灾。

从林家后墙到狗洞，犄角旮旯都被林大小姐爬了一遍，连那棵歪脖子老槐树都没被放过。许多个夜里，总有个方向亮起火光，继而听见一声大叫——

"来人啊，大小姐又跑了！！"

一而再，再而三。

夜半，林老爷与夫人对坐叙愁，直叹，当初女儿练功时要有这点恒心，现在怕是已经冲去安都，把唐凛打残废了……

那……那也不好，赔不起唐家医药费啊。

正是因为恒心来得太晚，林思渺那点儿皮毛功夫根本帮不上自己。一次次出逃被抓后，她在屋里扯着嗓子哭闹，哭累了就让茶茶接棒。小姐妹俩连哭了三天，哭得林家宛如凶宅。

这样闹下来，倒也不是毫无用处。林思渺躺在床上哼哼的第三天晚上，林夫人终于推开了林思渺的闺房门，"心肝宝贝""小乖乖""闺女"地叫了半天，还没等林思渺得意起来，就见阿娘身后走出了四个人高马大的姐姐。

人高马大的姐姐下手快如闪电，第二天，她就被打包丢到了南湖的汀兰小筑里，顺带还有跟她穿一条百花裙的郁茶。

花招百出，时如逝水，半个月的缓冲期就这么过去了。

眼下婚期将近，林思渺逃跑无门，唐家的迎亲队怕是已经出了安都，过了官道。

廊下起了风，把杏仁茶最后那点热气也吹散了。郁茶把自家大小姐请进了屋，提议一睡解千愁。林思渺眼神涣散，喃着要是睡醒发现这是一场梦多好。

郁茶思索一阵，摇头道："不太可能，等你睡醒了，人就在花轿里了。"

林思渺追着把她打出房门外。

人心不古，世态炎凉啊，平时一个个在自己身边，多么面目可亲？眼下她要被推入火坑了，不说救她一把，还讲风凉话！

林思渺哀叹着，把自己投入满床绮罗软枕间。

好歹自己也是他们养了十八年、如珠如宝哄大的，而且从来都是自己怎么闹、怎么恃宠而骄，阿爹、阿娘都是睁一只眼闭一只眼的，如今怎么就狠心拿自己这颗小白菜去联姻？

还有那个唐凛也是，瞎答应什么啊？一个大男人，一点主见没有，自己嫁过去也没什么发展！

大被蒙过头，林思渺一通胡想，发出一声崩溃的哀叹。

外头传来叩门声，林思渺没吭声。那人倒也干脆，直接走了进来，脚步声停在床前，接着一双柔软的手摁在被褥上，摸到她的腰窝一挠，她闷声笑出来："你挠死我吧，我死了就换你嫁！"

"我可不，我都……"

林思渺扒拉开被子，盯着郁茶，还没问出话来，郁茶就问她是不是准备放弃。

"谁啊？谁放弃了？我这不是实在没办法了吗！"

"我有啊。"郁茶神神道道地向她招手。

林思渺凑上去，郁茶便开始在她耳边絮絮叨叨。她不时点头，脸上的表情一会儿一个样。末了，她将信将疑地问道："这样行吗？"

面前的姑娘一拍胸脯，志得意满地说："保证没问题！大少爷明早就能回来，借他那阵东风，一定能成功。"

林思渺直勾勾地往郁茶的胸口扫了又扫，忽然摸着下巴"咦"了一声，咋舌夸道："之前没注意，茶茶，你不但脑子长进了，连带着胸也长了嘛……不过，你怎么知道我哥要回来了？"

郁茶脸上烧红，软绵绵地拍了她一巴掌，匆匆忙忙站起来，拢着衣裳往外走："当然是我通知他了，不然看谁救你！"

在郁茶兔子似的背影中，林思渺望出了一丝心虚，但她又觉得这只是自己的错觉，当前自己都火烧眉毛了，郁茶还敢想那些有的没的？

第二日晌午，车马喧喧停在林府门前。

打马车上一个青年撩帘而出，他步下生风，稳踏落地，身法十分俊逸，可他放了行李，便打马向南湖去了。

此时林思渺尚在大梦中。

她梦见自己身处一片黑雾，伸手不见五指，前头有敲锣打鼓的声音，好像是唐凛的人来接她去安都，可她本能地摸索着后退，浓雾中又伸出一双双手。

阿爹、阿娘、仆从、丫鬟……

在无边绝望之中她听到从四面八方传来的人声，忽近忽远，对她说恭贺。最后一双手上有个玉镯，她觉得十分熟悉，是郁茶。

她在说："恭喜小姐与唐少主新丧。"

林思渺：新丧？

林思渺猛地一个激灵，惶恐地醒过来。这真的太可怕了，茶茶在她的梦里都这么不会说话，简直比噩梦本身还要可怕。

她满脑门冷汗，转过身拍着胸口，一回头就感觉眼前被一堵墙罩住了，她还没反应过来，什么时候床这面有了墙，那高高的影子就出声叫她："林思渺。"

"是！"她出于条件反射应了一声。

黑墙继续道："起来。"言简意赅。

林思渺一个鲤鱼打挺坐起来，虽然脸上还是一片茫然，但肌肉的反应超强，就好像一只老鼠见了猫。普天之下，能让她有这种反应的就一个人——

她抬起眼，偷偷向黑墙上头瞥了一眼，然后垮下肩膀："大哥，你一大早就拿我操练！"

面前眼风如刀的青年正是林家长子嫡孙，江湖上"女人最想嫁的世家公子"的前三选手，林净川。

他一身行路的装束，未佩鸣玉，即使只着黑袍也自成风流，

人道"万人穿黑不堪看，朗月摘星在净川"。

林思渺在长兄的无声逼视下，整肃穿戴。她这位大哥错开视线，盯着案上的花瓶，通身只靠一把冷兵器，就有三分凛冽肃杀剑意。

好在是盯花瓶，要是盯的是谁家大姑娘小媳妇儿，转眼林思渺就能多一票嫂子打花牌了。

站在林净川身后的茶茶举着一个红木漆盘，正在挤眉弄眼，林思渺

看见后，顿时心领神会。林净川抱臂，正想回头看看这祖宗收拾好没有，却见林思渺不知跟哪儿点头，又一回身，见着了亭亭玉立的郁茶。她身上鹅黄色的衫子十分轻巧，收了眼神，此刻分外乖巧；她圆圆的小脸上一双眼睛也圆溜溜的，看得林净川神思一晃，竟然忘了刚想训什么话。

那边林思渺原本都皱着脸准备表演，清清嗓子还没开腔，就看见她那个如玉面阎王一般的亲哥跟丢魂似的没管她了。

这俩人什么情况？

管不了那么多了！外头日头已经老高，多待一刻就早死一刻，林思渺脑子里闪过昨晚和茶茶的“排演”，麻溜地顺着床沿滑下来，口里高呼着“哥啊”，“扑通”一下就跪在了地上。

林净川一动不动地瞅着林思渺，场面一时无比诡异。

林思渺伸手抱住林大少爷的腿，努力嚷嚷：“我不能嫁给唐凛！哥，你是我亲哥——长兄如父，你可不能不管我！”

她平生四体不勤，五谷不分，最会做的就是装哭，鼻头一皱，泪珠子就滚了满脸。

后头郁茶的心一紧，看了那么多年，自家小姐今天算是冲上演艺生涯的巅峰了。

林净川屈指一敲，林思渺条件反射般抬头。看着她哥的那张冷脸，她嘴硬道：“你……我知道你想问我为什么……其实我有心上人了，我不要和我不爱的人在一起！”

林思渺在语言上十分有天赋，一个“爱”字咬得情真意切。顺着这个暗号，旁边的郁茶也扑通一跪。当然，她的表现没有艺人好，但好在有个道具茶盘抱在怀里，她借力发挥着，应和点头：“净……大少爷，你就成全小姐吧。”

林净川倒是干脆，只说：“那你们一块儿去啊，唐家堡事多，唐凛管不到你那么宽。”

林思渺的下巴都惊掉了。

“我……我？”

她结巴半天，心说你替唐凛大方个什么劲呢？敢情“绿”的不是你啊，怪不得林家跟唐家的关系一代不如一代！

还好，作为主谋的郁茶脑子转得快。她伸手指了指肚子，想让林思渺像以前一样装肚子疼，以便混过去。但郁茶拿茶盘挡着，林思渺一时反应不过来，满脑子都是她哥这个“齐人之福”的建议。不知怎么，林思渺的脑子里灵光一闪，捂住肚子就往前倒："不行不行！唐凛会把我们杀了的，我都……我都有了人家的孩子了！"

林思渺一边抽抽搭搭，一边和郁茶比大拇指，心说这真是鬼才想法，大小是条性命在身上，她哥不能让她带着孩子被填井吧？不过听说唐家爱用毒，阴森可怖，万一比填井更吓人……

她的脑洞一开就有点歇不下来，根本没看茶茶吓白了的脸。逐渐地，林思渺感觉周身一股凉气。

林净川的脸色几乎和衣服一样黑。

他的眉心皱着，有些戾气从手下透出来——林思渺瞥见他去摸剑了，怪不得冷。

"谁的？"

林净川的嗓子里有冰似的，一问林思渺，林思渺愣在当场，再问郁茶，茶茶的小脑袋摇得像拨浪鼓。眼见他手下的剑压不住了，林思渺一咬牙，大义凛然地冲着大哥的剑靠过去，梗着脖子道："你砍死我算了，让我嫁过去，不如死了痛快！"

剑本来没出鞘，但被林思渺一撞，脱了手，倒真的带出两寸，寒芒紧贴而过。林净川侧身险险一躲，林思渺栽倒在地。

林净川大吼："林思渺！"

林思渺抖了抖，捂着脑袋，一副委屈巴巴的模样。

林净川压低了嗓音，像是克制不住要喷出火了："你宁死也要护他？"

这是林思渺第一次知道自己的这个兄长也会动怒。

林净川的手劲很大，他拎着林思渺放回床上，再一拳砸在床框上。整套动作行云流水，而他脸上的怒意也被他藏回去了。要不是木架子上有指印，林思渺都不敢相信大哥发火了。她耸着肩，像一只兔子似的，连哭都不敢哭了。而站在林净川身后的茶茶龇牙咧嘴地做着口型：错了！错了！

林思渺心里一万句脏话，心说她要是死了，她不怪唐凛，就怪茶茶这死丫头。

"……我去叫个大夫。"

林思渺、郁茶：不行——

空气中仿佛有火，烧在林净川眼底，他深深纳气，扭身就要往外走。郁茶想拉住他，但由于着急，她在扑上去的时候就抱住了他。她的身上有一些栀子的香味，大约是早晨在后院染的，那里有一片栀子花，而她喜欢在每天早上收晨露，为林思渺煮茶。

这一撞一抱，林净川竟就真的停下了。在那瞬间好似他被一捧花砸中了，没有受伤的时候疼，但他整个人都蒙了。郁茶心底有没有旖旎念想，她暂时不懂，只来得及替林思渺解释孩子的事是她们急糊涂了，但是这恰恰说明大小姐是真心喜欢那个小郎君，纵然嫁去唐家也不会幸福。

林思渺在后头帮腔："就是，万一唐凛不满意我，我们两家岂不是要反目成仇？！"

说真的，闹了一上午，那么多废话，林净川觉得就这一句是人话。

他站在门前不走，郁茶这才讪讪地放下胳膊，那栀子香随即也散开了。他回过神来，扬声问道："如此说，你就非要同他在一处……"

林思渺插嘴："是，我就要和他……"

不等她说完，林净川从怀里摸出一样东西，狠狠地掷在地上。两个小女子被他的突然动作吓得不敢开口，而地上那一个小瓷瓶碎了，甜而不俗的脂粉香争先恐后地蔓延开来。

白瓷上印着一个红色的"香"字，是天香阁的调香。

林思渺咬住嘴唇。

蜀川的天香阁制香一流，闻名四海，早在林净川此次远行前，林思渺就跟他撒娇，央求他带回一瓶。林净川天生性子冷，这些女儿家的东西想必他不懂，且他此行也是为正事，当时他虽略一点头，却不一定真会陪她胡闹。

可他真的带回来了。

她的兄长只身走马千里之外的异都，为他心尖上的林二小姐讨香，又不知在天涯哪处收到关于她一封书信，连夜赶回。

啪嗒。

一滴泪落在了林思渺的手背上，她后知后觉用手去擦，这才发现自己又哭了。这回不是装模作样，每滴眼泪都是十足真心，她的父兄母亲，分明都是爱着自己的。

可为什么这一次，关于她的终身大事，他们不能给她一个选择的权利呢？

这种被家人逼迫的感觉，真是比不被家人喜欢还难受。

林净川砸了东西，心里也舒坦了一点。听见后头若有若无的抽泣声，他低声道："你的要求，大哥从来不驳。

“但你不该拿自己的清白开玩笑……林思渺，你到底是被养坏了，你的脑子里根本没有正经事。我千里奔驰，竟然还期待你能安分地等我回来。”

他这话说得就重了，林思渺抬起头，见林净川走到门前，已经要推门，她不甘地回道：“你回来也不过是为了逼我嫁人，难道我不幸福，你们就能舒心吗？”

林净川哑声：“……我看你是真该嫁了干净。”

后头砸过来一只枕头，撞在他宽阔的脊背上，但林思渺丢完就后悔了。而门口的人沉默了一会儿，推门走了。

“小姐，大少爷他也是为你……”

“为我好！都是为我好，就我自己不为自己好！”

林净川离开，留下发着脾气、似懂非懂的林思渺。她在愤怒和酸楚的感情间动摇，既不愿委屈自己，又舍不得辜负家人。那瓶碎了的凝露早就没味了，郁茶想去收拾，却被林思渺拦住了。

就让它碎在那儿，那是自己的底线，在这件事上，无论他们怎么说，她都坚决不让步！

于是，直到黄昏，林思渺都拉着郁茶盘算新的逃跑计划。她们大门不出，二门不迈，早晨端进来的两盘点心全用来果腹了，也没商议出头绪来。

在旁边饿得不行的小丫头的建议下，她们打算去院里喘口气，顺便好叫人准备吃食。

房门一推开，走在前头郁茶就不动了，林思渺推着她快走，可将她扒拉开之后，林思渺也走不动了。

暮色罩着小院，在她们面前站满了外家师父和林府小厮，极目望去，密密麻麻的人，宛如排兵布阵。

林思渺目瞪口呆，这些人什么时候来的？

林净川未回府，只有行李送回来了，而二老此刻为那个小祖宗的事忙得焦头烂额，根本顾不上自己的大公子。

林府厅内，仆役、丫鬟遣得干净，只有个陌生男子坐着。下首陪客的是林家老家主，林懿。此刻他正焦心地撇着茶汤浮沫，目光不时向后院瞥。

这个吃着闲茶的可不是闲人，在半个时辰前，他们原本还在交谈，虽然气氛不大好，但好歹是有来言去语。只是后来，后院忽然就炸锅似的闹起来，林懿红着老脸把家里能打的全招呼过去，但根本架不住那位。

“报——老爷！大小姐在后院闹着要见您！”

林懿根本不敢正视堂上之人，连连摆手，呵斥小厮退去：“不见不见！”末了，似不放心，又急赤白脸地跟了一句，“让客座的师傅们看着点！”

东座上茶碗轻碰，林懿忙赔笑：“小场面，小场面。小女这两日身体不好，就有些使性子……”

那男人颔首笑道：“无妨，保重身子才好。”

江湖传言：林家小姐温柔娴静，不同凡响。今日一见，果然——

果然江湖传言不能尽信。

林懿点头称是，颤颤巍巍地摸了一把脑门上的虚汗。他正要开口谈正事，门外冲进来一个小厮：“报——老爷，小姐……小姐她……”

这下不等小厮报完，林懿嘴里的茶一口喷出，他一把抹去胡子上的茶叶，站起身撩袍就踹向小厮，背对堂前，咬牙切齿地低斥道：“你脑子被驴踢了？后院的事一遍遍来这里说做什么？去找夫人，我看那祖宗还敢打她阿娘了？”

那……那可没准。

林思渺的后院这会儿热闹无比，堪比论武擂台。一群彪形大汉碍于身份不敢近她身，反而是被她拿红漆木盘砸得鼻青脸肿。现在她更是放话，说若是谁再敢拦她出走，她便往谁剑上撞，撞死拉倒！

小厮越想越委屈，摸着脑门上一块瘀青，可怜巴巴地道：“夫人早去了，眼下大小姐被锁在屋子里反思呢。”

林懿长舒一口气，站正身子，直叹到底是贤妻有用，白养一帮子人，光吃饭长膘，居然连自己柔弱闺女都打不过。他也是不记得那个“柔弱”闺女曾经摔碎多少珍珠缸、玛瑙碗了，现在一放心，不免又看眼前小厮愁眉苦脸的样子不顺眼。

林懿朝着人身上又踹了一脚，语气却明显轻快了：“反思了，你来说什么？快滚，快滚。”

他向后一睨，暗暗示意：看不见我这里有贵客吗？！

似乎是意识到那边有目光打量，小厮看了过去，那男子遥举盏，只字未言，通身气派就让小厮有些膝盖发软。他忙重重一作揖，一溜烟地跑走了。

而秦策在上座，多次要开口被打断，心底已经有些不耐烦。他虽告知林懿身份，但此次微服而来，带着任务：面上奉旨祝贺林老爷嫁女，实则前来探探联姻虚实。

主家一再有下人打搅，他只得率先开口："林老爷，听闻令爱与江湖唐家联姻，本王奉皇命前来祝贺，令爱嫁入唐家……"语音微顿，哂笑，"也算门当户对。只不过本王有一事不解，还要林老爷给小辈指点迷津。"

林老爷面上一派镇定，笑脸相迎，额角的薄汗却出卖了他："二皇子笑话了，承蒙陛下恩德，还念着林家，殿下发问，小人自是知无不言，言无不尽。"

简单的玄色纹绣袍被堂上之人穿出非凡气度，整个人的雍容华贵不是常人能比。秦策转动着白玉扳指，假意把玩："人人皆知唐家避毒玉是稀世珍宝，林老爷一生痴武，喜爱其玉实属常情……可那《苍柏巡山图》不过区区残作，为何也并到聘礼里要了？"他的左眉下有一道旧伤，抬眼时被带起，使他说话时略带嘲意。

秦策向后院瞥了一眼，笑道："大小姐自然是您掌上明珠，半卷残画就可抵千金？"

他话里有话，虽说场面上顾着面子，兜了一圈，但林懿如何听不出？这分明是暗示那画的价值并非表面如此，否则林懿的爱女与唐家少主素无来往，怎能配上亲？

他有心要谈画，这真是怕什么来什么。

林懿倚老卖老笑了笑，试图顾左右而言他地糊弄过去："小老儿一些雅趣，提起来都觉得惭愧，实是听闻那画上老叟像家祖……至于思渺与唐少主，倒是有些少时的情意，这林家与唐家，原就是有些亲缘，不知怎么外界说了那些风言风语。"

他越描越多，而秦策的气定神闲更使他心虚，正值此时，门前又跑进一个小厮。

"报——"

林懿猛地站起身走出去，在秦策瞧不见的地方，他几乎喜形于色。

实在编不下去了，这会儿那宝贝女儿要怎么闹都行了，他立刻去亲手收拾。

林懿撩袖，抓着那小厮，高声问："又出了什么事，是不是小姐出事了？！”

宝贝闺女，爹这就来收拾你。

小厮看不懂老爷挤眉弄眼的意图，只当老爷气糊涂了，连连摆手道不是，还邀功似的一躬身：“老爷，唐家派人商议迎亲一事呢。送嫁妆的早等在后头了，要老爷点了数好收库。”

竟然不是那丫头又闹事了？被折腾一天的林老爷心底突然一空，对这个变化竟有些不适应。

只是什么事都好，而与唐家的亲事又是大事，林懿如蒙大赦，急忙向秦策告罪：“殿下，真对不住，唐家那边来了人，小人不得不去招待一番。府中珍机阁内倒有几个新作的小玩意儿还没来得及向陛下汇报，不妨让下人带您去那边看看。”

秦策道：“林老爷只管去。”

林懿又说了些面子话，说罢，就行礼走了出去。林懿走出前厅，顿觉身心舒畅，一面缓着那阵慌忙劲儿，一面分析屋里那位二皇子。秦策年岁不大，却处处透着威仪和逼人的气势，日后定不容小觑。

庭外夜色深深，已有侍从提灯候着，秦策客随主便，也起身步出前厅。

从前听闻林家人在江湖上行走，论武并不登峰造极，倒是自祖上就传下了忠厚仁义的为人准则，因此个个受人敬重，而到林懿这一辈，他已经是个红尘里打磨滚圆的石球，没有棱角，轻易还不好下手。

听闻林懿有个儿子，倒是扬名在外，剑法、功法俱佳，未及冠便能帮着林老爷出门办事，想来是寄予厚望。既有根有苗的，这林懿本该一如既往收敛锋芒，却为何在这个时候把女儿嫁出去，换那残画？

事出反常，必有妖。

秦策断定，没有哪个父亲会因为古画中的人物像家祖就送出如珠似宝的女儿，所以其间的事，他有意探个究竟，林懿对他的意图也并非一概不知！

想及此，秦策不由得戏谑笑这老东西，这么些年活得人精似的，此次却收了个雷在身上，他林家有势力不假，却也怕怀璧其罪，祸起萧墙。

这夜有薄雾，月色晦暗不明。

林家院落宽敞却不难行，毕竟天底下又有哪处宅子能大过、深过皇宫呢？

秦策遣走了侍从，只身提灯在宅间摸索，他也不期待这一时半刻就能直接撞见林懿的秘密，只是他有预感，林家必然藏着什么。

他一个人，脚下也不使功夫，走得慢些，过了九曲回廊，就是一直有人跑进跑出的南湖小院了。这地方白天跟个炮仗窝似的，这会儿倒是寂静。

灯笼前引，秦策借着光见到了一间屋子，里头倒是有灯影，可门窗都被封死了。

私牢暗房，倒是没有必要设在这么个有山有水的风水宝地，除非林家当真仁义无双，审完人就地处理，保证对方葬了个好世界。

风中隐约有一阵沉水浮香，秦策想，这或许就是那位娴静的林大小姐被她母亲关着的闺房。

秦策驻足沉思了片刻，屋内传来一声低斥："你是何人？站在门口做什么？！"

知道府内人不敢在此围看，还算机敏。

那把嗓子听着像夏日的菱角，又甜又脆。

秦策答："在下秦策，受皇命前来恭祝小姐，无意迷路至此，实在冒犯。"

屋里一时沉默，紧接着有什么东西砸在门上，大约是个木凳。若不是门被封着，那东西应该就砸在了秦策面门上了。

屋里人像只奓毛的猫儿："滚！哪个要你恭贺？陛下怎么如此闲，四方太平无事可管，连我嫁不嫁人也找人来问？"

虽是隔着门，秦策也好似看到跳脚的林大小姐，他突然起了兴致："林小姐是江湖儿女，倒是不惧天威。只是不知，在下的真心祝福怎么就变成了看小姐的笑话？莫不是这桩婚事真如人讹传，是林家图唐家秘宝，才用女儿换宝贝？"

回答他的是又一声重响。

秦策不无嘲讽地心道：这回砸的该是茶壶。

江湖上有好些杂闻，而最为人津津乐道的还是《江湖月报》的鼓吹——林家二小姐温柔乖顺，宜室宜家。

如今看来，这都是空穴来风，怕不是林懿沽名钓誉，自我炒作，花了钱找人代笔乱吹，好供江湖人士吹捧。

当今天下，最无真话的地方是皇宫，而江湖上，最大的不实传闻就是林大小姐“娴静”。

里头的人哐啷哐啷砸了一通，不知是累了还是东西被砸光了，这会儿终于肯歇歇了。秦策也不恼她诸多放肆，只道：“你到底为何不愿意？唐家是江湖大宗，与林家并肩，声望、钱财、权势，一样不缺，而且林、唐两家又算世家，甚至谈不上远嫁，小姐去了便是唐家未来主母，岂不是很好？”

屋里的人一时没说话。

秦策又候好一会儿，不知哪里来的耐心。

过了半晌，林思渺才没好气地啐了一声：“呸，什么世交？我和我哥生来都没去过几次安都，他们说唐凛中意我，他怕是连我是圆的还是扁的都不知道！

“唐家那老头根本就是贪图我林家的紫金芒刃……说得冠冕堂皇，以为有父母之命就能拴住我……”

林思渺发完火，又问道：“你……你叫什么来着？”

“秦策。”

“好，我记住你了。”

秦策莫名心一动，随即听到里头的人咬牙切齿道：“等我出去了，就把你和唐凛绑在一个麻袋里，从泰山顶上推下去！”

什么心动，不存在的。

廊下忽起了晚风，叶子沙沙作响，一黑衣影卫从院后蹿出来，秦策向他一扬手，那人垫步近身，没有发出声音，附在秦策耳边低语。

灯笼散发着幽光，秦策眼底一沉，突发事情不在他的预料范围内，事急从权，他顾不得眼前的娇小姐。不过这次谈话着实有趣，他也意外地有几分不舍，便从怀中拿出一块玉佩，挂在钉窗户的木板之间，道：“小生恭贺林大小姐的婚事，有事先行一步。”

林思渺愣了一会儿，忽然反应过来大喊：“喂！秦什么的，你别走啊，帮我开门啊，喂！”

可屋外早没动静了。

朦胧月色下，世事无太平。

远在凤州外关道上，一队车马行色匆匆。

“得快些，公子伤势不轻，前头路过凤州，会有接应！”

一个伤了小臂的侍从正咬着布条包扎伤口，闻言，啐出一口血沫：“有人接应？”

马车内隐约有急促的喘息声，仿佛是受不住颠簸，是什么人醒了。右边侍从没急着答话，向车内问声：“公子如何？”

车内传来一句“尚可”，但侍从仍不放心，又觑了一眼，这才沉声道：“是二殿下的人。”

“二殿下”这一称呼于他们而言讳莫如深。山道间夜凉，久久无人再开腔。

活蹦乱跳的林思渺安静了一夜后，第二天继续闹腾。

林懿与夫人在屋内对坐，愁得大眼瞪小眼。

现如今的江湖之中，有两家公认大宗，其一是机关术士辈出的凤州林家，传闻他们是墨子后人，造出来的小玩意儿精巧奇特且威力巨大，是军中常用于以一敌百的工具。其二则是善用毒物的唐家，行走在外的江湖人士都深谙一个道理：若想活得久，看见唐门绕道走。

而昨日，林家前厅，头担箱子里放着的是稀世珍宝避毒玉和半卷《苍柏巡山图》，第二个箱子里是黄金五千、白银一万，还有诸多奇珍异宝，就连前朝皇后的金步摇都被放入聘礼中。整整两百八十八担聘礼，光是聘书礼单就唱了许久，本朝嫁个公主也不过如此了。

除了林老爷点明要的避毒玉和《苍柏巡山图》，其余聘礼都是唐凛额外加的。

林懿曾对秦策敷衍说，林思渺与唐凛也并非毫不相识。唐凛少时与林思渺有一段缘，那是千真万确的。

那会儿孟夏，唐老爷带着五六岁的唐凛上林家小住。林净川少年老成，不喜稚趣之物，久而久之，大院里两个年岁相仿的孩子就混在一处玩了。唐凛生得伶俐俊朗，林家长子性情冷淡，但也很喜欢这个小子，有事无事就将林思渺与唐凛的娃娃亲拿在饭桌上逗。

当时的林思渺哪里懂得什么是娃娃亲，只当唐凛不仗义，把她爱哭的事捅了出去，一怒之下，她当着一众奴仆的面扒了唐大少的裤子……

彼时的唐凛也是暴脾气，心大得要死，不甘示弱地提上裤子就推倒了林思渺。当日两人闹了个大红脸，谁也不愿意先低头，就此决裂。

此后十余载，唐家、林家日渐壮大，而林思渺早已忘了那些可有可无的少年情意。只是那天她被揪疼到那段时间都不能梳辫子，这让她咬牙切齿地记了很久。

她总想着，两个人的交际也就那么多了，怎知道有一日这桩亲事会被重提。

林思渺已是知道娃娃亲为何的春闺少女了，只是今时今日的她，别说嫁给唐凛，连与他对打的心思都不存。

“小姐……”

思绪一晃，林思渺被茶茶叫回魂，她脱口便答：“我说了我不穿！”

她坐在镜前，镜子里她的漂亮脸蛋上堆满了愁怨。

衣架上的嫁衣像一团火，烧得林思渺心烦意乱。纵然它万分贵重，可若要穿上它入火坑，她情愿仍穿麻衣布衣。

在外就听到里头吵嚷，茶茶还来不及告知，林夫人就进了屋。她的眉眼间尚存风韵，尤其瞪起人来。林思渺只有六分像她。

林夫人扫视一圈丫鬟、仆从，狠了狠心，道：“怎么，都劝不住小姐？那好，小姐一刻不穿这嫁衣，我便赶你们一人出府！这一屋子人，也就堪堪撑两个时辰吧？”

林夫人话音刚落，几个服侍的丫鬟面面相觑，皆是哭丧着脸上，前去央求林思渺。

林思渺皱眉回道：“我自己不愿意穿，你惩罚他们，是要打我的脸吗？！”

林夫人素来是宠着女儿的，怎能想到有一天与女儿这般红脸，一时红了眼眶：“父母的苦心，你是不懂……不懂啊。”

林夫人一边说一边落泪，从怀中抽出帕子掩在面上，教林思渺瞧得也眼眶发热。

林夫人还在说着：“唐凛那孩子肯为你十里红妆，也勉强算是个良人……渺渺，迟早，你都是要嫁的，嫁给唐家，又有什么不好？”

——迟早，你都是要嫁的。

林思渺在母亲的眼泪间无法转圜，最终，千言万语、千百道理全化成了一声叹息。

“我穿，我穿就是了。”

那木架子到底是死物。

红裳挂在架上，只瞧出贵重、精致，可层层叠叠，色彩又浓郁，总让人觉得是沉的，是重的。它只有穿在林思渺身上，才算真正活过来。

林思渺身量匀称，却有一把细腰和还算不错的曲线。林家一双儿女皆随母亲一身雪肤，就连平日里走马山河四海的林净川也白得反光。他这个妹妹娇养在闺阁里，十指探出袖来，跟羊脂玉雕似的，不如哥哥似雪寒，反而有几分暖意。

唐凛为林思渺的心思，只这身嫁裳便能瞧得清楚，他几乎把人间红尘全数送上。只可惜，林思渺不愿入这红尘。

“哎呀呀，咱家小姐太好看了！”

先反应过来的是林夫人身边的管事婆子，她搓着手苦于无词可褒。那憨态可掬的笑容逗乐了众人，随即便你一言他一语，把林思渺比满了九天的仙子。

可这些话，林思渺打小听到大，再是姝丽又如何，这身又不是穿给所爱之人看的。

嫁衣试穿过了，林思渺没心情听他们吹捧，随便应酬几句就把人请出去，只留了郁茶在室内伺候。

她怔怔地坐在镜前，抬手撩起膝头一层流水似的纱。这料子越好，她就越难以释怀。

“茶茶啊，我是不是真要和唐凛蹉跎余生了？”

郁茶站在她身后，用一把红梳为她细细地梳，低声道：“……反正呀，小姐在哪儿，茶茶在哪儿，旁的事，咱们做丫头的也不懂。”

林思渺望着茶茶，身子往后靠，头枕过去，身后的人十分柔软、温暖，身上隐约还有一股栀子淡香味。茶茶从一个小丫头陪她长到如今，她们都像果子一样，变得丰润饱满，是人间鲜活的好颜色。

她回头握住茶茶的手，上头有茧，却也是细白一双。林思渺忽而叹气：“茶茶，你真的想跟着我吗？”

郁茶一愣，吓得梳子都掉了：“小姐，你不要茶茶了？！”

林思渺捏了捏她的手：“唐家那样遍地生毒的地方，你真的愿意弃了自由随我去？”

郁茶歪着头思考，着实不明白这个问题：“跟着小姐就是自由啊，我从小就在林家，夫人、老爷、小姐对我都很好，郁茶已经无所求了。”

这话很让人感动，可感动之余，林思渺也生出一种强烈的无力感。

她咬牙，恨铁不成钢地敲打茶茶：“你呀，你日后也会像我一样，要许人家的，难道你带着他一道伺候我？！除非你嫁了我哥，做我的嫂嫂罢了！”

这话林思渺倒是随口一说，因外头林夫人又差人来叫，林思渺抬头应了一声，匆匆换下嫁衣就向外跑。

屋内只留了郁茶一人，她圆溜溜的眼睛里有光滚过。她忽地捧住脸，若有所思。

檐外雀啼几声，送天下春。

五月十五。

天蒙蒙亮，自安都唐家浩荡而来的接亲队便停在林府门前。

前一夜林思渺辗转反侧，根本无法入眠，她望着黑黝黝的帐顶，心中戚戚然。

不知唐凛的床顶看上去是否也如此，或许从今天之后，她的每一夜都要睁着眼看着一样黑的帐顶，聊以思家。想到此，她就觉得少时被唐凛揪住头发的那块头皮隐隐生疼。而造成这一切的人，此刻估计还在安睡着，等着她被“五花大绑”送进唐家堡。

不，不是等她！是等她那把紫金芒刃！

“小姐，你好歹笑一笑。”

郁茶为林思渺梳发，看着镜子里新娘一脸丧气，便伸手捏了捏小姐的脸，却被小姐一手拍开。

“哎哟，随便搞个什么发髻好了。”反正都是要跑路的……

心里的话还没脱口而出，林夫人就带着婆子来梳妆，林思渺起身行礼：“渺渺给娘请安。”

定亲是一回事，送嫁又是另一回事。

眼见自己心尖上的宝贝穿着一身嫁衣，就要离开住了十八载的家，林夫人一把将林思渺拥入怀里，满脸欣慰，又是不舍：“你今日就要嫁人，快坐下，让娘再好好看看你。”

说罢，林夫人拉着林思渺重新坐在梳妆镜前，开脸婆子拿着棉线上前道喜：“手里拿着棉红线，喜为新娘来开脸；一把枣子生麟儿，两把花生落凤凰……”

前一晚林夫人已经叮嘱了许多，亲手给了压箱底的《训夫手册》和两大袋私房钱，泪也流尽了，情也叙完了，今早的絮叨基本一样，无外乎“到了唐家跟唐凛好好过”，同时也表示，她若是在唐家受了委屈，定要修来家书，“你爹和你哥，且饶不了唐凛那小子！”

在家千般好，出门万事难，时刻惦念自己的只有家里人。

这话一出，林思渺鼻头一酸，当即就扑进林夫人怀里：“娘……渺渺不想离开您。”

哭嫁哭嫁，这回倒是成了。

房外响起两声，是林净川在外道：“母亲。”

“这就好。川儿，你也进来。”林夫人收了声，一面抹着泪，一面为林思渺盖上盖头。

凤州的规矩，新嫁娘不能叫男子瞧见脸，父兄都不可。

有人推门进来，落脚很轻，应是有着一身上乘功法。

锦绣鸳鸯盖头蒙住了眼，林思渺一瞬间被巨大的惶惑笼罩。那人在她身前停下，而她垂眸，是一双白底青云鹤靴。

林净川，她的大哥。那一日吵完，他们再也没见过面，此刻喜轿就要启程，她忽然想见一眼大哥，哪怕他还是那副冻雪严冬的样子，哪怕他训斥自己“混账”……

“哥……哥……我不想嫁了，哥……”

林思渺哽咽着，话都喊不利索，红盖下珠翠响得寂寞，她想要伸手扯下这该死的布，但林净川握住她的手——如小时候那般，从拇指骨节握到小指，把她包拢起来。

“乖。”林净川的嗓子里像是有什么化了，柔柔地淌了出来。

如果换一个旁人，林思渺该误认为，他是哭了。

林净川将她的手牵住，然后缓缓倾下身子。有人扶着林思渺要她伏下身子，伏在一片宽阔脊背上。手臂之下，林净川的肩膀十分结实，稳稳地为她撑开天地。他说：“渺渺，哥背你出门。”

盖头外好些人在哭，盖头内更是一片迷蒙水雾。她张了张嘴想叫大哥，却总是哼出哭腔。林净川拍拍她的手背，继而背起她站正。

“乖，哥陪你走。”

从内院穿过外堂，短短一炷香的工夫，却好似有千言万语没有说尽。坐在花轿里的林思渺不舍地拉着哥哥林净川的手，带着哭腔：“哥，我不想嫁人。”

好在唢呐声够响，除了近旁的二人听到，别人并不知道发生了什么，只当是新娘子恋家不舍得哥哥。

林净川俯身附在她耳边，低声说：“哥知道。乖，往后的路得靠你自己走，有事多和郁茶商量。”说罢，他就彻底放下轿帘，不再给她回问的机会。

林思渺将林净川的话思索几个来回，总觉得其中有百般深意。

刚出凤州城，她就迫不及待地停了轿子，随便使了个要小解的理由，吩咐轿夫在原地等着，然后拉着郁茶走到较远的地方聊天。

见四下无人注意，她抓着郁茶的手，焦急地问：“我哥是不是有什么安排？他让我有事找你，是什么意思？”

郁茶：“大少爷心里惦记着小姐，知你不想嫁人，便打点了一切，吩咐我在路上助你逃走。”

林思渺的瞳孔放大，露出难以置信的表情：“此话当真？哥哥真的这么说？”

郁茶也欢快地拉着林思渺的手，回应：“奴婢还能骗小姐不成？虽然少爷面上看着威严，实则最疼爱小姐。午时我们会路过一家客栈，小姐只要吩咐大家在此处用膳，接下来的事就交给郁茶吧！”

按照计划，娇小姐林思渺在这一路上不是坐轿腰疼，就是口渴，要丫头奉茶，出了凤州城，才短短七八里路足足走了两个时辰。终于，他们在日头最毒辣的时刻赶到了传闻中的龙门客栈。

郁茶搀扶着林思渺下轿，林大小姐极尽矫揉造作之能事，蒙着盖头还要捏着嗓子抱怨：“哎哟，这什么破地儿啊，真倒本小姐的胃口。”

唐家那边派来的管事狗腿似的跑上来，试图和未来主母处好关系：“夫人说的是，小的考虑不周，害夫人倒了胃口。不过，这荒郊野岭也没啥能叫得上名号的酒家，就先将就着吧，莫怪，莫怪……”

林思渺听着，说话的管家大概三十出头，习惯性翻了个白眼，心底十分不屑。唐门之徒皆是心术不正之辈，令她不齿。

有眼力见的管事早早就包下整个大堂，特地辟出靠窗一块空地，让店家用屏风隔断，留给林大小姐用膳。待屏退闲杂人等，林思渺不再端着，撸起袖子准备大吃一顿，却被郁茶的一个眼色叫停。

两人压低了嗓子交谈：

“小姐，你是来吃饭的吗？正事儿要紧啊！”

“哎，茶茶，这就是你不懂了，吃饱了才有力气干正事。我之前是怎么教导你的，减肥此等大业都是吃饱了才能做的，更何况……是吧？”说完，林思渺徒手拿起一个喷香的鸡腿塞到茶茶嘴里，“吃吧吃吧，吃完这顿不知道下顿何时呢。”

“嗯嗯嗯……小姐你不能这样，时间紧迫。”然而并没有什么实质性的作用，就连茶茶自己也只是象征性地挣扎几下，索性坐下来大吃了一顿。

风卷残云之后，俩人直接瘫在椅子上确认眼神，同时发出打嗝的声音，转而低头笑出声。

林思渺眯着眼静默了一会儿，冷不丁地叫唤起来：“哎哟……哎哟，我的肚子好疼啊……哎哟。”

郁茶一个鲤鱼打挺从椅子上坐起来，慌忙中用盖头盖住林大小姐，若是被唐家人看了真容，极有可能暴露出逃的行踪。

随行的林家唐家丫鬟、婆子闻声进来帮忙，都试图在新少夫人面前露个脸，纷纷上前慰问：“少夫人这是怎么了，是不是饭菜不好，吃坏了肚子……”

“是啊，是啊，这荒郊野岭的，哪有咱唐门大院儿的食物精致……”这口吻显然是唐家来迎亲的婆子。

不过也就这两人顺着这个话题说下去，旁的想接话却一眼望见满桌空盘，忍不住嘴角抽搐。这少夫人也太能吃了吧，怕不是饭菜不好吃坏了肚子，而是吃撑了。

郁茶见状也有些羞赧，连忙吩咐道：“都愣着干吗啊？还不把我家小姐送到二楼雅间休息！”

众人这才回过神来，把吃撑的林思渺扶上二楼。几个婆子还想跟着茶茶进入房间伺候，却被她拒之门外：“你们几个干吗？知道我家小姐不舒服还一个个凑过来，搁这儿打麻将呢？都散了，我家小姐需要静养。”

然后“砰”的一声关紧了房门，连只苍蝇都不打算放进来。

林思渺打量着四四方方的内室，一览无遗，并没有想象中的人接应。凭着感觉，她靠近一个檀木乌黑的衣柜，小心试探着打开，正如她所料，里面有个与她身形无二的男装女子，两人迅速交换了衣物。她摇身一变，扮成了个小公子。

茶茶眼含泪花：“小姐保重，此去经年，不知何时再见，茶茶就送你到这儿了。”

林思渺疑惑道：“你不跟我一起走吗？若是被发现了，茶茶你如何自保？”

低头一瞬，茶茶眼中的泪花消失殆尽，转而变成娇羞：“大……大少爷都替奴婢想好了，等到了驿站就派人接奴婢回凤州……”

林思渺震惊地倒退两步，靠着墙抚上胸口，心头在滴血，难以置信：“你个没心肝的小东西，我把你当兄弟，你却只想嫁给我哥哥……”

她的话没说完，就被茶茶娇羞声打断：“哎呀，小姐，你快走吧！一会儿唐家人该上来催行了。”

林思渺不知是喜是悲，分离在即也乐见茶茶有人护得周全，最后用力拥抱了茶茶：“珍重。”

茶茶也有些不舍，补充道：“茶茶永远在凤州等您。”

林思渺微笑点头，而后又故作轻松地钻进衣柜里的密道，同她告别。

说话要轻，拥抱要重。告别也只是新的开始。

经过一段长长的暗道，林思渺终于见到了阳光，推开木门竟然是客栈后院的马厩草垛。

林思渺选了一匹体格壮硕的枣红骏马，两步登上马便向另一个方向疾驰。

沿春道而行，翠色满谷，花木扶疏。

林思渺打马奔驰在去京陵的路上，心中却开始悄悄盘算起来了。老爹心心念念的《苍柏巡山图》可不只是唐家有，稷下书院也藏着半卷。

林大小姐现在心中存着一口恶气：爹不就是想要那一卷画？除了嫁人，其实还有更好的办法，比如她亲自去稷下书院抢回来。

稷下书院——原是王孙贵胄的教习书院，阶级规制非常严苛，非望族皇亲不可进。

林思渺现下倒是一身男装，只是这身份……是个难题，还有待盘算。

不过，以她多年跟父母编瞎话的本事来说，问题应当不大。

“虽然不知道这图有什么好……最次也能让他老人家消消火气吧。”如此想着，她唇瓣一掀，颇为得意地扬鞭，高斥一声，马蹄扬尘，当即疾驰而去。

此刻日头西斜，正是赶路的好时候，林思渺暗自思忖，只希望自己能在天黑之前到达京陵。

只是计划赶不上变化，从前在家中不懂，直说万事总能在把握中，这才刚离巢，无常世事就教了她一次——

群山绵亘夹着驿道，而云尽处一片刀剑声。林思渺离得越近听得越清晰，忍不住向那边望，不远处似乎有两拨人缠斗着。她驱马去瞧，是个黑衣人与一群青衣少年。人道江湖上血雨腥风，这才出来几步，就被她撞上恃强凌弱的了。

林思渺自诩正义无双，怎么能容忍这种事发生。热血上涌，她倒也不顾天色了，至于自家老爹那画……罢了罢了，先救人再说。

她冲进战区，一只手持缰，一只手甩出腰间软剑，振臂就向那几个青衣人刺去。软剑有些功夫，都练在剑尖儿上，当下绕指柔化凛冽剑意，破空就那么一下，为原本腹背受敌的黑衣人撕开一条突破口！

青衣人的队伍被打散，一时也弄不清什么情况，只见一个骑枣红马的小少年立着。

为首一人吼道：“哪里来的小子？快走，刀剑无眼！”

这倒不是坏话，可惜林思渺的剑一出鞘，跟打了鸡血似的收不住，她仰首大笑一声：“是了，姑奶奶的剑的确无眼……”

她扭头一看那个黑衣人：“我挡着，你快走！”

黑衣人眼底一晃，匆匆向林思渺点头，也未道谢。有了林思渺的帮助，黑衣人转败为平。但双拳到底难敌四手，那人眼见力敌不成，趁着林思渺对战众人的空当，朝着马车中的人射出了毒针！

车厢内当即一声痛呼，没了声息。

“公子——”

“不好，公子受伤了！”

林思渺觑去，才发现那群人原本结阵就是为了护着那顶轿子，也不知里头是什么人物。不待细思，一抹刀光直欺面门，林思渺猛地侧身，见对方怒目圆瞪，正满面杀气。

这是下了狠手，而这会儿她才发现，这群人貌似一直只是……只守不攻。

在黑衣人下了阴招后，他们再不收着气力，招招朝着他们俩的要害。林思渺脑门上一层凉汗，就怕稍有不慎，在家门口丢了卿卿性命。她咬牙抬眼嚷着："你干什么啊？还不快……"

"快跑"二字未说完，那黑衣人倒也不恋战，伸手拽了她的缰绳往面前一扯，借着她当人肉盾牌，几个侧身便溜了。

林思渺："……"

大哥，你太不客气了吧？

正主溜了，只留下目瞪口呆的林思渺，一人单挑一群。

她张开的嘴都来不及合，忙咽下两口凉风，颤声道："那个……我……我要是说我误会了……还来得及吗？"

苍茫暮色笼罩下，对面几位脸上的表情精彩纷呈。

早先劝她那大哥一提刀，指着她，又望了望马车，最终把眼一合："这小子是同伙！"

"救命啊误会了！"

五六把大刀，明晃晃就要落下来。

此刻纵使林思渺是个傻子，也知道自己所救非人。

解释无门，林思渺余光后扫，从马上垫步拧腰跳进马车。

里面坐……不对，是歪着一个公子，遍裹绫罗，面如冠玉，只是此刻绫罗染着血，冠玉也苍白，明显是重伤又加毒针，伤得只剩半口气了。

好惨一男的。

可是现在也不能放过了……

那青年鼻息奄奄，直到林思渺把他强拉硬拽，丢上马背，他才咳出一口血，勉强睁眼。

"你……"

林思渺低声道："抱歉。"接着一记手刀将人敲昏。

有了这个肉盾，那群青衣人果然不敢再动手。可是他们一直跟在林思渺身后，一个个都是咬牙切齿的样子，这让林思渺头疼不已。

城外没有掩护，无奈之下，林思渺只能带着公子反身回城。

一路折腾，天色早黑了。马下，林思渺把人往地上一丢，开始陷入沉思。

唉，本就是泥菩萨渡江，自身难保了，现在又加个拖油瓶——

她伸手戳了戳，那青年就难受地哼着醒了。

几番毫无营养的盘问，对方气若游丝，倒还咬着牙，不肯说来历，也不肯说仇家是谁。月色之下，青年含怒瞪着林思渺，一点儿威胁没有，十分柔弱可欺，倒是让林思渺想到个好办法。

她问："你想治伤吗？"

青年翻了个漂亮的白眼，没吭声。林思渺用手指按在他伤口上，一戳，他猛地抖了抖，咬牙切齿："你要做什么？你别太过分了。"

有求于我，那就好办了。

林思渺的眼睛亮得很，看得那人心底发寒。她想到那黑衣人轻功、步法上乘，手上功夫就次些，又使毒，活脱脱一个狡诈的唐门人。

没错了，就是他们家的。看那样子，他们是想劫这个贵公子，那不如自己慷慨一回，送唐凛一份大礼。

"很好，就这么办。"

地上青年好似很难受，忽然靠着墙根急促地抽气，林思渺生怕他闭过气，自己的计划一场空，说话时，言语间透着拘谨："此地不便久留，我先带着兄台逃出去。"

说时迟那时快，林思渺拉过秦渊的左手，一把将他驮了起来。

林思渺虽是女儿身，但从小受名师指点，背一个柔弱公子不在话下。她骑马一路狂奔，终于赶上了迎亲的队伍休憩的驿站。

夜深人静，林思渺把贵公子扔在马厩里用草垛掩盖着，只身潜入郁茶和假新娘的房间。她压低嗓子说："茶茶快醒醒，帮我个忙。"

茶茶觉浅，一下子惊醒过来："吓死奴婢了，小姐怎么又回来了？"

林思渺摆摆手，猛灌了一口茶："说来话长。"

她连灌了三杯，又按住茶茶要给她倒水的手："你快去把那个姑娘叫起来，我有事同她商量！"

那姑娘是林净川手底下的死士，名叫青鸾，性格也像鸟似的，此刻正在梁上挂着，闻言直接往地上一跳："大小姐。"

"你在就好，去后院那个草垛里把人拎过来吧。哦哦，下手轻点儿，他就剩一口气了。"

当茶茶知道草垛里是林思渺准备好的代嫁预备役选手，心中直打鼓，因为那毕竟是个男人。可是当这人出现在眼前，茶茶与青鸾热泪盈眶地握手。

可以，太可以了！简直便宜唐凛了！

三人一合计，一致同意更换代嫁人。唐门解毒之术，天下无双，如此既能救他一命，又能解了林思渺的燃眉之急，何乐而不为呢？

茶茶跟着青鸾手忙脚乱地收拾青年，林思渺跑马太累，和衣睡下。

翌日清晨，林大小姐又一次踏上逃婚路。上回逃婚仓促，这下有底有气。她又去看了两眼她的嫁妆，揣了唐家的避毒玉以及林家祖传的紫金芒刃，这才心满意足地匆匆上路。

从凤州到安都唐家，左右不过一天的时间，换言之，明日一早，唐凛就能看到这份大礼。

送亲的锣鼓在驿道前又吹打起来，大红车队在初升红日下远去，林思渺很是满意地拍拍手，对着安都的方向狠狠啐了一口。

于是，五月十七，清风朗日，诸事皆宜。

林家大小姐与唐凛的这场婚礼，浩浩荡荡，铺排十里红妆。凡在这一日参加的人都会咂舌。这唐凛为娶林思渺，着实煞费苦心，泼天富贵也不过如此。

唐门府邸甚至一改往日沉郁荫翳的画风，目之所及皆是大红色的绸带、楹联，这喜庆场面百年难见。唐门中人也受到成亲氛围的影响，来者皆是客，笑盈于面，看着也有几分纯良。

此次婚礼吸引了将近大半的江湖中人，凡是有点名号的江湖侠客都被邀请在列，唐门大摆三天宴席，每逢一个吉时就撒一篮子喜钱。无论是初入江湖的小子还是江湖乞儿，都对这次婚礼充满期待，对新人更是充满祝福。

鞭炮齐鸣，锣鼓喧天，唢呐不间断地奏响。

唐凛在山呼海啸的恭贺声间，向花轿看去。

少时一面，也算他唐凛心间的惊鸿一瞥、皎白月色了。

他们多年不见，大约是不熟悉，但江湖皆传林大小姐善良淑德，有名门风范。唐凛心道传闻如此，想来真人也差不了哪儿去。这样一想，林思渺曾经那张肉乎乎的小脸蛋儿又浮现在了他的眼前。

小丫头生得可爱，一双鹿眼湿漉漉的，让还是个团子的唐凛想得五迷三道。

而此时天地人和，俱是恭贺。唐凛生来有权有能，碾死一只虫子旁人都围着夸好。只有今天不同，今天他们拱手，是贺他终于娶到心尖上的人。

贺这些年，魂牵梦萦，一切终于要圆满。

唐凛素无喜怒的面上浮起暖意，他有些醉意，只是这会儿又没饮酒，不知醉在何处。

媒人一声起："新人到，请新郎至轿前朝轿门轻踢一脚，轿内人儿马上应战还踢一脚。"

唐凛虽有几个通房伺候着，却是头次成婚，一想到轿子里是自己未来的妻，便也有些紧张。他扶了扶腰间的白玉佩带，轻呼一口气上前两步踢轿门。

"一踢轿门福来到——

"二踢轿门日后君不惧内——

"三踢轿门双双恩爱到白头——"

媒人喜滋滋地接过喜钱，上前谄媚："唐少爷通身气派，新娘子也貌比天仙，真是天作之合啊！老朽这辈子都没见过这么好看的人儿，少爷快掀轿帘儿吧。"

唐凛不说话，理所应当地把这句恭维之词当作事实。

唐凛手心有些汗渍，这并不符合他唐家大少万花丛中过，片叶不沾身的骚浪情怀，然而他还是在媒婆的催促声中挑开了轿帘儿，随着帘子被掀开，唐凛的笑容也逐渐凝固。

轿子里不是新娘，而是一个被绑成粽子的俏公子！

周围水泄不通的看客也傻了眼，这是闹的哪一出？没想到唐家大少模样生得邪魅，连娶媳妇也不走常人路，为满足心爱的男子举行一场盛大婚礼，不惜一切代价，瞒天过海地摆下这盛世红妆。

啧，一万人的脑海中有一万个版本，但大家都带着一种莫名的欣慰感，脑补眼前有情人终成眷属的画面，即便穿着大红喜服、凤冠霞帔的是个男人。别说，轿中的公子因颠簸涨红的脸，还真有几分害羞的气息呢。

后来唐家突然多了些阴柔男子的造访，也难说是否是因为唐凛今日一事艳名远扬。不过这都是后话了。

在内庭陪宾客的林老爷——林思渺的亲爹得知这一消息后，当即两眼一翻昏了过去。

唐凛受此大辱，面上的暖意褪去，周身再度笼上惯有的阴郁。他不动声色地遣散宾客，一面派人去找逃婚的林思渺，一面将俏公子扔进柴房，让人解了他身上的毒，再做审问。

唐家堡内。

唐凛褪了新郎服，一身紫袍更显风流，他沉着脸问道："你是谁？为什么会在喜轿里？林思渺去哪儿了？"

被唐凛折腾得还有半条命的倒霉蛋不是别人，正是失踪多日的四皇子秦渊。

他看唐凛一身华服，心下有了计量，当即表明身份："我是谁？我是当今圣上最疼爱的四皇子！今日路途不顺，被奸人行刺，一番颠簸下被贼人绑入轿中！如今得见公子，自是极好，公子快为我解绑，待我日后回宫，重重有赏。"

唐凛本就在气头上，一听还是个皇子，当即冷哼："四皇子？"唐凛捏着秦渊的下颌，"唐家堡分不清什么皇子公主，素来只有死人与活人！你想做哪种？"

江湖儿女，快意恩仇，管你天王老子还是如来？

他的手劲大，掐得秦渊脸都白了。秦渊眼看这人是个不好相与的，索性也不再赔笑脸，咬着牙根啐了一口："卿眼中可还有王法？"

倒是个硬骨头啊。

唐凛把秦渊上下扫了一眼，怎么都觉得比不上自己，林思渺要是和他有一腿，来八十个也可以一手捏死了，不足为惧。

林、思、渺。

此刻外头起了夜风，直把唐凛晕眩一天的头脑吹清醒了。他把这三个字咬在喉口，恨不得把记忆里那个雪团子似的小东西拎出来，搓圆揉扁，再掐着脸问她认不认错。

"砰"的一声。

唐凛五指紧攥，狠狠砸在木门上，继而冷哼一声，懒得管后头的秦渊，拂袖而去。

与此同时，凤州关道上一匹枣红骏马风尘仆仆，在月色之中掉转回头。

"啊……啊嘘——"

马上的小姑娘忽然打了一个冷战，摸了摸鼻尖。

脊背有些凉啊？她迷迷糊糊地想。

长夜正徐徐而去。

第　二　章
公子世无双

安都城下，千难万险逃出去的林思渺站在马背上，伸手揉着眉心，长叹出声。

她心里唏嘘：到底还是来了这儿。

孽缘啊孽缘，她心虚地瞧着自己的一身男装，接着打马进了安都。

她赶回来可不是回心转意，同意跟唐凛成个亲试试，而是将那俏公子推进火坑后，她心里总是不踏实。要怪就怪那人模样周正，被自己打包塞上花轿时，一副被逼良为娼的样子实在太惨了。

林思渺越想越不是滋味，最后还是来了安都。

唐家堡的柴房内。

哗啦一声，柴门打开，刺眼的日光让里头的人下意识闭眼。

匆匆赶来的林思渺依旧一身男装，看起来比昨日疲惫了许多，一进来就给秦渊解绑。

她粗着嗓子道："对不起，对不起，您受辱了……上回来不及问，公子叫什么？"

"叫大爷！"

她扯着人，顺手把他一脸花了的妆擦干净，两团胭脂在他眼角揉乱了。她听着他说名字，很不客气地因为他的桃花妆笑了。

我做你大爷有这么好笑?

秦渊黑着脸，推开她自顾自活动手腕：“你送我入这虎狼地，如今算你有良心，你我权当扯平，你可以走了。”

林思渺“啊”了一声：“你这弱不禁风的样子，我若走了……你怕是连这个小院都出不了吧？”

秦渊气得牙痒：“滚。”

“哎呀，行走江湖，我总是重义气的。前晌也是为了救人，这才唐突公子……如今我既然折返回来了，就断不会抛下你独自走的。”

见这人好声好气哄着，秦渊才有了好脸色，在林思渺的搀扶下靠着柴火堆缓慢发声：“你究竟是什么人，颠三倒四引我来此处作甚？”

她略带窘迫地说：“我……我乃江湖游侠洛无双，因缘巧合与林大小姐结拜为兄妹！她唤我一声义兄，我自然要助她逃婚。哪知在路上遇到你们那帮人在交锋，本着……扶弱济贫的原则。”林思渺讲到这儿，嘴角不自觉地抽搐了一下，觉得自己像个说书先生一样，瞎掰能力满分，“哪知那贼人实属可恶，竟拿我做挡箭牌，情急之下，我便只得挟了公子脱身。”

林思渺对自己信口胡诌的“洛无双”这个名字无比满意。她趁着秦渊怒气刷满之前，急忙开口：“我见公子也无处可去，我带在身边，也不甚方便……这才……嘿嘿，我也是为了公子你好啊。”

秦渊看着眼前自称游侠的“男子”，又刷新了对江湖人士，尤其是游侠这一角色的认知。

眼前自称洛无双的“男人”满不在乎，一拍肩膀：“我先带你出去，你莫要乱动。”

她的背很窄，却仍能将秦渊架起。她轻车熟路地带着秦渊躲过守卫，翻墙跃出了唐家，一路狂奔。

离唐家二里外的偏僻小巷子中。

“兄台，你吃什么长大的，这么沉？”林思渺把秦渊如卸货一般扔在麻袋上，一屁股坐在旁边喘气。

要不是秦渊身子虚，又灌了风，早就一剑取了她的性命。

林思渺不知眼前人的身份，对她来说，他就是一个需要女人保护的弱鸡。

思索间，三个黑衣人冲了上来，目标正是林思渺这儿。她心底暗叫一声不好，翻身从地上站起来迎战，银闪闪的刀光让人不寒而栗。打了数十个回合，黑衣人几乎刀刀致命，渐渐占了上风。

躲在一旁观战的秦渊也看得心切，心中却明白，这样的死侍不是普通的江湖货色，这定然是冲着自己来的。今日十有八九，是要交待在这里了。

林思渺心中也是叫苦不迭，她以为这些是唐家堡派出的杀手，可唐家再凶悍，也不至于只因自己逃了婚，便招招致人于死地吧。唐家定是发现避毒玉被偷了，才如此气急败坏的。

眼看林思渺难有胜算，手无缚鸡之力的秦渊顺手抄起一块盖房子用的青瓦砖头，抡向其中一个背朝他的黑衣人天灵盖，一击命中。令人惊讶的是，那人倒地后再也没有起身。

林思渺与秦渊的目光相对，一个兴奋，一个错愕。

“抡倒了？”

“这也行？”

秦渊仿佛受到了莫大的鼓舞，拖着病躯加入战斗。不知是因为秦渊的加入还是二人命不该绝于此，他们竟然从三个黑衣人手中逃了出来，再一次死里逃生。

折腾大半日，总算是勉强安全了。

两人坐下休整，良久，林思渺才开口道：“兄台，真对不住，都怪我连累了你。”

林思渺满脸愧疚，身为江湖儿女却频频牵连无辜的人，实在没有江湖道义，豪情从心底而升，颇有几分江湖诀别的悲情：“在下原本闲云野鹤，与阁下相遇已是荣幸，无双不便叨扰太久，就此别过，江湖再见！”

秦渊见她要走，起身挽留：“无双公子留步，江湖险恶，多一人结伴也能多一份胜算。”

林思渺上下打量秦渊，除了俊俏些，便再无一处入得了她的眼，她忍不住吐槽：“不知公子能做什么？京陵富寡倒愿意将你金屋藏娇收作男宠，闯荡江湖可不看脸。”

秦渊摸了摸自己的脸，不但不气，反而是有些好奇地问：“这么说，便是你也觉得看脸，我是可以的了？”

林思渺翻了个巨大的白眼：“我可不是富寡，你莫要起旁的心思。”

秦渊“哦”了一声，一副理应如此的样子：“看你也没什么银钱，养不起我。”

我林家养八百个你都行！林思渺在内心咆哮，但懒得和他争执。

“是是是，大爷您可别跟着我了，我怕你身上的铜臭味太多，招苍蝇。”说罢，林思渺拍拍屁股就要走人。

秦渊见状，心中甚是不乐意。这年头有钱也是罪过了？

可是自己功夫一般，又拖着病体，后头还有不知什么时候就会到的刺客……秦渊眯着眼，看着林思渺的身影，计上心来。

秦渊一只手拉扯着林思渺的袖子，一只手假意捂着肚子。

“哎哟，我肚子好疼啊，脚怎么也使不上劲儿了……哎哟哎哟。”秦渊一边叫一边观察洛无双的反应，可惜这些小伎俩林思渺在家惯用，所以她并没有什么感觉。

他嚷嚷了半天，嗓子都冒烟了，最后干脆一丢脸面，歇斯底里地吼起来：“你走吧，我的生和死都和你没关系，反正我就是活该被你劫持，活该在深山老林里被虎狼吃掉！”

林思渺并没有看秦渊的好戏，她一心要将攀在袖子上的手甩下去。但看着柔弱的秦渊，手却拉得十分紧，她费了好大力气才将人甩开。而秦渊被这一甩，颓然地坐在了地上。

秦渊本就柔弱，跟个兔子似的缩在那儿，真让人心生不忍。林思渺幽幽地叹了一口气，颇有些“我怎么遇见你这个煞星”的无奈，只能扶着他，安慰道：“不是我不愿意带你，我自己都泥菩萨过江自身难保了，你跟我在一起，只会有更多麻烦。”

秦渊听话音觉得有戏，更加卖力地表演，一脸悲情：“我是从京陵来赶考的书生，哪知路遇歹人，他们看中了我家钱财，要劫持我。我本想交了银两保住性命，哪知又被你挟持，与家仆走散，带到这荒郊野岭，风餐露宿，食不果腹，追命逃亡，难见……”

“圣颜”二字还未出口,就被洛无双打住,这男人婆妈得像个娘们儿。

她无奈而又沉重地叹气，生无可恋地摆摆手：“行了行了，带你同行就是。”

“这就对了，进城爷请你吃饭。”

林思渺惊诧于他的变脸速度之快，心态之好。

但经过几番相处，这人理解起来也不难：富家少爷没经历多少磨难，对困难的处境有一种天然的乐观，俗称傻子乐。

此时的林思渺自顾不暇，满心都是盘算，想着进了城如何想办法把他甩掉。

事实证明，林思渺还是太过天真。秦渊倒是没拉着她的袖子，可她无论如何也不愿意走了。因为她很快发现，她竟然没来得及带茶茶收拾好的包裹。如今的她两袖清风，是真的一分钱也无。

行走江湖，且不能风餐露宿不是?

吃喝住行，往日里都要依托家里，如今便也只能仰仗秦渊了。

为此，林思渺也十分识趣，痛定思痛，她要告别林思渺的骄奢淫逸，彻底迎来属于洛无双的大侠传说。

洛无双闯荡江湖第一步，十分成功，她成功地为自己寻到了一个钱袋子。于是乎，心怀鬼胎的二人踏上了同程的路。

客栈雅间。

两天没吃过一顿饱饭的洛无双，左手拿着鸡腿，右手拿筷子往嘴里塞牛肉，而坐在一旁的秦渊则自斟自饮，笑看无双没见过世面的样子。她哪是没见过世面，林家做了十几年的皇商，见过的山珍海味、珍馐美食怕是比秦渊这个四皇子还要多，只不过她天生神奇，自幼就比一般人吃得多。

秦渊将酒杯倒满递给她，口气温柔："慢些吃，无人与你争抢，喝杯果酒顺顺。"洛无双正囫囵吞咽着，想也不想就将酒倒进嘴里，一杯接着一杯，并不觉得有什么。

然而秦渊递给她的不是普通的果酒，而是俗称"四杯倒"的陈年老酿，两杯半下肚，洛无双已经飘得找不到北了，像个呆萌小娃娃，乖得不行。

秦渊捏了捏她脸上的肉，问："小朋友之后准备去哪儿呀？"

洛无双奶声奶气地答道："去稷下书院！看书，还有画画……"

秦渊觉得眼前的"男人"也不怎么讨厌，哄小孩儿似的揉捏"他"的脸蛋儿："原来你喜欢看书呀，真巧，叔叔也喜欢看你。"

秦渊无耻地占着洛无双的便宜，开心了许多，静静地等着她回话。

哪知洛无双没头脑地接了一句："嘿嘿，叔叔见过我喝醉的样子吗？"

"没见过，叔叔还真挺想看呢。"自洛无双喝醉，变得呆萌之后，他就没停下蹂躏她脸蛋儿的动作，若不是喝醉酒，他也不能发现洛无双这么可爱的一面。

洛无双夺过酒壶，仰头往嘴里灌，唇如朱砂，映着雪白的脖颈。正常人都该想着这是个女人了，但是秦渊显然不是正常人，他的第一反应是：原来世界上真有这么像娘们儿的娇小男人。

是洛无双的平胸救了她一命。

她心满意足地打了个酒嗝，然后眼神变得越发坚定了，仿佛换了个人似的，抬手就将面前一桌子酒菜全部掀翻在地。

不得不说，这一开场，震惊四座。当然，一同震惊的还有距离洛无双最近的秦渊。

洛无双的气场瞬间暴涨，她雄赳赳气昂昂地走出去，极顺手地将大堂里的酒桌、条椅、板凳统统掀翻在地，佛挡杀佛，人挡杀人，谁也阻挠不了她拆了这家店的想法。

那边店家闻声从柜台里走出来，抱着洛无双的大腿："爷收手吧……小本生意赔不起啊……您行行好，收手吧！"

她哪里管这么多，一脚踢开掌柜的，还嘟囔着："这里怎么这么多碍事的东西，拆掉！"

掌柜的被一脚踹飞，转为抱着楼梯柱子哀号，连称呼都换了："祖宗！求您了祖宗！这都是心血啊……"

秦渊回神后，差点儿笑得背过气去。他终于明白了，原来世界上还有像洛无双这孙子一般酒品如此糟糕之人，他倒要看看明天如何收场。

醉里不知乾坤大。

但当洛无双囫囵清醒，睁眼看到的竟然是房梁，不是床帐。她艰难地活动脖子，手脚冰凉、发麻，也幸亏她身子骨结实。她拍拍屁股上的灰，从地上爬起来。

一站起身，洛无双就愣住了，放眼望去，如蝗虫过境似的惨不忍睹——青花瓷碗、釉面净瓶儿……但凡值点价钱的，此刻都粉身碎骨，散在大堂中间。桌椅板凳也一样，但凡能看见的都缺胳膊少腿。不知是哪桌客人点的翡翠白玉汤，正顺着瓷盆豁口滴滴答答地淌落。

洛无双趵跟着往前迈了一步，正好踩在一瓣白菜叶上。那叶子发出滑腻的声音，洛无双跟着喉头哽了一下。

此刻日光透过窗隙照在那滴落的汤汁上，使得整个场面清晰地砸在她的脑袋上：我完了！

早说了不能喝酒，呜呜。现在她很后悔，非常后悔。

意识到自己闯了大祸，洛无双陷入莫大的崩溃中。她环视一圈，发现掌柜的和小二哥都下落不明，心道：莫非他们昨晚被我打跑了？去报官了？

林思渺思来想去，越想越心惊胆战。毕竟她是个逃婚在外的身份不明人士，这要是一般的离家出走，被丢回凤州，父母亲赔了银子就得了。

可惜今时不同往日，她在江湖上一拍胸脯，都要自称“洛无双”，再也不是那个恣意妄为的林家大小姐了。心理落差宛如坠崖，洛无双垂头丧气地收拾了自己，准备趁人都不在，溜之大吉。

屋外朗日晴空。

多么好的天气……多么倒霉的人。

拔腿之时，她摸了摸脑门，忽然感觉自己似乎忘了什么？

唉，拉倒！

本人先行一步，你们追债慢慢追，山高水远，不要相送——

于是，当身在二楼的秦渊好整以暇地推开门，活动着手腕准备看戏时，一眼就瞥见了猫着腰甩袖就往外冲的人影。

“嘿，你跑什么？！”他扬手一指门口，迈开步子，几步从二楼栅栏处跃下。

洛无双被吓得一愣，竟然跑都不跑了，抱头蹲下就嚷嚷：“我……我……我错了，我错了，您大人不计小人过，千万别抓我去见官，我给你洗盘子行不行……”

二楼卧房那床板不行，硌得秦四爷一宿没好睡，身娇肉贵的他不习惯木板，熬到天明躺累了才入睡，所以到晌午才醒过来。他的功夫大约就比洛无双好那么一星半点儿，脚下快慢，全看当时发挥。说实在的，要是这人不当场求饶，还指不定谁追得上谁。

当然了，这可不能给她知道。

秦渊暗自缓着气，瞧她那倒霉样子，玩味一般掐着嗓子道：“你还跑，你跟我上衙门吧小子！”

完了，江湖未入，先落大狱。

洛无双鼻头一酸，都要落下泪来，连忙抬起脸想要解释，正撞上秦渊想低头瞧她真哭还是假哭，两张漂亮面孔撞在一处。洛无双“哎哟”一声，倒在门槛上。

“他”脑门真软。

混乱间，秦渊心底忽然涌出这么一句，这让他自己都吃惊了。

可他摸了摸脑门，忽然发现面前的一团又小又软，低头时露出的一截脖颈，白皙细嫩……像个，像个小姑娘似的。

秦渊被这突如其来一击，脑子撞蒙了。他想着想着，就听面前人啐了他一声，随后从地上爬起来，叉着腰道："你有病啊？"

还以为是店家抓人，敢情是这孙子在装神弄鬼。洛无双这下想起，倒是把他忘了，气得咬牙切齿，一时都不晓得是先算昨晚灌酒的账，还是报这一脑门的仇了。

她的眼珠子乌溜溜的，在初醒后还有些水雾，当然也不排除是刚才尿哭的。她就这么瞪着秦渊，隐约瞪出了些骄纵风情。她顶着脑门上的一个红印说："你走不走，不走我先撤了，你留着洗盘子吧。"

听这话，对方想甩了他散伙？情急之下，秦渊一把拽住洛无双，道："你走，是逼着官府下通缉令吗？实话跟你说，赔钱的话，银子我还是有的。"

洛无双抬起头来："赔钱？银子？你要帮我赔？"

"啪啪！"

还没等洛无双下一句话说出口，秦渊抬起折扇照着她的脑门敲了下去，正好还是刚刚撞疼的那处。洛无双捧着脸，模样委屈，听秦渊拿腔拿调地道："赔什么赔？你给我老实点儿，酒品这么差，本公子为什么要帮你赔？"

洛无双哼唧两声："不赔的话，那你说什么？还有，你……你扇子哪儿来的？！"

秦渊："……"

散伙散伙，都别活了。

可能是假酒害人，这二位借着前一日未散的酒劲儿，在门口大吵了一架。

当话题向着一个诡异莫测的方向滑过去时，掌柜的才从后院苦着脸出来。昨晚那场面，他后半辈子回想起来都惊心动魄，半夜拉着自家婆娘将就一夜，直到现在被外面的动静惊起，才敢出来瞧瞧。

掌柜长了一张苦瓜脸，秦渊有点儿见不得丑人，尽可能地想避免双方交谈，于是赶紧把腰里玉佩摘下来，道："这赔你。"

那店家接了玉坠，也瞧不出好坏，把他们推进堂里，关上门，便上当铺瞧成色去了。秦渊和洛无双对坐在大堂内，吹胡子瞪眼。洛无双实则心里有些过意不去，想着万一那是个贵重的东西，他浪迹天涯什么都没带就挂了它，这下还赔给了酒楼老板。

她越想，越觉得这人真是倒霉：出门遇刺受伤；将要脱险被自己杀了个回马枪；刺客跑了，他也被自己抓了丢上了花轿；好不容易毒解了，得救了，生活还不能自理，一个人完全没法活……

她用余光偷偷打量秦渊，他的侧脸在白日里轮廓分明，鼻尖唇面像玉雕的，此刻微垂着眼，笼下来一片阴影，像个扇形。就是还有点柔弱，不像自家大哥，硬朗得很，感觉能活一两百年。

唉，可怜，怪不得他受伤了，他家侍卫那么难过。

二百五的脑子，白瞎这张脸，挂牌一夜三万金。

洛无双咋舌，忽然叹了一口气。

秦渊莫名其妙："拿你玉牌了？轮得到你叹气？"

"嗯嗯，没事儿。"

而秦渊低着头玩着扇子，翻了个白眼。他也不知道洛无双脑子里有多少坑，此时此刻，他心里只有一个想法：这笔钱花得冤啊！

约莫等了半盏茶，掌柜终于风风火火地赶了回来。

确如秦渊所说，这玉牌价值连城。岂止是价值连城，上面的皇族纹饰几乎闪瞎眼，又有哪个当铺敢收？当铺也算好心，告诉掌柜的这位爷是个惹不起的，好吃好喝伺候走了就算阿弥陀佛了。

于是，掌柜进了铺，看见秦渊一脸出神的模样，还以为是大人物等急了，赶忙点头哈腰地倒水。

秦渊被这种有人伺候的感觉捧着，算是找回点自我，点头道："如何，玉佩可值点钱？"

值钱？确定不是抵命吗？

掌柜心里压着苦，赔笑："值，值！两位爷爷看着还想砸点啥，不要客气，就当自己家里一样，可劲儿糟蹋，不心疼，不心疼……"

秦渊满意地向洛无双飞个眼神，洛无双的嘴角抽搐。

原来这个世界上还有比自己更"狗腿"的人！

秦渊一摆手，和掌柜的耳语两句，掌柜的便差人送上了文房四宝。洛无双看得一愣，就见那掌柜的拿笔舔饱墨，秦渊开口道："今有洛无双，资不抵债，仰赖秦渊大侠仗义相救，为报知遇之恩，愿舍生忘死，肝胆相护。生死有命，概无数年。"

"等等，等等——"

洛无双越听越不对，扑过去盯着那张纸："你干吗啊？这写的什么破玩意儿？"

秦渊："天下还有白吃白拿的道理？我帮你免了牢狱之灾，你自然要以身相许……"

"许你大爷——"洛无双一掌劈下去，秦渊轻轻巧巧地侧过身去。

"说起来，我此行倒也要往稷下书院去，你……"

这句话让洛无双心思一动。

"你想办法帮我找一份文书，保我进稷下书院——"

"成交！"

秦渊笑眯眯地抓过洛无双的手，牢牢地在那文书上落了个手印，一切尘埃落定。

洛无双看着秦渊那副小人得志的样子，在心里默念了一千遍：我是林思渺，不是洛无双，想跑就跑，你奈我何？！

洛无双和秦渊也不久留，只歇了一会儿就启程上路了。他们几乎没有包袱，只从掌柜那儿淘换了几套衣服和一些干粮。秦渊身上还有个小的紫金葫芦手把件，他想跟店家换些银子账票，没想到掌柜不但不收他的，还给他们献上了大几十两。

洛无双第一次觉得，行走江湖，赚钱也是件非常方便的事。

出了酒家，洛无双仰望酒家门匾，直说要记在心里，下次还来。

掌柜留下了"感动"的泪水。

此刻日头不毒，两人出了客栈没多久，秦渊就发现了不对，他们身后仿佛始终有目光追随着……秦渊猛然转身，街角几人条件反射般地遮住了脸。

那不像遮阳，倒像是怕被发现。

秦渊心里咯噔一下，怕是昨天闹得太大，露了身份……又或是，他的玉牌。

该死，怎么忘记了。

这儿的街道在午市后颇为热闹，秦渊拽着洛无双看似漫不经心，脚下却加快了，哪里人多往哪儿钻。走了三四条街，洛无双停住不走了，问道："你要晃悠到哪儿去？从这儿去稷下书院，打马半天就到，咱们不赶紧去买马？"

这二傻子。秦渊暗骂，又不能当场发作，只把折扇一发，低声道："有人跟踪我们。"

"啊？"洛无双一僵，当时就要回头，被秦渊掐着胳膊咬牙切齿低吼：“别看！你缺心眼儿啊！”

不看就不看，你动什么手啊？

两人停在街边，正巧是个卖小物件的摊前，秦渊作势低头挑着东西，手指从几个发簪上点来点去，只瞧一伙黑衣的人越靠越近。洛无双心里发虚，一面学他，一面忍不住张望。

“二位，瞧上什么了？小本买卖，买一支送给家里娘子啊。”

十步。

秦渊算着，眉心一拧匆忙抬眼，根本没听对方说什么，随手拿了一根簪子塞到洛无双手里，高声说了句“这个好”，随后一掐掌心：“小心，情况不好。”

洛无双咽了口唾沫，握住五指，满手是冷汗。

老掌柜的眼睛都直了：“二位，这……这簪子是女款，要不换……”他来不及说完，洛无双忽然肩膀一抖，向秦渊打个手势，指了指后头三个黑衣男人。

掌柜：“换个男款，这两支一样，可以凑一双……虽是断袖，但也需个定情物不是？”

此时秦渊哪能让她乱指，赶紧推了一把，盯着掌柜也不管他结巴什么东西，含笑一点头，高声：“嗯，是，您说得对！”

六步。

洛无双倒是没再转头，因为她的腿都有些软了。她以为唐凛又带人来抓她了！

逃婚、戏弄唐家少主、偷走嫁妆。

她肯定会被唐凛揪掉所有头发的，呜呜呜……

思及此，洛无双下意识去抓秦渊。此刻秦渊还在算着逃跑路径和几成把握，突然被人一握，还有些吃惊。他瞥了一眼洛无双吓白的小脸，压低嗓子安慰道：“别怕。”

四步。

“一会儿听我说话，你就跑。”

老板高兴地将两支一样的玉簪分别插在了两人的发间，和蔼地笑道：“瞧瞧，多般配……真是一对璧人，比寻常男女还养眼呢！”

两人高度紧张，完全没在意老板说些什么，只是身后的人已经近在咫尺。

两步。

一步。

黑衣人已经来到摊前，状似无意，伸手一搭秦渊肩头：“你——”

“去你的吧！”

说时迟，那时快，只见秦渊将肩一矮极快地躲开了。而对方的五指果然在落下时变掌为爪，鹰爪似的抓下来。秦渊咒骂一声，扬手掀翻铺子，东西如雨点一样往那群人身上打。他急促地喘着气，抓住洛无双的手腕，眼风扫来，凛冽非常。

“跑啊！”

洛无双被秦渊拽着，拼了命地跑。秦渊的手不知道什么时候滑到了她手上，两个人的手牢牢握着，竟然逃出了一股子亡命天涯的英雄气概。

幸而，他们钻在了人最多的一条街上。

他们在人群中穿梭，身后是小摊老板的乱叫声，两人拐进一个窄巷后，双双撒开手，靠着墙脚躺下，喘得要死要活。

秦渊重伤初愈，又睡木板床睡得腰酸背痛，跑了这么一趟跟渡劫似的，好半天说不出话。洛无双叨叨：“怎么办？出去肯定要被抓！可这城不大，他们迟早会找过来，而且，万一他们一人堵一个出城口，那我们就插翅难逃了……”

秦渊踢了踢她：“怎么办？凉拌！要不你出去，再给他们表演一个一杯就醉，看看能不能求他们放了你？”

呸，像话吗？

“我倒想呢！”唐凛也得爱看啊。

秦渊一皱眉：“嗯？”

洛无双摆了摆手：“没什么，要不我们乔装一下？”

这鬼小子眼里亮晶晶的，秦渊心里有一丝不好的预感。

秦渊：“你想干吗？”

洛无双：“嘿嘿嘿。”

春末夏初的京陵一场急雨，浇透满城繁华。

这场雨来得毫无预兆，行人匆匆躲避。人群中有双手拾起掉落在地的油伞，“咦”了一声，兀自打了起来。

那双手十分白皙，骨节匀称，可见该是个美人。

只是这人垂下时的衣衫破烂得不像样子，再往上看，就更不得了，周身几乎没有一块好布，全是撕破的布条或挂着或勾着，还像模像样地在腰间别了一把扇子。扇骨两面侧边镂有兰草花纹，坠下一个拇指大小、月牙形状的玉把件。

见过泼天富贵，见过褴褛乞儿，还就是没见过这样的“混搭”乞丐。

这人身量高挑，把一身乞服穿出三分洒脱放浪。当他撑起伞，从后头很快走来一个矮半头的人，轻巧钻进伞里，又一巴掌打在撑伞人腰间。

洛无双的嘴角还有瓜子壳，她呸呸两下，随性抹掉，站在伞下冲着秦渊摇头：“你能不能不站这么板正，显你个儿高是不是？”

撑伞人无他，就是堂堂四皇子，秦渊。

他最近与洛无双相处，习惯了洛无双这时不时好动手的习惯。他白了一眼没说什么，只抬开伞望了一眼。

天幕青灰一片，远处阴云还有挪近的趋势，看样子，这场雨一时半会儿停不了。

他们在茶楼听书，台上的老先生穿着青布大褂，正说前朝一些杂章野纪。秦渊听得很入心，时不时还拍案叫好，尤其在夸赞本朝天子时，巴掌拍得又响又脆，还爱丢银子。倒是洛无双，睡了醒，醒了睡，醒木几乎就是她的叫醒服务。

那玩意儿一响，洛无双就惊醒，开始嗑半场瓜子。

直到老先生下台，洛无双还叼着瓜子问秦渊：“戏开场了吗？”

秦渊：“都讲完了！来，我给你说说……”

出楼时天阴，不一会儿雨点就打了下来，洛无双压根儿不想躲，非但不躲，她还拉着秦渊，表示你也来淋淋：“幕天席地淋过雨，咱俩就是真的丐帮了，哈哈哈！”

秦渊对洛无双的建议嗤之以鼻，但最后他们还是一道走在了雨里。

这么些天来，秦渊也是发现了，洛无双这人的脑子不大，但就那么一点儿还挺精华。那天他们被追杀逼到巷里，眼看前后无路时，洛无双竟想到扮乞丐混出去，并且行动力很好，先拉上他，然后就近敲晕了两个在角落乘凉的大哥，将他们剥干净，再给他们留下些银子。

上天做证，若不是命在旦夕，他秦渊怎么也不愿意去抢乞丐的东西……还要扮成乞丐。

这人吧，由奢入俭难，但他们俩作为乞丐，可是真不给丐帮丢人。行头换好了，洛无双就拉着秦渊上街体验生活。

演技满分的洛无双等到两个铜板以后，秦渊狠狠地砸了那个破碗。

秦渊郑重地将腰上的钱袋拿出来，给洛无双展示了一番。意思很明显，虽然他们是乞丐装扮，但是别入戏太深，好歹大家也是怀揣巨额银票的贵族，不用真的跪着生活了。

于是接连两天，洛无双和秦渊都在京陵城中游荡，吃喝玩乐，好不快活。携手逍遥，快活无边，什么书院，什么仇家，什么未婚夫追杀，统统忘了干净。

经过磨合，洛无双很快就发现她和秦渊在吃食、品味、生活经历上是同道中人，不由得摒弃前嫌，一时间将其引为知己。

傍晚，一袭破烂衣衫的两人又到城中最大的万仙楼胡吃海喝，洛无双更是什么贵点什么，丝毫没有作为乞丐的自觉。两个特别有钱的乞丐吃起来，很快就引起了在万仙楼附近驻扎的丐帮分舵小分队的俩弟子的注意。

乞丐甲："大哥，你说他们俩是什么来头，咱丐帮什么时候有了这两号人物？"

乞丐乙："怕是有人混入我帮之中，要败坏我大丐帮在江湖中勤俭节约、朴实纯真、坚持光盘行动的名声！"

两人一合计，立即上报了长老们。八袋长老一听就骂："这还了得？速速让我加入……不是，速速让我查清楚他们的底细！"

八袋长老即刻就带着帮派里的兄弟们雄赳赳地赶赴八仙楼，准备前去围堵秦渊和洛无双。

而此刻，八仙楼内。

一股子酒色财气在十里浮红间晃荡，是销金窟好梦，美人膝销魂。

歌姬舞动着曼妙的身姿招揽客人，丝竹管弦奏出的靡靡之音消磨人的意志。

临窗二楼，洛无双难得逛花楼，有些兴奋，以茶代酒，向秦渊举杯："好兄弟，讲义气！自此之后，有我洛无双一口饭吃，就绝不能让兄弟你喝汤。"

秦渊敷衍点头，看着对面这位一口气干杯，后知后觉吐茶叶的傻样。

没想到两天几顿饭的工夫，自己就把眼前的傻小子彻底俘虏了，看他长得挺机灵，敢情是拿颜值换了智商，不过这样也好。秦渊把着扇柄，颇有兴致一转。

这样的洛无双，不必提防，便于自己控制，再好不过。

想着，秦渊亦举杯："无双兄弟，你我现在也算生死之交，这些客气话不说也罢。"

生死之交。

这话听得洛无双心头一热。

初入江湖就结识了这么个好同伴，这真是让人十分感动。

洛无双抄起酒壶就给自己斟了一杯，白酒烫喉，呛得她咳嗽不止，涨红了脸还要硬逞能说自己酒量极好，不需要秦渊照顾。

秦渊吓得直拦，上去护着酒壶："洛……洛兄弟，有话好说，不要动酒！"

秦渊第一次同洛无双喝酒就知道，这矮个子大侠的酒品极差，可惜他阻拦的速度赶不上她吞咽的速度。

果不其然。

一杯白酒下肚，洛无双已经双颊飞霞，加上她白白嫩嫩的肌肤，哪里是什么江湖大侠，整个儿一油焖大虾。她晃晃悠悠的，一拍秦渊，又够不上肩膀，就着这个别扭的姿势说："你……小子，够意思！从今天起，我就是你大哥！"

秦渊："……"

你不是我大哥，我大哥见我就想弄死我。

酒过三巡，颠倒红尘间无人不醉。

只有秦渊是根本不敢多喝，他扶着洛无双上楼，可洛无双醉得一塌糊涂，脚步虚浮，踉踉跄跄，差点儿从楼上栽下去。幸亏他手快，否则洛无双就要摔破相了，她浑身上下就这么点优点也糟践了。

"你……你别管我！"洛无双被秦渊稳住后，颇为骄傲，觉得是自个儿定力好，转身抱着漆红的大柱子，上蹿下跳，振臂高呼，"底下的人听着——"

丝竹声一时间全停了，在众目睽睽下，秦渊有一种时光倒流的错觉，

仿佛回到安都唐家，他在花轿里被拎出来那天，也是在众目睽睽之下，也是差不多丢人。

洛无双打了个酒嗝，又道："今天！我！洛无双！有幸找到了我异

父异母的亲兄弟！”

这就别亲兄弟了吧！秦渊捂着脸。

洛无双力气奇大，毫不费力地把秦渊拽到自己身旁，很是有江湖气息地连拍他的肩膀，接着未说完的演说：“原来我们是互看不起的，是丐帮让我们相知相许！今天，我要请全城的丐帮兄弟在这八仙楼吃饭！”

秦渊瞪大眼睛，难以置信地看着洛无双：“你疯了吧？你哪来的钱请全城的叫花子吃饭？”

洛无双满不在乎：“怕什么，我兄弟秦渊有钱。”

秦渊欲哭无泪，后知后觉的冤大头是也。

楼下人起哄，就连乐师也应景地奏了几首欢快的秦淮小曲儿。

而就在众人欢跃、把酒言欢的时刻，一个老乞丐跃入楼内，未语先耍了一套打狗棒，耍得虎虎生威，花样子唬得众人拍手叫好。

外行人看热闹，内行人看门道。

出身林家，精修不敢说，杂学百家也得触类旁通，这可唬不住洛无双。

她醉眼蒙眬，看了个七八分，忍不住出言讽刺：“好好的棍法让你耍得跟个娘们儿似的！怎么，丐帮是不是后继无人了啊？”

来的自然是八袋长老。

他立身一听，哪里还能忍，跳起来回骂：“无耻狂徒！我丐帮祖传打狗棒法，岂容你置喙？非我帮派弟子却要穿我帮派服饰，意欲何为！”

洛无双酒劲上头，哪里听得见那老头说些什么，她站在原地认真地思考许久依旧不明白，于是很是冷漠地选择不回应。

对于跳梁小丑，你越是冷落他，他越是非要得到你的目光。

瞅着洛无双不搭理他，丐帮长老更是振振有词：“你莫要害我丐帮百年清誉，丐帮子弟一向本分做人，哪有你这种骄奢淫逸的弟子？尔等究竟是何人，速速报上名号，本帮便饶你们俩不死！”

话音未落，一片金叶子凌空直去，直冲那老头眉心，老头险险躲过。秦渊站在高台之上，冷声道：“百年？你们是哪朝的遗老，敢在这年月里称勇？”

这后生辈眉眼清俊，一身破衣穿着也能瞧出是个富家公子。而丐帮有点仇富，撞见少爷没事都要打两招，长老急火攻心，挥动着打狗棒，就要上前教育洛无双二人。

一旁的狗腿子见状，更是率先发动攻击。

洛无双醉步盘旋，身子左右摇摆，让人看不出章法，重拿轻起，就近从八仙桌上挑起三根木箸，只听到咻咻咻三声，方才上前的丐帮弟子就被强力击得连连后退。洛无双无心取人性命，此刻用醉眸睨人，倒有几分藐视众生的侠者风范。

丐帮人大惊，这就是失传已久的醉拳？若是能当众打败了醉拳传人，岂不是扬我丐帮威名？丐帮帮主之位更是囊中之物，势在必得。在这种心理的驱动下，八袋长老双眼放光，看见洛无双简直就像是瞧见了捧着金碗的乞丐，高兴得发傻。他大跨步上前比试切磋，可堪堪过了十几招就败下阵来。

丐帮的男人，不能输。

待洛无双稍一喘息，他就逮住机会反扑，攻她最为薄弱的下盘。秦渊见状，长臂一伸，将洛无双拉到怀里，疾步走到窗前，要越窗而出。

八仙楼内灯火迷蒙，灯下秦渊的脸触手可及处，一层浮红的光在他眼底流光溢彩。

此刻洛无双迷迷瞪瞪的，还对着秦渊傻笑:“嘻嘻，你长得真好看啊。”

秦渊哪有工夫细听她说些什么？

他紧蹙着眉，一把把人在摁在怀里，背过身，结实吃了五六下闷棍，咬牙滚身闯出门外。

楼外雨势不减，雨幕中，秦渊急促地喘着气，而街市上围来的丐帮弟子人数众多。他暗骂一声，干脆停在原地，一面缓着肩背的钝痛，一面脑内高速周转。

眼下的情况，他们根本无法脱身，

而这还不是最让他头疼的。

秦渊被大雨浇透了，他怀里的洛无双倒还好些，此刻正极其不老实地扭动着，嘟囔着“你弄疼我了”之类的话。他愤恨地攥紧拳头，却怎么也落不下去。

不知为什么，这时候的洛无双看起来就像个小姑娘，整个人如小动物似的蜷起来，白白软软的。秦渊几下推搡，洛无双还迷迷糊糊的，四周的丐帮弟子已经举着棍子靠近了，秦渊一把捏住洛无双肉乎乎的脸，道：“喂，喂你醒醒！咱俩要死在这儿了——”

夜雨落得又急又猛，洛无双被当头一淋，清醒了大半。她猛地坐起来，扯着嗓子嚷嚷：“怎么了，怎么了？谁……谁要杀我们？”

唐凛来了？！他是不是要薅自己的头发啊？

洛无双惊慌捂住头，看着秦渊，面色惨白。秦渊一把扯起她，往她怀里塞了一把小刀："拿着，没时间挡雨了！"

洛无双也来不及追问秦渊为什么在身上藏刀，因为已经有棍风劈头盖下。洛无双与秦渊就地一滚，进入战圈。丐帮的人虽多，但多是混混。起初秦渊和洛无双两人还能招架，可惜洛无双喝多了，体力渐渐不支，不一会儿，他们就落了下风。

见情势大好，穷追不舍的八袋长老在后面欣喜地助威："别让他们跑了，能抓住他们俩者，重赏！"

秦渊眼风利扫，暗骂一声："这老东西，单挑打不过就群殴！"

正在这时，不远处的洛无双忽然喊他。他不明所以地靠过去，就听洛无双大喝一声，两只手拥在他腰际，用力一摸。

秦渊被洛无双摸得脊背都僵住了，反手一巴掌："你有病吧！"

这回是真情实感的一巴掌，顺着清脆响声，洛无双扬手丢出一个锦囊，里头洋洋洒洒给对面下了一阵银子雨。

秦渊越看那钱袋越觉得眼熟，猛地一拍腰间："银子呢？！"

这会儿洛无双刚从那一巴掌里缓过来，眼前还有星星，也顾不上骂秦渊，喊道："别废话，快走吧！"

大雨夹着白花花的银子，看得一众丐帮弟子异常亢奋，纷纷拿出看家本领，用身体的各个部位接受银子的洗礼，然后假装倒地把银锭悄悄地装到自己怀里。

当他们再回头时，哪里还有洛无双和秦渊的影子?

"世人都说大侠好，大侠天天吃不饱。"

京陵外无名山道下，洛无双叼着一根狗尾巴草，有气无力地哼着歌。秦渊抱着柴，正从远处走过来，听着风里的小调，拐得山路十八弯，忍不住丢过去一根木棍。

"别唱了，一会儿把狼招来了。"

洛无双"哎哟"一声，也没有心思打闹，而是仰躺下来。

星垂平野阔，这夜的风又柔又轻，如果他们不是正在逃亡，实在应该安静地躺下来看看夜空，谈谈人生。

可惜，现在又渴又饿，只能靠在秦渊堆的火堆边，长吁短叹。

由于三日前一场鏖战，盘缠都让洛无双当水洒了，两人生活水平直线下降。

原本为了避险，秦渊就把身上值钱的小件都变现了。现在他们没有银子，贵重的玉石也当不出去，只剩一把刀，也沦落为削柴火棍的玩意儿。

本来为了保险，银子分了两份，洛无双身上一包，秦渊身上一包，可架不住他俩一路吃吃喝喝，花钱如流水，洛无双那一包死撑到今天，已经空了。

对于此，其实洛无双想得极开。

她是真不知道疾苦，脑子里没钱的概念，大不了少吃几只鲍鱼海参，权当体验生活。

更何况——

她的目光落在秦渊身上。

秦渊正在添木柴，跃动的光照着他玉色的面孔，落进他漆亮的眼底，这让洛无双无端想起了那个混乱的雨夜。在八仙楼近百盏的灯火间，秦渊身上的光让洛无双心悸。

因为那不像是烛火照下来的，而是秦渊原本就比灯火鲜活剔透。

洛无双打量着，伸手托住软乎乎的腮帮子，品头论足着：唇薄而翘，是个寡心冷情的人。

眼窝春桃，风月里最吃这样的看客。

宽肩窄腰，身材比例也不错。

洛无双颇为满意地点点头。

嗯，实在不行就让这家伙牺牲一下，出卖色相换点盘缠，反正大男人被吃点豆腐，都说不上谁亏。她一面盘算，一面忽然想到了什么，怪叫一声，伸手拽住秦渊的衣袍。

“有件事我一直想问你！”

秦渊扫了一眼抓住自己衣袍的爪子，默许洛无双问。

洛无双神色莫名：“你……你有没有被唐凛……”

秦渊：“啊？”

洛无双一闭眼一咬牙，捂住脸道：“你有没有被他糟蹋了啊？！”

咔嚓。

秦渊掰断了一根树枝。当然，如果情况允许，他想把这根树枝换成洛无双的头。

火堆在荒原上，被风吹得打晃。

洛无双捂着肿了的脑门，亦步亦趋地跟在秦渊后面。他们刚才动了手，秦渊凭借身高这一微弱优势，摁着洛无双弹了好几下脑门后，抄着行李就往前走。

洛无双心知，自己这事儿问得是有点儿欠。

人家一大老爷们，被她骗上花轿不说，还要被怀疑是不是跟男人这个那个了。前者可能是面子受辱，后者可就是尊严问题了。

四野狂风呜呜地刮着，落在洛无双耳边有些像鬼夜哭，她本来就在这上头胆子小，此刻跟同伴闹了一场，孤立无援的，更是心慌。

这片荒原，可不是无名之地。

京陵城外断魂崖，不知在哪朝哪代起被一群杀手当作一个杀人抛尸的根据地。大约是从京陵到最近坟头也有点距离，好些人杀了人，没地方处理，就顺手丢在这儿。

丢着丢着，就丢出一个杀手圈的观光地。

据说，到了这一朝，若是一个杀手到京陵城来，不管你出差公干还是旅游探亲，哪怕是度蜜月，也要提个人头过来意思意思，颇有点寒食节祭祀的意思。

保佑你这一年刀下无活口，想杀谁就杀谁。

洛无双不是杀手，这个黑道风俗是当年她哥给她说睡前故事时说的。

由此可见，家里有个兄长，多么长见识。

由此可见，林净川的皮相得有多好，才能在拥有这种性格的同时拥有颇好的女人缘。

算了，不要想他了。

洛无双叹了一口气，继续盯着秦渊的后脑勺走。不是害怕想家，而是这大半夜的，想起林净川，真的冷。

听到后头传来的叹气声，秦渊也放慢了脚步。毕竟洛无双比他小些，脑子里的想法又奇奇怪怪的，他也生不起气来，只是想尽快前去。秦渊停下来，感觉后面的人还在走着，他想回头看看洛无双往哪儿走，突然手腕一凉。

“啊啊！”

也不知误踩了哪一块，洛无双走着走着，忽然脚下一空，猛地就向一面斜坡迅速滑落。情急之下，她伸出手，有什么就握什么，拽着秦渊摔在了山崖底下。

尖叫声划破夜空，惊动了一片好月色。

不知晕了多久，洛无双从剧痛中转醒，周围漆黑一片，什么也看不清。她勉强活动四肢，幸好骨头没问题。

她这才想起，自己滚落时好像是秦渊揽住了她。

那秦渊呢？

……不知道秦渊现在怎么样了！

她怕引来狼群，又担忧秦渊的安危，急忙在黑暗中摸索，于是就摸到了温热的皮肉。她缩了一下手，但很快就反应过来，那是秦渊。

洛无双压着嗓子，仍能听出颤抖的哭腔：“秦渊，你怎么样啊？”

秦渊的手因失血过多而逐渐发冷，身体也因崖底寒气太重变得有些僵硬。当洛无双发现无论自己怎么蹂躏、掐捏秦渊，秦渊都没有反应的时候，她终于接受现实：再不离开这儿，他们今晚都要死在这里。

洛无双深吸一口气，硬着头皮往外爬，手脚并用，嘴里还不停念叨：“阿弥陀佛，阿弥陀佛，佛祖保佑我们能活着出去，等我出去了，一定给您老人家塑个金身……”

听闻乱葬岗旁边都会有九死还魂草，只要嚼烂了给人送进嘴里，铁定能活着出去。此刻的洛无双全凭不知从哪儿来的小道消息给自己壮胆，顺着一排排白骨摸过去，她突然摸到一个软软的东西，出于好奇，便使劲儿拽了拽。

突然听到吃痛的一声闷哼，洛无双坐在地上，接连往后挪了两三步，惊恐试探：“谁？是人是鬼？”

夜漆黑的，即使双方面对面也没法辨认谁是谁，更何况在这人鬼和谐的断魂崖下呢。

“姑娘……”那道声音沙哑，几乎微不可闻。

洛无双一下子蒙了：“我……我只是途经此处，无意冒犯，无意冒犯的！”

风里有低促的喘息声，洛无双把秦渊抱起，护在身后。在无边的绝望孤寂中，她听到一声轻笑：“抱歉，吓着你了。”

这样一听，洛无双才后知后觉：什么鬼不鬼，只怕也是个和他们一样落下来的人！

她连滚带爬，摸索着前进。前头山壁间隐约有个黑影，她不敢伸手，忐忑开口：“你……你还好吗？”

靠得近了，洛无双才嗅见那人身边有浓重的血腥味。

那人慢声道："大约，撑不住了。"语气倒是有些稀松平常，"所幸遇到姑娘……也是老天垂怜，不愿让我枉死在此。"

那人虽是进气多出气少，思绪却分外清晰。一段断断续续的交流后，洛无双大惊，面前这个垂死的人竟然就是戚风棠。

据传，北洲戚老将军晚年得子，有一个私生的幺儿，十分受宠。将军投身生杀帐，仇家甚多，于是这个金贵的小儿子从不为外人所见。听说他样貌随母，清秀出丽，内里却随父一般侠肝义胆，时常化名，在江湖中行侠仗义。

今日居然让她碰见了。

由于他不停地咳嗽，洛无双根本听不清他还在说什么。风里一直带着血的气味，洛无双心知，他大约活不到天明了。

洛无双表示自己可以帮他，只是不知道怎么做。黑暗中伸来一只手，血迹斑斑，一把扯住洛无双的衣摆："翎羽……帮我……交还给父亲。"

惨白的月色从云后照下，那只手青筋突起。

这本该是一双纵马挽弓的手。

洛无双的喉头有些发哽，她接过七彩翎羽，紧紧地握在手中，还想说些什么，但戚风棠的手跌回了沙石间。

大约如他那位兄长所愿，永久地沉默了。

洛无双无法去深思这中间的纠葛。在权力的车轮下，如戚风棠一般在荒野深谷中丧命的人，好似过江之鲫。他们不是少数，也不是死得其所，只是政治撕扯的牺牲者。

可惜戚老将军如此费心保护他，却忘了父母之爱子，必为之计深远。

戚风棠活在大千世界的刀光剑影中，却死于手足兄弟之手。

洛无双上前，借着月色，为这个萍水相逢的人阖上双眼。

戚风棠很年轻，面上也干净，只有一点血溅在唇边。如果不是死在此地，他也可以娶个门当户对的小姐，生一双儿女，让哥哥给妹妹讲断魂崖鬼故事。

不可否认，洛无双此刻十分想念林净川。

她从来不知道外面这样危险，她只知道林净川十四岁就能背着一柄剑独自离家，像个天生的侠客。

等她落寞地回到秦渊身边，才发现他在轻声唤她的名字。她立即紧握住他的手，声音温柔：“我在我在，你醒了，能动吗？”

秦渊喉咙发干，艰难地舔嘴唇，沙哑地说着：“水……水……”

洛无双见状，连声答应着。四下寻找水源，最后薅了一大把杂草，顺着叶尖，将点点露水倒入秦渊的口中，湿润他干裂的唇。

月光下，秦渊本就白皙的脸庞显得有些失真，侧脸如同雕刻般五官分明。

尽管水少得可怜，洛无双仍在不懈地努力，想尽可能地多给他一些水。杯水车薪，不过徒劳。

没有什么天生的侠客，世界造你，也可以不爱你。

望着秦渊苍白的脸色，洛无双崩溃哭出声：“秦渊，你醒醒，你不能死在这儿……”

飙飞的泪水落在他唇上，淌进嘴里，从舌尖扫过，咸咸的，还带着一点凉意。秦渊脑子里满是洛无双带着哭腔的呼叫声，黑暗中努力寻找她声音发出的方向。

紧接着，他就收到一个潮湿而温暖的拥抱，带着扑面而来的草木汁浆的清香。

这一夜，洛无双不敢睁眼。

等秦渊在昏迷中安稳些，也不知是什么时辰了。洛无双战战兢兢地在崖底摸索，上去的路只能爬不能走，直上直下的，顺着崖壁下还有零碎尸骸残骨，分不清是人是畜。

若不尽早上去，他们的下场可能也落得如此。

两个人爬山崖，洛无双实在无法办到，但是一闭眼，她脑海中闪过的都是秦渊苍白如雪的脸，和下落时攥紧她的那只手。

萧萧风卷云舒，荒崖下重叠的人影显得无助又寂寥。

洛无双一咬牙，背起了秦渊。她绕着崖底走了几圈，幸而在山左的确有个小坡，比直接滑下来的山坡要好爬许多。这一处并没有多高，洛无双费了老大的劲，倒是把自己和秦渊丢了上去。当脊背挨着正经的地面，又困又累的洛无双终于无力支撑，眼前一黑就晕了过去。

昏沉中感觉有人在身旁，洛无双感觉有人为给她盖上了衣服。在无光的梦境中，她奋力向对方呼救，希望能有人去看看秦渊。

她是真的担心他。

天光撕破黑幕，挣扎着透出稀薄微光。

等到洛无双醒来，她以为自己被人救了，身处的环境已大不同：身下是干爽的稻草，睁眼是木头支撑的斗拱红梁，他们在一个破旧佛堂内，而当她撑着坐起来，发现没什么救命恩人，

只有秦渊坐在火堆旁边，安静地烤着野鸡。

“醒了？”

洛无双茫然点头，猛地想起什么：“你……你没事了！”

秦渊一只手拿着烤鸡，冲她笑了笑：“真让我感动，我以为你会先想着吃鸡。”

这什么话？

洛无双很没出息地咽了咽口水，点头又摇摇头。秦渊摆摆手，示意自己还好，然后把她叫了过来，撕个鸡腿给她。

一时间，两厢无话，只有吧唧吧唧的咂嘴声。洛无双实在饿了，风卷残云地吃了半只鸡，才发现秦渊有些不对劲。她擦擦嘴，心里有些忐忑：“你总看我干什么？”

秦渊面上风云莫测，目光移开，盯着火堆，忽然问：“你……是不是有什么瞒着我？”

洛无双抹嘴的手一僵，捂住脸，心底呜呼一声。

他是不是发现自己是女子了？！

见洛无双一副痛苦思索的模样，秦渊叹了一口气，伸手递出一样东西，是戚风棠的七彩翎羽。受人所托差点办差了事，洛无双将七彩翎羽拿了过来，直说自己糊涂。她小心翼翼地把翎羽收进怀里，这动作让秦渊的误会更深了。

他轻咳一声：“没想到，你竟然是北洲的人。”

“嗯？”洛无双愣怔了一下，还没来得及反驳，抬眼就看见秦渊那副神情，洛无双想说的话，一时间都噎在了喉咙里。

秦渊淡然：“戚家三子，大公子骁勇善战……二公子出口成章……如何看，你都不属这两种！难不成你是那个素来神秘的戚风棠？戚家三公子？”

“啊……我……我不是……我……”

秦渊了然颔首：“你是被兄长挤对到这儿了？那这些时日，你如惊

弓之鸟，莫不是……”秦渊眸光一寒，忽然反应过来什么一般，“所以之前一直追着我们的那群人，莫不是追你的？”

权力的厮杀，他再清楚不过。而此时忽然灵光一现，秦渊第一次开始由衷地怀疑，难不成自己才是被连累的那个？

洛无双已经被这一连串的问话问蒙了，然而秦渊还没打算放过自己，继续侃侃而道：“说来也是巧……之前你要挟我带你入稷下书院！我心里便盘算着，戚风棠素来神出鬼没，我为你伪造一份入学邀请让你扮作他便是，没想到竟是正主。”

洛无双苦笑：是，现在正主就在你脚底下呢。

但是想到稷下书院，洛无双便也不好再多解释什么，权当是默认了秦渊的一番鬼话。

“这样，我有个挚友就在京陵城内，我们可以先去他府上修整，再做打算。”

洛无双噎了一下，你这会儿又有朋友在京陵了，你到底有多少事瞒着我啊？

她不好发作，只困扰思索片刻：“这……就怕打扰你朋友。”

秦渊来不及开口，她就又问：“什么时候出发？”

“你再休息一会儿，午时启程。”

她频频点头，拍手称好，并极力表扬了秦渊的温柔和贴心。

第 三 章
王孙自可贵

当洛无双随着秦渊站在他所谓的朋友府门前时，其上将军府字样，着实让她吓了一跳。

到了霍家大门口，时间尚早，门口的小厮慵懒地打开府门，挺着肚子，搔搔脑袋，瞥了一眼洛无双和秦渊，“嘭”的一声，门又关上了。

洛无双调侃：“贤兄交友遍天下，莫不是记错了府门？”

秦渊不忿，上前砸门理论：“霍将军的府邸就你这种当值小厮吗？成何体统？”

门开一缝，那小厮不屑，斜眼看出来：“滚滚滚，我值班要你乞儿管这么多，哪儿凉快哪儿待着去。”

说着，小厮就要拿拦门棍赶人。

秦渊顺势抓住打来的飞棍猛地使劲儿，将那小厮逼退，呵斥：“放肆！本王乃燕冀四皇子，速速传报你家主子，否则要你狗命。”

那小厮五官本就紧凑，放在一张大脸上格外突兀，因为嘲讽显得有些扭曲：“哟哟哟，你要是皇子，我就是玉皇大帝，瞧把你厉害的，满京陵城就你能。”

实不怪那小厮眼拙，现在的秦渊除开那张脸，浑身上下连个“穷人”都算不上。

就连洛无双也笑得直不起腰，朝他喊：“秦渊，你是见朋友？还是故意在人家府门口碰瓷？”

秦渊恶狠狠地瞪了她一眼："闭嘴。"

霍将军府门气势恢宏，一左一右两尊石狮，青面獠牙十分活现，一看就是有钱人家，洛无双觉得，用脚指头想也知道，秦渊是企图混进府骗吃骗喝的。秦渊这种人放在江湖上，活不过三月。这么一想，洛无双的心情格外好，笑嘻嘻地走到秦渊身边，对那看门人说："劳烦小哥通报一声，就说北洲公子来访。"

那看门的小厮很是给面地仰天大笑："你们俩一个四皇子，一个北洲公子，搁我这儿演呢？别废话，有请帖就拿来，没请帖滚蛋。"

虎落平阳被犬欺，秦渊一咬牙道："那我在这儿等总可以了吧？"

洛无双白眼一翻，眼见没戏，准备拉秦渊走，正巧余光扫到门口的告示，诚邀江湖勇士进霍府打擂。

天赐良机！

这不就是明晃晃地进霍家的最好的通行证吗？洛无双不管三七二十一，轻功运起，一个个跟头翻去揭了告示，然后稳稳落在那小厮面前，面上得意："哎，不用同你废话。我进去打擂，总能放行吧？"

她这一手活儿使得俊，那小厮极不情愿地闪出一道缝隙，她当即拉着一脸蒙的秦渊飞身进了府门。

一路横冲直撞，顺着声儿，拐到霍家后院。

霍家府内，是一个富丽堂皇的比武场。

台上一个青年人，一身束袖短打，面相英气，手持亮银枪，浩然之气油然而生。

说道是江湖英杰，又有些大马金戈之将意。

台上小将军使了一套六合枪，身形稳健，直看得洛无双要鼓掌叫好。而一边，秦渊已经无遮无拦地冲上前，跟小姑娘再见情郎似的向那处挥手："少谦！"

青年人一个挑身，枪花扫出一片，"铛"的一声落地。

"阿渊，你怎么来了？"

洛无双愣了愣，猛一拍脑门。

京陵、将军府、霍家！

当今朝中还有哪个京陵霍家，这人明明就是霍显老将军长子——霍少谦！

亮银枪主，从不出佞才。

霍少谦少年袭爵，凭着一身真功夫得将军之位。他的功勋并不过分耀眼，也不借父辈的光圈，实是难得的青年才俊，

是多少京陵女儿的春闺梦里人。

而对于秦渊的身份，洛无双倒是能接受些。

当今陛下膝下子嗣不多，四皇子尤其受宠爱，也最能生事。

秦渊在衣食住行上与她一个千金小姐一般奢靡，要不是皇子，那就该是谁家偷跑的娈童了。

老友相见自是惺惺相惜，霍少谦上前两步迎接秦渊，来回打量他：“这是怎么回事？”

“说来话长，你也知道我那几个哥哥……”

你来我往，二人攀谈良久，仍没有停止的趋势。

洛无双站在一旁，虽是衣着不当，可家中小厮眼见秦渊与霍子谦交谈愉快，再看洛无双手中拿着那张打擂榜，于是，心思活络的管事客客气气地将洛无双请上了看台。

洛无双本就被两人叙旧折磨得昏昏欲睡，此时看着台子上排着队的男人，倒像是见到酒的醉鬼，来了兴致。她二话不说跳上擂台，手无寸铁，周旋在擂台之上。一个又一个勇士倒下，但是很快便又有人补上来，犹如飞蛾扑火，壮士们前仆后继地发出一轮轮并不猛烈的攻击。

洛无双出招奇巧刁钻，都是轻起重落，外带时不时戏弄两下，当然每每至此，都会受到更猛烈的攻击。洛无双不以为耻反以为荣，越战越勇，笑声连连。

那边秦渊听到动静，见状急呼：“洛无双！你给我下来——”

洛无双兴致高昂，正是战酣，自动关闭双耳功能，嘴里“嘿哈”二声，手上又是一劈，将那人击倒，

已是擂台上最后一人，洛无双竟是力战群雄，莫名得了个擂主。

霍子谦也是诧异，视线在洛无双与秦渊之间循了几次，终是强扯出一个笑：“虽是其貌不扬，但英雄不问出身。霍家既是摆台比武，便尊重其诺！！”

秦渊：“……”

有病啊？说得这么咬牙切齿，倒像是输了一座金山似的。

霍少谦口中朗朗，说得清风霁月，却还是暗暗戳了戳秦渊：“你这小兄弟功夫不错，是陛下让你引荐来的？”

秦渊连连摆手：“不是，不是。这是北洲戚老将军的三公子，玉面三公子戚风棠是也，当下化名洛无双在江湖行走。”

霍少谦大惊大喜，面色纷呈，如秦渊刚得知时一模一样的。

洛无双内心崩溃，幸好啊幸好……没有再一个戚风棠来揭穿他了。

她连忙上前：“叨扰了，霍小将军。”

正说着，只见霍府管家带着方才在门口耍横的小厮走近。那管家一身圆形方孔的绸缎，配上圆滚滚的肚子，打老远就听到声音：“少爷，看门人上报这两人身份不明，还口出狂言对我霍府不敬，您还是少接触为妙。”

那小厮看到少爷正与秦渊一处站着，忙不迭凑上点头哈腰告状：“少爷，就是这个人，口出狂言，还自称自己是四皇子。”

霍少谦听了，先是疑惑地“哦”了一声，接着放声大笑，回：“王管家，你看清楚，此人不正是四皇子？”

金管家赶紧上下打量洛无双，摇摇头又把视线转向秦渊，抻着脖子瞅了两眼。秦渊怀中那把匕首摸出来，掌心一转：“王总管，别来无恙。”

那可太眼熟了，当初匕首出了两把，一把赏给了刚封爵的霍少谦，一把则在秦渊手里。这玩意儿一出，当即就吓得金钱豹双膝发软，跪在地上。

“四……四皇子大驾，小的有眼不识泰山。”

洛无双看得眼珠子都要瞪出来，有这么吓人吗？

秦渊嘴角一撇：“王总管老迈，眼力不济，怕是不好当家。”

那金钱豹打躬作揖，诺声连连。霍少谦见状轻咳一声，斥去下人，向秦渊、洛无双道：“难为你二人远道而来，让王总管带你们梳洗一番，晚些我们再细谈。”

金钱豹如蒙大赦，忙不迭道：“二位爷请——”

霍家在京陵这一处宅邸，是圣上御批，敕造霍将军府。

进了正门，方砖满地，前院有四时花境，后院有一座矮山，那下头原先是一处温泉地，直接划进来一道修葺了。

秦渊从前就喜欢来霍家玩，尤其隆冬，拽着霍少谦泡温泉，上头松枝有雪，下头热雾氤氲。

那会儿他还不是父皇最喜欢的皇子，霍少谦也未随父出征，每每他来时，都撞见对方在练枪。

时光飞度，今时今刻，他们已不便兄弟相称。

卧房安排好，惯例泡温泉。

当洛无双同秦渊再出来时，一洗了风尘，连自个儿都觉得神清气爽了。

洛无双在秦渊面前打晃，跟古画儿里走出来的翩翩俏公子一般无二。霍家送来的衣服都是京陵老字号绸庄加急送来的，贴合身材，剪裁得当。

二人一见面，同时想起那句老话：人靠衣装马靠鞍，这厮穿上果然是个衣冠禽兽。

前走不远，又到了中堂。

霍少谦换下一身洒青袍，冠上白玉，整个人显得比方才稳重一些，但和秦渊放一块儿，练家子还是练家子。

他向这边一望，眼底都亮了些。秦渊什么模样他见多了，倒是洛无双收拾出来还挺规矩的。

洛无双被温泉泡得晕晕乎乎的，根本没注意，这时候看见擂台，忽然想起来："对了，府上何事设擂台来着？"

霍少谦笑得她心底一慌。

他说："比武招亲。"

洛无双："什么？"

没见过这么草率的，自己家关门比啊？！

"小妹性情跳脱，不愿同皇亲贵族的女子去雅林书院读书，正想着选个人家给她嫁出去……唉，幸好来的是三公子。"

你"唉"什么啊？！

洛无双给他的变调变慌了，一面摆手，一面偷掐秦渊求助。秦渊"嘶"了一声，正想骂她下手没轻没重，但看看她这张小脸，忽然觉得有点儿意思。

霍家早就是父皇指在自己门下的，而其他几位皇兄也都兵强马壮，如果北洲与霍家联姻……

"你看什么看啊？"洛无双被秦渊盯得有点不自在了。

妙啊。

秦渊一拍洛无双："算你小子歪打正着，捡了个大便宜！"

洛无双心里一惊，怎么觉得秦渊不安好心呢？洛无双手随心动，一巴掌便朝着秦渊拍下去，与此同时，一块木牍从洛无双袖口滑落。

霍少谦捡起，翻开看见“稷下”二字，“咦”了一声。

这张木牍三人均有。

秦渊上前狐疑：“稷下书院入学邀请？”

洛无双：“啊，哈哈，是……是吧。”

这玩意儿竟然是入学邀请函！戚风棠当初随着凤翎一起给的小木牍，竟就是她日思夜想的入学邀请？

洛无双一把抢过来揣在怀里，眨巴眨巴眼：“哦！这就是入学邀请啊？太好了，这下不用秦渊帮忙了！”

这也太蠢了吧，北洲人都这脑子吗？还是混血混错了？

秦渊此时忽然由衷地感受到了智商的优越感，如果不是洛无双这么蠢，自己也不会白捡一个身价不菲的小打手。

说起来，若是能用洛无双换到霍府的联姻，未尝不是一件美事，只是入学就要读几年，联姻的事就要搁置了。

不等霍少谦和洛无双说话，秦渊一拊掌：“哎，这不正好嘛！”

洛无双以为他要唱个数来宝，拿眼刀子剜他。

秦渊说：“霍二小姐不是一直不愿意去稷下书院，这会儿好了，她定然是愿意去女班了！”

三人日后就是同窗，大舅哥带着小妹夫，非常可以。

“一家人嘛，最重要的是整整齐齐。”

洛无双摁着他就想揍得杠上开花，霍少谦不好插手，赶紧问洛无双吃不吃饭。

正在气头上，洛无双哪还有什么吃的心思，咬牙一撒手：“吃！”

秦渊捂着被挠花的脸，瞥了一眼洛无双气鼓鼓的侧脸，嘀咕道：“娘们儿精。”

打架还用指甲，好狠一男的！

看来真要霍家二小姐好好教育教育。

黄昏暮色笼下，霍家宴客厅外有一架兰草，挂着夕晖。

洛无双有一种提前吃婚宴的错觉，于是非常僵硬。相比秦渊，她的脸色难看得十分明显。三人对坐，位置微妙，恰似一个正三角形。

而霍大少察言观色的能力欠缺些，竟能在这种氛围下举杯，先为洛无双、秦渊二人死里逃生，再为即将到来的同窗情谊。

洛无双杯子里是奶酥茶，所以别人干，她也干。秦渊反正不敢给她酒喝，随她泄愤灌奶，他就不信还有人会醉奶的。

三人喝了一杯又一杯，正在醉意阑珊时，庭前响起脚步声。

一身火烧云似的红衣冲进堂中，凌空一道鞭风抽下，正好抽碎了洛无双的杯子。霍少谦猛地起身，而面前的小美人娇眉冷横："霍少谦，谁准你定下擂主的？！"

洛无双和秦渊目瞪口呆。

霍少谦上前拽着那人，低斥道："放肆！看不见你渊哥也在？今天这儿有……贵客，你这像什么样子？！"

那红衣的姑娘正是比武招亲的正主，秦渊准备给洛无双乱拉线的霍雨萌。

"我早说了，我的夫婿，我要自己来挑！打不过我的，便都是废物！"

顺着兄长指向，霍雨萌一眼瞧见了洛无双，正好此时洛无双也盯着她，她心下羞愤，当即挥着鞭子就要去打。洛无双也使软兵器，对九节鞭很有办法，她边躲边想：眼下面子也不算大事，要是自己输给霍雨萌，那这比武招亲就不算数了不是？

这样一想，灵台通透，她有意脚下一定，干脆不跑，只是霍雨萌哪想到那些，刹不住就要栽过去。

满地可都是碎瓷器。

洛无双一见，嗓子口都凉了。她就想来混一天半夜的，怎么闹出这些事？

时不待人，秦渊隔得远，根本来不及去扶。只瞧着千钧一发时，洛无双伸手虚空一抓，把鞭绳攥在手里，狠狠扯近，扯来一截榴花似的影子。

霍雨萌眼前一片兰草，腾地砸进一个胸膛，不甚结实、宽阔，但很温暖。

洛无双掌心吃痛，喘着粗气沉声问："你没事儿吧？"

霍雨萌全然蒙住了。

这怀里有沐浴后的皂角味和着淡淡酥奶甜香，可腰间的手紧而有力。过了好一会儿，她才猛地推开洛无双，垂着脸极轻地道了一声"多谢"，扭身就跑了。

洛无双被她的鞭子抽得手里一道印子，心里几万句脏话，只能砸在秦渊头上。

而秦渊同霍少谦对视一眼。

有戏!

霍少谦主张所谓不打不相识，眼瞧今日真是把酒言欢的好日子，喊道：“来人，重新摆宴！”

洛无双一脸崩溃，倒回花梨木椅上，生平第一次深思：

如果外面的大小姐都是霍雨萌这样，那自己“温柔娴静、端方有礼”真不是花钱胡吹的吧？！

霍家临渠亭。

此亭左邻山丘、右傍河湖，而洛无双对这样的好景致毫无兴趣，她现在只想回屋睡上一觉。

千不该，万不该，不该一时逞英雄，砸了人家比武招亲的场子，又随手拉扯了一把人家妹子。

这下好了，晚宴吃成夜宵了。

亭下有好月色，落入秦渊的酒碗中，而洛无双看不见，她被一团更为皎洁的颜色遮着，是换过一身衣服的霍雨萌。

她说是前来赔罪的，大大方方地走到洛无双跟前，随行侍女捧上一柄绿如意。洛无双手足无措，见那丫鬟正要把东西送她面前，连忙推谢。

霍少谦向秦渊递眼神，秦渊清了清嗓子：“人家一番心意，你好意思让姑娘一直站着。”

随着他说话，霍雨萌也是耳根一红。都说观美人，一要月下，一要灯前。

此刻她瞧着洛无双少年冠玉模样，只觉得男人身上也未必不可用。她从来没有像今日那会儿那样，对哪个男人如此动心，既然兄长有意做媒，这人又合自己心意，她也干脆认了这份姻缘。

她双手在袖间揉搓，看洛无双摊开掌心还有鞭痕，一时也是羞愧，直说三公子不收，便是不肯与她修好。

洛无双哪懂什么“修好”，觉得大概就是结个朋友，便伸手挪来那装着玉如意的锦盒，道：“我收下了，你……你也坐吧。”

满座除却这个收礼的，其他人都是一派喜色，霍少谦甚至颇为兴奋地拍了拍秦渊的胳膊，又请霍雨萌坐下，调笑着什么。

洛无双根本不知道，这绿如意是霍家传给未来女婿的宝贝。

她不明就里，简直稀里糊涂就随秦渊把自个儿卖了。

灯火摇曳，霍少谦推盏与洛无双："舍妹年幼，日后还要劳烦多加照顾。"

洛无双一听，这什么话啊？你自己妹妹你不管了？她也喝了半杯茶，心里不大舒服，倒是秦渊陪酒十分惬意，俨然有两分亲家对坐的意思。

觥筹交错，霍雨萌有些醉了，望着洛无双的目光都蒙眬起来。都是小姑娘，洛无双一读她的心思就慌得不行，私下拉扯秦渊好几次，说是天色不早了，赶紧回去休息。

敷衍着匆匆回屋，路过一个长长的回廊，洛无双越想越不对劲，猛地一停步，后头秦渊冷不丁撞上来，撞了一身槐花酿的酒气。

"你好好走路行不行？"

随着一只手推来一个锦盒，秦渊蒙然抱住，听洛无双压低嗓子怒斥："你为什么让我收下绿如意？你是不是和霍少谦串通一气，想蒙我当上门女婿？"

哟，瞧不出来，这小子还有点脑子。

秦渊有些后悔没灌他几杯，状似寒暄凑近："你糊涂啊你！这不是先应付过去再说？你不靠霍家，怎么一路去书院，外头还有你哥的人追杀你吧？"

这话犹如当头一盆冷水，浇得洛无双无所遁形。

哥哥没有，唐凛比哥哥可怕多了。

见他沉默，秦渊以为他心动了，再言哄道："再者说，霍家家大业大，娶了霍小姐也没什么不好，合不合口味，那还不是走着瞧。"

洛无双无语应答。

这是人话吗？还口味不口味，你当买零嘴儿呢？三观不合，多说半句也是废。洛无双捧着绿如意扭头就走。

"哎，你别是个断袖吧？"身后是秦渊莫名其妙的声音。

回应他的只有门板重合声。

"奇了怪了。"秦渊抹了把脸，他衣襟上还有洛无双身上的奶味，又甜又香。

唉，今晚睡觉锁着门吧，真是断袖自己掰不过他。

…………

深夜，尚有灯未熄。

霍少谦剪短烛心，好使光亮更明更透。同屋里还有一人，正在案前翻卷，五指在灯下如净瓷。他翻到第四面，忽地顿住，那卷上有好几处朱笔做的记号，颜色比较陈旧，像褪了色的血。

“怎么，这里有问题？”

秦渊缄默，顺着那行朱笔阅下，不答亦不顿，直到看完整面才道：“有几处账目被拆散，分成几份藏了起来。”

霍少谦扫了两眼：“我搜来是搜来，但这上面账目烦琐，没有细看。”

秦渊沉思着合上卷。

这位兄弟单枪匹马能闯七杀阵，一杆枪下挑过无数敌人的首级，但若要去找他查个什么，那真是强人所难。好比手上这本近三年来霍家军中下来的粮饷，他们只管收着，有没有被人动手脚，一概不知。

直到一年前的冬月，秦渊又来闲聚，寒暄时霍少谦提到这一年三军的冬袄好似不太对。当然这是酒间一句碎语，起初无人在意。

三月后的春初，有人来叩将军府门，说是四殿下托他搜一本账簿。

这本账簿上，记了近三年拨下的粮银。

秦渊一路也累，灯花看瘦了，他还没看完，到这一页才发现短处。这是必然的，因为搜账本前，他就知道是贵妃那里的人动了手脚。若有人能在他此次与霍少谦会面的路上动手脚，那一拨人必定也是贵妃的人。

“咔嚓……”屋外似有枯枝被踩踏的声音。

二人对视一眼，霍少谦厉声道：“谁在外面？”

窗外一阵窸窣，霍雨萌的声音响起：“哥，是我。”

进屋之后，霍雨萌给两人倒满薏仁茶，秦渊接盏时顺手一推，案上好几本书随着那卷密卷砸在一起。他装模作样去捡，听霍雨萌说：“哥，我听说洛公子洛无双是个化名，他应是北洲戚将军的三公子？”

霍少谦的手一顿，倒也不瞒：“不错，是那个戚风棠。想不到戚老将军有心掩玉，还是被我们拾到。说起来，这身世门第，倒也堪堪配你。”

霍雨萌心直口快，立刻便问起若她愿意是不是就要嫁去北洲。霍少谦听得呛了一嗓子，连连摆手，心想真是女大不中留。

昨儿还横竖不要招亲，现在连婆家都自己择好了。

“你且嫁不了呢，明儿收拾好，我们就要去稷下书院，学有所成之前，不得回来。你现在要嫁，是打算代他去北洲孝敬双亲？”

听了这话，霍雨萌拍手表示带她同去不是最好。秦渊拾起密卷压在最下面，并不表态，只瞧着霍小姐纠缠。

这场景，小时候也不少见。

果然，不多时，嘴硬心软的霍小将军就无可奈何了，向自家心肝缴械投降。

“行，行，你回去好好休息，同我们一道出发。”

只是谁也没想到，第二天天明，霍少谦敲开洛无双与秦渊的房门时，里头人去屋空，连被褥都是凉的。

话分两头。

那边霍家好好的客人一夜间就不见了，这头安都唐门中，更是阴风骤雨好些日子了。

唐凛在屋内，盯着地上两个跌碎的陶人。

那是幼时，林思渺同他一道做的。陶人十分粗糙，颜色都没上，就那么灰溜溜地摆在案前，至今也有十几年了。

而眼下，他把它们砸得粉碎，只因为多日前他的新娘无故跑了。

从林家来的花轿内，竟然是个男子。

从那之后，江湖人对他“断袖之癖”的各种猜测甚嚣尘上，甚至民间的书坊、茶肆都开始杜撰以他为原型的话本。

有幸，他三日前想出门逛一逛，也散散心，兴许半路抓到林思渺也不一定。而当日的茶楼内，人声鼎沸，上头一年轻人穿着青袍大褂，说的不是其他，正是五月十七他迎亲那天的事。

这间茶楼，从第二日起再没开张。

“少主，老爷找。”

“知道了。”

唐家堡的门院十分多，广进广出，中堂有一个四方的天井。

唐凛去时，在天井下短暂地停留。他想起小时候有一次初春，林思渺跟着林老爷来探访，那时她不常来，所以不知唐家堡四时都不开花。粉雕玉砌的小人在天井底下转悠，让唐夫人抱着搁到躺椅上，在天井下晒日光。

林思渺眯着眼睛，腮帮子让暖光照得又粉又软。她对唐凛说“你这儿不好，都没有花儿”。唐凛低头看她，她就突然睁开大眼睛，说“喂，下次来我给你带花花”。

唐凛后知后觉地点头。

但在那以后，就是两人在林家干架，紧接着江湖路远，一别不见。

十几年过去了，唐凛从少爷变成了唐家少主。

天井下的一架茉莉开了，风住沉香，那地方再也没有搁过躺椅。

唐凛想，她不来，花也不知道开给谁看了。

他倒是要把人抓回来，狠狠地教训一顿，再告诉她：唐家堡根本不需要花。

过廊前，书房门上两漆红洒金联，唐凛不习惯见父亲，进去前还要叩门。

“进来。”

唐箴原本想给自家烦心的少爷开门，无奈此刻，他正在书桌前临摹画作。

唐凛进了屋，他爹案上搁着卷，卷上是两只雀鸟在枝间跳跃，胖的那只小眼圆圆，让他无端生气。唐老爷一边添着底下花枝，一边道：“听说你前儿出去了。”

唐凛冷着脸：“嗯，办了点儿事。”

“茶楼是喝茶的地方，你不该去撒气。”

唐老爷打小就如此，说话又慢又让人生气。而唐凛则不同，他手段狠戾，甚至有些极端，他听到他爹说：“你能毒哑一个说书的，还能毒哑天下说书的？”

“咔嚓”一声，唐凛手扶着的酸枝木桌子被猛地掰裂，一根木刺插入掌心往下滴血，没有人对此有任何反应。

最后，唐箴题完卷上最后一笔，叫唐凛回去好好等着。唐家堡的人办事不是不利落，要找一个无依无靠的林思渺，还要不了半辈子工夫。

唐凛沉默颔首。

临走前，唐箴想起什么，提起那个柴房里不见的男人。唐凛咬牙说找到林思渺就行，俩人必在一处。唐箴好像有什么要问，最终没有开口。

回到院中，唐凛想不明白自己和父亲之间感情是否太淡，而唐家堡间一向如此，又无从记恨。

此刻，唐凛屋中无人敢进，所以碎片还在地上。他忽然觉得自己最想做的，就是亲自把林思渺这个祸水千刀万剐。

最好把那些都带走，那些茉莉花，那些陶片，别再无端烦他。

当夜，唐凛做了一个令人匪夷所思的梦。

有一个瘦高的人推开了门，而后褪下一身水光潋滟的红，光溜溜地摸进他的被子里。空气间有浮动的暗香，他神思混沌，恍惚间以为那是林思渺——十八九岁的林思渺。

“她”用手腕勾着他，身形柔软，足尖从被褥底下拱上来。唐凛被激怒了，恶狠狠扼住对方喉咙，翻手掐进枕头间：“你还敢来？！”

那人惊慌失措地张着口，喉骨在唐凛虎口处乱滚。突然他意识到什么，又闭了闭眼。

他手下掐着的是个涂脂抹粉的男人。

唐凛脸色一冷，松开些力道让对方缓过劲，才问：“你是什么人？”

男人咳得要死不活，直说他是个花巷里卖茶的流莺，有人雇了他来爬唐凛的床，别的什么也不知道。

唐凛攥指如鬼爪：“为什么找你，而不找个女人？他们给你多少钱？”

“五十两……他们说……说是想知道……您到底喜不喜欢男人。”

“够了。”

男人打了个哆嗦，以为是在叫他不要说了，而下一秒无边的黑暗笼罩下来，寂夜间骨骼脆响一声。

被留在床上的人，那惶惶然的一双黑瞳中，再没了生气。

五十两，买他一颗不要命的好奇心绰绰有余。

第二日，唐家堡急发出十三道密令：追杀林思渺，取回避毒玉与紫金芒刀。

若无法生擒，死人也要。

…………

五月三十日。

林思渺逃婚当日，林老爷就被请到唐家堡“商议”对策，实则以软禁的方式把林老爷囚禁在唐家堡。

好在唐凛并没有“恨乌及人”，对林老爷也算恭敬，每日好吃好喝地招呼着，只是偶尔会限制他人身自由罢了。

细数下来，整整十二天。

林懿在此已经十二天了，他不知道林思渺在外如何，但有一点可以肯定，这个畜生还在外头逍遥，而且带着两家的宝贝，不知道她要闹到什么时候。

无论待遇多好，这唐家堡林懿是实在住不下去了。思来想去，他去梅耋院找唐箴，希望唐箴看在两家多年情谊的分上，能够及时放自己回去。只是还未到门前，他就被拦住：

“少堡主有令，闲杂人等不得靠近梅耋院，老堡主身体不适，需要静养。”

前些日还好好的，怎么今天就身体不适了？

这儿的守卫比任何时候都多，多到林懿误以为唐凛把自己的父亲也关了起来。

他低着头一边走一边想，突然眼前一黑，因是逆光，过了好半晌，林懿才能认清眼前的人。原来是唐凛，差点成为自己女婿的人。

林懿对唐凛总是心虚，只讪讪道：“贤侄，哪里去？”

唐凛眼皮子抬了抬，不曾开口。

林懿是长辈，也不好与小辈多说，只准备要走，一时又被人拦住。

身后人口吻凉得像冰，说是要他到前厅一叙。

“唐凛真心实意求娶，却搭上了半卷密图，还有我唐家避毒玉。”正午的暖日高照，林懿却觉得手脚发凉，听着唐凛缓缓道，“这件事，林老爷欲如何办？”

林懿自知理亏，也不好反驳什么，只说：“……林家与唐家原也是世交，贤侄不妨看在往日的情分上——”

“林懿。”

懒得听他再道从前，唐凛忽地不耐烦起来，冷声也不讲客气话，直言：“唐家今早对林思渺下了十三道密令。

“你应该知道，那在江湖上意味着什么。”

“你怎么敢？！”林懿手下一送，茶碗“啪”的一声落地，“你父亲容得了你如此，他……”

林懿没有继续说，因为唐凛的表情已经变了，他不像是从前跟在唐箴身边，那个沉默寡言的小子，也不是当日被逃婚时，怒砸了整个婚宴的莽儿。

此刻，唐凛只用那双眼睛盯着林懿，甚至示意林懿将自己所想说下去。唐凛的眼底有些东西太过于怨毒，即使林懿与唐家亲厚多年，也不免心悸。

“唐凛，不要做让自己后悔的事。”

唐凛的眼神闪烁了一下，像毒蛇突然收了蛇信：“我做了。

“我关了我的父亲。

“我还发了十三道密令，我要林思渺出现在我面前，生死不计。

“我还知道，林家多年为朝廷供应军资，如今功高震主——皇宫里的那位打算卸磨杀驴了。”

林懿一时竟不知道该怀疑是唐箴向唐凛说出了这些，还是唐凛自有手段。

的确，林家在一年多前就隐隐有大势将去的趋向。为此，林净川终日奔波打点，希望江湖中曾经交好的世家能在林家遭难后，扶持相望。而最让林懿担心的不是偌大家业，是懵懂年幼的林思渺。

她年岁甚小，如何舍得让她跟随自己流离失所？

世人道他卖女求荣也罢，林思渺如何误会也罢，只要她嫁去唐家，今后林家天大的风波都与她无关了。

可这孩子还是被他宠坏了。

唐凛瞧着林懿面色变换，心里一时觉得无趣，甩手道：“我平生最后悔的事，就是明知道你们利用唐家保护自己的女儿，我还心甘情愿娶她。

“林伯父，好自为之。

“唐家堡与林家的情意，今日便尽于此。”

六月初二，送回林懿的马车一路颠簸，到了凤州。

而当日，林家对外宣布：即日起，将林思渺逐出宗籍。

若只为一把紫金芒刀或是一块避毒玉，林懿这一手“卖女求荣”的棋，可谓走得一步一栽，山穷水尽了。

一时，江湖人如雾里看花，遍惹纷议。

霞光如红绸一般铺洒空中，洛无双赶着板车，与秦渊在稷下书院山下的一间客栈落脚。

此刻江湖上谣言四起，关于林家二小姐的风语堆起来，唾沫星子都能啐死人。同时，唐家的十三道密令犹如一支无形的箭，从安都射来，在千万人眼底戳进林思渺——洛无双的脊背。

只是一心赶路的洛无双哪里知道，她眼下正坐在客房内，喝着一壶顶苦的普洱，一面喝一面等秦渊苏醒。

那天晚上，她辗转反侧，决心不能留在霍家坐以待毙。于是，在后半夜她便毅然决然地摸进秦渊房间理论。结果就是，秦渊这个人根本就是个畜生，字里行间透露着想把她卖给霍家的理想做法。一怒之下，她敲晕了他，带着他，趁着天未亮就跑路了。

这次她偷了马，但没偷着马车，于是情急之下，她用板车拉着秦渊走。干粮、银两，秦渊包裹里都有，她还顺手摸走了一些小玩意儿。做这些事时极其熟练，洛无双由衷地感慨自己真是个能成大事的。

距离他们从霍家跑出来已经有几天了，眼看到了书院山门前，洛无双心里竟然犯了难：他们进去了，势必遇见霍少谦，到时怎么说呢？

而……

秦渊到底多弱不禁风？只是简单一个手刀，他就足足睡了三日。

洛无双心情复杂地走到榻前，秦渊睡着的脸五官标致，漂亮得像一幅山水画。

“不就敲了一下吗？怎么这么不经打？”

洛无双心烦地抱起胳膊，袖角扫在人脸上，秦渊眉心挑了挑，未睁眼。

他倒是醒了，可这一路又颠又磕，要了命了。

眼看有免费的苦力，秦渊便泰然地装起死了，还能偷偷休息休息，远比和洛无双吵架来得好。

京陵和安都的相交处，就是稷下书院所在地。

眼下六月初，春花早败了，倒是茂林翠得很，此地也多雨，使它们生得很好。

一队官轿从驿道而来，在队伍最前面有个春衫人，白面却不似书生，正是霍家小将军，霍少谦。

从后头有人匆匆打马来报，说是小姐让停，霍少谦等着马车来了，翻身下马。

霍雨萌在车厢里被颠得七荤八素，皱着脸同自家兄长撒娇说歇一歇。前头便是驿道外客栈，霍少谦让车马停步，留宿在此。

霍家护卫队在一楼休憩吃饭时，一乘不甚引人注意的青色软轿低调地停在客栈门口。待轿子中的人下来，霍少谦面色一冷。

秦策身边没带许多人，看样子不像是路过。他进了店环顾着，瞥见往这儿瞧的霍少谦，眼底光亮一动。

“霍将军。”

霍少谦也没想过能在这碰到神龙见尾不见首的二皇子，此人与秦渊的关系差到小时候每一次，秦渊进霍家门时都以嚷骂秦策开口，以诅咒秦策结尾。

霍少谦带着霍雨萌上前，因在外头，不好多拘礼，只打过招呼。

秦策是个面上永远朗月清风的人，不熟悉的人恐怕会认为几位皇子中他是最为和善、好亲近的人，然而熟悉的人却深知，那张如沐春风的笑脸背后是防不胜防的算计与狠辣决绝的手段。

霍雨萌跟在兄长身后问过好，就一直好奇地打望。事不如料，霍少谦原指望秦策是公干到此，没想到问起时，秦策也拿出一块木牍，笑道：“你我日后便是同窗了。”

不管秦渊与洛无双是因何事而走，但霍少谦知道，不久后，他们一定还会回到书院。

霍少谦笑得勉强，他忽然有些怀念霍府安逸的生活，稷下书院的日子怕是不得安生了。

他们在堂中用过饭，其间默然无语，甚为尴尬。

外头日头正好，秦策为了缓解气氛，向霍少谦提议，再不远就是学院门，不如他们赛马而去，也添些野趣。于是，二人在霍雨萌的挥绢下扬长而去，霍雨萌则由秦策的车夫照顾，徐徐上山。

山路崎岖，她的心思更是弯弯绕绕。

不知兄长是否已到，是否赢了那二皇子……不知道洛无双与秦渊哥哥，是否也在此。

…………

山道两旁林茂草盛，隐隐有一点极亮，瞧着好似什么物件在反光。若有人近些滚进灌丛，定会发现此处早早埋伏了一队人，个个持剑佩刀，正占点盯梢。

最前面一人穿得华贵非常，倒是丝毫不在意地藏身其间。那点光亮，正是从他手上西洋镜里晃出来的。

江湖上动荡，朝野眼下也不是平稳时候。

老皇帝即将立储，而几个皇子中，四皇子秦渊最为得宠，二皇子秦策功绩最好，不出所料，储君将从二人间择其一。当初后宫纷争，高位择子过继，秦渊养在皇后膝下，秦策养在贵妃膝下，大约从最开始，这场二龙夺嫡的戏码就被安排好了。

中宫一向奔着养太子的势头带秦渊，早惹得贵妃恨不得掐死秦渊这个小兔崽子。前些天，在凤州驿道间失手，竟然让秦渊跑了。贵妃决心借书院一事，先让秦策出些风头，正好秦渊下落不明，不会碍了她的事。

此刻在山间纡尊降贵埋伏着的，就是与秦策同气的六皇子秦筑。

原计划是他带一队人在山间，埋伏即将路过的丞相府千金的马车。而这位千金大约会与秦策一前一后而过，可以借机让他这二哥英雄救美一次，有机会与丞相千金舒遥相识。若双方日后能结姻，再好不过。

贵妃的安排缜密，却不为秦策所喜。秦策一向自命不凡，主张大开大合的阳谋之策，不爱摆弄这些阴私之行。所以这次的计划，贵妃对秦策只字未提。只是秦筑这个马前卒，一力安排了这场大戏——按计划守在山间，等着舒遥的车马经过。皇天不负有心人，舒府金玉马才入眼帘，后头秦策的车队已经靠近。

天时地利人和，秦筑一声令下，刀光朝着马车冲去。

已经可以预料的一场英雄救美，秦筑都准备好认舒遥这个嫂子了。

说时迟，那时快，在舒遥惊慌求救的同时，秦策的车帘翻飞，九节鞭凌空抽出一声，一众手下都慌了。

主子嘱咐他们是演戏，不是真动手啊！这些刀剑用刀背在招架，怎么对面一甩鞭，那鞭风擦着脸都疼？

而躲在树林间的秦筑也傻眼了。从他二哥马车上下来的不是本人，怎么是个姑娘？！

料天料地，料不到秦策用车换了霍家一匹骏马，与霍少谦先一步从山北小径打马去了。而现在挥着九节鞭、一脸怒色的这位，正是在马车里被吵醒的霍雨萌。

秦策的车里有熏香，霍雨萌昏昏沉沉的，满心都是即将再遇洛无双，一颗心无处安放地乱跳着。谁承想半路遇到不开眼的，打扰了霍二小姐的春闺梦。刀光才起，霍雨萌闻声便是心下一惊，抄着鞭子就跳了出去。

秦策的车夫眼见拿着短刀十分面熟的“劫匪”，被自家车上下来的小姐打了个七零八落，想说话却不知从何说起。这一沉吟，霍雨萌的长鞭已是游走龙蛇般将“劫匪”都甩了个人仰马翻……

混乱间有三声哨响，两长一短——这是情况有变的指令。

秦筑猛地一合手上西洋镜。

哪儿来的丫头？他眉头一拧，向随侍扬手，林间又起两声哨响，十分短促，带着凛然肃杀剑意。霍雨萌有些诧异地望了望。只这片刻，原本只躲不攻的人群忽然来势汹汹。霍雨萌很快就被打得节节败退，当又一把刀从眼前扬开，她才后知后觉：刚才那短促的两声，是有人对她下了杀令！

霍雨萌此刻满心懊悔，胆怯地退了两步，手下的劲儿也小了。她将将退到那马车前，迎面一剑已经刺来，千钧一发之时，破空一颗石子“铛”的一下弹开剑锋。霍雨萌向来处张望，忽而欣喜地高声叫道：“无双！”

可见话本并非永远杜撰，艺术总来源生活。

再说洛无双当日在二楼厢房，苦着脸决心带秦渊上山——自己认的猪队友，哭着也要一起走。

而此时楼下的霍子谦也与秦策商量好了赛马事宜，先行一步。

赶得早不如赶得巧，该相遇的还是得相遇！

洛无双抖机灵跑了一路，最终还是回到了起点——她又一次路见不平，救下了她千辛万苦刚躲开的霍二小姐。

石子撞剑，叮咚一声脆响后，洛无双就听到了霍雨萌堪比爱慕者后援团的呼喊。洛无双心头一热，好歹自己也是有爱慕者的人了，仪式感不能丢。于是，已混于杀手间抵挡的洛无双，抽空回了个头，向霍雨萌扬脸一乐。

翠叶山幕下，洛无双像个遥远梦境中不可一世的英雄，不必骑高头马，也不必握长枪，她甚至只是在山肆间路过，顺手便解救下落难的你。

霍雨萌心悸，无法挥鞭，她在生死间竟然还会为洛无双的赶到而心怀感激。

“快——躲开！”

而在她脑后，还有两三人正冲过来。

洛无双大惊，上前截下三四把剑，将霍雨萌挡在怀里匆忙问她：“你没事吧？”

霍雨萌摇摇头：“没事，有你在，我是什么也不怕的。”

洛无双因习武修行，个头要比平常大家闺秀高许多，稍一低头就能感受到霍雨萌崇拜的眼神。她意思意思摸了一下霍雨萌的脑袋，心底有些惆怅。

意外，真是意外。

我也不想一不留神就被姑娘青睐。

虽然崇拜受用，但是强烈的爱意让洛无双无福消受。她暗想，等赶走了这群刺客，一定要当面同霍小姐说清楚。在这种心理的驱动下，洛无双出手招招直击要害，再也不藏着掖着，一心想要结束战斗。

秦筑眼看着一个个死士在他面前倒下，知道场面已经完全超出自己的控制。他也顾不得继续导戏，带着两个心腹狼狈逃走。临走前，他眸色深深地看了洛无双一眼，将这个害自己任务完不成，还折兵损将的人狠狠记下了……

君子报仇，十年不晚！

可是好巧不巧，就是这一眼引起了洛无双的注意。

原本秦筑躲于山间灌木中，不甚起眼。可好巧不巧，混战中的洛无双还是注意到了这人，俩人对视了一瞬。确认过眼神，洛无双立马看出这就是罪孽的根源。她哪能容对方逃窜，腕走掌翻，飞针一出，秦筑立时中招。

兵败如山倒，秦筑心里知道，眼下不是纠缠的时候，若是被更多的人看到，他便是浑身是嘴也说不清的。他强忍疼痛，低声嗷呜，拔掉肩膀上的三枚银针，极其幽怨地看向洛无双等人，灰溜溜地跑了。

秦筑和洛无双之间的梁子，就算这么结下了。

霍雨萌双颊飞云，一副非卿不嫁的姿态，频频朝洛无双抛媚眼。在她满含爱意的注视下，洛无双觉得自己简直就是在误人子弟。

二人几乎同时发声音。

“你不愧是我喜欢的人！”

“对不起，比武招亲只是一场误会。”

说完两个人都愣住了，霍雨萌眸光带雾，一时不敢相信自己的耳朵，问了一遍：“什么误会？你不是自愿的？”

洛无双面带愧疚，双手无处安放，只好不停地搔脑袋：“在下并不知道那是令兄设下的比武招亲擂台。那日被困在霍家门口情急之下才揭了榜进府，十分愧疚，绿如意也已经归还小姐，就此别过。”

霍雨萌容貌上等、家境优渥，放眼整个京陵，她也是数一数二的，绝对不会落到嫁不出去的地步，自然将在大庭广众之下被退婚视为奇耻大辱。

“不要，你明明就是看清楚了才揭榜的！”霍雨萌高声反驳。

洛无双只好拿出撒手锏：“无意冒犯小姐，只是在下无意纠缠儿女情长，还望小姐就此放过。”

霍雨萌十分委屈地拉着洛无双的手，感受心爱之人的体温，终于忍不住，一颗泪如同断了线的珠子打在洛无双的手背上：“没关系，你不愿成婚，那我就等到你愿意娶我的那天，反正萌儿还小，还能等许久。若是你喜欢江湖，我也愿意一生追随你行侠仗义，只要你不抛下我……”

洛无双最不忍见女孩子哭，更何况还是这么个娇滴滴的大小姐，但是她自己也是女人，实在给不了对方想要的幸福。等到爱已深，霍雨萌再知道自己所托非人，岂不是更加悲痛？

所以长痛不如短痛，洛无双道：“小姐，我并非良人。”

霍雨萌不甘心，急忙辩解：“无论你什么样都好！我百搭！”

…………

似乎是觉得有些不太矜持，霍雨萌开口：“你不要着急拒绝，日久生情，咱们还有很长时间可以相处。”

洛无双哭笑不得，只好回她：“这……若是你愿意，我们可以一直做朋友。”

霍雨萌咬牙，心想不妨缓一缓，慢慢地，洛无双发现自己的好，还怕他不乐意？

身后忽然有些异动，洛无双心神一凛，两人这才想起那辆被劫的马车。

舒遥从车上有些惶惑地向外看，目光里盈盈有光，与洛无双一对，极蹊跷地躲开。

洛无双脑子里“嗡”的一声。

哇，好熟悉的眼神。

我是拿错我哥的剧本了吗？

当然怨不得她熟悉，因为那眼神……就是那个意思，和霍小姐一样的意思。

舒遥出身相门，养在深闺，极少见到刺杀和武林中人，对于外面世界的了解无非就是《七侠五义》之类的话本子。她真正接触江湖，这还是头一次。

方才透过青缦帐，舒遥只能模糊地看到一个人影衣袂翻飞，动作轻盈，身手利落，现下看见洛无双，她又觉得熟悉。

比春山多情，又比暖溪朗气。

舒遥颔首道："多谢公子与姑娘相救，小女子舒遥，方才一见，二位身手真好。"

话是真心的，声音清脆，如清晨的泉水，因而听着分外悦耳。

洛无双见舒遥气质非凡，一颦一蹙都带着贵气。她想象了一下，若是舒遥跟霍雨萌对打，大约脸都会被挠花，那真是非常可惜……希望她不要中意自己。

如此想着，洛无双学着林净川平时的死样子，板着脸"嗯"了一声，惜字如金："洛无双。"

洛无双万万没想到，舒遥这种见多了阿谀奉承的大小姐偏喜欢这种爱答不理的人。

所以，当舒遥肉眼可见红了耳根的时候，洛无双感觉旁边的霍雨萌整个人都站正了些，大有一种护食的姿态，她说道："我姓霍，家兄是京陵霍将军，姐姐叫我雨萌就行。我与未婚夫一道上山，见有人劫你的车便出手了，都是仗义之举，江湖上不讲究这些俗礼！"

舒遥在听到"未婚夫"三字后，面色明显一僵。而洛无双当即否定，好似生怕大家误会："女儿家名誉最是珍贵，什么未婚夫，霍小姐休要乱说！"

大庭广众之下，洛无双十分不给自己面子，霍雨萌一时情急，道："什么不是，我兄长都同意我嫁去北洲，你究竟有什么顾虑？"

此言一出，舒遥与洛无双都愣住了。

"北洲？"

"是啊。"霍雨萌望一眼舒遥，颇有傲意，"我夫君是北洲戚老将军的三公子，养在中原，一贯无人认识，你不晓得也是寻常。"

洛无双的冷汗都下来了，她见舒遥忽而又一俯身："家父曾多次提起老将军威名，赞老将军骁勇善战，当真虎父无犬子。"

洛无双讪笑，试探问道："令尊是——"

"当朝丞相——舒靖。"

好的，洛无双感觉自己离遇到北洲的“亲人”不远了。

因为这一身份，一时间三人僵持着，只听后面有人嘟囔：“聊够了没，能不能走了？再不走，天就黑了，你们仨在这儿喂狼吧！”

霍雨萌“咦”了一声，叫道：“渊哥哥？”

秦渊冲到洛无双面前，指着她的脑门大骂：“你小子！英雄救美挺能耐，这儿还有个喘气的呢？！背我背得好好的，乱扔什么？当我是货物吗？”

“抱歉，抱歉，我——”

洛无双刚有一些歉意，转念一想：“等一下，你怎么知道我背了你一路？”

秦渊原本气势汹汹的样子忽然一僵，轻咳两声，偏开脸：“呃……哟，舒小姐也在。”

舒遥看清楚人：“四殿下？”

秦渊颔首，很巧妙地错过了洛无双杀气毕现的眼。

他们自然是认识的，舒靖常在前朝走动，请个宴，摆个酒，顶儿上不见面儿上也见。舒遥对于秦渊怎么在这儿不惊讶，只是讶异他满身狼狈，而又是怎么认识了洛无双这样的人物。

秦渊与舒遥一边说，一边就要往前走，身后洛无双目眦尽裂。

我的天哪，这个人根本没昏迷？

让我一个姑娘家背他上了大半座山，还躺在那儿看他们打完架？

“无双哥哥，你怎么好像不高兴啊……”

不等霍雨萌关心，洛无双怒从心头起，攥紧了拳头跨步上前，搭着秦渊肩膀抬脸一乐：“兄弟。”

“嗯？

“你干什么？

“ 啊啊！！别……别打脸啊！”

洛无双：我去你的别打脸！

山道之间隐隐已有暮色，而一个断断续续的哭声时隐时现，让人汗颜。

“不如就这么一拍两散吧。”

秦渊哽咽着说，脸上青一块紫一块，虽没有破相，瞧着倒是十分可怜。他道出这一路如何帮助洛无双，两人如何互帮互助，又是怎么做的兄弟，可洛无双为了女人竟就这么忘恩负义，真真叫他心寒。

洛无双心中也是一阵心虚加内疚，毕竟他说的都是添油加醋的真话，而自己，连名字都是假的，还混吃混喝一路，生生混到了稷下书院。

要说对不起，自然是她对不起人家。只是她还来不及张口，就见秦渊一边愤恨地说着，一边拿出七彩翎羽，就要折断。

洛无双：什么？

怎么到他手里了？自己可是答应了戚风棠，要将翎羽回送北洲。如今自己是鸠占鹊巢，占用了人家的身份不说，不能连人的临终遗愿都不完成吧？这也太不人道了！

所以，这能让他折吗？当然不能！

洛无双大叫着阻止，而秦渊装作泪眼婆娑，但是思绪还是格外清晰。这本就是象征性地吓唬洛无双。人家的信物，他哪敢真的折断？

等洛无双日后反应过来，怕是能直接打死自己。

见他发愣，洛无双循循善诱："你乖啊，你把人质……呃，不是，你把翎羽还我。"

秦渊"哦"了一声，然后将七彩翎羽收回怀中。整个操作行云流水，看得洛无双三人的下巴差点掉在地上。

洛无双一个头有两个大，好言相哄："你哭个什么劲儿？我对你是责之深，爱之切，一路上你不也帮扶我很多……那你看，能不能把信物还我？"

秦渊想着法儿折腾洛无双搞事情，一会儿说洛无双不用管自己，一会儿又说如果洛无双走了，他自己就活不下去，搞得洛无双都不知道怎么安慰他了。

被逼无奈，洛无双举手投降："好好好，你说什么就是什么，我都听你行了吧？"

霍雨萌也在一旁干着急，胸大无脑的她直接道："殿下，无双哥答应了，他会对你好的，我也会双倍对你好的。"

秦渊冲霍雨萌翻个白眼，心道：我要你对我好了吗？你对你哥都那样，我敢让你对我好吗？

秦渊面上并不理会霍雨萌的言语，擦了擦并不存在的泪痕，义正词严地对洛无双说："那你跟我约法三章！"

洛无双一心只想把拿回翎羽，咬牙切齿："好好好，你说你说。"

“第一条，你要听我的！”

“听听听……不过有些事情我要自己处理。”

“不管！你要是不听我的，我就把翎羽毛都揪掉！”

“听！”

“第二条，你不能离开我。”

这话听起来，真的是非常容易让人误会了。可是洛无双无暇顾及许多，她迟疑着该如何回拒。因为按照她原本的计划，在稷下书院偷到《苍柏巡山图》后，就要去给北洲王送还翎羽，之后才开始真正属于自己的江湖之旅。她一直待在秦渊身边，不可能。

秦渊见洛无双没有反应，眯着眼睛思索，看来这小子是动了异心。他下意识地从怀中拿出七彩翎羽。

洛无双的小心脏都要跳出来了：“秦渊，你这是在搞事情！”

秦渊仍坚持说：“你是签了文书的，你得一直待在我身边！”

洛无双恶狠狠地瞪着他，一咬牙：“行！！”

秦渊又换上那副纯真无害的笑容，一巴掌把洛无双的头按在自己胸口，用力地胡乱抓了两把洛无双的头发，并单方面决定要与洛无双结拜为兄弟。

这傻小子真是蠢得可爱，除了自己，谁也不能欺负他。

洛无双一向神经大条，权当多个朋友多条路，并不排斥。

这下算是皆大欢喜，单纯如霍雨萌也拍手称乐。只有舒遥站在原地，若有所思地打量洛无双与秦渊。

在刺客风波之后，众人来到稷下书院。

此时黄昏，已经有不少新生在山门口等候，其中不乏洛无双的老熟人——霍少谦等。

还没等洛无双上去打招呼，秦渊已经先一步冷哼出声，擦肩直接走了过去。

“那个人二皇子是秦策，渊哥哥跟他有仇呢。”

秦策？

洛无双心里一惊，下意识摸到腰间。她那儿有一块玉佩，材质十分好，原本是藏着托底的宝贝，不到万不得已不拿出去当，而这块玉佩就是那天那个叫秦策的男人留下的。

不会这么巧吧？她腹诽着，又想那男人也是京上来的。这时霍雨萌已经上前攀谈，秦策开口。还真就是他！

都说天下之大，其实是该说天下之小吧！

秦渊这个四皇子，此刻才让洛无双开了眼。高门子弟间，秦渊是如鱼得水，熟不熟都能聊上两句。洛无双百无聊赖，看着众人叽叽喳喳、你来我往，好似大型认亲现场，格外无趣。

众人叙着旧，忽地有个男人上来一拱手："戚三公子，都说这一届会盛邀你前来，我们都以为是谣传，却没想到是真的。"

洛无双浑身都凉了。

"什么……什么三公子，你认错了吧？！"

这人难道认识戚风棠？！

不是说江湖上没人见过吗？虚假消息啊。

洛无双脸色变来变去，看得那人愣了一下，他反问："带着北洲七彩翎羽还说自己不是，难不成这是你偷的？"

他问这话本是打趣，谁承想撞在了洛无双的痛处。洛无双一下子也急了，嚷嚷着捂住翎羽："谁偷东西了？！你是谁啊？我认识你吗？"

她调门高，一会儿大家全涌上来看。

秦渊本在一旁同几个拥护自己的重臣之子谈笑风生，眼风撇过洛无双这边，瞬间就没了谈话的兴致。秦渡是自己的好兄弟，洛无双也是，看这架势是大水冲了龙王庙，一家人不认一家人了。秦渊赶忙跑回来，掰开两人斗法的胳膊，冲着洛无双数落："你干吗呢？一会儿看不见你，你就惹事儿！"

洛无双惊魂未定，难得不跟他反着来，还十分委屈扯他。秦渊不知道情况，想这小子一下子见了这么多人不习惯，又向那个年轻人训道："秦渡，你也是，你们认识吗，你就动手，这么大人了，毛病还是不改改。"

被叫秦渡的人垂着头，道一声抱歉："四哥，原来你们认识。"

几人走到一边，秦渡问起洛无双的身份，秦渊点点头，又示意不必怎么宣扬，秦渡委屈道："他把那信物挂在腰上，我还要如何宣扬？"

洛无双一脸蒙。

秦渊好心地把她垂挂在腰间做配饰的七彩翎羽递给她看："你干吗呢？装大公鸡？看给我弟弟弄的。"

洛无双简直要被自己蠢死。对啊！她怕秦渊再偷翎羽威胁自己，索性把它系在腰间，以便时刻看着，这也怪不得秦渡会认出自己的身份。

不过，这也从侧面印证了秦渡这个人根本不认识自己。这还硬要攀关系，这人什么毛病?

如此一想，洛无双很是不屑，对着秦渡直翻白眼：“小爷我乐意，挂在那里好看，你管得着吗你?你又不认识我，还擒住胳膊，着实让人烦躁。”

秦渡连连道歉。秦渊看着他们俩，心底不知怎么，隐约有些不自在。

他和洛无双，是好兄弟，好兄弟自然要偏袒。

——只是从前，他还没有为别的人，训过阿渡一句重话。

真是怪了。

第四章
稷下好韶光

院门在嘈杂的交谈声中悄无声息地打开，顿时，人群停止吵闹，迎新生的老头慈眉善目，颇有几分仙风道骨的味道。洛无双摸了摸下巴：不错，感觉挺不像江湖骗子的。

这人就是当今江湖人谈起都觉得高山仰止的稷下领院山长。

山长率领众夫子一步步走下台阶，依长幼之序一一向被录取的众皇子施礼。等他走到秦渊身前行礼时，秦渊撩袍一扶，洛无双目瞪口呆。

这家伙，倒真的是个皇子，此时看竟能看出几分贵气。

从前虽知道，但现在才有些感觉，江湖与朝堂的确不大一样，

山院鸣钟，三声长响，回荡在暮色间。

山长致辞。

“今开山门为君始，即入稷下，则无君臣，与光同尘，不乱初心，友同亲，唯至圣先师孔圣人如是。尔等知否？”

洛无双没有听得太懂，也随着众人行弟子礼，俯首称诺。

“诸位王公贵族，入得稷下便是稷下的学子，即是学生，则一视同仁，还请众新生换上书院素服，再行入内。”

这番话说罢，山长朝秦渊和秦策所在的方向看了两眼。

秦策一想，的确是失算，穿得太过招摇；而秦渊内心暗恨，都怪洛

无双，连夫子都觉得我穿得寒酸。

实则，众公子为撑场面，都是华服而来。这下少不得小声抱怨，一时间没人愿意动弹。秦渊自然也不想换上毫无特色的素服，虽然他披个麻袋也可以引领风向，但也不能让一身土里土气的院服糟蹋。不穿不穿，打死也不穿。

洛无双领过衣服之后，也不太敢轻举妄动，虽然她对这衣服并没有太多的不情愿，但是在一群人大眼瞪小眼，都不愿意做第一个换衣服的人的情况下，若是她冒冒失失做了出头鸟，那还不得死在周围人的注目礼中。

被人看不尴尬，尴尬的是被人发现是女儿身，这个情况就不太妙了。

正好瞧见秦渊也抱着一坨衣料发呆，她忍不住出言调戏："哟，四皇子还没换衣服呢。"

秦渊扭头一看是洛无双，坚决不给好脸色："哼，要你多管闲事。"

洛无双不甚在意，就像逗猫一样不停地骚扰着秦渊："嘻嘻嘻，我才不管'咸'事儿，只管你，你的事儿都是'甜'的。"

秦渊："甜？"

洛无双有病啊！这话是对姑娘说的吧？

自己也有病啊！突然害羞什么？

憋了半天，秦渊咬着牙向洛无双丢出一句："你一个大男人恶心不恶心。"

不恶心啊。

洛无双无所谓地哼哼，谁是大男人，谁恶心。旁边的车马轿子支起来上百个白花花的遮帐，院内重新嘈杂起来。洛无双看了一圈，才发现秦策是最先支起遮帐的。他的遮帐最豪华，周围忙活的随从、仆役也最多，三进三出的遮帐，七八个仆从忙里忙外来回侍奉，让人咋舌。

其他人也纷纷效仿，洛无双和远在台阶之上的山长见状，同时摇了摇头。

洛无双的杏眼骨碌骨碌转动，趁着贵公子都忙活，无人注意她这边，也不跟秦渊打声招呼，稍一发功就跳到一棵最粗壮、最高大的老松树上，悄无声息地躲在茂密的枝叶后面快速换装。

说话的工夫，秦渊再扭头看向洛无双的方向，发现人已经消失得无影无踪，也顾不上找人，抱着书院发下来的衣服四处溜达，伺机借个遮帐换衣服。可惜，众公子哥都在忙活自己的事情，并没有一个人有要帮他的打算。

也不怪别人不帮，秦渊一向注重自己的仪容仪表，入学报到这么重要的事，谁能料到堂堂四皇子是被人掳上来的呢？

秦渊郁闷，这群公子哥平日里巴结自己，恨不得连心都剖出来给自己看，现在怎么一个搭理自己的都没有，着实让人生气。

秦渊来来回回转了两圈，最后也没能拉下脸主动讲出自己的需求，趁着最后一阵换衣服的高潮，他只好灰溜溜地闪进树丛里换了。

正巧，秦渊选择换衣服的树丛正在洛无双所在的那棵树下，所以洛无双在树上目睹了秦渊换衣服的全过程。

只见秦四皇子半蹲在半人高的草丛中，唯恐别人认出自己。他脱下霍家给的水绿色锦绸马褂，露出里面白色的亵衣。洛无双如偷腥的猫，暗中观察秦渊的一举一动，心道：没想到秦渊还这么有料——不小心撩开的亵衣漏出小麦色的肌肤，强而有力的臂膀以及让一般女子见了都汗颜的翘臀。

洛无双本着对人体的欣赏，目不转睛地盯着秦渊看完换衣全程，中间不乏一些感叹：秦渊的皮相啊，真是拿脑子换的。

此时的秦渊已经穿好素服，整整齐齐地准备迈出去，只听到“啊”的一声，一个人影落在旁边的那株灌木丛中。秦渊好奇地走上前去，搭眼一看，原来是洛无双，伸手将他拽了出来。

洛无双扯掉附着在自己衣服和头发上的枝丫、木棒，拍拍身上的尘土向秦渊道谢：“呵呵，原来是你啊，多谢了老兄。”

面上镇定，一点儿都没有方才偷窥花痴的模样。

秦渊不解，洛无双好端端的怎么会摔到灌木丛里？难不成他又一时技痒，和人比试被人摔了出来？可也没听到激烈的打斗声和围观叫喊声啊，秦渊忍不住开口问：“你方才在哪儿？如何摔进草丛里了？”

洛无双眼睛骨碌骨碌地直打转，冲着秦渊露出一个大大的微笑：“嘿嘿嘿……方才在树上睡觉，一翻身就掉下来了。这不这帮公子哥换衣服太慢了嘛，真是让人生气……”

洛无双巧妙地转移话题，自己偷窥的事情绝口不提。秦渊也不疑有他，直接相信了她的鬼话。毕竟在秦渊看来，洛无双也是男人，根本不会变态到偷窥自己的地步。

俗话说得好，假如生活欺骗了你，不要生气，也不要着急，闭上眼，你会发现，现实还会给你一记响亮的耳光。

秦渊还没来得及出声安慰洛无双，洛无双抢先开了口，发出由衷的赞美：“秦渊，之前是我错怪你了，以为你姿色平平，没有什么看点，可我方才分明看到你的身材还不错。你平时都怎么练啊？”

“……”

“滚！”

换过院服，入了山门，这就算正式开学了。

书院既然吃皇粮，就肯定以各皇子为首。

秦渊、秦策各带一队，分了东西苑。洛无双和秦渊则被分在同一间屋子的两个厢房内，日后做了同窗，还是邻居，那可要好好防着秦渊发现自己的身份了。

翌日算是休沐日，给大家一个时间满山转一转。秦渊一大早就和那群皇亲贵族踏青去了，懒得管其他人，洛无双也乐得自在，所以，一觉醒来已是日上三竿。

正当洛无双好梦正酣，有人敲门，是秦渊的两个弟弟，秦渡和秦澄。

“何事？”洛无双躲进被子里问。

秦渡：“怕三公子住不习惯，特来问候。”

似乎没有拒绝的理由，洛无双沉思片刻：“呃……那你们等我洗漱完再进来。”

门外一时没有动静。

洛无双一个翻身下床，就在屋子里忙碌起来，又是找鞋，又是裹束胸带，还带翻了一盆清水，直接砸在右脚脚面上，疼得她嗷嗷直叫唤，还要含泪向外面的秦澄、秦渡两兄弟解释“没事没事，就是叫两嗓子清清喉咙”。

门外的两兄弟面面相觑，互相疑惑脸：难道北洲有起床练声的习惯？

忙活了好一阵，洛无双才给他们俩开了门。

“起得挺早啊二位，用过早膳没？”

秦澄年岁小，长得也像喜团似的。他一早就被秦渡拉着见旧相识，头次见洛无双，就让他们在外面站了这么久，此刻他小脸一鼓：“当然用过了，谁跟你似的晚上不睡，白天不起。”

“这就是阿澄吧，哎哟，你四哥老提起你。”

洛无双心虚，也不好意思和小孩子置气，笑眯眯地就把他们俩让进屋里。秦澄走路晃晃悠悠的，洛无双问起他们两个有什么事，言下之意：没事要不先走，别耽误本人一个人放空。

谁知，那秦澄忽然从身后捧出一坛酒，大眼睛亮晶晶的：“洛大哥，这是我们给你带的礼物！”

酒！

洛无双惊喜地捧过酒坛，瞧着秦澄都十分高兴，她一时脑热，在对方脸上“啵”了一下，然后在屋里找出两个杯子。

“老八，你怎么了？”

秦渡戳了戳脸红的八弟，心说这孩子可不行，还没喝就先醉了。

他哪儿知道，秦澄这叫酒不醉人人自醉。不知为何，洛无双身上有一股子甜甜的香味，秦澄当即对这个新哥哥无比有好感。

他们说，为了表达洛无双一路关照秦渊的这份情意，这才带着酒来，往后大家同窗兄弟，一定要多照应。

心情大好的洛无双接过秦渡递过来的杯子，先是深吸一口气闻闻酒香过瘾，下一秒，仰头倒入喉咙，唇齿生香，直呼妙哉。

秦渊这些兄弟，个个比他会做人。洛无双想着，又在心里把秦渊翻来覆去地数落——她倒是忘了，当初是谁酒后大闹，砸了酒楼的。

三人一开始还喝得斯文，秦澄因没喝过几回酒，只觉得辛辣难忍，皱着眉头喝了小半盅，龇牙咧嘴，倒吸凉气，直让人发笑。

秦渡看着秦澄极其宠溺，声音温柔，说道：“傻小子，喝酒哪有你这么猛的。”

秦澄无所畏惧地吐舌头，很是好奇地问洛无双：“三公子是自幼来中原的吗？”

洛无双摸着鼻子掩盖心虚，只答是。秦澄眼睛里带星星，看得人晕头转向：“听四哥说，三公子武艺高强，真让人羡慕。”

洛无双见有崇拜者在场，忍不住多喝了两杯，满口灌下，也不管今夕何夕，乐呵呵地对秦澄道：“哪里话？哥哥跟你说！什么低手高手的，不都是摸爬滚打被人揍上来的……

“嘿嘿嘿，不过我现在，可以让你看我揍别人……”

如果秦渊在场，他一定想先揍这个酒鬼。

可这边两兄弟是真不知内情，秦渊把洛无双夸得上天入地，唯独那些令人不齿的习惯毛病一样没说。秦澄一听，嚷着要看。而外头晴空万里，洛无双钩过悬挂在墙壁上的软剑佩在腰上，直接破窗而出，跑到稷下书院公厨门口。

此刻正是午时饭点，大部分书院的学生，无论新老，都聚集于此。

洛无双叫喊了两声，顿时引来了一大片围观者，一时里三层外三层，围个水泄不通。

秦渡和秦澄哪里知道洛无双这么冲动，完全是因为酒品太差，还当她是性情中人，情到深处，什么也顾不得了。因此，秦澄还在心里十分愧疚，等他们俩急忙忙地穿过人群，看到洛无双，她已经舞完一段醉剑了。

书院六艺课程虽也开设骑马、射箭课，可哪有洛无双舞得自在炫酷，加之日常学习除了策论就是阳春白雪的琴艺课。那些老生带头起哄鼓掌，一遍又一遍喝彩，跟街头看杂耍卖艺似的。

俗话说，不在沉默中爆发，就在沉默中死亡。大俗大雅共存，人生才有意趣，因而根本没人拦洛无双，除了喝彩的，还有鼓劲的。

秦渡一看这情形大有收不住的趋势，赶忙叫停："快停下来，一会儿山长来了就不好了。"

眼瞅着围观的学子越来越多，秦渡的脸也越来越黑。

这下完了，四哥回来，非扒了他们的皮！

洛无双听见人声，不再舞剑。看向一脸着急的秦渡和期待着搓手的秦澄，她脑子里快速回闪方才喝酒的画面，两颊酡红，糊里糊涂地道："哦，阿澄！

"看你洛哥这招！平沙落雁！"

秦澄小孩子心性，自然是万分期待，直拍手叫好。洛无双醉步无章，剑指地面，朝周围的围观者转身行注目礼，在这份叫好中越发膨胀，放话道："今日，我洛无双，要在此设擂台。能胜我者，我任你处置，若不能嘛……嘿嘿，就从我胯下钻过去。"

话音刚落，周围的人都炸开了，纷纷在探讨这个洛无双究竟是谁。新生一入院就如此狂妄，四皇子的幕僚也不该！

众人忙着打听"他"的过往，江湖名号、姓甚名谁，权衡利弊之下，大家都不敢上台迎战。

同级有个不起眼的青年，长了一张大众脸，冷不丁地发问：“当真随我处置？”

洛无双瞧着他愣了一下，粲然一笑。

她扬手，软剑划过空中，直接挑开那人的衣领，捎带着发带寸断。她高傲地扬起头睨他：“当真，不过你不行，你不够格。”

人群中不知是谁带头叫了一声好，搞得群情激昂。此刻洛无双没有秦渊追着跑，简直要上天了。她眼里人影重叠，金光弥散，不由得嗤笑众人：“你瞧瞧你们，还什么国之栋梁，连个擂台都不敢上……呃……”

话还没说完，洛无双两眼一翻，忽然一头栽倒在地上。

等洛无双完全倒在地上，大家才发现洛无双背后竟然是面无表情的秦策，保持着刚砍晕洛无双的姿势，不着痕迹地收手，皱着眉头说：“好吵。”而后扬长而去。

看来二皇子与四皇子不睦是事实了，亲自下场打对家的门客，这也就秦策做得出来。

众人见没有好戏看纷纷准备散去。这时秦澄反应过来，还有个倒在地上的洛无双呢，又赶忙跑过去将她扶起，掐人中、拍脸，但她丝毫没有醒来的迹象。

秦澄自知此事因自己而起，很害怕秦渊知道后怪罪自己，极其无助地对秦渡道：“渡哥，她不会是死了吧？”

秦渡后怕地捂住他的嘴：“住口。”

你是真没挨过江湖的毒打啊。

于是，开学还不满一周，洛无双就成了稷下书院的传奇人物。

大闹稷下书院，还招惹来心气儿极高的秦策亲自动手，放眼整个稷下，这份“殊荣”洛无双都是独一份。加上她虽称自己为洛无双，可是有心之人都知道，那可是北洲戚家宠在心尖尖上的三公子。于是她的殊荣，更上一层楼。

自然而然，此事最后被山长知道了。据说当时听完汇报，山长面色铁青，仙风道骨全然不顾，直接在房门内喊出：“北洲蛮夷，开除学籍！”

所幸，秦渊匆匆赶到，一番舌灿莲花加地位碾压，好说歹说才将此事摆平。虽然洛无双是没有多大的麻烦，但是禁酒令这一项，在洛无双醉酒第二天就强行实施开来。

且说当时洛无双醒来后，基本断片，看着屋子里站满了人有些恍惚。

他们在我屋里做什么？

秦澄最先发现洛无双的动静，奔走相告：“四哥、七哥，你们看他醒了。”

洛无双：“……”

闻声，二人纷纷来到她身边，嘘寒问暖。

“可有哪里不舒服？”

“头还疼不疼？”

洛无双强撑着身子靠在软垫上，转动自己的脖子，倒吸了一口凉气。难不成睡得太久了，脖子已经僵硬得没知觉了？

秦澄做错了事，很是愧疚，见状很是难过地主动认错：“对不起，无双大侠，都怪我贪玩，让你被秦策摆了一道……”

洛无双摆摆手，隐约想起昨日好像是又喝酒了。看来自个儿酒品是真的不好，太耽误事儿了。

只是醉酒从来没有脖子疼的，刚睡醒的她有些发蒙，半晌才反应过来：“什么？你说我被秦策砍晕了？”

秦渊自然是清楚前因后果的，虽然不屑秦策的做派，但是仍觉得，假若自己在场说不定也会将洛无双砍晕。他撩开袍子坐在床边，捏着洛无双的脸：“你什么时候能学乖一点，别给我惹麻烦？你知道我有多艰难才在山长面前替你求情，下回你就没这么好的运气了。”

洛无双从小打架打惯了，输赢讲究公平心服口服。秦策暗地里使绊子怎么能行，她掀开被褥就要下床去找秦策算账。

秦渊伸手将她拦住，用力将她按回原处：“上赶着让人嘲笑？先好好养着，看你下回还敢不敢喝酒。”

秦渡看得啧啧称奇，他知道四哥和洛兄弟关系好，但没想到好到这种地步。四哥这个态度，就是王府里的宠姬也没有过这种待遇。

事后，秦渡很是好奇地问四哥为何对洛无双如此宠爱，还旁敲侧击暗示四哥是否转了性，偏好男风。结果，秦渊只说了一个字：“滚。”

不过洛无双不听也不领情，非要下床穿靴：“大爷要找他单挑，本人堂堂一代大侠的威风，怎么就让他一个狗屁皇子抢了去！”

话音刚落，她面前的三个皇子面色都有些不好看，都在思考秦策是狗屁皇子，那自己是什么皇子。

秦渡摸着鼻子灰溜溜地开口：“四哥让他去吧。按照书院规矩，学生之间是可以正式下邀战帖的，只要不出人命，学院便只可监管，也算是我燕冀国崇武的特例。”

秦渊一听言之有理，假若洛无双能“手刃”秦策，从某种意义上讲，不也是代表自己一派挫了秦策的威风？

那敢情好！这么一想，秦渊走到书桌前，奋笔疾书替洛无双写下了战书。

然而秦渊忘了，洛无双属于实干派，就在他下笔的工夫，洛无双已经杀出去，跑到西苑的住院里大声叫嚷：“秦策，你给我出来啊！你有本事打晕我，你有本事出来啊！别躲在屋里不说话，我知道里面就是你。”

此刻正值午时，西苑的学子都被洛无双的叫嚷声吵醒，纷纷开窗探头看外面发生了什么。日头毒辣，有些让人睁不开眼，洛无双却像一个鼓鼓的皮球，丝毫没有偃旗息鼓的架势。不一会儿，一扇房门打开，秦策百无聊赖地站在洛无双面前，声音如潭水：“秦策在此，不知你有何事得在午休时跑到西苑大声喧哗。”

“我敬你是条汉子，昨日一战，阁下胜之不武，今日你我二人就堂堂正正地在这里比试一番！”

洛无双习武成痴，见秦策如此做派反倒有些赞许，为自己的对手鼓掌也是对自己的尊重。

秦策面不改色，依旧是站在屋檐下，风吹衣袂翻飞，少年的头发黑玉般有淡淡的光泽，脖颈处的肌肤细致如美瓷。他淡淡地扫了一眼，道：“来了。”

洛无双不知道他说的来了是指什么，还没得意一会儿，忽然头顶一片荫翳。

咋回事儿，天阴了？

洛无双顺势抬头看去，惊愕不已，竟然是一个硕大无比的下巴，足足有自己半个头大。洛无双连忙跳出三尺开外，看清来人，除了为首的身高九尺、体格健硕的男人，后面还跟着一群锦衣华服的公子哥，虽然颜色和院服一致，但是衣料质量明显不同，显然这是早他们入学的老生。

洛无双的脑子“嗡”的一下：“我……我说我跟你单挑。”

秦策把手一摊：“没错儿啊。

“我跟你，单挑他们一群。”

这会儿气氛跌至冰下。

来得好不如来得巧，喜神附体的洛无双，成功遇到了稷下书院的老生给秦策发来的集体战书——他们要挑战秦策。

而洛无双回头四顾，没有一点援兵——秦渊并没有派任何人来支援洛无双。

洛无双在心中做了另一番打算：本国尚武，一个人单枪匹马对战一群人，胜了彰显皇家风范，败了也情有可原，其气节精神也值得嘉奖。总之，无论结局如何，秦策都会在皇上面前大显身手，一下子就博得陛下的好感也说不准。

而这群老生也没想到秦策这小子这么有种，竟敢单枪匹马赴约，正合人心意。反正稷下书院作为独立于国家体制之外的存在，就算皇帝来了，也只能干瞪眼，正好杀杀他的锐气，让这群新生看看，谁才是稷下书院的老大。

洛无双此时已经完全退到同秦策同一战线的位置，也顾不上方才的恩怨纠纷，侧着头问：“你怎么招惹上这群老生的？”

秦策仍目不转睛地盯着前面的一群人，眼神发射寒光冰束，丝毫不输阵势，轻描淡写道：“他们和你一样吵。”

洛无双无语，这人有点毛病吧？

但现在不是跟他斗嘴的时候，她暗抹了一把汗。眼前这群人个个都是大块头，不时秀一把肱二头肌，凶神恶煞，自己和秦策二人恐难胜利。

思索间，洛无双退了两步，突然发觉身边陆陆续续多了几个兄弟，看起来是同级。

“兄弟，你是？”

那细皮嫩肉的男子眼神坚定，撸起袖子，露出白白嫩嫩的细胳膊回她：“我是谁不重要！新生一条心，决不能让老生欺负了去！”

附和者有甲乙丙丁等新生，纷纷点头表示赞同。

勇气可嘉，但是这还不够对方塞牙缝吧？

洛无双看了秦策一眼，又往身旁瞥了一眼，暗自嘀咕：“没想到秦策的威望还挺大……”

那白斩鸡似的小兄弟忽然摇头，向她解释：“不是啊，我们都是为你来的！”

“是啊是啊，我们都是为洛兄弟来的。”

洛无双真是没想到，自昨日一醉成名，这么快就有了门客，虽说瞧着都不禁揍，但架不住人心齐，泰山移，多一个人也多个保障呢！

她这边挺高兴，倒不知那边秦渊替她着急。上一届学生多为藩王之子，秦策不善与人交际，故而老生们找他不自在实在是情理之中。只是秦策单枪匹马迎战，撞上洛无双搅和，他想独占鳌头的这个心思怕是落空了。

当即，秦渊重新拟定一份请战书，把自己、秦渡、秦澄、洛无双以及秦策统统写了进去。这下再去参与，说小了算是维护手足之情，说大了都能安邦定国。

到时，山长抑或是皇上问起来，一看请战书便知。

笔墨一挥，甩晾干了，秦渊招了几个东苑的兄弟，浩浩荡荡地跑到西苑准备打群架。但他一去就发现，这哪儿要他啊？

洛无双心气儿一蹿三丈高，别说下海捉鳖，就是上九天揽月都不在话下。她自信心爆棚，挥着小拳头就要揍人——梦想家要上树，谁都拦不住。

洛无双人生第一要义，那就是实干。

洛无双“啊”的一声，跟个弹簧似的蹦了出去，率先发起进攻。两边人马也纷纷扬起武器冲向对方，一时间，双方都有些分不清哪是敌人哪是自己人。

手里拿着锅碗瓢盆、桌椅板凳当武器的，是新生；拿着狼牙棒、铁棍、刀剑的是老生。原本围观的新生老生，不少人都被战斗中的武器所伤，有人的头上被臭鸡蛋挂了彩，有人的棍棒被脱落的窗棂卡了，场面极其狼狈。

等秦渊带着人赶到西苑，真是见证了一场别开生面的新老生见面会，血洒稷下，但凡打斗之处都早已是一片狼藉，伤者无数。

“阿渡，你去帮我……阿渡？”

秦渊一看这架势，连忙找洛无双的身影。他想让秦渡去转转，没想到秦渡已经在帮伤员包扎了。秦渊扶住脸，坏了，医者仁心，他这个弟弟自小学医，江湖上的“素问公子”称呼，也不是浪得虚名。

看来打架是指望不上他，留在后方当军医吧。

打到这会儿，谁也捞不着便宜。

老生那边，只剩下为首的、九尺高的大块头单膝跪在地上，右手靠着一根铁榔头勉强支撑，毕竟他们的人不如新生多。洛无双见状也不忍再战，直接飞剑出手，插在离大块头三尺远的地方。明眼人一看便知，

洛无双这是要放大块头一条生路的意思，

这毕竟还是书院，不算真正的江湖乱斗，一旦领头人决议投诚，那底下的小弟也不会缠斗。

有这一下，那大块头心底对洛无双是彻底服气了。

他大口喘着粗气，直说："你……是个好汉，我敬你手下留情，今日就算败在你手中，他日若能再相遇定当还你这个人情。"

说完，大块头踉跄着起身，只给洛无双等人留下一个桀骜孤绝的身影。夕阳将他的影子拉得老长，遗落在地上的浑铁锤黑得通透，似乎在诉说主人的一场无声战役。

到最后也没人反应过来，什么日后再遇，明天开课不还得见吗？

洛无双倒不管这些，只觉得刚才那话忒武侠了，比话本还过瘾，不由得叉着腰仰天大笑："爽！"

天接近傍晚，远山炊烟袅袅。

秦策打得体力透支，支着手望着洛无双乐呵的笑脸，心里竟也有些畅快淋漓的感觉。

善后工作没有旁人，全落在秦渊、秦渡头上。

凭借热情而不失体贴地招呼每一个病号，秦渊倒收获了不少好人缘。

洛无双这会儿走过去，刚想抱怨秦渊为什么不早点来，肩头一沉，她就被秦渊抱在怀里："太棒了，无双，你真给我长脸！"

谁啊谁啊，谁给你打架去了？！

洛无双被秦渊抱得喘不过来气，猛拍他的肩膀："走开走开，你重死了！"

"好无双！今晚回去我为你摆庆功宴！"

洛无双对此无感，她这时候想起自己为什么赶来打架，忙回头看。

只是不知何时，秦策已经消失不见踪迹。

这人，连句谢谢都不会说。

洛无双心底有些空落落的，拨拉开秦渊：“行行，不急，我先看看受伤的兄弟们。”

秦渡此刻像只白蛾子一样，在伤员里转悠。

洛无双面上没有什么损伤，但凡打架，总归会有些肌肉劳损，所以她想找秦渡拿一瓶跌打损伤的红花油回去自己揉揉。

还没等穿过人群，洛无双的头号崇拜者就意外地惊呼出声：“稷下武王！公子霸气！”一呼百应，病号中竟然响起了间断有节奏的号子：“三公子威武！稷下武王霸气！”

洛无双不好意思地搔搔头：“别别别，我会害羞的……”

事后参与打架的新生、老生皆被山长处罚了，其中洛无双、秦策、大块头等人被罚抄书三日。

令洛无双大感意外的是，原来稷下书院出现这样的打群架事件，无论输赢都是要载入院史的!

洛无双无意中抢了秦策的风头。

这样一看，这一届的稷下书院扛把子非洛无双莫属。

洛无双就这样稀里糊涂成了此一届新生的“大哥”，而秦渊、秦澄、秦渡等人也心甘情愿做起了“大哥”背后的男人们。

夏初，清风朗日。

阳光从密密层层的枝叶间投射下来，地上满是铜钱般大小的光斑。洛无双叼着一根狗尾巴草，百无聊赖，遥看向窗外。

早晨还是朦胧的山头，现在雾气已经散开，全然变成工笔细描一般，边角分明。

夏天一到，这青山是一时一个样。

洛无双无声叹气。

稷下书院的日子如同空中不时吹起的微风，不痛不痒，毫无快意，连青山都不如。对于这群过惯了衣来伸手、饭来张口的公子哥们来说，最初真是很不习惯。

这边李侍郎的公子连着派人把午饭端到屋里用了三天，那边王司马家的公子立刻让人把早午晚三顿的饭都送到房里，不去公厨和别人同用，以此彰显自己的独特优雅的做派。

每个人都忸怩地端着架子，洛无双也已经由一开始的看不惯到现在的见怪不怪。

由于党派问题，东西苑玩不到一处，这就让学院生活寡淡许多。

而在此中，总有特例，

洛无双就是那个特例。

在秦渊的名头下，她可不管这么多，想在哪儿吃就在哪儿吃，想吃什么吃什么，想欺负谁就欺负谁——反正谁也不是她的对手。

之前或许还有几个不知天高地厚的新生老生组团来挨揍，但挨了几回打就老实了，也知道惜命了。

于是，洛无双连这点仅剩的快乐也失去了。

一晃一学期过去了三分之一，洛无双还是两手空空，一无收获。莫说是《苍柏图》，便是稷下书院的画库，她都没见到过。

这一天，晨起有雷雨，雨后的嫩叶十分鲜亮。洛无双心想，是个好日子啊，没料到这一番话好似预言。

晌午不到，好日子就真的找上门了。

先是在廊中，人未至声先到，小姑娘话声充满活泼气息：“无双，我和舒遥来看你啦。”

紧接着，霍雨萌就大大咧咧地闯进来，手上还提着一个漆木食盒。

洛无双一看就馋了，一边迎她们进屋，一边去接盒子，嘴上还少不了客套：“哎呀，来就来嘛，带什么礼物呀。”

霍雨萌一把推开洛无双：“就你会说话，舒姐姐也带了，是个你绝不会说不要的好东西呢！”

这时舒遥递上来一个锦盒，洛无双一看锦盒，头都大了。

当初她就是在霍家收了一个锦盒，差点演了一出《女驸马》！

洛无双惶恐地打开，里头倒不是多大的物件，只有一块玉雕手把件。羊脂玉色十分温润，雕出了个瑞兽麒麟，底下璎珞打了绿松石，不说贵重，光是心思就值得考究了。

洛无双拿起玉雕，搁在掌心，她倒是的确十分喜欢。

且这璎珞太新了，肯定不能是传家宝了吧？

见洛无双把玩得挺称心，舒遥道：“奇珍阁新到的一块玉料，我瞧着好，就私自做主帮你打了一个手把件。”

洛无双笑道：“真是破费。那日仗义出手，也是江湖道义使然，换作谁都不会置之不理，你们常来找我聊聊天，也算是心意了。”

这话一出，霍雨萌与舒遥俱是面上一红。

本来嘛，哪有邀人家大姑娘来自己屋里聊天的，这也就洛无双了，换了旁人，早被当登徒子教训了。

洛无双看她们模样，隐约有些念家。往昔年节时，她也是最喜欢这样逗姨母家未出阁的表姐们。

……不知，父亲他们还好吗？怕是恨死自己这个不孝女了吧？

见洛无双忽然郁郁寡欢起来，两个姑娘也不知道如何安慰。她们不晓得洛无双此刻心思，只得是霍雨萌上去逗弄。

霍雨萌在书院好似吃胖了些，洛无双捏了捏她肉乎乎的笑脸，手上略微使劲儿：“小萌儿，快让洛哥哥我好好‘疼疼’你。”

“无双，今儿中午我们去哪儿……”

屋内正打闹着，有人掀开帘子。三人回头，见秦渊手上抄着扇子正杵开帘子，也是下意识愣住。他的目光从洛无双的手转到霍雨萌的小脸上，最后落在舒遥身上。

他好似对舒遥很熟悉。

洛无双无端有些在意。也不知是不是她的错觉，秦渊在面对舒遥的时候，面色就跟平时不大一样。其实这一点当日在山中她就发现了，只是当时没多大感觉。

根据她这么多年听话本的经验看，他们八成是有点儿什么。

果然，秦渊对于霍雨萌与舒遥的到来表示了十二万分欢迎，且立刻安排大家到山下京陵山水阁一聚。

所谓山水阁：依的是富贵金玉如山，意思是来此地的人非富即贵，都是移动金山银山；而傍的水，则是姑娘。山水阁有一家闻名京陵的乐坊，入夜游船伴小曲儿、操琴弹弦儿的都是十五六岁的水灵萧娘。

舟在水上，水在画舫，如此，才并称“山水阁”。

四人一行，收拾得像赴宴一般，进楼直接请上雅间。秦渊在前头气派很足，大有一种金主带着小妾们的意思，而洛无双在后暗暗观察：秦渊对舒遥的殷勤真是出乎所料。

秦渡天天说什么“四哥对洛哥哥好得不行”，那可真是他没见过舒遥。洛无双心想着，心中倒也有几分不舒坦。只是她心大，自认为既然是兄弟有所好，她当然该帮。于是整个宴上，大家吃得相当不顺利。

大红圆桌分四方，霍雨萌为洛无双夹菜，秦渊为舒遥夹菜，舒遥为洛无双夹菜，洛无双十分有“眼力见”地倒进秦渊碗里，表示：“快吃快吃，舒姑娘的一番心意啊！”

这样好几次，明明都是一番好意，可大家都闹得不大高兴，尤其是秦渊，心里那叫一个憋屈。

且不说他向舒遥献殷勤，是一个关于他前路能不能有舒相扶持的政治相关问题，就算是两个大男人追求一个姑娘，他也不该输给洛无双这小子啊。

怎么就两个姑娘都巴巴向着洛无双，他这个庄做得丝毫没有牌面，像个来结账的地主家的傻儿子。他横去一眼，那个真地主家的傻儿子此刻正在喝一盅乳鸽汤，喝得意犹未尽。

看洛无双的腮帮子鼓鼓的，秦渊心里又莫名软了下去。他也知道洛无双是真没吃过什么苦的少爷，现在喝个汤都这么馋，大约也是上山那一路辛苦了。

秦渊待洛无双就如秦渡说的，三分像爹三分像娘，还有那么点儿养宠物的意思。

秦渊抬手，正想把自己那盅汤递过去，那边舒遥已经先推过去了。洛无双好似犹豫了一下，还是接过开始喝。秦渊有些不好意思，说不上是气谁。

他的脾气上来，信手掀了那盅汤，扯着洛无双袖子扯出雅间，往墙上一摁：“想吃什么时候买不行？就那么丢人，少她那一口？”

洛无双整个人都蒙了。

在鸽子汤被掀翻的时候，她就想问问秦渊是什么毛病，但还没来得及，这就给拽出门了，眼下被指着脑门说这一通，换谁都不行了。

洛无双缩了缩脖子，看似有些尿，实则暗捏着拳头，问道：“你……你在和我发脾气？你在骂我吗？”

这话要是一个时辰后问秦渊，他一准儿说哪儿的事啊，就是闹着玩儿，还能好好哄哄洛无双，陪着买点点心。

而此刻秦渊已经骑虎难下，心里的火气随着翻出去的汤水也涌出来，仰着脸横声：“对，就是欺负你了，怎么着吧？”

“还兄弟呢，我要干吗你瞧不出来？成事不足，败事有余。今天我被你带出来，坏爷大事！”

洛无双吃着饭，真受不了秦渊这说来就来的脾气，闻言也不废话，上手就推得秦渊栽了一跟头。秦渊知道洛无双的手劲有多大，转身就往外跑。俩人竟然就把两个如花似玉的大姑娘丢在雅间里，自个儿缠着跑上了大街。

午间的京陵城热闹非凡。

秦渊一路砸铺掀摊，被洛无双撵得要死要活。其实拔腿跑出去的那一刻，他就后悔了，自己惹他干吗？

这顿饭吃不了就吃不了，舒遥还能飞了？自己逮不到机会吗？倒是洛无双，他早知道这二缺根本没有心眼儿，整一个发面馒头堵嗓子眼了，自己跟他计较这个干吗？

他一边跑，一边忏悔。无奈已经骂了洛无双，今天除非她追累了，否则碰上就要跟他打起来不可。他这样一心二用，猛地就在一个拐弯时撞上人了。

“哎哟，对……对不住！”

秦渊脑门一痛，好似撞到了铁板上。他一边道着歉一边捂住额角，抬眼看见对方面色阴郁，也不说话，只跟黑面煞神一般盯着自个儿。那男人比他高一些，穿一身靛青色衣物，他还没急细看，洛无双已经从后追着杀过来，脚下没个刹车，扑着秦渊后背就往前撞。

那一刹那间，秦渊瞥见男人的手腕动了动！

男人腕上的护手不是一般皮束，而是种金属材质，一层亚光面好似玄铁寒冰。当他们扑倒时，男人瞬间扣紧手腕，那是一种有些类似防卫机制的下意识反应。

而这种下意识反应，再进一步，就是出拳。

秦渊恐怕平生都没有那么敏捷过，他伸手一捞洛无双，肩头硬拧，侧过那人重重砸在旁边的胭脂摊上。一地粉碎的水红桃红间，两人满身俗香，半天站不起来。

洛无双的掌心碰到了碎片，血立即往外流，她攥紧拳头砸在秦渊肩头：“你有病啊！又不跑了，又不跑了！”

两人正说着，旁边一个矮胖中年人鬼哭狼嚎，说是才遇到劫铺的，现在又被砸了，这可让他怎么活啊。洛无双咋咋呼呼地爬起来，连说“谁砸了你铺子，我们帮你”。

秦渊额角跳痛，他望了一眼，惊觉那男人不见了，而周遭还有几个黑衣人，正围在此地。洛无双怕是撞糊涂了，抽出腰间的折扇，以扇骨作打器，就要上去。秦渊连忙伸手去扯，风间浮香呛得人惊以为春。

“你干什……”

洛无双的话说到一半就住了口，三根飞针正从她眼前擦过，针上乌黑，沁着毒，要不是秦渊这一下，估计这玩意儿就进她的脑子了。

秦渊和洛无双也不知道惹到谁了，一时不敢乱动。须臾，只听一声哨响，那几个黑影竟然很快不见了，两人面面相觑。

最后，秦渊掏钱买下了一铺砸碎的胭脂水粉，还帮老板整理铺子。胖老板感恩戴德，当在山水阁等不及的霍雨萌和舒遥赶来时，正见着几人寒暄。

秦渊与洛无双的一出闹剧，竟然就这么演变为临时的见义勇为。

…………

远处的一间茶楼上，唐凛转着拇指上的大小鸽哨。

一个黑衣人近前：“主子，避毒玉确在那人身上，飞针靠近时变成了乌色。”

唐凛若有所思地点点头。

秦渊，他倒是见过，那小子的脸好认，倒是另一个白面书生，避毒玉在他身上，难不成林思渺与他也有什么？

“派人去盯着，不要打草惊蛇。”

不知道是什么体质，洛无双好似天生平凡不了。这不是，一回到书院，洛无双又一次成为视线焦点。

她的英雄事迹迅速传遍整个书院，有惊叹者、不屑者，亦有艳羡者。

洛无双不在乎，谁爱惊叹就惊叹，不关她的事，不拘小节。

从这之后，霍雨萌和舒遥便成了公子班的常客，时不时殷勤地探看，让稷下书院掀起一阵又一阵浪潮。原本因这男女不同班，稷下书院倒也有几分萧瑟，此时却因洛无双变得大不一样了。

少年成名、美女环绕的洛无双，俨然是人生赢家。同届学子纷纷套近乎，故意和洛无双亲近，都想通过洛无双认识几个如花似玉的美人。

书院的日子如同一潭死水，所以当越来越多的人想认识洛无双的时候，洛无双仿佛打开了新世界的大门。

她速度成立了不着调小分队。白天爬树，晚上探湖；与书院里单身妙龄女同学烧烤，时不时还捉弄夫子……

每天都在书院寻乐子，只要是刺激的事情，洛无双都怂恿大家一起去作妖，丝毫不记得自己好似承诺过秦渊——我再也不喝酒，再也不惹事了！

天塌下来也有个高的顶着，洛无双美滋滋地想。

若说她那头刺激是美滋滋的，那山长那边的刺激就是黄连对药渣。

山长心里苦啊，可是山长没办法。

前有北洲的六十万镇北军，后有四皇子的三百六十度力挺，洛无双这家伙简直上房揭瓦！最可气的是，他还拿不住洛无双的七寸，秦渊的后勤收尾做得真是没话说。所以好几次，他只能对着西苑的秦策旁敲侧击，意思是希望他们兄弟之间能够制衡。

然而对不起，秦策高冷，秦策不想管，山长只能继续苦。

这日，又是洛无双做了什么，山长从秦策屋里走出去，撞上秦筑回来。他们相邻而住，秦筑一看山长脸色就清楚，无非为了洛无双的事。

那小子，未免太猖狂了！

秦策好几次对他道："看他的横行，也未免不是一种乐趣。"

可这时间倒是真长。这么些日子，还没有人能拿捏住她。秦筑有心要闹出些事，好让她难看。

"你去哪儿了？"秦策揉了揉眉心，他被山长念叨得头疼。

秦筑推说只是去转了转，可是他的靴后分明沾了湿润的土。

书院为行走方便，处处不曾落泥。秦策心里暗想着，并未拆穿，任由秦筑回了屋。

其实午后，山中包括城中有一场雨，

而这场雨一直落到第二日清晨。

所有人还在睡梦之中，洛无双感觉窗外淅淅沥沥，大约是有风吹动着窗子，不多时，轰隆一声巨响。

山雨笼在整座书院之上，雾气蒙蒙，不见天日。

东西苑的弟子此刻在院门前，稀稀疏疏几十把油伞并撑着，竟是因为有人来闯门。

稷下书院在此百余年，未料到有这么一天。山门大开，秦策站在最前面，率先开口："丐帮与书院往日无怨，近日无仇，今日是做什么？"

为首一个老儿破衣烂衫，眼神倒是精神，他手间棒子一敲："我们要向书院讨两个人，交出来，我们即刻就走！"

这里人多眼杂，洛无双跟秦渊互看一眼，同时后退，躲在伞后。洛无双翻了个白眼，偷偷和秦渊耳语："怎么追到这儿来了？"

秦渊摇头："那天在街上闹大了吧。"

洛无双想起那天，一时又有气，支胳膊一碰，低声斥他。秦渊被撞出伞外，一边肩头湿了，当下也火了，伸手推搡道："你怪谁呢？就你火大，追着你爷爷跑了半个城。要不是你，当初怎么惹得人家？！"

他们一碰一打，动作渐渐大了，周围的人怕被波及，纷纷躲开。于是，当秦策故意拖延时间，等着山长和朝廷那边派兵支援时，十分恼火地发现后面俩不安生的打起来了。

秦策：这俩人真的有病，我都不想管了。

老实说，丐帮又不是高年级学长，就凭一群贵公子的拳脚功夫，直接被丐帮吊起来锤都是轻的。秦策这边脸色僵着，寒暄的话都有点说不出口。

那边秦筑也在摸脸——我就随便找了点人，安排下去，想让洛无双触霉头，怎么……怎么如此壮观，竟是这么多人直接砸门？

这要是被发现了，秦筑估计第一个被秦策扒皮，但目前还不是他的轮次，因为那俩正主已经不管不顾，把自己打出了门。

洛无双抹了一把脸上的水，跟秦渊互相掐着爬起来，抬脸就跟门前八袋长老打了个照面。人群中还有想叫洛无双他们上去打的，而那长老一下子揪住洛无双的衣领。

"小子，这回你跑不掉了！你佯装丐帮弟子，辱没我帮威名，必须接受帮规处理！"

洛无双瞬间成为众矢之的。

秦渊支在伞后，原想先躲一下。洛无双看不惯秦渊一副置身事外的态度，抓住秦渊的手腕，眼神充满警告："告诉你，别想走。"

秦渊将洛无双的手从自己手腕上掰下："弟弟，我不走，谁来救你？"

他们不能沟通太久，秦渊一个使力，人就没了。洛无双气得直跺脚！

这什么人啊？太没义气了。

没有办法，她硬着头皮拱手："在下……在下洛无双，你放手，咱们有话好说？"

那丐帮长老转转脖子，活动手腕、脚腕，发出咔吧咔吧的响声，极其凶狠，右脸横肉支起，眯眼道："小子，可算抓到你了，逃跑就万事大吉？怕你今天没那个命。"

说罢，那人就要拿起棍子耍起那套祖传的打狗棒法。

洛无双一甩手，挣开人倒退两步："给你几分颜色，你还真打算开染坊不成？就你那棍法还敢卖弄，我看你是存心找打。"

那丐帮长老气得嘴歪眼斜，直用棍子戳地，震慑："住口，黄口小儿，爷爷今天就教你怎么做人！"

身后的丐帮弟子也不甘示弱，动作整齐划一，高声重复："教你做人！教你做人！"

"洛无双！过来。"

秦策见势头不对，赶紧稳住洛无双，把她拉到自己身后，不敢让她胡乱出头。

这个举动让洛无双感动不已，最后讲义气的竟然是秦策。她把手一搭："一人做事一人当……虽然我不知道自己干了什么，但我不会连累你的！我不像有些人！"

最后三字，她咬得极重，秦渊在人堆里愤恨地砸伞。

洛无双这个莽夫！

但此刻秦渊也没有管洛无双的心思。

雨渐停，秦渊把秦澄往怀里一楼，捂住他的脸："阿澄，屏息。"

山门外的丐帮已经等不及要攻门，洛无双见他们撸袖子也有些害怕，但输人不输阵，绝对不能在气势上显尿。她龇牙咧嘴，眯着眼睛像一匹极有野性的狼，就差仰着脖子嗷呜一声。

而就在此时，秦策感到身后突然吹来一阵阴风，从稷下院里直直吹向丐帮那边。长老手刚举起来准备下达进攻命令，下一秒就双眼一翻，整个人直直地倒了下去，其他丐帮弟子的境况也是如此，一排接一排地倒下去。

洛无双惊奇，秦策和洛无双身后的贵公子们也一脸诧异，这是什么情况？

秦渊慢悠悠地拿着一把济公扇，晃进洛无双的视线，只见他头戴渔夫笠帽，用不知从哪儿搞来的小姑娘绣花的绢帕围住口鼻，然后拍了拍洛无双的脑袋："小呆子整天瞎幻想什么呢？他们晕倒了，全都是我在背后替你操持……"

洛无双叫停，道："你把他们毒晕了，用的什么？"

秦渊一脸理所当然："那日我在黑衣男身上偷的啊。"

洛无双："那种情况你还能偷他东西？"

秦渊突然不好意思地笑起来，剑眉星目透着一股纯情气息："就……就在他腰间，我也是顺手嘛，顺手。"

洛无双不知该用哪条江湖道义教育他比较好了。

外头呼啦啦倒了一片，秦策叹了一口气："山门外的那群丐帮子弟还是需要医治的，不然搞出来人命，就不是私了可以解决的了。"瞟了一眼秦渊，"父皇常夸四弟有些小聪明，看来所言不虚，就怕四弟的小聪明挑不起大梁。"

二人相见就如同水见了火，暗暗较劲。

"二哥说得没错，有些人不仅长得帅，连头脑都要比某些人聪明些，弟弟还真是担忧那些先天不足的人后天是否能努力追上？再者……挑大梁不选个聪明人，难道还要找个傻子不成？"

秦策不屑逞口舌之快，转身回去了。秦渊横扫他一眼，想跟洛无双邀功，却见她已经跑去扶人。

那丐帮长老被搀起来，恨得咬牙切齿。洛无双道："你放心，你的弟子我都会治好。而且，当时在酒楼，我也是喝多了才和你们闹事。个中原因，回去说啊。"

秦渡带着秦澄搬运丐帮子弟，几个同级的贵公子哥看了也纷纷加入搬运行列。两个皇子都在忙活，自己还有什么好嫌弃的。

秦渡紧接着要进行逐一诊断医治，白须白发的山长气喘吁吁地跑了过来，后面还跟了几个夫子："不许救……闯我稷下，毁我山门之人不能进……"

秦渡不知何故山长要阻拦，真诚发问："医者仁心，为何不救？"

山长斥声："就是不许！江湖中人尤其丐帮威胁社会，不以乞讨为耻反以为荣，有伤风化！实在有伤风化！"

洛无双一听就火大，像山长这种人不加理解就暗自揣测妄下定论，哪有一点学者谦虚的态度？她忍不住讽刺："贵为长辈，却因阶级不同置人命于不顾，这和草菅人命的狗官有什么区别？"

在一旁停着休息的同级师兄弟一听，不由得赞许她，心中都忍不住为她鼓掌：山长着实过分了。

人性本善，即便有恩怨，但是人命还是要救的。

山长涨红了脸，胸口起伏，手指不停地点洛无双站的方向，差一点就要被她气昏过去。

秦渊见状赶忙走过去拍山长的后背，帮他顺气，哄道："山长消消气，洛无双这人脑子一根筋，不懂山长的深谋远虑，您别跟他一般见识哈……"而后板着脸转向洛无双，"还不消失，在这里非要惹山长生气才开心吗？！"

洛无双知道他是为自己找机会开脱，虽然感动，但她仍然气不过山长的做派，也一甩袖子帮秦渡研制解药。

山长见秦渊勉强算得上是个懂事的，重重地喘了一口气，叹息："不是老夫不救人命，只是丐帮人数众多，本就来势汹汹，等到他们醒来，不知还要把稷下搅和成什么模样。老夫半个身子入了土，可你们风华正茂，若是你们有个三长两短，我如何向尔等父母交代，如何向天下人交代？"

山长爱学生如子，谨慎些也没什么错。

秦渊频频点头，附和道："山长说得极是，是学生鲁莽，没夫子考虑周全。但是人命关天，倘若延误了时机，江湖上怕也有对稷下不好的传闻，不妨我们先施救，然后趁他们昏迷时绑起来……"

秦渊动之以情，晓之以理，终于说动了山长。

他捻动胡须，思忖一会儿才答："那就随你的意思吧，准了。"

一帮人连带着欢呼，送药材、熬药、制丸，又热闹起来。

夏日的山雨去势很快，秦渊下的也不是什么大毒，撑死了是点儿软筋散。在稷下的书生们忙活了一上午之后，那帮丐帮子弟终于醒来了。

洛无双率先发现第一个醒来的丐帮子弟。

她惊喜地跑过去询问："醒了？可有什么不适？"

那丐帮子弟看着洛无双陌生又熟悉的面庞，闭上眼睛仔细回忆了一会儿，说："好多了，你既然毒我们，又为何施救？"

洛无双喟然："我真是无意与你们结仇。"

她把来龙去脉说了一遍。当然，隐去自己是女儿身，正在逃婚这件大事，只说自己后有追兵，迫于无奈。

那掌门之子活动下筋骨："原是如此，早先说了，倒也能省去诸多麻烦啊。"

洛无双笑了起来，一双乌漆的眸子里滚满水光。那小子看得一愣，竟有些愧色。

"我倒是想说，只是你们长老喊打喊杀的，这不是欺负小辈吗？"

他长得倒是好看。

丐帮弟子神情古怪，道："你说得是，钟叔的确有些莽撞，既然你也救下我们众弟子，又是我帮长老做事不大妥当，这样，你想要什么，只要我们帮得上忙，你尽管提。"

洛无双瞧着他，没想到这叫花子帮的少帮主，不仅生得眉清目秀，还是个讲理的人。

这样一说开，她也没什么大想法，只一挥手："真不用，之前都是误会，你不如带着众人下山去，勿要扰了稷下的清幽。"

那人眨了眨眼，好似赞许。

"好，我答应你。"说着，他把自己腰间的八个大小不一的袋子取下来递给洛无双，"只是，我名下有个八袋弟子名额，你收好，必要时刻可助你化险为夷。"

洛无双以德报怨，此刻还不知这几个灰不溜秋小袋子到底有多大功效，只是单纯地当作稷下和丐帮和解的象征。洛无双双手接过袋子，眼中带星，珍重道："好，我一定好好保管。"

"无双，你那边……"

秦渊送山长回了屋，正来找洛无双，一进屋瞧见俩人手握着手，不知拿着什么。

两个大男人，怎么弄得跟送定情信物似的？秦渊心底不大舒服，可说不上是为什么，转头走了。

丐帮闯山门一事了结，洛无双心里许多块悬着的石头，可算是落下一块。

东西苑中，还是同先前一般有隔阂，只是因为有洛无双，大家都和谐许多。山长虽看她不惯，但也不得不说，这小子的领导能力是强。

只是在这之中，两苑的“头目”发生了一些矛盾。

西苑秦策不知道为何，重罚秦筑挑水一周。秦筑虽不甘愿，倒是认罚了。

而在东苑，洛无双隐约有什么感觉：秦渊在有意无意地躲着自己。

近一周，课业繁重起来，洛无双虽然这么感觉了，却来不及去印证。

这一日，暮色四合。

夏天傍晚的山间流光溢彩，铜色的太阳仁儿退去了耀眼的光芒，只剩下个圆环挂在西边的天上，树的影子拉得极长。

夫子姗姗来迟，抱着一沓厚厚的宣纸，环视全场，清嗓子道：“诸位入稷下一月有余，根据惯例今日要进行试考。”全场无声，只有洛无双一脸蒙。

什么考试？怎么没人告诉我？

室内，同班师兄弟皆愔然，偶有一两者心有戚戚，但绝无惧色。

合着就我一人害怕？

洛无双一时火大，低声敲了一下秦渊：“你知道啊？”

秦渊点点头。

“告示都贴了许久，你不知道？”

洛无双被噎得一愣，抱着胳膊转开脸，认为是秦渊有意疏远她。

夫子严厉的目光巡视四周，高声宣布：“考试期间禁止喧哗，严禁交头接耳，开考——”

洛无双看着前头绸布扯开，直接傻眼，

题目赫然写着两个大字：论闲。

闲？哪个二百五出的？

若是“论贤”还能扯上几句古代先贤案例，这个题目实在是无从下笔。

洛无双悄悄看向秦渊，只见他犹在思索，不由得绝望地看向梁顶。

“闲者，犹无赖也……”

她这儿是盲人过河，全靠一口气吊着摸索。同堂之上，秦渊和秦策分坐南北两侧，俨然是他们俩之间有一人要夺魁了。

洛无双写一句卡一句，连题意都理解不了，更别说是论述了。此刻，洛无双深刻理解了什么是“书到用时方恨少”的真正含义。

书院头一次考试理论上都不太囿于常规，只不过对胸无点墨的洛无双来说，无论是什么题目，对她来说都是一样的结果：凉凉。

她百无聊赖，如坐针毡。趁着夫子不注意，她向全场看去，都是白纸黑字，平日里常跟自己一处玩乐的公子哥们时而蹙眉，时而舒展微笑，皆是有话可说。

看来人和人还是不一样，洛无双心想，文盲或许会误为大侠，可大侠断然不能是文盲啊。

时间一分一秒流逝，洛无双眼睁睁看着第三炷香烧到半截，慌忙动笔，瞎写一通。

收卷的锣声响起，洛无双也放下笔，对自己的文章说不上满意，但也是满满当当凑足了一篇。

夫子看我写这么多辛苦，也该满意了吧？

夫子：呵呵。

洛无双很快就知道了自己和众人的差距。

三日后晌午，公榜出了初试成绩。

洛无双兴冲冲要拉着秦渊去看，秦渊道：“有什么好看的，不就是个榜单。”

对秦渊来说，从小到大的考试，只要他在考前通读就能轻松取得前三的彩头，这回小小的初试，自然也是一样的结果。只是他方才路过山长房间，听到里头正在谈论此次考试，最先提及的就是洛无双。

听口吻，考得必定奇差，才能让夫子同山长说自己真是教不来了。

可这些，秦渊也不好意思直说，到底兄弟一场。秦渊这些日子是躲着无双的，可眼见大厦将倾，秦渊又有些不放心起来。他默然地跟在洛无双身后，绞尽脑汁地想着怎么才能让无双受到最少的打击。

天可怜见，秦渊是真的没想到洛无双的功课能差成这样。

人头攒动，红榜上赫然有名，排首的就是秦策和秦渊。

两人并列第一。

秦渊皱了皱眉，好似十分不爽。而此刻的洛无双呼吸困难，敢情秦渊的头脑这么好，白瞎自己还想着说不定题目太偏，他也写不好呢。

不过洛无双原本也不指望自己的成绩如何，她接着顺次往下看：秦渡、秦筑、霍少谦、舒遥、秦澄……

一个个看下来，眼睛都花了，洛无双愣是没找到自己的大名。

莫非……我答得太好，被夫子当作特等优秀私藏了？

洛无双摸着脑门傻乐，用胳膊肘碰了一下旁边同学。那人抻着脖子看名单，问道："同学，有事儿吗？"

"这上面是全部？还有没有特别优秀的榜单？"

那青年上下扫她一眼，忽而笑了："没有，你……是不是戚风棠？"

原本听没有，洛无双还沮丧了一下，听到对方点名，她忙不迭点头："是我，怎么，我的卷子很出名吗？！"

"算是。

"你的名字在另一张榜单上。"

他随手一指，洛无双这才发现另一个角落里，还有一张白色榜单，无人争阅，显得有些冷寂。

秦渊此刻正在找洛无双，一见洛无双要走，还以为她生气了，连忙追上去："无双，无双，考得不好也没……什么……"

洛无双僵在原地。

那张红纸不大，抬头一列写着：接左侧榜单。

"戚风棠"三个大字格外显眼，恐怕大家看不清楚，还在一旁用小字备注了"洛无双"三字。

这是怎么回事？一股不祥的预感笼罩在洛无双心头。

一旁还有七嘴八舌的接话声："今年稷下书院总共招了二百五十一名新生，这个洛无双就排第二百五十个，啧啧。"

"到底成天打架闹事，能有什么学问？"

洛无双闻言咬紧牙，握紧拳头，试图挽回自己的面子："那不是……那不是还有二百五十一吗？！"

人群间爆开哄堂大笑。

"二殿下和四殿下并列第一，哪还有二百五十一。"

洛无双难以接受自己是最后一名的事实，一把撕下这张白卷。秦渊拉她去吃饭时，她都不再吭声，一路上安静得像被人拔了舌头。

秦渊夺冠，众人在山水阁摆宴。洛无双捧着奶壶喝得直打嗝，有那么一瞬间，她都以为自己在喝酒，瞪着眼睛问秦渊：“你这个什么‘闲’，你你你……写了什么啊？大家不都是写闲玩儿野趣吗，凭什么我是最后一名？”

秦渊明显慢了一拍，用一种极隐忍的笑意，望着洛无双：“你再说一遍你写的什么？”

洛无双重复一遍，旁边的舒遥难得开口，她声音细细软软，试探道：“这次题目，考的不是《论语·子张》篇的那句‘大德不逾闲，小德初入可也’吗？”

洛无双感到一股从没有过的挫败感。

秦渊的样子突然和自己爹爹的影子重合，就是那个狠心让她出嫁的林老头儿，他似乎也说过自己：“不着调的东西学了一堆，该学的一点皮毛都没学上。”

就像爹爹嫌弃自己一样，秦渊现在不也开始嫌弃自己了吗？

这次，她头一次有了想回家躲躲的念头。家里人骂得再狠，至少没有把名字挂在这么多人面前这么难堪。

即使不会，那又如何？

她依旧会是林家最宝贝的小姐。

林……

洛无双忽地抹了一把脸，掌心好像湿漉漉的，她想：自己都快不记得林这个姓了。

第五章
书香染年华

借着这次秦渊夺魁，几人在山水阁畅饮一番。

秦澄喝到后来也不如意，虽说他的名次还行，那也是被秦渊拽着狠练的结果。这边洛无双还在为自己的“不学无术”犯愁，看着秦澄愁眉苦脸的，好奇地问了问。舒遥告诉她：“他在愁后面呢。

“这只是初试，后面的测试涉及分班，天地玄黄四个班，若是不幸被分到黄班，基本上意味着你的名字要被挂在不策壁上。”

洛无双眼前一黑。

不策壁，是书院后山的一块石碑，一般考试前大家都绕道走，因为那上面全是历届垫底的学生的姓名，生怕触霉头考太差。

洛无双捂着脸，听见舒遥补充一句：“就……生怕从此成为后辈们的笑话。”

听完舒遥的话，洛无双拉住秦渊说：“完了完了，你说我考了第二百五十名，会不会被退学？”

秦渊正鼓励秦澄，一听这话，还以为洛无双要知荣辱求上进，原本打算躲着洛无双的计划，当即也被他搁置了。他拍拍她，鼓励道：“……不会，开除黄门贵族子弟的影响，书院还是要考虑的。”

唉，你吓死我了。

洛无双先是呼了一口，紧接着赶忙绷紧神经——她顶着戚风棠的身份，万一他们不让她退学，但是叫家长，她去哪儿找家长啊？

洛无双细细想来，觉得万分危险。她一个刚刚成名的偶像级侠客，满打满算也丢不起这个人啊。越想越愁，洛无双无计可施，答应跟秦澄一起参与秦渊的课外小灶。

只是去了之后，洛无双才知道，秦渊虽然勉强算是个好先生，可她实在不是个读书的材料。

第二十三次在书本后“砰”的一声趴倒睡着后，洛无双失望地回屋，干脆好好休息。

等到洛无双醒来，日落西山。

看着窗外的朦胧霞光，她有一种恍如隔世的感觉。说实在的，她开始后悔进入稷下书院，只是来都来了，好歹不能走，现在她在江湖上惹下了唐家这个大麻烦，回去林家也不合适……

为今之计，只有尽快拿到《苍柏巡山图》，离开稷下书院这个鬼地方。好在这一段时日的书院生涯没白混，洛无双终于知道了藏书阁的位置，也终于摸清了如何快速有效地绕过院卫，爬上藏书阁。

晚饭和秦渊、秦渡等人厮混了一会儿，洛无双赶回房中换上夜行衣，趁着月色开始行动。

屋外夜色正浓，洛无双一路疾奔，怀揣着晚上从食堂顺过来的包子——这可不是她没吃饱。

来到书院藏书阁门口，看守的大黄狗果然还机警地趴着。洛无双撕开一包粉，再撕开包子，将粉倒了进去，往前一丢，黄狗果然眼馋，几口就吞了。还不等洛无双高兴，回来的守门人正悠闲靠近，她立刻背过身，暗数十秒，接着就听：“大黄？！大黄，你怎么了？！”

此刻洛无双蹑手蹑脚而去，一个手刀就把抱着昏迷的黄狗的人敲昏了，顺利地溜进了藏书阁。

洛无双唯恐楼内有什么机关，每一步都小心翼翼。此间说是藏宝地，实在太过勉强，四面高架堆满了古籍宗卷，红木格老旧但无尘，该是有人好生打理着。洛无双凭借着火折子微弱的光芒，四下摸索，想知道其中有没有暗门能转开。她的手在书卷间游走，忽然刺痛似的一抽，整个人倒退两步僵住。

有人——她在书架对面摸到一个人的手。

洛无双吓得大气不敢出，猛地一举火折，昏黄光晕照开。在书架对面的确有个黑影，蒙好的面上只露出一双眼睛，此刻正盯着这边。对方眼底幽暗如潭，望不出情绪。

洛无双伸手指着他，压低嗓子："你……你……你是什么人？！"

在她出声前，对方都没有任何反应，好似是个活生生的雕塑，而她一出声，那人的眼底就晃了一晃，紧接着一闪身不见了。这里四面书山卷海围城，洛无双根本琢磨不出对方会走哪个方向。她也不追，暗想着不好。

能来此地的，大多是为那一件宝物。

她的心跳得飞快，甚至来不及选择是继续找下去，还是先撤。而就在一瞬间，有人绕到她身后，慌乱间，她几乎是下意识捂住胸口。她今天晚上可没束胸，万一被人发现，指不定怎么样。

她哪里知道，就是这一捂，坏了大事。

对面的黑衣人不是别人，正是二皇子秦策。他原本来书院，就有两个原因：一是听从吩咐，与王孙公子们同窗学习，能抢在别人之前与舒遥修好最妙；二是为这《苍柏巡山图》！

这《苍柏巡山图》的上卷在唐家，而后当作聘礼送与林家。众所周知，林家那个二小姐不但逃了婚，还往轿子里塞了个大男人，害唐家丢人丢到了西天——

现在唐林两家决裂，听说林老爷已怒逐了林思渺出宗籍。

这都是旁枝末节的花边传言，然而随着传言一同传出的是唐家的泼天怒气。是以，高束林家的那半卷画，谁也不敢轻举妄动，毕竟唐门这个满身是毒的大佬的霉头谁也不想触。

于是，秦策打算先偷到下卷，有合适时机再去一取上卷，到时候还不是轻而易举。

让秦策万万没料到的，大概就是洛无双会出现在这里……

我就说进来怎么这么容易，敢情门口那俩被她放倒了！

他原本想绕过洛无双，因为他打听过了，那半卷残画不在这块儿。可看着洛无双兔子似的惊魂未定的样子，他起了一点私心，想吓一吓洛无双。于是他从后排绕来，还未动手，就见洛无双好似遮掩般护着胸口。

难道……他洛无双偷拿到了什么，要藏起来？！

如此一来，秦策也愣住了，他向洛无双逼近。洛无双感觉身后的影子越来越高，就在一个呼吸间，她横去一个飞腿。秦策险险躲开，几乎是同时咬定：半卷《苍柏巡山图》，洛无双一定是拿到了！

两人在堆满书卷的木架间缠斗，彼此都施展不开手脚，而洛无双好几次质问对方姓名，可那人连一个字都不肯透露。几次交手之后，洛无双气得大骂：“你别让我知道你是谁！要是我出去了找到你，就把你从山顶丢下去！”

嗯？

秦策听得一个分神，觉得这句话竟然有些熟悉，可是他一时想不起来在哪儿听过，于是手下一打，正打在洛无双的火折子上。洛无双惊吓一松手，火折子就这么被秦策打掉了！

这可是四面古卷的藏书阁啊，干燥又堆满易燃物，就那么点儿火星子，在跌落后猛地蹿高，一眨眼工夫就已经烧了一层书架。

洛无双若能看见，就会发现秦策的脸在面罩后顿时变得漆黑。他离门口近，三五步就过去，回头瞧了一眼火势包围的洛无双，目光闪烁，咬牙跑了出去。洛无双的脑子里“嗡”的一声，知道这下完了。

她身量小，趁着面前还有一道缝隙，猫着腰往门口逃。四围的火越来越旺，呛得她头晕眼花，只顾往前拼命地钻，已经有小片衣角被火舌舔到，碎得不成样子，她的最后一点意识，是山院间有人叫嚷：“走水了！！藏书阁走水了——”

而洛无双已经被熏得不大清醒，当她推门而出，一头栽在一个人身上时，她恍惚地想：奇怪，刚才那把嗓子，好似是秦策。

所幸，她从大火里逃了出来。

只是半个藏书阁算是被火烧了。烟雾弥漫间，她似乎看到了匆忙赶来的山长。

再醒来时，她还躺在中院的地上，四周满是学生，山长横眉竖目瞪着她，怒斥：“洛无双，给我一个解释！”

洛无双脑子里一团糨糊。

如果那一刻她的感觉没有错，那个也来偷画的人不是别人，就是秦策。可现在烧了大半个藏书阁，那半卷《苍柏巡山图》……也不知道是在秦策手上，还是随着那些古籍一同葬身火海。

见洛无双不吭声，山长狠狠地敲着手里的竹杖。

“你不说？！你不说就没事？！

“你私闯禁地，究竟想干什么？”

洛无双抿紧嘴唇，人群之间有两张熟悉的面孔，一同看向她，眼底满是焦急——其中一道目光属于无双再熟悉不过的秦渊，而另一道好似来自秦策。

洛无双心底情绪不明，低着头答道：“我……我是听闻稷下书院的藏书阁收尽天下典籍……我想寻一本大德孤本。”

大德孤本？

山长将信将疑：“你会为求知偷书？”

周围渐有哄笑声，洛无双脸上青一阵白一阵，攥紧膝头的一片衣料。

这时书院的小厮来报：“山长！本次火情极大，藏书阁一楼三面墙壁的书被烧得一干二净，其余的残破不全，损伤的也难以计数……尤为严重的是……是……”

他支支吾吾半天，山长急道：“是什么？”

“元武时期的风骨散本都被烧没了——”

山长脸色一变。稷下书院之所以超然于世，便是因为历代孤本及珍藏的古籍，可以说藏书阁便是稷下书院存世的命脉。而那风骨散本，可是先皇费了大力气才找寻回来的，如今再要找怕是难，而他枉为山长，如何有颜面去见先皇？

山长气得手直颤，气势汹汹地来到洛无双面前，拿起戒尺就往她身上招呼。洛无双不敢说话，只紧紧闭上眼，但想象中的疼痛没有落下。是秦渊和秦策护了上来。

秦渊一把攥住戒尺，面色也不好看，还是强道：“山长，打不得。”

洛无双冷眼，瞧着秦策一副道貌岸然的样子道：“正是，中原与北洲素无战事，若此次打坏了戚老将军的爱子，恐怕出事。”

可这北洲贵人烧了中原诸多古卷，又如何说？

山长暗叹，接连两位皇子都为洛无双出面，他更是气愤难当。

怪不得洛无双如此放肆，原是早已私交权贵。

这一层镶金镀银的身份，竟然就抵过了祖宗文献、社稷宗典？想到此，他咬牙切齿，忽而双手托天，悲吁：“老朽无能，不守祖籍，愧对稷下，愧对陛下……”

他的手一松，连带秦渊握着的戒尺也掷到地上。秦渊一愣，就听山长说：“罢，诸位皇子明示，老朽无能，今日便不要这山长之位也罢！”

说着山长就要摘掉御赐的山长帽，免冠徒跣，以头抢地。

一众学生见状也愣住了，忙上前劝，拉扯着，场面混乱。洛无双心里慌得要命，就见人群间，秦渊焦急的眼神里有江河一般的情愫淌过，恨不得是躬身在为她求情，言辞恳切地说着：“无双——风棠年幼，偷书原是无知莽撞了，只是他没有心机，并不是诚心要酿此大火，这其中……其中定当有什么误会，还请山长明察。”

山长回头瞧了一眼，地上瘫坐着的洛无双的确如秦渊所说，小脸也熏黑了，眼圈也又红又湿，整个人缩成一团，怪可怜的。

开山门教书育人，原是个济世利民的好事。山长自接任以来，门下弟子无数，他对待任何一个稷下学子，都如同对待自己孙儿般亲厚。

纵使洛无双平日那样顽劣，他被秦渊说得也是心念一动：“戚风棠，我再问你一遍，可有他人同你一起纵火？”

洛无双沉默地垂下头。

就是说了秦策又如何，他们自有理由指认自己是诬陷。而秦渊为了自己这事，已经费尽唇舌，事到如此，她心里也说不上恐慌还是难过，只想结束。

而火已烧尽，如何能结束？

秦策暗自攥紧五指，几乎要走出一步，编一个天花乱坠却不大可信的谎言，用身份压事。洛无双低沉的嗓子里滚出来一句：“没有别人了，就我一个。”

秦策肩头一僵，而秦渊更是瞠目结舌。

“洛无双！你好好说，怎么就是你一个人，你想想清楚行吗？”

秦渊攥得洛无双肩膀生疼，她抬起眼，乌漆的目底一片水光，真是急死人了。

就在刚才！秦渊分明看到洛无双看向了秦策。无论真相如何，若无双刚才说出秦策的名字，那么颠倒黑白也好，自己定有五六分的胜算将他全须全尾地救出。

他现在这么轴，简直是枉费自己一番苦心。

风间山雨欲来，残余的焦枯气味让每个人都心间苦涩，那是多少古卷陨殁的血腥气啊。

长久苍白的缄默后，山长连道了三声好，一声比一声沉重，彻底由怒气转为心凉。

“告至上京，山长之位，我做不得，望圣上另任贤能。”他的目光从洛无双身上掠过，“戚三公子，顽劣无章，我会择日亲自修书于戚老将军，为教导无方赔罪。”

话音刚落，人群间就挤进两个身影，舒遥与霍雨萌一左一右，缠着山长为洛无双好赖求情。她们是姑娘家，好些软话就比秦渊、秦策说得全乎，又因着她们，平日与洛无双私交可以的子弟纷纷出来求情。一时间，山长竟是骑虎难下。

天色变阴，下起小雨，众人劝着把山长扶回屋，而秦渊、秦澄同舒遥和霍雨萌拽走洛无双，预备回屋再作打算。

这一场雨，若是下在昨夜该多好？

洛无双在秦渊的伞下颓唐地叹气，然后感觉自己肩膀被人箍紧了。在她身侧，秦渊气呼呼的侧脸轮廓分明，被水雾打得有些湿，而他好歹罩住了自己。

有那么一瞬间，洛无双恍惚地想这人对自己，倒是的确真心。

回到东苑，一连几日，因整修藏书阁，山院停课。

洛无双成天耷拉着脑袋，一个人闷坐着，这会儿才清晨，山里蒙蒙一层雾。

秦渊刚从山长那儿来，平生头一回吃了别人的闭门羹，而他所为的这个人竟然还不思进取，在屋里装蘑菇。见状，他气不打一处来，上去一把掰过洛无双郁闷的小脸，掐住腮帮子，恨声道：“行了行了，你还委屈？被你烧光的书半夜来向你索命了，你这成天不死不活的！”

洛无双像只委屈的松鼠，被他掐着也不动，瓮声瓮气地道：“你又去找山长了？”

“不然呢，看你被丢下去？”

秦渊瞧不得洛无双蔫不拉几的样子。他一松手就坐到桌前喝茶消气去了。洛无双挪过来，小心翼翼地问：“那山长准备怎么办？”

“还能怎么办？让你爹赔啊，估计你爹得来一趟。你也别犯愁了，最多挨一顿好打……听说戚老将军最疼你了。你想想你要怎么说，能让他下手轻一点吧。”

秦渊这话说得半真半假，但山长的确有了要修书给戚老将军的意思。而这话洛无双听得可是后背一凉——她爹是不会打她，可戚将军不是她爹啊！

到时候大鞭子掀下来，自己不是连人带这层画皮都给他撕了？！

洛无双越想越慌，猛地跳下床，把自己一点家当包一包，抄着就要跑。秦渊眼明手快一扯："你干什么去？"

"躲开——"

苍天垂怜，洛无双头一次觉得自己的那么一把不像女子的力气是上天赐的。

秦渊在后面，根本拽不住她，就听着她胡嚷嚷什么"要回北洲打仗""山高路远，后会无期"……乱七八糟说着就跑远了。

秦渊望着外头细雨，一砸茶杯，也追了出去。

"洛无双，你真是我祖宗！"

秦渊说话很少有不过心的，这一次骂也是。他骂完就追了出去，觉得自己一定是上辈子欠了洛无双。

山路崎岖，他抄了近道想拦人，没想到还没追到洛无双，就先追到黑衣人。对方行动十分迅捷，在一片竹林间停住，手中有这个什么银光闪现，而目标正是不远处二傻子一样的洛无双。

秦渊反应了一秒，下意识就飞身跃下去。前头背着包袱的二傻子洛无双听后头有人叫她，甚至来不及回头，就被什么扑倒在地。

"你……你……"

洛无双的肩被石子硌得生疼，抬起头一看，秦渊脸上一层水雾，还泛着白，直往她怀里撞："秦渊？！你……"

她的手搂在秦渊背后，大片血浸了出来。秦渊气息发颤，在昏迷前，心想，这是真还债啊。

在他昏迷间有潇潇暮雨，洛无双的声音在耳边荡着，像个小姑娘。秦渊终于想起来，自己为什么要躲洛无双了，自己好歹也是燕冀四皇子，绝计不能做出错事！思绪紊乱间，秦渊的耳边全是洛无双的声音。

他睁眼，期待看见洛无双又被自己搭救后那一脸愧色。

素色顶，洒金帐。

秦策那张脸带着不怀好意的笑，向他道："四弟，醒了。"

秦渊猛地缩回被里——是个噩梦。

“……就是这样了，四哥。”

秦渊躺在塌床上安心地吃梨，秦澄捂着心口，满含哭腔将前因后果说完，然后闷着头就想往外跑。秦渊见状，又一把拉抓他：“你跑什么跑？我还病着呢，在这儿给我搭把手，难不成我还能指望秦策端茶送水？”

“不是哥哥说你，这什么时候了，你还跟女同学去看雨景。”

他说得振振有词，苦了秦澄一个劲点头，心里想：我哪能知道你跟洛兄弟一块儿，好好的还能中毒回来？

一番交代后，秦渊才知道，原来这次竟然是秦策救了自己。

原本在昏迷前秦渊还想，也不知道洛无双到底招惹了哪路妖魔鬼怪？从在安都唐家“搭救”开始，一路上就有不少人要他的狗命。

好在此次中的并不是毒镖，而是一枚看起来凶险，实则涂满了迷魂药的暗器。这简单的迷魂药倒也是好解，可院里并没有熟悉的大夫，而“医者仁心的素问公子”被秦澄叫去和女同学看雨景。

洛无双在东苑喊了半天，一个活人见不到。眼看秦渊在床上惨白着脸，生死未卜，洛无双心里七上八下，慌不择路时找去了西苑。没想到秦策板着脸，闷声不响地听她说完后，竟还真的帮了她。

秦策倒也真是个全才，他不仅将秦渊的伤口包扎好了，迷魂药也解了，还抓了几服补气血的药，一并丢给了洛无双。

秦渊失血过多，一直睡着，将醒未醒。

屋里点了味香，闻不出是什么味道，只是淡淡的，好似一种未名的花，开在寂夜之中。

秦渡和秦澄终于结束了和女同学的雨景之行后，赶回来只看到昏迷的秦渊。秦渡自觉愧疚，带着药去熬了。而秦澄就被当成壮丁，被洛无双训斥了整整半日，素来受兄长宠爱的八皇子现在满心委屈。

秦渊此时没空去安慰秦澄，他只觉得恼恨，他这个二哥倒是很会出风头。

按说原本这件事是他秦渊舍生忘死救了洛无双，而现在在书院里，所有人对他的舍己救人通通不提，只说秦策高风亮节，不计前嫌救了他。而洛无双对秦策也是感恩戴德，毕竟秦策拯救他于水火。

总之，救人的是他，中毒的也是他，可便宜全被秦策捞走了。

“洛无双呢？”

秦渊恨声，这才想起这个该守在床边的人。

秦澄愣怔，说道："二哥说，你要苏醒还有些时候，天也不早了，无双也受了惊吓，便早些去睡了。"

秦渊的脸色突然一沉，秦澄感觉肩头凉飕飕的，跟被冷风钻着似的，连忙改口："你若想见他，我这就去叫他起来。"

福至心灵，秦澄一溜烟跑走，很不客气地将睡梦中的洛无双叫了起来。等到睡眼惺忪的洛无双出现在秦渊面前时，秦渊已经好整以暇地换完衣服，只是一张面孔，还有些劫后余生的惨白，瞧着不怎么有杀伤力。

洛无双打着哈欠，道："你醒了，哪儿还不舒服吗？"

嗯，醒了，你倒睡得安心啊？

秦渊不开口，只冷然盯着洛无双，盯得人脊背发凉，直说："醒了就好，醒了就好！你……你好好休息吧，我明天再来看你。"

洛无双倒是想往外跑，而秦渡比她更快溜出了门，且在外对她嚷道："你们好好聊，我还有些事，不打扰四哥休息咯。"

这什么人啊？

秦渊平生头一次怀疑自己多年对秦渡的兄友弟恭，是不是错付了。

洛无双困得发蒙，只说这秦渡真不仗义，好歹她也守了一个白天，这会儿回屋刚休息一会儿就被丢来伺候病号，虽说这是为她受的伤……

倒也是，秦渊跟她在一块儿，没什么伤不是为她受的。

洛无双想着，觉得心虚，便也随了秦渊心意，妥妥当当地服侍他吃过了药。好歹也是过命的交情，可越亲近的人，洛无双就越不会表达。她只能尽力地将秦渊的事都安排妥当，一句感谢的话都说不出。

屋内满是苦涩残渣的气味，洛无双去启窗，想散一散风，身后秦渊忽道："我身上有些难受，你帮我打些水。"

"我……我叫秦渡来？"

洛无双的推脱不是没有道理，她一个姑娘家，怎么好随便给一个大男人沐浴？

可这些秦渊不知情，原本只是托她打水，现下便真的存了气，偏要洛无双陪着。洛无双不好跟一个病人发脾气，只能心有戚戚地抱着水桶往外走。一路上，洛无双的脑子里都是一团乱，真是让人伤神。

雨后，有一轮好月色，洛无双瞧着那抹月色落进水里，叹了一口气。

长到十八岁，洛无双只与两个男人有过长期接触。

一是林净川，她的大哥，再就是秦渊。

林净川的俊朗是山间雪，松上冰，让洛无双总愁这样的大哥是否能为她讨到一个嫂子。

而秦渊不是，秦渊足以叫满上京的好女儿魂牵梦萦，就如那捧月色，直照入人心间。

屋内蒙蒙水汽升腾着，将洛无双的发鬓和眉眼也濡湿了。她在门前踌躇不敢向前，手里的木盆也好似个烫手的宝贝，只管端得漫不经心，不敢往里投情。

这处算是书院最大的屋子，偏西这处让秦渊隔成汤池置放地。此刻里头有隐约的水声，像一把要命的钩子，让洛无双心思靡靡飞了起来。

秦渊在里头，能大致瞧出个湿漉漉的影子。那影子投在绡帐上，好似水里月影，玉山一座，洛无双抿了抿唇，惊觉自己心口跳得厉害。

怪了，从前入院时，她也在树上偷瞧，那会儿怎么就没怕呢？

"无双，回来了？"

银制的钩子开了腔，洛无双忙不迭点头，后知后觉想到：他又看不见，自己点头做什么。

她的脚似乎被无形的线缠住，一步一拖挪过去。那层帐子原为挡风、并不多夹密，洛无双绕过去，像绕过好一重山和水。里头秦渊背对着她，正垂脸，水声从他手里滴出来。

"你——"

洛无双忽地顿声。

她瞪大了眼睛，在秦渊光裸的脊背上、两片蝶骨之间，一道红疤斜着劈开，足足有横掌那么长，伤口已经结了暗痂，只是皮肉还狰狞着。洛无双反应过来时，手正摸在那口子上。而秦渊回过头瞧她，一脸的诧异。

"我……我看看……你……这个……"她忽然磕绊起来，不知是被秦渊看得，还是遮掩心里莫名的那一下心悸。

秦渊泡在温汤间，额上水汽沾裹流墨似的发，垂下肩膀，尖梢淌进水底，十分旖旎。他笑了笑，也大大咧咧伸手去摸，眉心皱着，只说："皮糙肉厚，很快便好了。"

哪里皮糙肉厚，分明是莹白如女子才对！

可能是氤氲的水汽太过旖旎，洛无双的脑子里竟是冒出这样的念头。她半垂下眼，声音难得地很轻很轻地问："疼吗？"

"不疼啊。"秦渊垂下的眼梢有一滴水，他一笑，水落了下来，"你莫要摸了，本来就还有些痒，你这样搔着就更痒了。”

怎么会不疼呢？洛无双心里叹了一口气。当那伤口豁然闯入眼后，就像生生碍了她的眼，原本隔着一层雾，雾里寻花一般的东西，好似逐渐明朗起来。

月影落在了水里，有什么东西也落在洛无双心底。

那天晚上，洛无双知道了两件事，两件都让她无法释怀的事：一是，原来秦渊受伤，自己也会这么难过；二是秦渊告诉她，林家对外已经将林思渺逐出了宗籍。

秦渊原本是想质问她，究竟做了什么惹那么多人围追堵截。她难以开口，就一个劲为他泼着温水，泼得他一个劲哆嗦，攥住她的手说：“你就不想想，是什么人一直追着你不放？”

洛无双愣了愣，继而难得老实一回：“是唐门，安都唐家，你会中毒，恐怕也是因为他们追过来了。”

她心里隐约有这样的想法，却不敢说，直到现在实在瞒不住了。

秦渊身上为她而受的伤也不止一处，就是死，也该让人家死个明白不是？

见她坦诚，秦渊也不由得生疑：“逃婚的是林家小姐，他们何故抓着你不放？

“难道你还真和那二小姐有些什么？”

洛无双手里的水瓢砸了过去，直说秦渊说话真是没谱，什么叫她与林二小姐真有什么。

“若有什么，我们私奔便是，我何苦还去救你？！”洛无双理直气壮地说着，末了，又觉得还是补一句，“她是我义妹，是以唐家追不到她，便来追我了。”

秦渊不咸不淡地“哦”了一声，好似实在想不通，与她道：“只是你真不知你那义妹在何处？如今林家发了英雄书，与那林二小姐断了关系，若是她再落在唐家手上，怕是没有什么好下场。”

“我真不知道她……你说什么？”

指缝间的水有些凉，洛无双怔然顿住，好久才缓过神。

她的父亲不要她了？林家与她断了关系？

这些年的教养，敌不过她带走的避毒玉与紫金芒刀吗？哥哥又知不知道这事，没有拦住父亲？

她的脑子里乱得要命。秦渊见她这样，神色又沉了下去。他以为洛无双与林思渺之间一定真有些什么，不然洛无双不会如此失态。

秦渊觉得血气有些上头，这场劫后余生的澡泡得秦渊头昏——

迷迷糊糊间，秦渊已被洛无双拖回了屋。洛无双坐在床边，秦渊一只手还拽着她。他隐约说着什么莫要担心之类的话，放在平时，洛无双定要说一句“废话”，而此刻，她也随他拽着。望着他沉沉睡去的面孔，她缄默不语。

屋内那阵最初的冷香又漫开来。

洛无双想，不知不觉，倒也夏月了。

“什么？！要我考进天字班——”

缠绵雨时过去了，书院进入了蝉鸣时节。

一声几乎要掀翻房顶的异叫，让秦渊狠狠一拧眉。他示意秦渡拉着点，自己走去关了门。回身瞧洛无双，那人一副见了鬼的样子，有些好玩儿。

洛无双倒不是被秦渡拉下了，而是有些腿软。

她坐进一把黄花梨圈椅里，肩背一垮：“我考天字班？这不是难为人吗，要开除便开除好了，做这个给谁看？”

秦渡给了她一杯水，她一口喝下，苦得差点落泪。

“安神茶，别吐。”秦渊伸手拍了拍洛无双，愣让洛无双咽下，而后道，“你还挑三拣四起来？你可知道？因为我丢了小半条命，山长怕我上报父皇，这才愿退一步，不然就你火烧藏书阁这一条，他便誓死不再容你。”

他瞥了一眼洛无双从未操劳过的一双手。

“山长是个耿直的老学究，最宝贵的便是那一屋子的藏书。听说，前日秦策也不知吃了什么失心药，竟也亲自上山为你求情，却被山长给回绝了。也是极巧，这一回我在书院旁受伤，山长自觉难辞其咎，无法与父皇交代，这才有了回旋的余地。他能再原谅你一次，要求便是你得考上天字班！”

洛无双目光一闪，很明显是想趁机溜，秦澄极有眼力地插门落锁。

几人团团围住洛无双，丝毫不给她逃跑的空间，而年龄最小的秦澄瞧着很是气愤。

他说话有些稚气，嚷道：“真没想到，北洲三公子竟然是个临阵脱逃的胆小鬼！”

谁啊？你不要含血喷人！

洛无双握紧拳头，辩道："我是胆小鬼就不会在这儿待这么久！"

"可四哥为你受伤，为你奔波，为你争取机会，你却一点都不珍惜，更是丝毫不想努力！"

他们各执一词，秦渊面色越发白，忽而闷哼一声，垂着脸扶在桌边。洛无双想起他背后的伤，几乎是下意识就想上前扶他，然而秦渡却先一步接手过去。

"四哥，你……"

他们揽在一处，秦渊侧过脸，眼底倒是十分透亮，乌漆转过光扫视秦渡。

他低声说："无事。"袖子底下一掐，秦渡当即了然。

洛无双看着自己虚在半空中的手，心头发苦，比那杯安神茶还苦。她心头着急，自己也未说就要走，怎么还能把秦渊气倒？

她眼巴巴地望着秦渡给秦渊翻查了几处，不知如何是好。秦渡回身，语重心长地对洛无双说道："这事也不怪你，阿澄是为四哥着急……"

秦渡一边扶着秦渊坐下，一边悠然道来。

"二哥自小便是皇亲中最出色的人物，少时被称为天降神童。在我们这些兄弟中，他与四哥，平分秋色，我们都知道他二人才是最后的储君人选。"

洛无双"哦"了一声，一面点头，一面想着秦渊的伤势，对这些皇家秘密，姑妄听之。

秦渡用余光瞥她，又道："说来，四哥聪慧，父皇最是喜欢，原本就比二哥更受青睐些。只是秦策的养母，也就是他的亲姨母是当今贵妃，这些年，贵妃稳稳压了中宫皇后一头，全因沈氏一族外戚做大，多年来已是权倾朝野，即便是父皇也不可连根拔起。"

说到此，秦渊面上也变得凝重起来。

论资排辈，他的确该是嫡子……只是皇后性情温暾，母家也是中庸之辈，这些年全靠帝王的遗爱故思而支撑。朝中党羽，这些年被沈家多番打压，清理得七七八八了，倒让他这个名正言顺的"储君"，落到跟一个庶子争名的地步。

洛无双捧着脸，听得如同坠入五里雾中。

她扬手打断道："可……可这和我有什么关系？"

秦渊眼前一黑。这位还真是养在中原江湖之间，满身快意恩仇，白有个手握北洲重兵的父亲。他解释道：“我与秦策同时被选入稷下读书，就是……陛下有意而为之。而此次，我为你向山长立下军令状……若你考不进天子班，我便随你一同离开！”

这样多年，他依旧叫不出一声父皇。

秦渡伸手一拍他，秦渊苦笑：“这里是最后试炼，我若走了，秦策不战而胜。”

洛无双仰着脸，指指脚下，又指指房顶：“这里？太草率了吧，在这里选储君？”她思索着秦渊的后半段话，忽然蹦起来，“你疯了？你跟山长气什么，让我走我走便是，你赌上你自己做什么？”

屋外有些哄响，该是学生从此地路过去上课，而洛无双听着这些吵嚷，忽然感觉心里透心凉。她可以自在江湖，但她绝不愿旁人为她付诸半生。

屋内煮了茶，那炉子还有些药残存的余苦，秦澄去将窗子支起，风间带暑气掀进，吹得洛无双脑袋越发混乱，她几乎是带了哭腔：“你怎么能这样——”

秦渡继续道：“三公子虽说不是中原人，可沈氏一族素来主战，若是他们得权，挥军北上，直捣北洲也不是不可能！届时，那天下就与太平日子永别了。”

秦渊看着洛无双沉着的脸，忽然轻笑出声，他上前拍了拍洛无双的肩膀：“告诉你这些，是要你知道，我把整个天下的太平都赌在你身上！这个天字班，你必须进！”

秦渊的眼睛清亮，像是莫名地给了洛无双力量。洛无双目光游移，最终落在秦渊搁在自己肩头的手上。

鬼使神差地，洛无双应了下来。

秦澄蹦跳着与秦渡击掌，热闹得跟洛无双刚不小心答应了秦渊求亲似的，她摆摆手：“等会儿，等会儿，我只说我愿意，可没说我一定能进天字班。接下来的那场考试是什么我都不知道，若再砸了，也是天意如此。”

秦渊笑了一声，不知从哪个犄角旮旯丢给洛无双一个蹴鞠。

他告诉洛无双此次的考试，特别适合她。

而日光之下，秦渊的眼底有些东西，亮得洛无双不敢多看，她抱着蹴鞠心想：怎么好像感觉，被人下套了呢？

这一下午说得天花乱坠，又是家国天下，又是皇家爱恨，结果就是要洛无双参加蹴鞠比赛。

“冒昧地问一下，你们皇帝有毛病吗？”

这是洛无双听完所有事情之后，发自内心的疑问。

当然，最后她顶着一个脑瓜崩乖乖坐下。

原来本朝皇上生无所爱，就喜欢踢蹴鞠，爱到连去后宫临幸嫔妃都要靠蹴鞠来决定，皇后多年圣宠不衰，便是因她蹴鞠踢得十分好。

这足以见得，蹴鞠的风靡，并非大家一时兴起。

本次的蹴鞠比赛，为皇上钦点入学运动项。点了秦渊和秦策领队，并且有言在先：胜利者除了得学分可进入天班，更会有皇帝额外的夸奖。

而秦渊之所以筹谋，全然是因为他偷听到了秦策的打算——不知为何，秦策竟是一心也要保下洛无双，也去找山长说情，让洛无双并在西苑的蹴鞠队中，待考入天子班后，过往便可以一笔勾销。

很不幸，山长拒绝了秦策，但秦策不放弃，打算继续说服山长——不过秦渊没给他这个机会。

秦渊用自己的半身伤痕跟山长讨价还价，并扬言与洛无双同进退，在他的软硬兼施下，终于得到了山长首肯，于是便有了那动情的一场劝学会。

可是秦渊万万没想到，洛无双是个毫无奋进心的青年。

大约是天高皇帝远，洛无双对于这种皇恩浩荡的事真是丝毫不放在心上，纵然秦渊愿意带伤给她做突击辅导，她也是一副爱练不练的样子，就差脸上写四个大字：重在参与。

“四哥。”临近傍晚，天际霞光绚丽，秦渡气喘吁吁地跑来，秦渊扶住他，让他缓缓再说，而他好似气得不轻，躬着腰摆手，“那个洛无双，根本练得不行啊！”

已经六七天了，他们三人轮番监督，洛无双基本还是在原地打转。

“放只白鼠踩铁圈都动两寸了。”按秦澄的话这样说，只有洛大少爷本人无所谓。

秦渊嘱咐他两句，就放他回去，自己走到球场边。这时的洛无双正靠在树底下，叼着一根狗尾巴草，气定神闲。

西山外，有半轮红日，缓缓沉下。

当这点颜色都消散，夜就会完全黑下来。洛无双最近的夜晚都睡不好，这秦渊知道，他不晓得洛无双是为了林家的事忧心。他走上前，一大片阴影拢了下来。

洛无双眯着眼："你来干什么了，今天的训练可结束了。"

秦渊在洛无双旁边坐下，也不吭声，只是同样靠着，气氛一时缄默又沉寂。

这一日的夜色，比前几日都要清朗。

枝梢上蝉鸣起了，秦渊终于开口："其实我不想逼你。"

他也不知道对谁说，口吻比夏蝉可轻得多，他说："无双。"

洛无双抬起头。

"若是最后都输了，咱们就一块儿走。"

洛无双本就圆溜溜的眼睛，此刻瞪得更圆。秦渊啐出那根草穗，嘴角沾了些，像个缠人讨吻的痣。他想了想，向洛无双笑道："浪迹江湖也不错啊，我跟你，到时候你可以做我大哥了。"

树梢间落下月光。

洛无双的心里忽然被什么填满了，她连日来不愿意练习，其实就是害怕。

不是不愿意，是太害怕了。

她害怕自己又掉链子，让秦渊输给秦策，让自己变成这些事情的罪魁祸首。

她害怕秦渊、秦渡他们因为自己，再次被秦策嘲笑，甚至打压。

她从来就是个路过的人，无意参与这些，却不得不挑起大梁。

而现在，秦渊对她说，输了就一起走吧。

不似之前那般是个赌注，也没有千斤重担压在肩膀上。秦渊说得云淡风轻，甚至能在他的话中听到几分雀跃的期待，洛无双一下子就觉得够了。

她最终一把拍在秦渊肩头："说什么呢，我还想进天字班呢！"

夜色很好的，是因为中天有月亮。

可秦渡不知道洛无双从那天起突然的勤奋和努力，是因为什么。

六月下旬，绿浓暑晒长。

蹴鞠比赛在午后进行。

双方在山长面前问好。

一声锣响——

随着蹴鞠高高抛起，秦策队一个队友人高马大，率先抢到。二声锣响，秦策队率先发球。

“列队注意！！”

洛无双和兄弟几个摆开阵势。

秦渊队前锋率先发起阻挡，他的身子骨很壮，但不怎么高，所以稳扎稳打，下盘伺机钩球，不承想上来的竟然是秦筑。洛无双余光扫来，心想这人脚脚阴损，高喝了一声，想遣开队员。

锐风两声，像毒蛇吐信！

洛无双就这样眼睁睁看着自己队里的前锋受袭，整个人卧倒在自己面前。

“他们作弊！”

“作弊！有人放暗器！”

蹴鞠依旧在秦筑脚下，而他的神色一如充耳不闻的裁判。洛无双猛一回头，见秦渊已经站了起来。

他早知道自己是要替场的，西苑不会放任他坐享其成。

三声锣响，第二场，秦渊代替前锋。

秦渊起身时，看台边一片喧哗。洛无双不必看都知道，是霍雨萌和舒遥来了。她们像招蜂引蝶的花，所到处永远开着人间好颜色，让学子为她们让座问好。

霍雨萌今日一身披红，像远山间唯一的一簇山茶，她为洛无双而来，一举一动，每一瓣红，也都为洛无双开。

十分可惜，赛场上气氛凝重紧张，洛无双根本无心去听看台上的议论纷纷。

秦渊的伤牵扯着腰背，这时候他真是不大好踢球。

——“无双。”

她在为秦渊保驾护航，眼见那人的脊背绷得像一壁雪松，稳稳地踢中点球，那两片蝶骨才颤着松开些。

——“无双，不过一场蹴鞠，不必太挂在心上，输赢有命，无须强求。”

比赛重新开始。

对方的前锋依旧是秦筑，正面交锋秦渊，他好似比方才还要兴奋。

秦筑脚下活络，目光死死地钉在秦渊身上，却越过他高声讥讽道：“普天之下莫非王土！三公子，中原迟早易主，届时北洲如何，还不好说啊——

“若我是你，就该回去北洲，牧马放羊——”

随着他的话音一落，秦渊钩着蹴鞠向后大喝一声。全场热了起来，秦筑与洛无双互瞪一眼，两人就错开奔跑的方向，全力追逐蹴鞠。

他的话声言犹在耳。

洛无双快速跑向秦渊，希望能在对手耍阴招之前替他解决掉不必要的麻烦。此刻却突发变故，秦筑不知怎么倒了。洛无双看得真切，根本没有人在他身边！

而随着秦筑被判定不能比赛，对面走出来一人，正是他们后方趾高气扬的秦策。

随后的半场，洛无双几乎整颗心都吊在秦渊身上。

兄弟俩剑拔弩张，两个前锋正在抢球的白热化阶段。趋近最后一刻时，秦渊到底是技高一筹，终于甩掉秦策，又接连跨过三个人——就差最后一脚！

洛无双眼皮一跳，不知道为何忽然想喊住秦渊，可是晚了。秦渊绕过秦策后，身形却突然定住，接着脊背一僵，猛地倒下。

“秦渊！”

洛无双跑过去，余光瞥见秦渊侧转开的满是汗水苍白的脸和秦策收回袖间的手。他动没动手，已经不重要了。

昏迷的秦渊被抬下场。

秦策根本想不到，听说并没有“好好练习”的洛无双其实天赋极好。作为女子，她的柔韧性也十分高，好些秦渊教她的技巧、身法，一点就通。

所以，当洛无双一个回身就将蹴鞠直踢进网，别说是守门的人，连秦策自己都始料未及。

在他拧身的那刻，已是暮色四合，他好似看到，少年时他们在父皇面前的那一场蹴鞠赛，秦渊也如洛无双一般，一招“燕还巢”，英姿飒爽。

当真一如昔年，只是当时脚下的球场，还不是这山河。

世事变幻，他们还是站到了一子定江山的时候。

山长案前的那炷香燃尽了。

胜负已定。

西苑间，秦筑在秦策屋前，已经是第二十五次叩门。

这场比赛，他们不但输了陛下的嘉赏，更让秦渊明白：纵然他们使了手段，还是一样不敌他。

前锋、秦渊都是被秦筑暗伤的。当时秦渊倒下，洛无双眼见秦策缩回手，实则是他想起扶一把，关键时，他还是没有伸手。

“二哥，我知错了，可你便是罚我又如何，秦渊也不会感激你！”

秦筑五指成拳，一下砸在门框上：“你要光明正大，你便去，一切事情有我托着，这样不好？”

他不明白，纵然秦策一直在意沈家的手段，但也默认接受，为何就对他横眉竖目？

秦筑说的每个字秦策都听在心里，没错，他拼命要去追的所谓光明正大、无愧于心，也是早有人帮他铺好的路。

“吱呀”一声，院门大开。

秦策出来了，面色阴郁，扫过秦筑一眼。这也是他看大的弟弟，因为沈家内定的储君是他，多年来弟弟看他亦兄亦主，甚至从未叫过秦渊一声“四哥”。

可此刻看着秦筑尚且有少年轮廓的脸，秦策心内疲倦恼恨。

他们都是做棋子的，做了十几二十年，凭什么秦渊始终有个“嫡”字，有人道他的好？

“你先回去。”他对秦筑说，秦筑急于再说什么，却被他摆手斥下。

在隔壁院门合上前，他听秦筑道：“二哥，还有舒遥。

“别忘了咱们为什么来书院，有些事，必须早早了断。”

…………

一样的月夜，不同的情状。

秦策那边愁得无法入睡，秦渊这儿灯也亮着。

烛影下，洛无双为秦渊狠狠贴上一张膏药：“忍着。”

“嘶——”

秦渊倒吸一口冷气，却感觉贴膏药的动作轻了点。

他的腰背像起伏玉山，只是上头挂着疤和大小青紫，基本瞧不出养尊处优的样子，活像一把金贵骨头投进凡间洗练来了。洛无双听他咬牙，虽然心里有气，但还是收了劲。

他们赢了比赛，洛无双的学分不但大大拉上去了，还在山长眼中地位提升。此时的洛无双只要不再惹祸，进天字班也不算困难。

秦渊这一身伤，也都是为她洛无双受的。

想着，洛无双有些恍惚，两人敷着药，不必沟通倒挺灵通。灯烛摇晃着，秦渊的侧脸一半有光，十分好看。

他清了清嗓子，忽然说：“人有时真是奇怪，你说我为你受伤，又为你搏出头……我图个什么呢。”

洛无双一愣，下意识接道：“乐善好施？”

秦渊：“……”

不然呢，难道你看上我了？

洛无双的脑子里一闪而过这个带着靡靡气息的念头，忽而低头瞥见自己挽高的袖口是青布白褂，不是织锦绣罗裙。

秦渊翻个身，疼得脸色一白，将就地披起亵衣：“不是这个意思，我的意思是说，你看我为你付出这么多，你不表示表示吗？”

洛无双眨眨眼。

秦渊道：“我这么认真地帮你，你也得帮我一回吧。”

秦渊是个很有本事的人，和洛无双的不学无术不一样，他几乎样样都好。而按他自己的说法，目前只有一件事，他觉得洛无双比他做得好——追姑娘。

所以，秦渊需要洛无双做的事情也很简单，他想要洛无双帮他送一把琴给舒遥，撮合他们两人。

“琴在外头案上，我托人寻了好久，你一会儿抱回屋，看什么时机合适，帮我送出去便是。”

秦渊推着洛无双，笑得回雪流风。

洛无双抱着那把名贵古琴站在秦渊的房门外，山院扶苏花木在风间，散开游荡的挽香。她一步一迈，脑子里混沌得厉害。从秦渊说了送予舒遥后，她的心头就像是蒙了水雾，一分清明也不再有。而几步流转间，她总算不负自己破坏大师的名声，在第二个回廊，整个人就一把磕在柱子上，人倒没事，只是那把琴头磕断了。

洛无双低头，借着月色，她发现那上头有一只鹤，原本活灵活现，而现在鹤头被撞断了一半，根本接不上。她颓然蹲下，伸手想去捡那一块，却迟迟不动，心底酸酸的。

夜下传来梆响，洛无双低首，生平第一次有一种难以形容的感觉。

她不想帮秦渊送琴，不想为他们俩拉线。

她不想，秦渊做的一切，都是为了让她帮忙，成全他和舒遥。

洛无双狠抹了一把脸，掌心湿漉漉的，但那是夜露，而不是落泪了。

“浑蛋，我就知道他才不会对我那么好。”

她望着手里的琴，无可奈何地想。而不管她愿不愿意，伤，秦渊受了，琴，自己拿了，又弄坏了，只能帮他想一些办法了。

翌日大课，一山两院学子皆在，包括霍雨萌与舒遥。

山长来得有些迟，他环顾一眼，道：“今日，无纸无笔，就以‘钟灵毓秀’来作画。”

满座无话，都垂首沉思，唯有洛无双听后舒了一口气。

早晨她买通了一些人，事先套到这一课的课题。今日她的文盲人设大概是立不住了，因为她要做一件事，算是为秦渊那把无缘送出的古琴赔罪。

只见她一个漂亮的凌波微步，几步越出学堂攀上枝头。那墙外有一丛花树，她折了桃枝，扯了一兜花瓣儿，飞身落地。

众人皆搁笔来看，洛无双以屋檐外一丈内的沙土为地，寥寥几笔，画作巍峨山峰，继而手中夏花一挽，落在舒遥发间。

洛无双大为风光，一拂袖，对着山长指着地上的画，又指了指舒遥：“如此，可是钟灵毓秀？”

山长沉默着，颔首拊掌称善。

“妙极，妙极。不拘泥，倒是有慧根的。”

一众惊叹声，半给洛无双，半为山水画间娇艳的舒遥。她取下发间的花簪，想问洛无双，对方却推手一握，悄声道：“舒姑娘，明日未时三刻，山肆未名亭。”

舒遥目光闪烁，红着耳根，半晌后才点点头。

秦渊为恢复伤势耽搁了些时日，随着秦渡下山好好调理，傍晚时才回来。

秦渊手里提了个红漆食盒，都是带给洛无双的点心，可一进房间瞧见那把琴，他一愣。

无双没送？还是有所准备？

秦渊上前一看，顿时黑了脸。

洛无双在山长那儿好说歹说，答过了对方提出的很多艺术赏析问题后，一回到屋就见秦渊沉着面孔在等自己。

而一见着洛无双，秦渊当即质问："怎么回事？我的琴怎么断了？洛无双，你做点事情怎么那么难？"

果然，什么旖旎缱绻，都是假的，这人嘴里没人话啊！

洛无双把外褂一甩，撸着袖子上去，反手一个东西砸在秦渊脸上。秦渊摊开手，那是一只花簪。

洛无双闷声闷气："该做的我都做了，你明天带着这玩意儿和你的破琴去未名亭就是。"

秦渊一听，心里忽然有些懊恼，于是道歉，指着食盒连连说着："好无双！给你带的点心，你莫要与我生气才是。"

秦渊心里有些沉，但未免让洛无双觉得他是得了便宜还卖乖，只能佯装着一脸喜滋滋，转身便是要走。

秦渊前脚要迈门，身后传来洛无双闷闷的声音："等等……"

"嗯？"

该死，自己为什么还要叫他？

洛无双移开眼睛，还是说道："明天的课是邓夫子的，不大方便逃，你怎么……"

秦渊笑道："放心，我自有办法！"

这一晚，秦渊和洛无双都辗转难眠。

至于为什么，谁也猜不到。

第 六 章
情窦初开时

“嘎吱嘎吱，嘎吱嘎吱。”

洛无双一早踏出房门，就看到秦渊坐在凳子上，认真地磨什么药粉。她揉着惺忪的睡眼，冷不丁地站在秦渊身后，疑惑道：“你在做什么？”

秦渊吓得手一哆嗦，差点将东西掉在地上。他回头一看是洛无双，长舒一口气：“我刚磨好的巴豆粉，准备好好伺候伺候咱们的邓夫子。”

洛无双：“……”

这就是他想的办法，他可真是二百五的脑子……晨光底下，秦渊躬着腰，脊背上的膏药露出来，洛无双暗暗补一句：白斩鸡的身子。

不过，不得不说，秦渊这厮下手真的快。

午后日头晒，洛无双与秦渊一人一把伞，行在山路间。课自然是逃了，洛无双一夜未睡好，现在是昏昏沉沉的。他们来到山肆前，亭间一抹翠色倩影，正是舒遥。

秦渊一拍洛无双：“竟真约到了？”

洛无双咬牙笑了笑，心道：你个废物，要是你知道自己约姑娘不如一个小女子，怕是该用豆腐自裁了。

她与秦渊约定，她就在此处花树上等着，帮他们把把风，看四周情况。秦渊点点头，抱着琴就去了。

洛无双轻叹一声，秦渊听得真切，脚下似乎灌了铅，真想回头带着洛无双就走……可是秦渊知道不行，他还记得自己来稷下书院的目的。

这么想着，秦渊脚下生风，似是走出了几分私会佳人，迫不及待的意思。

他跑远的身影刺得洛无双的眼睛不舒服，但她只能靠在树枝间，远远瞧着。舒遥好似先是不大快活，可秦渊也是个俊俏公子，他今日收拾得不如早先富贵，倒有几分江湖游侠的洒脱，一双眼底淌着光，怎么看都像是个可托付的良人。

攀谈一会儿，秦渊将舒遥扶坐，为她簪上了花。

一刹那，山肆之间起了风。

洛无双所枕的那一树山花，都在风间扬起，像层叠的红帐笼上来，但帐后有秦渊与舒遥。

洛无双伸手一拂，嗅着都是香的，浓郁得让她鼻息痒痒。她耸耸鼻尖，却怕惊了红帐后头的人，只能捂着脸，一边颤一边落下树。

眨眼间，洛无双肩头一轻，接着就撞到一个怀抱里。

她被震得发蒙，满眼都是红，落下的那刻她想——满山的花都能吹向自己，只有舒遥那一束，是秦渊为其戴的。

洛无双为自己委屈，却无从可怨，而这时，顶上有人"咦"了一声，开口道："洛无双？"

竟然是秦策。

洛无双轻身跳下，脸色十分难看。

原本秦渊和舒遥已经让她不舒服，又与仇人狭路相逢，真是不能更巧。她伸手一摸腰间，今天出门带了一根藤鞭，原本是怕等得太闲，想练练手的，这下正好。

她振臂一甩，藤鞭破空响动，惊了秦策。她低头嘲道："巧了，你是不是还欠我一句道歉？藏书阁那回！"

秦策眼皮子一掀，当即想扭头就走。

大约洛无双与秦策误会实在太深，今日秦策烦得很，本想着下山散心，莫名其妙路过此地，这小子就从天上砸下来。而此刻，恐怕他再如何解释，洛无双也咬定他要去破坏秦渊和舒遥幽会。

实则，他们二人幽会，秦策哪里知道？

那边鞭子都扬起来了，无奈之下，秦策只用腰间折扇拆招。他无心缠斗，怎么抵得过洛无双密密而有章法的攻击。防御之际，秦策瞥到自己背后是一个陡峭的山崖谷，若是不仔细观察很容易认为是一个陡坡。他计上心来，假装不胜攻击，往后虚退两步，顺势便要往山崖下栽去。

洛无双一向有点傻，本来也只是找秦策发泄，根本无心取他性命，见状她用鞭一缠……

这一缠，秦策的脸色唰地就白了，他哪里料到洛无双的力气那么大。

“秦策，你别松手！”

洛无双一握，反手用力握紧秦策。这下好了，原本身侧稳稳的一块山石被她拽塌，二人双双滚落下去。

坠跌之前，洛无双听到有琴音从山亭而来。

是秦渊吧，他在给舒遥弹《凤求凰》。就算摔了人家的鹤首又如何？琴音照样能传八百里。

点背的永远是自己。

不知是不是出于赌气，洛无双整个人抱着秦策，白白让自己做了肉垫子。

崖壁上的兀石虬枝多，洛无双一一承受下来，用肉体之躯感受。等两人终于滚落在崖底，洛无双直接闷哼一声，晕了过去。而秦策并没有受到严重的伤，只是右腿和手臂磨掉好大一片皮，上面沾着灰和土，显得有些血肉模糊。

“呃……”

天空是灰色的，没有刺眼的耀阳，没有聒噪的蝉鸣。秦策咬着牙艰难起身，努力辨认身处的位置。

洛无双在后头，奄奄一息的，他一时心绪难以言喻。

这小子的脑子里到底里有什么？

秦策翻过洛无双的身子，想查看伤势如何。洛无双仰着脸，无意识闷哼一声。好似哪里不对，可又没有看到太重的外伤，秦策仔细想了想，忽然一愣。

洛无双的脖颈平滑如绸，并没有喉结。

这……这不可能……

秦策一时间难以置信，他伸手一探，洛无双的胸口厚厚的一块，分明是裹胸！

一向生龙活虎、不把人气死不罢休的洛无双，竟然是个小姑娘？

这件事，可真是非同小可。

只是此刻的情势不容他想这些，山的那头一片阴云将来，天色发暗，若他不早些走，淋了雨就怕不好了。

秦策神色复杂，思索片刻，最后将洛无双放在一块巨石后面。他鼻间还有洛无双身上的山花香味儿，好似在暗示他：这是你们两个人的秘密，现在你救下她，你们就再不相同了。

自藏书阁那日后，秦策一直记得洛无双坚定地说只有她一个人时的表情，她似乎一直在等着这一刻，等着他们之间的再不相同。

秦策看着自己软绵绵的手臂，苦笑一声，原来英雄救美也有有心无力的时候。他心里生了情愫，无论如何他总得救她！

“洛无双，等我。”

他受伤的手臂，因用了力而滴血，所以，在抬手想摸一把洛无双的脸时，他又迟疑了。

等我，我找人来救你，咱俩之间这事还没有完！

…………

《凤求凰》的琴音远在茫茫重山外。

将琴代语兮，聊写衷肠。

何日见许兮，慰我彷徨。

愿言配德兮，携手相将。

不得於飞兮，使我沦亡。

…………

洛无双身上没有哪处是不疼的，只混沌地听着那琴声，好像一把裹满月色的银钩，把她从黑雾里钩回来。她眼皮颤了颤，随即有一双手紧紧握住她。

“无双，无双？”

秦渊？他不是在和舒遥花前月下的，来烦我干吗？

洛无双记忆里最后一个画面，是秦策的半截身子，她扑过去做了一回好人。秦渊的掌心太烫了。洛无双睁眼，果然看见那张脸——挂着劫后余生的喜悦。

秦渊一叫唤，秦渡也赶过来，翻着洛无双的手臂又号脉又查身体，末了道："行了，死不了。"

秦渊轻捶了他一下，关切地扶洛无双起来。秦渊问的话太没有营养，导致洛无双完全不想搭理，只眨了眨眼，然后问："舒遥呢？"

这下秦渊不乐意了。

"你有没有脑子，你差点儿就死了，你还问人家姑娘？"

洛无双木然地清清嗓子，秦渊叹了一口气，捧着水来喂。瞧着洛无双垂下眼，像个小猫儿似的舔水。

"你这次可吓死我们了，怎么弄的？一会儿不见就滚山底下去了。"秦渊絮絮叨叨着，"你知道我去背你那会儿，你都跟条黄花鱼上岸似的，翻白了都！你还问舒遥，人家听说你不好了，回去给你煲汤了。

"哎我说，这回你可不能说我不仗义了，秦策一来找我，我可是立马跑着去找你，舒遥是谁我都忘了……"

洛无双喝过水，嘴角还有些发干，她抿着嘴想：竟然是秦渊来救的自己，看来他还不算没有良心！可见话本子里成日寻死觅活的闺秀还是有智慧的——在关键时刻受伤，总是有用的。

这一回折腾，秦策和洛无双、秦渊被留下好生管着。

大夫日日查看，唯恐这三个小祖宗留下什么后遗症，自己成为千古罪人。

算起来，秦策、秦渊都没什么大伤，一个是手臂脱臼，一个是背人时扯破了之前的伤口。总的来说，养个两日便也能好了个七七八八。倒是洛无双，有三分小内伤，但也不是什么大事。只不过碍于三人的身份太高贵，一个外宾、两个皇子，哪个都惹不起，强行被山长批准了大半个月的假期。

日子虽然无聊，但洛无双简直是躺在床上出风头。

有舒遥和霍雨萌天天来照顾洛无双，她的伙食水平简直直线上升。

日日午时，这二位千金小姐一人拿着一个食盒，准时出现在三人的病房中，一白一粉，摇曳生姿，着实让人羡慕。

洛无双躺在床上动弹不了，努力半天也只是跷起脚来，晃动两下手臂。倒不是她伤得有多严重，而是大夫包裹得太严实了。

霍雨萌和舒遥见状，赶忙跑过去，轻声哄着洛无双。舒遥满目怜爱和不舍："今日可好些了？"

那边霍雨萌也不甘示弱，挤开舒遥也同样关心道："无双哥哥，你要快快好起来啊，这样我们就可以一起闯荡江湖，双宿双飞了。快尝尝我做的玉米排骨汤，最是滋补……"

秦策一般是看看书，见怪不怪，而秦渊则气得肺都要炸了。

自己是个死人啊？就半点儿得不到姑娘关心。

每每此时，洛无双就装模作样地半眯着眼，享受左拥右抱带来的快乐。说起来看秦渊气呼呼的样子，那可比美人在怀有趣多了。

通常等洛无双吃饱后，才会想起来与自己共患难的两兄弟，热情邀请同吃。这日除了食物，霍雨萌还带来些消息。

例如，邓夫子整整休养了四天，身体才好转。

例如，藏书阁中，传闻被毁掉的半幅《苍柏巡山图》，并非真迹，而是一幅赝品。

真正的名画尚在书院，只不过是在藏书阁后面的无穷洞中。

"据说，由历代帝王亲手纳入无穷洞的书籍皆为珍品，那里藏的才是真正的宝典。"

闻言，秦策和洛无双都神思一凛。

连鲜少开口的秦策都问道："无穷洞？我们可以进去？"

舒遥看了秦策一眼，不觉有他，倒是洛无双暗道他心急。

舒遥解释道："无穷洞，除了每年新生入学考试第一名的人有机会进去上一炷香，剩下时候是没有办法进入的。

"只是那《苍柏巡山图》只是传言，到底在不在里面，谁也不知道。"

霍雨萌接道："或者说，那宝贝到底在不在书院里，也不得而知。"

她们二人相视一笑，洛无双与秦策也是对望一眼。

这一眼内涵可就深了。

这无穷洞守卫森严，连优秀生都只能进去上一炷香，必然有其玄妙之处。

洛无双心里开始有了计较，她认为她要的东西，一定在那里。

秦策望着洛无双跃跃欲试的侧脸，不由得皱眉。

她既然是一个小姑娘，究竟受什么人指派要来偷这个宝贝？

此刻江湖上血雨腥风，唐、林两家决裂，林家二小姐被逐出家门，下落不明。

随着林家二小姐的消失，江湖上盛名的避毒玉与紫金芒刀也一并失踪，那一半《苍柏巡山图》不知在林家还是唐凛手上，还听说唐门内斗，少堡主已经越位掌家，所以才能下十三道密令，追杀林二小姐。

书院之内好似还太平，金贵子弟们在朗朗青天下读圣贤书。

而未来，更深更猛的风浪就快掀上来了。

秦策内心有些异样。

在识破洛无双的女儿身后，有什么不可控制的东西在蔓延，在生长。这样的风波，她若能避开才是最好，何苦纠缠在斗争的旋涡中心，螳臂当车?

这无穷洞，说什么他也要先探一探。

无论如何，倒是浮萍散影，一场虚惊。

当一切风波暂时平定，所有人终于可以踏踏实实上几天课了。

稷下书院的分班考试马上要进行了，各夫子也抓紧在上课。这一次有了无穷洞的由头，洛无双的目标非常明确，入选天班第一名。

幻想总是很美好，现实总是喜欢给人一巴掌。音律课上，洛无双就睡着了。

说起来实在惭愧，她前一夜奋战读书，晚上特意吃了双份还用了夜宵……坏就坏在那夜宵上：红豆糯米的团子。真是顶饱利器，偏偏书院做得又甜又软又糯，又什么又，反正很好吃，洛女侠连吞四个，然后夜半辗转难眠，直叹：人间食色误我，嗝!

于是，洛无双顶着乌青眼圈，伴着笛音，被周公勾魂勾得没边。起初，她还拼命挣扎，撑到一曲过半，她实在撑不住，一头倒在琴弦上睡了过去。

夫子噙笑唤醒她。

大家都道，夫子当真宽容，面对洛无双这种学生不批评不说，又弹奏一曲，问众人感悟。

秦渊率先侃侃而谈："夫子此曲，我情与君，亦犹形影宫商之不离也，所谈虽为一曲，但如琴瑟在畔，彼此宫商皆合一也。"

夫子连连点头称好，表示他对于宫商的见解尤为独到。见状，秦策也站了起来，他从行韵说起：

“笛音即心迹，吐诉叙事虽是平常，拳拳之心却难用言语表达，直教人感叹，琴音易得，知音难觅啊。”

夫子亦是称好，同样夸赞了一句见解独到。

问到洛无双，洛无双倒也坦诚，抬袖一抹桌上可疑的水渍，直言：“弟子愚钝，夫子这一曲十分纯朴，而平静处又如泣如诉。”她挠挠脑门，颇为不好意思，“学生只觉得像家母在絮絮叨叨道别……不免……不免就睡了。”

许夫子若有所思，问：“你的梦中，是何场景？”

洛无双有些伤感：“我要从家里走了，母亲担忧得很……”

周围隐约有些议论声，瞧不出许夫子满不满意。夫子放置了底子，拿了张八尺古琴出来，敛袖又拢弦，弹得洛无双心里七上八下的，直敲边鼓。

这一曲比之前短。曲尽，许夫子点名一个平日籍籍无名的学子，他站起来扭扭捏捏说不上话。洛无双盯着他正觉得可怜，耳闻自己大名飘出来，脸色一僵。

许夫子问：“这回你的感受是什么？”

洛无双脑门上一层冷汗，磕磕绊绊道：“叽叽喳喳的……我最讨厌鸟了！”

在座会不会答这一题的都蒙了。

秦渊紧摁着琴弦，真是杀了她的心都有。

鸟？睡了一觉，怎么越发傻了？！

许夫子果然眉头紧锁，沉声：“继续说。”

“呃……不是，其实也不是很讨厌。落日余晖，黄昏夕阳……呃，总的来说，还是……”洛无双绞尽脑汁找词，根本不敢扭头看秦渊漆黑的脸，好半天，她憋出一句，“欲……欲下未下风悠扬，影落寒潭三两行。”

根本没人听懂她想表达什么……

许夫子不言，这次放了琴，又持一支玉箫。箫声婉转悠扬，久久回荡。

这次，洛无双没等夫子问，积极举手，恨不得把手指扬到人眼前：“我我我！这题我会！”

秦渊实在看不下去她破罐破摔了，猛地站起来，扬声：“夫子，刚才一曲——”

“殿下，且慢。”许夫子捋了一下花白胡须，打断秦渊，“老夫想听听洛公子是如何感觉。”

洛无双起身，眼底亮着光向秦渊瞥一眼，好似炫耀，看得秦渊一脑袋火气。她清了清嗓子说：“这一首，嗯，饱含我哥对未来嫂子的殷切期盼！”

许夫子一言不发，所有人一言不发，只有不说人话的洛无双侃侃而谈：“忠贞，美好！唉，可惜我还没见到未来的嫂子，真希望她能跟这首曲子似的，如山水画一样那么好看……”

洛无双说完，犹自可惜着叹气，这才发现全班同学的目光都饱含怜悯，而许夫子神色也古古怪怪。她心里咯噔一下，不知所措地坐下。只有秦策敏锐发现，许夫子看向洛无双的眼神错愕，又好似有难以言喻的……惊喜？

众人见许夫子起身，以为夫子终于要罚洛无双了，还顾不上替她求饶，就见夫子是抱着琴来的。到了学生面前，夫子竟然毫不拘礼，一把递给她！

洛无双烫手似的往外推：“这……这我……”

许夫子叹然：“老夫寻觅半生，以为要将一身技艺带入棺材，没想到你小小年纪竟能通自然之性。”

“啊？”

洛无双瞠目结舌，大约觉得是自己气昏夫子了。

许夫子继续道：“若你有意，老朽愿将你收作入室弟子。”

众人都听得云里雾里。这都是啥呀，随便说了几句话就能得到天大的好事？

许夫子清清嗓子，解惑道：“老夫方才三首曲，皆有名有典。

“第一首是《阳关三叠》。”

洛无双揉揉睡红的额角，似懂非懂地点头。

“第二首是《平沙落雁》。”

……我就说有鸟啊。

秦渊瞧着洛无双跟着点头那样，又气又好笑。

许夫子最后道：“而最后一首，名曰《潇湘水云》。

“《阳关三叠》富于激情，取离别之景，恰如你所说，诸位公子离家求学在外，会梦及家母，再寻常不过；而《平沙落雁》……”说到这儿，夫子笑了一下，摇摇头说，“‘鸟’，黄昏外成行，大雁南飞，倒是话糙理不糙，尤其是那一句‘欲下未下风悠扬’甚妙！

“而《潇湘水云》，是其中最清雅的一曲，可取四字称其：清、微、淡、远。若娶妻得此，倒也是一桩美事。”

众人这才恍然大悟。敢情这洛无双竟然是个音韵怪才？

这下洛无双彻底反应过来了，心底快乐得起飞了，面上还拱手道：“夫子过誉了，都是夫子授课有方。”

“咔嚓。”

秦渊掰坏了自己的琴，这小子什么时候才能不来抢自己的风头？

乐理课上，洛无双的风头出得足，到了经纶课，可就不是她的天下了。

软烟罗透光，窗外的景色并不能一览无遗，略微可看出个模糊的轮廓。洛无双望着出神半天，才发现屋里十分静，她戳一戳邻座黑小子，那人说：“夫子要咱们抄录经论四十卷。”

洛无双咋舌，这么多？

正说着，秦筑忽而道：“夫子，我们也格外想供奉书院先贤，只是众人抄写笔迹不一，显然不够有诚意……”

许多人附和点头，秦筑继而道：“不如这样吧，推举一德才兼备的学生来抄录——就洛无双吧，大家看如何？”

洛无双突然被点到名字，一抬脸莫名其妙。

众人议论纷纷，都向她投去眼神。上一堂课才出了风头，这下她也有些飘然，便一拍大腿：“行，我来！”

于是，课后，洛无双一人留在学堂抄录。

“秦渊怎么也走了……没义气！这怎么这么多啊，写得累死了。”

咬着笔杆，洛无双又气又恨。忽然卷上一暗，有人从后面胡乱摸洛无双的头发：“又在背后编派我，你的良心过意得去吗？”

洛无双回头，秦渊一身白衣，吊儿郎当却难掩眉间山月。他将带来的食盒放在案上，漫不经心地笑着凑过来看洛无双抄录的经文。

两人靠得很近。不知为何，洛无双原本鼓着的那股气，瞬间便软了下来。

她撇了撇嘴：“我以为你又去找舒遥玩了……”

这话听着还真有点儿醋瓶子翻了的意思。

秦渊暗笑。

若洛无双是个小姑娘，他们俩还真有那点儿意思。他偷偷地把手边的食盒一藏，一会儿说洛无双这里不对，一会儿说那里写得不好。

拿着砚台捣乱的同时，秦渊一不小心，碰洒了桌上的墨，洛无双写的半卷经书都被毁了。她瞬间奓毛，看着秦渊，良久，又憋气地坐回去，委委屈屈地嗔怪一句：“秦渊你有病啊？！”

半砚台黑色的墨汁都洒在秦渊半开的衣摆上，如同一朵盛开的硕大墨莲。而洛无双的委屈样却比张牙舞爪骂人的样子还让人心疼几分。秦渊愣了愣，一句抱歉哽在嗓子里，半晌没说话。

莫名地，秦渊竟觉得这样委屈的洛无双有几分可爱，鬼使神差地说了一句：“你再同我服个软，我就帮你一起抄！”

洛无双：“啊？”

洛无双觉得，有些人果然会得寸进尺，给他几分颜色他就会开起斑斓的染坊。洛无双用行动证明了自己的想法，最后秦渊不但没有送成饭，还被洛无双揍出了大门。

空空荡荡的教室里，只有无双一个人长吁短叹。

不多时，脚步声传来，洛无双以为是秦渊良心发现，抬头却发现是冰块脸秦策。他将带来的食盒放在一边，一言不发地走了，徒留洛无双一个人。她看着一左一右的两个食盒，一边抄书一遍纳闷：“书院里，就不能有一个正常的朋友吗？”

她急着抄完，根本来不及吃。等到秦渡匆匆赶到，她都不用抬眼就能猜到他拿了什么。

比起前人，秦渡正常许多。他坐在洛无双一边，指着另两个食盒“咦”了一声，问：“这儿还有两个？”

洛无双扫了一眼：“你二哥、四哥送的。”

秦渡好奇地打开，再失笑地摊开自己的：“你今天还真是有口福，加上我的，竟然是三份一模一样的午饭。”

洛无双笔下一顿，看了看秦渡，又看看菜，还是搁下笔吃起来。

她像一只仓鼠似的，腮帮子鼓鼓囊囊的，还忍不住骂起秦渊今天的行为。

秦渡拿过经书，很自觉地帮洛无双抄了起来：“四哥很在乎你的。只是他那性子，嘴硬心软——小时候，他喜欢一个小宫女啊，就成天提着点心去找人家，结果每次都弄哭了人才丢下点心回来……就跟今天差不多吧。”

说着，秦渡停下手中的笔，一抖墨字：“喏，原来模仿起来也不是太难。”

洛无双方才没注意，这会儿一瞧，简直要蹦起来了。

秦渡模仿他的字迹，简直一模一样！她如获至宝，直言：“厉害啊！都说素问公子妙笔，一双手能用针如神，也能笔走龙蛇，今日一见，真是绝了！”

她夸得秦渡很是受用，他换了一卷又抄两行，忽道：“哎，你一个北洲人，怎么对江湖事如此了解？”

洛无双惊得一愣，肉丸子卡在喉咙里，一面颓废咳着，一面摆手。秦渡赶紧哄着喂她两口汤，瞧着这小子跟兔子吃食一般，还得人陪，失笑摇头。

洛无双缓过来，拍着胸口：“我，喀喀……我一直养在……喀喀……中原嘛！”

得了，你这嗝打得，谁听得懂。

秦渡想想也不细究，埋头继续学她鬼画符。

那边是患难与共而来的惺惺相惜，这边秦渊被打出来，感觉自己的一番心意受到了侮辱，气得要命。

如秦渡所说，秦渊这个毛病，真是从小到大都是如此。

秦渊觉得胸中郁气实在难抒。

他咽了咽口水，决定要去找个法子，好好消消自己的怒火。

从书院下山，秦渊很快找上沈泽华。

沈泽华是谁？京陵沈家吃半城，泼天富贵金银窟——而沈泽华就是这个沈老爷的嫡子。

入夜，烟花彩灯初上。

潇湘馆内，秦渊冷着脸自斟自饮。舞娘腰肢柔如西柳，举手投足，脉脉含情， 但在他眼里好似根本不存在。

沈泽华打着扇，观望半晌，举着酒壶过去：“说好的带四皇子喝花酒，怎么就让您一个人独酌呢？”他一面说，一面冲那舞娘招手，“过来陪着我们四爷。”

论起来，沈泽华也是半个少东家，这舞姬是他亲手培养，要是能在四皇子那里得个贵妾的名分，那他们馆子可是沾了大佛。

那舞娘闻音便来，还没下手，秦渊眼风一扫：“滚。”

场子顷刻冷下来。

这屋里可不止他们，只是旁人不敢近秦渊身。一圈酒打下来，众人也微醺，喝大的沈泽华晃着手指在空中比画，酒后吐真言："我……是真的敬佩四爷，不仅长得帅，还有才……还能上老子从来没上过的稷下书院……"

众人也好不到哪里去，一群官家公子也发自真心地附和。

书院？

秦渊的醉意为这两字有了短暂的清醒。

人人羡慕的事，偏就有那些不开眼的，身在福中不知福！

想起洛无双，秦渊不由得觉得有些上头，他握住的杯子摇摇欲坠，琼浆倾出了也不在乎，他突然笑道："这有何难，本王这就带你去稷下，你们想待多久就待多久。"

虽是醉话，可在座的哪一个不醉？

众人一拍即合。

当夜，一群酒鬼浩浩荡荡爬墙进了稷下。并非稷下没有守卫，而是历年来总有醉酒的公子哥半夜回舍，守卫见怪不怪，还以为是哪个苑的小帮派夜间聚会。

况且隔着老远，守卫就看到走在最前面的秦渊，谁敢问他？

于是乎，六七个酒鬼顺理成章地翻进稷下。秦渊也不挑，闭着眼随手拐进了稷下的南厢藏馆区域。

南厢藏馆区域，区别于稷下最有名的藏书阁和无穷洞：南厢藏馆多为一些古典字画和近朝代的著作，平日里供稷下的学生临摹借阅。

也不知道是谁提议，吵着要去南厢偷看书院奇画。

秦渊纵情释放，有求必应，在众人起哄中偷偷撬锁进入。一群大老粗对着大家真迹也觉不出个所以然，只知道这幅是金丝线装裱，那幅画了两只芦苇双鸭。

众人奉承打趣，一片哄闹中，玩得好不开心。他们对这卷画指点几句，又对着那卷书假装翻翻，总之，这群平日里胸中也不见得有几滴墨水的大老粗，竟然在酒后渐渐走上了风雅的不归路。

好景不长，随着一声惊叫，将大家都吓得回神。众人散开，发现有人踩住了一张卷轴，且不留意，好些人都胡乱踏上去。

“走开！”

秦渊冲过去一把抄起画轴，打开一看，酒意顿散。

是《玉人相思图》！

秦渊脑子里“嗡”的一声，望着画上女子脏乱且看不清的面目，恨不得一把掐死这帮混账。

他们不知，秦渊又怎么会不知道？

《玉人相思图》，那可是极其有名的孤本画，由李朝一位才女所画，因其画技高超，父皇亲口御赞，收入此间。

静默中，有人点亮火折子。秦渊瞧见上头一行题字，脸色几乎不能用难看形容。

父皇曾在这幅画上提字。

秦渊的酒彻底醒了，他也不知道今晚这一番胡闹是为了些什么，但眼下他确是捅了马蜂窝。

周遭的人大眼瞪小眼，基本不了解这情况。但是这又能怪得了谁，明明是秦渊自己打肿脸充胖子。他只得咬牙道：“还不快滚。”

沈泽华见状，还想出言挽留几句，却被秦渊一耳光扇出门：“我们酒肉朋友的那几分情谊，今日就断了吧……你若再多话，我就将你交给山长！毁画的责任你自己担！”

喝什么花酒，见什么狐朋狗友，他就该陪着洛无双抄书。

攥着那卷画，秦渊思索：稷下书院的南厢房，园中库点每七日会排点巡查，怕的就是珍品被偷盗。

而距离排点画卷只剩下三天，究竟是去买一幅仿画，还是实话认罪。

虽是夏时，山谷吹上来的夜风竟也有些寒凉。秦渊满脑子是洛无双赶自己出去时，那张气呼呼的小脸，他摇摇晃晃地就朝东苑自己和洛无双的寝居走去。

那四十卷书虽然多，但洛无双与秦渡两人抄着倒也快，尤其秦渡双手执笔，不花一夜便好了。

夜深时，洛无双才沉沉睡去，直睡到日上三竿。未合的窗口晒进日头，晒得她面上发烫，她伸手钩着帐子想遮一遮，却摸到个软乎乎的玩意儿。

“嗯……”

什么玩意儿，迷茫中，她用指尖掐了一把。

那软热的东西竟然动了。

“啊？！”

洛无双脑子里空白了一下，继而尖叫着翻身坐起，一眼瞧见在她床边趴着个男人。男人酣然好梦，她掀开那人枕床沿上的一张脸，赫然是秦渊。

哟，这人什么毛病？一身的酒味，像个百年酒坛似的。加之时值夏日，秦渊一身好衣裳都被酒糟践了，洛无双暗骂几声，缩回手烦得直拍脑门。逼不得已，这人醉得半死不活，她不能托着往屋里拽，万一外面有人看见也不体面。

衡量之下，洛无双敲开了秦渡的门。把秦渊丢进浴桶里，直骂他平日玉树似的，一喝醉了沉得仿佛一座山似的。

日光晒在水缸间，简直要热得漂一层白雾。

洛无双打着这水，往秦渊混沌的天灵顶一浇，秦渊被浇了个透，却没醒。洛无双在水间兑了些皂角，和着细碎的香味，又兜头一瓢下去。桶里那位少爷才哆嗦了一下，堪堪有反应。

他的面部浮红，显然完全是喝多了，嘟嘟囔囔着：“画儿……我的画儿……”

洛无双与秦渡对瞧一眼，什么画啊？两人正愁着，秦渡忽然脚下一碰，他弯腰在床榻底下钩到一张脏兮兮的画轴：“是这个吧，什么画儿让四哥喝醉了还念着……”

他翻着画卷，一面说一面好奇地把看，刚翻到一半，面色就变了。

等不及等洛无双问，秦渡手腕发颤，一把去攥住浴桶里迷迷糊糊的秦渊：“四哥？四哥！你……你怎么把这画偷出来了？这是怎么弄的，你……你是被谁灌了这么多假酒啊？”

洛无双接过画轴，那上头的画已经瞧不出本来面目，全是靴底的泥印和手指印，包括旁边一排题字。听了秦渡的话，秦渊这是偷拿了哪儿的画，还弄脏了，这不是跟烧了藏书阁差不多吗？

秦渊泡在水里，安静得像朵牡丹花，白里透粉，而秦渡是真没心思赞美他四哥的皮相如何了。

《玉人相思图》，当今圣上御笔亲提，收在南厢。

这么个宝贝，连天日都舍不得见一见的东西，秦渊怎么就把它搞出来，还糟蹋成这样了？这是什么罪过？洛无双烧了元武古籍这事儿还悬在头顶，他这儿又来一把。

双剑合璧，管不了了。

今日休沐，原本洛无双与秦渡昨日辛苦些抄好了书，打算今儿可以歇歇，结果这一上午光伺候秦渊，连晌午饭都没吃上。

蝉鸣梢头一声高过一声，秦渡托小厨房做了两碗莲子甜汤，用井水冰过，与洛无双分食。

洛无双将甜糯的莲子含在舌根，思索着，吃得很慢。秦渡说秦渊梦里都放不下的画儿是一卷宝贝，多值钱就不赘述了，总之如果让皇上知道这件事，大概秦渊能有一段时间被送到关外喝沙。

“怕是到时候回来，已经是秦策的天下了。”

里屋，徐徐有风穿堂过，罪魁祸首睡得酣甜。

洛无双狠狠一丢瓷勺：“浑蛋，他还睡得着？马上都要测试了，他是不是想跟我回北洲牧马啊！”

秦渡也是紧皱着眉头。这天下，不是无人能修补《玉人图》，只是再有三两日就要查库，现招师傅上山门都来不及，而此刻院中只有一个人能做到。

碎瓷碰壁响当啷，这是夏日里最舒心的响声之一。

秦渊在昏沉的酒意里醒来，就听见这一声一声。他捂着脑门爬起来，就见洛无双坐在桌前吃着甜汤，莲子淡寡的香味儿从她的勺子下荡开，荡得秦渊喉咙发干。

“你……”

“哟，醒了？”

秦渊原本要问洛无双怎么在自己屋里，但很快发现，这儿似乎是人家卧房，而不过多久，他就把昨晚那些破事一一记起，包括那件弥天大祸。

他一拍床板，跳下来就要往外冲。洛无双把手一横，手里一把黑绢洒金折扇，瞧着眼熟，秦渊莫名其妙质问：“你拦我干什么？”

洛无双搁下碗，眼皮子一掀：“别忙活了，你的宝贝弟弟去给你想辙了。”

秦渊脑子一转，“哦”了声，回身坐下。

怪不得眼熟，那扇子不是秦渡的吗，还是前几年自己送的。秦渊摸着茶壶正要喝水，洛无双说秦渡发现了《玉人图》的事，现在去找人修补了。

秦渊顿了一下，又站起来：“不行，不能让他去！”

“你知道他找谁吗，你就着急？”

秦渊翻个白眼，抢过扇子心虚地摇头。

他能不知道吗？尽管嘴上十分不屑，但他的兄弟他都清楚，在修复古画这点上，秦策是打小就有天赋。

小时候，宫里有个小宫女发现《八骏图》的拓本上有虫蛀之缺，因生怕被罚，一时想不开要跳井，碰巧撞到秦策。而这二皇子当时才七岁，修补图画的能力叫人叹为观止。

圣上特许，让秦策为《八骏图》做出新诗，此事一出，秦策被赞誉为天降神童。

就是这样一个人，小时候还算乐善好施，怎么越长越歪，他们也说不清楚。只是，秦渊暗骂秦渡糊涂，这损坏宝贝的事，哪怕是自己去请罪、去受罚，也不能折了风度。

瞧他急得，洛无双疑道：“小命要紧，你就跟秦策服个软好了。”

“你懂什么！”

秦渊咬牙切齿：“最近朝中在争这一届花舟大赛的主政人，这事被他知道，他怕是急不可耐地就会捅到父皇面前，这简直是拱手送弹劾啊。”

说罢，秦渊去追秦渡了，留下洛无双一脸无所谓地喝着甜汤。

——找去吧，反正秦渡是被学妹叫去帮忙了。

她骗了秦渊，也没有把心底对秦渊这少爷做派的恼恨完全消散，于是到了傍晚，不怎么晒了，洛无双提着软剑出去散心。

这把软剑随她出入江湖，却全然无用武之地，最近一次出山，还是帮了秦渊倒忙。

……也是，自己跟秦渊，也真是一笔烂账。

烦啊！

此一片竹林偏僻，今日不知道哪阵风吹歪了，来人多了些。

于是，当暮色四合时，秦策追着红霞散心至此，就看见洛无双正在辣手摧竹。

从前就觉得这小子使的软兵器脂粉气重，原来……

秦策负手立在远处观望。

软剑扫过之处，落叶如琼珠碎玉，洛无双白皙的面孔在剑光之中，三分端正严肃，五分风流灵巧。她着男装不好勾眼描眉的，眉目更显得软润好看，一不留神，那软剑剑锋就掠过来——

“喂！”

突然旁边多了一个人影，洛无双惊呼一声，险险收剑。

竹影摇晃，秦策面不改色地走出来。

“你躲在那儿做什么？差点儿砍到你。”

洛无双嚷嚷着，剑是练不下去了，收手抹了汗道。

她眼底的光尤其亮，亮得秦策心底的问题无处遁形。

鬼使神差地，秦策开口道：“你……为什么不把我供出来？”

月下，洛无双抬起眼，似乎是根本忘了这件事。好一会儿，她才摸摸下颌尖，说道：“啊，那事儿……我说了也不见得有人信，还是算了。便是供出你，我也不能脱罪，那便一并算在我头上好了，罚一个总比罚一双好。”

倒是实诚。

秦策一时无话。

微风习习，扫过两人的发梢，洛无双在明，秦策在暗，莫名的情愫萦绕在秦策心头，他忍不住多看了两眼洛无双

——即便是男装扮相也俊美异常，倘若是红装……

不知何人有此等荣幸窥见真容。

洛无双凑近他，拿手在他脸上晃了几下：“发什么呆？”

秦策长睫一晃，眸子里映出整个笑着的洛无双，面色不大自然：“喀，半月后的花舟节，你可来？”

“花舟节是什么？”好像秦渊也提到这个。

秦策解释道：“是朝廷中乐师伶人的选拔会，四年一次，好比民间选秀，参赛多为江湖女子和奇巧匠人艺姬，虽然听起来风月，但其实花舟节……”

说至此，秦策欲言又止。

秦渊也正争取主政人的身份。

听得正入迷，洛无双不知秦策为何突然停下来，忙出声问道：“怎么了？”

她隐约觉得，这之后的内容才是那两人争夺花舟节主政人身份的根

本原因。

秦策清清嗓子，顾左右而言他："所以，你到底要不要来看花舟节竞技？"

老实说，洛无双全无兴趣。

只是这一提，她想起了秦渊。她是了解秦渊的，人轴，说话也不好听，让他求秦策基本没戏。可她隐约知道，若是这事不能善了，对秦渊大抵是个很棘手的事。她不想秦渊因为这件事失了圣心。

于是她十分含蓄地问："这个嘛……你这算是邀请我吗？我可以去！但是，你能否帮我个忙？

"我要修复一幅古画，那日我进南厢藏馆，不小心……"

话还没说完，秦策就打断了洛无双的发言，说道："我是不会帮秦渊的。"

洛无双暗暗一攥拳，敢情你全明白，白瞎我热情表演。

秦策也不绕弯子，直言："我与他一直水火不容，政见相左，若是《玉人图》的事能让秦渊受到打压，无论是我还是背后的拥护者都对此喜闻乐见。

"谨小慎微，本就该是我们这些皇子的职责之一，他既不矜身份，不护名节，也别怪别人借题发挥。即便你对我有恩，我也不会帮他的。"

洛无双这才知道，秦渊这件事的严重性，与自己惹的事有多么不同。

她面色很差，本想开口再说两句，秦策忽然叹气道："尽管我不会帮忙，但也不会主动让事情变得更糟，这是我对秦渊的最大让步。"

事已至此，洛无双耸肩表示理解，回以秦策一个无须挂怀的宽慰笑容："每个人都有自己的立场，我不会强人所难。"

他眸光闪动，有些动容地问道："倘若朝廷需要北洲出面，你是否也会如现在这般偏帮秦渊？"

洛无双神色微怔："这……这也是我父王做主。"

"倘若是你自己呢？你洛无双，又或者说……你戚风棠会帮谁？"

洛无双一愣。

尽管她一再否认自己的内心，但是仍然知道无论身体还是思维，她都已经开始习惯事事为秦渊着想。不过闲谈之语有必要如此认真吗，她释然莞尔："谁给我大北洲的金银多，我便帮谁。"

瑟瑟竹叶相击，一时无话。

秦策丢出一张纸交给洛无双："虽然秦渊惹人厌，帮他于我无益，但是看在你的面子上，我也愿意……提点一二。"

洛无双打开信笺一看，上面密密麻麻写了许多字，她仔细读过第一行，才发现是一篇完整的修补指南。

洛无双十分感激，无论是替秦渊还是她自己，连连拍胸保证："若是日后有用得着我的地方，你尽管提，我鞠躬尽瘁，死而后已。"

秦策笑着摇头，看着她为了秦渊的事奔前跑后，心中五味杂陈，只道："报恩而已，你无须挂在心上。"

尽管秦策说是为了报恩，但是洛无双的态度十分坚决，仍然等待日后一个合适的时间报答回来，丝毫不愿占对方一点便宜。

秦策看着洛无双似有千万句言语要表达，他欲言又止，最后却只留下一句忠告："若是要走，就千万不要留恋……人总要失去些什么，才能再得到些什么。"

洛无双脑袋空空，好似有些感悟灵光一现，却什么痕迹也没留下。

离开竹林，洛无双倒不回屋了。

凭着直觉，她想着那幅《玉人相思图》的样子——缺少的边边角角，然后直奔稷下书院的储物库，翻找了一晚上修补材料。

于是，翌日一大早，洛无双拖着一个包裹和十分浓的黑眼圈，才回到房间。

那个大包裹砸得秦渊惊醒，甚至来不及同周公作别。

洛无双冷面盯着他洗漱，一面将清单丢下去："喏，你的命抱紧了。"

"这什么？"

"如果你不想因为《玉人相思图》受罪，那就在今天日落前凑齐这些颜料，后天就是查库的日子了……再晚，天王老子都救不了你。"

秦渊半信半疑，翻开包裹看了看，翻开那张清单。待看清是什么，他眼底一亮，抱住了洛无双："你哪里寻来的？可帮大忙了，哥哥甚是感激。

"可是，这些是那画的材料，并不是修补之术……也不知道秦渡会不会仿画……"

"你去寻东西，寻齐全了，我帮你仿。"

"无双，你简直就是我的福星！"

秦渊又是一个激动，再度将洛无双拥进怀里。他的拥抱又软又热，洛无双心下漏跳一拍，吓得挪到床角支支吾吾道：“我……我不过是去藏书阁多翻了几本书，你别烦了，快去找吧。”

说完，洛无双慌里慌张地转身就跑。

刚才一抱一揉，秦渊看出这人乌青的眼圈，便也不拦，放去休息。

他顺着单子细细看过去，除了几枚工笔画笔、刻章印，还有几种奇特异常的颜料：分别是画女衣用的是珍珠、贝母，还得是磨出的细粉，可是后面又添加了一味白栀子，不知是何用处。

秦渊好奇地看下来，配颜料还要一味止血消肿的药材，顺着读过去，后面赫然有两个大字：晕染。

传闻这样的颜料在光下会镀上一层浅浅光晕，还会隐约散发栀子花的香味。

通篇看完，竟也长了番学问，秦渊禁不住赞叹，到底是宝贝，真精细玄妙。

于是，当夜，月黑风高……收集来所有材料的众人躲在灯火通明的暖阁中，聚一处研讨画法和细节。

洛无双大梦一场后，神清气爽地赶来与众人汇聚。她左看看右摆摆，认真仔细一项项审阅，到了最后一项曼陀罗砂的时候，她使劲儿嗅了味道，皱着眉头说：“这味道不对……”

秦澄十分老实，答说：“曼陀罗砂远在西域，就是快马加鞭，也没办法在明天日落之前赶来，这是我们在市间收的，只能将就一下了……”

洛无双无奈点头，现在死马当活马医，也只能姑且一试。

众人心内都有些忐忑，而秦渊一反常态，为洛无双拉开太师椅，态度之恭敬，令人惊异。

笔舔饱墨，洛无双埋首了好几个时辰。当她最后一笔收完，室内鸦雀无声，只有秦渡拊掌，叹道：“戚三公子，果真比传说还要传说。”

而在秦渊惊喜的目光里，洛无双头一次有种扬眉吐气的感觉。她在家什么都学不好，稍微可以一提的，就是仿画儿了。

不得不说，洛无双的画技的确不错，她本是女娇娥，下笔也的确也有几分女儿家心思的样子。待她成画，秦渡模仿着先帝字迹，题了诗，秦渊又用萝卜刻的仿章落了印……大功告成。

这一夜，几人和衣将就挤在一屋里休息了。

天色拂晓时，窗外有异样响声，秦渊被惊醒，睁眼是洛无双柔软温和的睡颜，好似个小姑娘似的，连唇面都是又粉又水嫩的。

他恐弄醒人，轻手轻脚下榻，走到窗前，窗外有一枝花。

原来是一枝带露的花苞落了下来。

他身后的洛无双在睡梦中嘤咛一声。

秦渊合上窗，没了睡意。他在桌前瞧着那幅亦真亦假的《玉人相思图》，不知在想着什么。

今日停课，山长按照惯例去南厢藏馆巡视。

山长像往常一样来回踱了两圈，随手取了一本丹青描法之类的书登记后就打道回府，丝毫没发现异常。一旁假装鉴赏名画的洛无双和秦渊、秦渡等人终于长舒了一口气，危机可算是解除了。

众人对洛无双都十分感谢，击掌庆贺，好不热闹。不知是谁提议要出去接着喝花酒，想到花酒就心有余悸的秦渊，一个眼色制止众人。

众人感觉奇怪，问道："四皇子素来最爱去花阁里热闹，怎么如今反倒转性了？"

"还不是因为无双……他不喜欢我去那些地方，对吧！"

秦渊鬼扯的功夫简直烂，他随手扯了洛无双来做挡箭牌，还朝着洛无双挤眉弄眼。

洛无双只能尴尬地笑起来："是……是吧……哈哈哈。"

大家都纷纷调侃起来："一向天不怕地不怕的四皇子，竟然愿意为了北洲三公子'从良'，三公子真是教导有方……"

洛无双羞耻感爆棚，但秦渊就那么大大方方地应承着，像拎鸡崽似的一把揽过她的肩头。高度正合适，秦渊心情愉悦道："本皇子乐意，你管得着吗你？"

众人哄堂大笑，直呼以后的四皇子妃命苦，往后怕是除了要防女人，连男人都要防着。

洛无双羞到没脸，无处安放的目光不经意地投向那幅《玉人相思图》。只见画中枝叶葳蕤茂盛，少妇裙裾熠熠生辉，只是裙摆周遭的海棠花却格外鲜艳，那朱砂似乎跟自己所画的并不一样……她皱眉仔细去看，一股淡淡的血腥味让洛无双十分敏感。

在他们庆祝的同时，没有人发现秦策正在南厢房边上满面落寞地看着这群人。

回到住处后，洛无双把最后的疑惑通盘告诉秦渊：“你说，是谁这么好心，竟然不惜伤害自己去帮我们？”

秦渊正春风得意浑身轻松，听闻此话也不甚在意：“谁知道呢，日后定会知道的，到时再还个人情不就得了。”

洛无双下意识地点头。

——这可是个大人情呢。

谁说不是呢？

秦渊也没想到这人情债来得那么快，且砸在洛无双头上。

查库平安过去。

当天下午，洛无双就看到秦策一个人孤独地去上课的情形，指间缠着纱布，十分抢眼。洛无双当即明白，那个好心帮忙上色的人就是秦策。

于是傍晚时分，洛无双带着药来看秦策。

她的内心其实非常惴惴不安，先前她已经明显感受到了秦渊对自己和秦策私交的不满，这次又偷偷溜出来给秦策送药，倘若秦渊知道，指不定又是什么腥风血雨的指责。

再一想，洛无双摇摇头，自己明明替他做事。

洛无双深呼一口气，调整笑容，敲门，不时打量四周。

东西苑审美上基本无差别，一水儿往皇宫那么布置，不知道这两兄弟这么爱好一致，为什么就不能化干戈为玉帛呢？

片刻间，秦策已经打开了门。

“你……”

他面上无多表情，先是一怔，当瞧见洛无双手上药后，只字不提往屋里走。

洛无双麻利地关门，坦言道：“谢谢。”

“谢我？那也该秦渊亲自来。”

秦策实在不喜欢她这种替秦渊奔忙的样子，更不愿意她对自己的示好是因为秦渊。

他越嘴硬，洛无双越觉得十分对不起他，也不反驳，拉过他的手就要强行帮他上药，冰冷的指尖触感让两人的心都软了几分。

洛无双和秦策终于可以坐下来心平气和地聊聊天了。

在洛无双认真又俏皮地将秦策伤口上的纱布系上蝴蝶结之后，她开心且满足地冲秦策微笑，甜美如糖："好啦，多适合你！"

秦策抬起手左右端详，头一次见到这种系法也觉得有趣，如冰山一角慢慢融化："嗯。"

见他态度和缓，洛无双试探问道："你……为什么又来帮我们？"

我们？秦策毫不遮掩皱眉。

他的手是为了那幅画割伤的。

曼陀罗砂与官砂的区别在于一点点颜色的差异，前者颜色妖冶，官砂更为庄重。这样的差别，寻常人看不出来，然而山长那样的书画大家一眼便能识破。于是，秦策用自己的血重新点缀了海棠花，正弥补了这一缺点。

"你呢，你为什么还要帮秦渊？"烛光下，秦策的目光沉沉。

洛无双抿着嘴不答。

她的缄默像一种默认的暧昧，秦策心里为这种错觉而掀起风浪。

他被包好的那只手攥紧，隐隐渗血，却还是猛地砸在桌上："无双，我是帮你。

"但我不能永远帮你……我更不能一而再，再而三做你和秦渊的垫脚石！

"我……我不是……"

秦策的指尖露出斑驳血迹。

洛无双慌张，一推药："你先消消气，等我……过两天再来看你。"

洛无双像一只受惊的兔子，扭身就跑了。

烛火被那阵余风掀动，秦策的屋内落入一片黑暗。

而洛无双跑了这头，回身就被秦渊堵在东苑。

秦渊冷着脸，在桌前盘两个官帽核桃，咕噜咕噜响声里，笑道："秦策的手包扎得挺好。"

洛无双红着耳根："你派人跟踪我？"

"还有脸反问？"

秦渊不耐烦地瞧了她一眼："这次倒算了，你以后少跟西苑有来往。

就算是什么人情，自有人去还，不必你去讨交情。”

洛无双一言不发，她觉得秦渊很不讲理——自己明明一心为他，可他干了什么？

怀疑自己？监视自己？

洛无双皱眉，转身便是离别。她耳边都是秦渊的叫喊，但是脚下仿佛生了风，极快地跑出东苑。

她心里又气又怕，这样的情绪很陌生，像蝴蝶即将破茧，有什么心底的事简直呼之欲出。她不知自己为什么会裹进这样乱的事件里，所有人的话都在她心头萦绕。

她无法面对秦策。因为在那一瞬间，她仿佛被秦策完全看透，秦策揭开了她“戚风棠”的画皮，质问她为什么帮秦渊。

洛无双。

林家容不下你，唐门下容不下你，还对你下了十三道密令，被你搞得鸡飞狗跳的稷下书院容不下你，可为什么你还能安心在这儿帮他？

你是不是……心里有鬼？

一个连她自己都不敢去想的，名叫“秦渊”的鬼。

第 七 章
人间风月话

寒潭瀑下，月色皎皎。

哗哗的流水声氤氲着冰凉的雾气，洛无双孤身一人缩在石壁处，终于忍不住放声大哭。

离家后的辛酸苦辣，对秦渊狼心狗肺的怨气，全都倾泻而出。

远天云雾散开，洛无双的嗓子都已经哭哑了，胳膊和腿上也被蚊子咬了无数个包。终于她抽泣着收了声，准备下去冲个冷水澡让自己平复些。

她瞧不见，在瀑布另一头，也有个人脱净衣衫，跳入了潭中。

两岸水波无端相碰，洛无双像条横冲直撞的银鱼，软腰一拧一拧，只顾着发泄消耗力气，根本不顾虑危险，于是猛地撞到一个肉柱子上。

水里的阻力减少了许多疼痛，但是仍然让洛无双乱了真气，差点憋死在水里，她忙跃出水面大口喘息。

而那边，被撞的人也跃出了水面。

粼粼的水光溅开。

洛无双擦了把脸，大口喘息，很是自然地将湿漉漉的头发甩到耳后，明明是不经意的动作，却在暧昧的夜色下有几分含糊不清的暗示。

秦策一时愣住了，他想过许多种揭穿洛无双的方式——没有一种是这样的。

待洛无双眯着眼看清眼前的人，杏眸写满震惊，下一秒就紧紧护住胸前的旖旎风光，大声尖叫。

秦策怕她招来护院的守卫，引来不必要的麻烦，一把将人揽入怀中，闷声道："闭嘴。"

洛无双本身就十分畏冷，方才是心虚大乱，不甚觉察。如今醒神，上牙和下牙不停地打哆嗦，神经似乎都麻木了。

秦策将洛无双禁锢在自己胸前，秦策贴着洛无双的后背，热血难凉，透过肌肤传递的阳刚之气刚好是洛无双十分需要的温度。

说不上是贪恋温暖，还是因秦策对她造成的心理压迫，她竟然只是乖乖地眨两下眼睛，安静地闭了嘴。

秦渊如约松了手，却没有丝毫挪动的意思，只是把捂住洛无双口鼻的手拿下来，手无意搭在她肩头。一想到上午秦渊就是这样肆无忌惮地把她搂在怀中，他心里就难以平复，将她搂得更紧了。

洛无双作为未经人事的少女，半夜和一容貌姣好、身材有型的男子在水中相拥，别说普通百姓家不能接受，就算是自诩闯荡江湖，了解各地民俗的她本人，都心里隐隐生了气。

但是她的气，却无处可发，因为秦策太用力，她几乎要被他勒死了。她哑着嗓子，异常艰难道："放……手。"

秦策这才回神，感慨地推开洛无双。洛无双眼明手快，转身就给了秦策一记响亮的耳光。

"无耻！"

两人之间隔了些许距离，粼粼波光划分出一道天然的界限，不承认也不得不面对现实：洛无双的真身彻底在秦策面前被揭露了。

秦策扭过头去不再盯着她看，竭力维持嗓音，但依旧有些气息不稳，他愧疚道："……抱歉。"

洛无双爬上岸，快速地套了外衫，既愤恨自己过于意气用事暴露身份，又愤恨秦策欣赏的目光过于放肆。

总之，今天这道坎是过不去了！

秦策自然也听到了窸窸窣窣的穿衣声响，他的脸一会儿白一会儿红，许久才重新鼓足勇气说话："我……我早就知道，你不必怕。"

啊？威胁我？

洛无双忍无可忍，直接一个飞剑蹭过秦策的耳朵，削落一截发，发狠：“你知道什么！”

“我早知你是女身。想来也是因此，戚老将军才让你长居中原的吧？你的苦楚，我都懂，我会为你保密的。洛无双——”

秦策躲得毫不费力，只是开口不大顺。

“只要你愿意，我随时都可以迎娶你过门。”

此刻，他未必是多么爱她，但她确实是特别的。他愿意为了这一分特别，娶了她，免去她诸多烦恼漂泊。

洛无双脑子里“嗡”的一声。

看到秦策的手，突然想起傍晚他那个脸色苍白，失血过多的样子。

分明没过多久，为什么他现在已经生龙活虎地在瀑布冷水中浸泡？原来他并没有什么太大的问题，所以那些示弱，都是做给她看的？是为了骗自己几分同情！

秦策似乎也发觉了什么，解释道：“我自幼被当成药蛊来养，伤口恢复极快。江山也好，纷争也罢，很多事情并非出自我本意。”

做了就是做了，他的确是故意给洛无双看自己的伤势。他不是无名英雄，更不愿做背后成全之人。不管是阴谋阳谋，他确实极巧妙地离间了秦渊与无双的感情。他想要让她从秦渊身边离开，这样的想法几乎在某一段时间内占领了他全部的内心。

洛无双长吸一口气，极力隐忍维持自己的声线：“好，今日事过，大家便都忘了吧！我再信你最后一次，你若是敢说出去……我便是拼死，也会拉着你为我陪葬的。”

秦策苦笑道：“如何泄露？我不是也一样告诉了你，我是蛊人的秘密？”

经他提醒，洛无双这才发现……原来他已经主动将自己的把柄递给了她。

蛊人受人控制，并不能完全做到自我意识的清醒，若是秦策是个蛊人的事被揭开，秦策怕是会立即失去储君的候选资格。

洛无双看着瀑布流水中，秦策如星辰明亮的一双眼，忽然有些为他难受，原来高高在上的皇子也有如此多的不如意：“我也会为你保守秘密的。你我在此盟誓，若有一人胆敢泄露今日之事，必将五雷轰顶，死无全尸。”

“好，我同你起誓。”

寒潭月下，二人与天地盟誓。

“其实，相对于我，秦渊才是真正杀伐果断的人，他如今对你再好，可他心中都有着大义。他不会为了儿女情长，放弃他这天下万民的。无双，我帮你拿到《苍柏巡山图》，然后……你离开这个是非地吧。”

洛无双脚步一顿：“我会仔细想想的。”

洛无双踩着月光离去，她忽然就不生秦渊的气了——他心中有天下万民，她眼中却只有自己。

这么想想，洛无双觉得自己已经原谅秦渊今日的跟踪之举了。

说是原谅，但从根本上，秦渊也没觉得自己做错任何事。所以，这场由洛无双单方面生出的委屈恼恨，最后也由她单方面地结束了。

结束的理由很简单，一半源于她与秦策的谈话，另一半，则是秦渊在那之后扭扭捏捏塞银子给小厨房开私厨。

流水似的点心小灶，就这么往洛无双屋里搬。开始几天她还有骨气，只吃寻常的分量，并端着架子表示：多谢四殿下美意，我不用这些。

搞得周围同窗眼红又心里酸，只叹自己一副臭皮囊，不如人家洛郎看杀卫玠的模样，得不了官家小姐青眼，更别提皇子的“宠爱”。

秦渊俨然是摆开了架势要拿食物塞住洛无双能骂会吵的嘴，窑子泡花娘都没这派头。最终没过一周，洛无双果然栽倒，而且堕落得十分彻底——她不但从早吃到晚，还连吃带拿，还招呼秦澄、秦渡一起，恨不得天天八方摆席……

而一屋之隔有些不好意思的秦渊知道后，只是摆摆手，感慨：“随他去吧，高兴就行。”

很快，书院间就流传开：当今四殿下对三公子爱重，说洛无双是四皇妃都不为过。

而谁也不晓得这堂堂“四皇妃”，其实只是最近埋头苦学太累，借饭消愁罢了。

出晴天，闷热，蜻蜓低飞。

这天中午吃的是粉蒸荷鸭，秦澄大大咧咧，又是饭点不请自来。他跟洛无双抢最后一块鸭子时技不如人，只能看人吃着，自己咬手指幽怨：“所以，无双哥，你就这么被我四哥收买了？”

洛无双的腮帮子鼓鼓的，直摇头：“这叫什么话？我……我是接受他诚挚的……喀，道歉！”

秦澄嘟囔：“四哥从来不会道歉。”

嗯，这话不假。洛无双回味似的舔舔嘴唇，附和点头，见秦渡目光炯炯地盯着自己，颇为崇拜道：“所以，你真是神仙人物啊！竟然能让四哥花这么多心思哄你高兴，给你面子……唉，他从前还没有这样过呢，难道读书真能教育人？”

洛无双听得稀里糊涂，但也听懂他是在说秦渊对自己特别。这一想，满口齿颊留香的酥脆肉味都失却鲜美了，只有一把鼓槌在敲，每一记都砸在心口。

洛无双也想问问，为什么呢？为什么秦渊对自己特别？洛无双不是不能想到原因，并且那个原因也曾经让自己一边喝着莲子红茶，一边味同含蜜，可当头脑冷静下来，她看着自己一身男子装扮，不由得好笑。

——洛无双啊洛无双，你现在是个不折不扣的男人啊！

怎么会胡想秦渊对自己真有旖旎心意，又怎么会……

“叩叩叩。”

一阵简短击户声打断她的心思。

“四哥！”

洛无双、秦澄齐齐抬头，那个在她思绪里漫无边际、生根发芽的人就站在门前。秦渊见到洛无双，好像有些不自然，嘴角牵起来：“阿澄，你院里没有吃的？偏要跑来蹭人家的！”

秦澄委委屈屈：“哪能一样啊？谁不知道你给无双哥做的都是轻易吃不到的东西。”

洛无双莫名耳根烧起来，她避开眼神，正好错过秦渊同样变色的脸。他今天穿一身白，玉山似的立着，轻咳开口，“少说话。我今天来给……呃，送些衣服。”

秦渊拍拍手，两个侍女捧着几件新造衣裳进来，打眼一扫就是顶好的料子。洛无双总算出声：“我有衣服。”

你这胡乱送，又吃又穿……彩礼似的。

“换新的没什么不好，就你那身破衣服，明儿书院有花朝节活动，没法穿的……你不想被女班的闺秀们笑话吧？”

分明是好事，却说不出来个好话。洛无双被这种熟悉的态度击倒，终于意识到秦渊永远是秦渊——想让他改正，不如叫日月同时凌空。

在秦澄兴致勃勃地看新衣服时，另外俩人总算对上眼。秦渊原本想为当日的“跟踪”委婉解释致歉，洛无双已经不大高兴挂下脸：“我不想去，衣服你带下去分了吧，也别浪费……喀。”

秦渊疑心她针对自己不去，撂下一句：“不跟书院活动可能扣平时学分，你看着办。”转身就要走，洛无双愁眉苦脸，心想这不是两头堵的买卖吗？可她光读书已经头大，还要分一天出门浪费时间。

她正叹着，走到门口的人又顿住，瓮声瓮气地背对着里头说：“……傍晚怕有山雨，若无事，不要出门为好。”

秦渊走后，秦澄摸着衣料，不无敬意地向洛无双竖大拇指：“无双哥，若不是我从小认识四哥，我真要叫你一声皇嫂了。”

“去你的皇嫂子，你全家都像三鲜蒸饺！”

后来一下午，洛无双半个字也没读进去。

新做的衣裳挂在后头，有一件锦红缎子的，火一样静静烧着。她瞧着好像嫁衣，不知道秦渊揣了什么心思挑这块布。也可能根本与他无关，全是别人做了，他只管送人情。

但不论出于什么原因，这衣裳现在挂在这儿，洛无双出神瞧着，一大滴墨渍玷污了书页。她和秦渊也好似这团混墨，搅和一气，现在分不开又看不透的。

——啪！

迎窗口撞进来一只蜻蜓，晕晕乎乎乱飞，掉在案前。

洛无双去关窗，伸手就是雨丝卷着风在刮，她想起秦渊说“傍晚怕有山雨”，心思更沉，重重把窗合上。蜻蜓颤着细足，奄奄一息似的，忽而就有硕大雨点砸着窗上，一声盖过一声，像场声势浩大的仪式。

有人在门口，对着风叫她：“洛无双，无双！”

洛无双“哎”了一声，听出来是秦渊，他在雨里卖力地问：“你……明天真不想去吗——”

这人什么毛病？

雨声实在太大，洛无双觉得心慌，随口答应：“我去，我去就是了。”

秦渊立在门外，一户之隔，也不知道脑子里泡了什么，半天才窃喜地嚷嚷：“那明天见！”

快走吧，洛无双搅着袖子也回他：“明天见。”因为紧张，嗓子都有些失去原本音调，像小姑娘应自家情郎。

好在，讨债鬼心满意足地回去了。

洛无双长舒一口气，坐在床边打量那件红裳子。她也穿过嫁衣，远比这件鲜亮娇艳，但伸手摸一摸，又没好气地拍开，心里只想：这是件男装，秦渊是个男人，我也是个“男人”！

怎么会胡想他对自己的心思，又怎么会……隐隐动心了？

一定是吃人嘴软，拿人手短！

一定是这样。

东苑的四殿下与三公子忽然就和好了。

这个消息在前往婉湖的学子间传播开，比花香还要无孔不入，好些人都议论按秦渊那个手法一通操作，洛无双就是个石心的也该开窍了。于是当事人还在茫然不知，四皇妃的名号已经稳稳落在她脑袋上了。

夏日风雨都是狗脾气，爱来不来，爱走不走，昨晚狂风骤雨，今天就忽然好了。日头照得老高，锦衣玉带的秦渊急匆匆赶来，手拉扯着洛无双。秦澄、秦渡凑过来，发现她还穿昨日那身吃荷叶鸭的衣服，睡眼惺忪。

书院女班的娘子们都看着，这俩人跟刚从被褥里捞出来似的，好不要脸，一出活话本子。唯独秦策沉着脸，目光有意无意，落在二人攥紧的手上。

秦渡笑话：“无双兄弟，昨晚又头悬梁、锥刺股？”

洛无双如实点头，被秦渊屈指一敲脑门，不耐烦地拎她站直，一边捏着她软和腮帮子，一边冷哼：“学习？学习怎么随地打瞌睡，快点儿吧，咱们要上船了！”

洛无双支支吾吾点头，像个任人搓扁揉圆的小兔子。

秦渡、秦澄对视一眼：“这是真四嫂吗？他们能不能收敛一点？”

学子们几人为伴，将在婉湖边登舟游湖。

洛无双趴在舟前喝风，数着同舟的秦渡、秦澄、秦渊……秦策，她问：“呃，你怎么跟我们在一起？”

划船的两个弟弟不吭声，秦策冷着脸：“这是皇子御乘。”

秦渊不置可否，掰着藕饼塞给洛无双一块，自己也吃，淡道：“你要觉得挤，倒可以下去。”

含着满口酥脆藕夹，洛无双心累，真是有人的地方就有江湖，仇人相见，无刀胜有刀……

接下来的一段湖面观光，真是她有生以来体验感最差的游湖。

湖光山色过眼，秦策和秦渊针尖对麦芒，谁也不服谁，抢着给洛无双介绍沿岸毫无看头的风景和人文故事。秦策的嘴像刀，又快又狠，每回斩话题一刀就断，气得秦渊直掰藕盒，满桌都是金灿灿碎壳，但凡洛无双被秦策叫着说上话，一口藕就堵上来？

连吃大半程，洛无双心里恨死秦策的嘴和秦渊的手了。

她捂着胸口向秦渡求救："那个，哥，为啥这个湖……叫婉湖啊？"

秦渡茫然看向她，回忆着："这就有点意思了。

"据说这湖高处观如同一只圆碗，所以当地人本叫它碗儿湖，后来建立书院，大家有了学识，院长觉得碗太俗气，听着像一群饭桶的浴池，就给改了。"

不等洛无双发表看法，秦澄忙说："饭碗多好，我都饿了。听说一会儿要去楼外楼摆宴，真想吃……"

别说了！

洛无双饱得要命，听秦澄这小子又提吃，捂着胸口就往舟边倒。秦渊见状来扶，却见她面色惨然一变，紧接着攥住自己的手险些跳起来。

——"有人！这湖底有人埋伏！"

随着她嗷一嗓子，平静无波水面炸起浪花，那几名杀手刀锋寒凉，夹着水光向人逼近，一股子送你上黄泉路的肃杀之气。秦渊本想护着洛无双，而顷刻间结实的木舟被劈得四分五裂，秦渡拽着秦澄一个猛子就往水里钻，洛无双仓促回望，秦策倒是不知去向，而她手边的秦渊奋力挣扎，倒是很努力越来越沉底。

坏了，他这是根本不会水啊？！

洛无双眼前一黑，赶紧深吸口气潜到水下。这片湖瞧着一般，水下却有些深度，秦渊晃晃悠悠被身上那些玉带腰牌拽着，洛无双心底暗骂，奋力游过去扯住秦渊，丢开那碍事的玉带腰牌，才算可以使上劲儿来。

此刻水下分不清谁是谁，相当混乱，陆续有人向她伸手，大家奋力拉扯着，好死赖活一帮人到了陆地上……

"喀喀！！喀喀喀！"

狼狈不堪的人里有洛无双、秦渡、秦澄，还有秦策。

洛无双喘着粗气，竟然为秦策关键时刻的伸手而感动。她身旁的秦渊被几人翻过来泄愤似的拍打，一拍一口水，好不容易才悠悠转醒。第一眼见了前面秦策，秦渊嘴唇颤抖，就见秦策抱着胳膊十分寡淡：“留口气活着。我刚才做了好事，想知道哪个水鬼被我捞起来了吗？”

洛无双抱着湿透的衣服直摇头，这可能是这么多年头一次，秦渊对秦策的挑衅无话可说吧？

环顾四周，大约是婉湖的某一边岸。只是这里密林太多太险没人来，他们要么淌湖过去，要么只能等人来救。洛无双回头，两个弟弟已经心很大地捡起柴火扎火堆，而秦渊、秦策一左一右，一个养伤一个采天地灵气，谁也不搭理谁。

折腾半天后，洛无双大吼道：“大夏天扎什么火堆啊？话本看太多了吗？！”

秦渡猛然一丢柴火，望着自己半干的衣服怀疑人生。

看这情况，除了等死就是等死了。

洛无双颓废抱着自己，坐成两尊佛前一颗卑微的石子。

天色昏下去，从这个角度，能看见一轮红日沉进湖心。

秦澄没出息地吞口水：“我……我想吃麻辣兔头。”

洛无双一木棍丢上他俊俏的脸蛋。

两个时辰后——

“麻辣兔头、麻辣兔腿、西湖醋鱼、板鸭桶子鸡……呜呜。”

秦澄报的菜洛无双全部吃过，而之前被洛无双无情批判的火堆灼灼跃动。她此刻顾不上火焰炽热，只是与秦澄一道，眼馋着秦策插在木棍上的烤鱼。

没错，火是他生的，鱼是他捉的……口水是大家流的。

可能是人之将死……不是，人总是群居动物。秦策今天真是尽弃前嫌，不但下水捞了两条鱼，还问候了秦渊，虽然他说的是“你爱吃不吃”。

夜风吹野，此刻湖面才是真的无波。

众人捧着没滋味的烤鱼充饥，秦渡首先疑惑：“今天那几个人，是怎么长时间埋伏在水下的？他们身体那么好？”

秦澄打断他：“你应该问，谁派他们来的，来的目的是什么才对！”

秦渊虚弱附和，这个提议好。

洛无双沉默了。好什么好？万一是唐家堡怎么办？

谁知道他们神神秘秘的，会不会在水里藏毒！

一直未动的秦策分析是外邦入侵，被大家切声反驳。至于日后一语成谶，那又两说。

此处并不安全，大家警惕心很强，互相提醒，都不让彼此睡着。尤其洛无双与秦渊，互相掐得脸蛋通红，手臂发紫，双方眨一眨眼都草木皆兵，时刻秉承我不睡你也睡不成的平等原则。

气氛僵持着，秦渡忽然没眼力见地叹气：“我们兄弟，好久没有心平气和地这么坐着了。”

洛无双匪夷所思抬头，果然看见左右护法面色诡异，而秦渡还在继续：“四哥，你还记得小时候你跟二哥玩过一段时间吗？

“那会儿什么也不懂，你们谁也不是皇子……真好，真好。”

秦渊的眉峰动了动，仿佛也想起什么，他难得回道：“是，只有一段。后来……你就不见了。”

洛无双心惊肉跳。

她知道一小段内幕，几乎可以肯定，在秦策突然不见的时光里——大约是被作为蛊人在煎熬着。秦策的拳头紧攥，隐忍不去反驳秦渊，他那些须要带到棺材的秘密，天下间除了死人能听，现在只有一个洛无双听了还活蹦乱跳。

无人知晓的短暂时光里——

老皇帝让他们个个有机会争储君之位，就像编笼里的蛐蛐儿，被身后各大势力提着去斗……秦渡说得对，在眼下这个荒岸上，不知今夕何夕，明朝生死，没有权力斗争、成王败寇，几乎就像要回到那个无忧无虑的童年了。

几乎。

闲碎的搭话间或掺杂秦渊与秦策卖弄学识，一夜就如此过去。洛无双靠在秦渊肩头，逐渐见水面变亮，而不但婉湖，四面八方的黑幕也越来越稀薄，越来越透——

东方既白。洛无双又见那个麻辣兔头一样的太阳升高。

这该是他们五个人这一生见过的最美的日出。

洛无双想，纵然他日免不了各自为谋，可这一夜难得的促膝长谈与朝阳，也不该遗忘。

随着日光，水面隐约出现一点黑影在靠近，秦澄眼睛毒，猛地跳起来向那黑点招手。等着小舟近了，洛无双才看清楚霍少谦累死累活的脸。

他说："你们真会翻，生生漂流出去半面湖……要不是雨萌闹着不找到洛兄弟，把我也丢进去，我也划不出这么远。"

在众人感激的目光下，洛无双十分不好意思地挠挠脸。

"你还在骄傲个头啊，赶紧走啊，饿死了！！"

回到书院，一切都好似浮萍流水，悄无声息地淡下去。东西苑依旧势不两立，而洛无双也隐约有所察觉：在那一夜后，这两个人划分界限好像更清晰了？

呃，真的摸不透这些贵胄的脾气。

尽管万事无定，天下还如常周转有序。

七月流火，分班考试临近。

秦策、秦渊之流自然不在话下，秦渡、秦澄稍加努力也不惧，唯有洛无双，在听到这个消息后，一个头两个大。她明明是个真学渣，却有着和学霸一争高下的期望——做人真的太难了。

洛无双在做文章上吃过大亏，在头一次摸底考试"闲人"上出了大糗，有了心理阴影的洛无双整日愁眉苦脸，竟然就真吓病了。

此刻日上三竿，屋内秦渊正将冰鉴移出去，唯恐冻着人。

洛无双头上绑了条鹅黄色的汗巾子，苍白的小脸愣是映得大眼黑白分明。她躺在床上，紧紧地裹住自己的小被子，只露出半个脑袋，委屈巴巴地说："我想家，我不想再在这儿待着了，好难受，我想看我爹爹和娘亲……"

秦渊叹一口气，一碗黑汁药送到嘴边，洛无双却把头一缩，完全遮住自己："不喝不喝！我没病……阿嚏！"

秦渡掏出一颗蜜枣捏在手里，无奈笑："故意生病也逃不了考试。"

"砰砰砰……"

洛无双蒙头在被子里装睡，假装没听到。

门一打开，竟然是稷下书院看门人的儿子。

"何事来访？"

那人正是洛无双的小弟，神神秘秘道："我在门口碰上这小子，他说他是家里派来伺候三公子的。我见他言行有状，说得头头是道，就带过来了给三公子认一下，话说……三公子身体好些了没？"

说着就探头探脑试图看看屋里的洛无双到底是什么情况，秦渡身子虚晃，挡住了他探寻的视线，轻咳一声："人呢？"

"这儿呢这儿呢，快出来！"

一个略带稚气的少年怯生生地走了出来，动作拘谨，一双鹿似的眼睛倒颇为出挑，只听他道："我要见我家公子！"

洛无双昏昏沉沉，这时也感觉出来似乎有些不对头，坐起身子半倚着头，道："谁啊？"

听到声音，那少年眼前一亮，嗖的一声跨过秦渡跑到洛无双面前："公子！我是燕岁桐，是老爷派来伺候您的书童！"

洛无双还来不及反应什么老爷，那边又急匆匆塞给洛无双一个小袋子，冲她使眼色。

一见到那个布袋，洛无双顿时变了神色。

那日丐帮围攻稷下，自己所救的丐帮少主以布袋为约，难不成这就是他还的人情？

洛无双装模作样点头："是……我爹派你来的？北洲戚老将军吗？"

"正是呢，老爷放心不下你。"

那小厮见果真是书童，便领了赏高兴地走了。秦渡倒比秦渊心眼多些，问着："当真认识？"

"嗯，是家里的小厮，也有几分面熟。只是爹爹也真是，送人也不提前通知一声。"

坐在床上的洛无双一双眼滴溜溜打转，打着哈哈儿："秦渡你先忙去吧，容我主仆二人说说话，我想问问爹爹近况。"

秦渡还没说什么，秦渊拉着他就往外走，说是再给她开些药去，于是两人也走了。

他二人走后，洛无双警惕向外望望，招手示意那书童上前。

那书童颇有眼色地关上门，转身跪在洛无双床前：“弟子燕岁桐，是少帮主专门派来照顾洛长老的。”

……我一个姑娘家被叫长老。

洛无双心底沉默了一下。

“你起来吧，我这儿不用跪的。你怎么一眼认出我的？”

“我们少帮主说长老长相俊美，气度非凡，自是一眼就能认出。”

这话好听，洛无双若有所思地点头，眼睛眯成两道弯月：“是个会说话的，你会些什么？”

燕岁桐面有窘色：“武艺不强。”

那没关系，我武艺挺好，顺手还能罩着菜鸟秦渊，并不需要人来帮衬。

那小童又道：“轻功也差些。”

洛无双摸着脸点点头，怪不得分给我，敢情是什么也不行。

她试探问：“就没有什么会的？”

燕岁桐要哭不哭，捂着脸：“就……就早年读过书，会写几篇文章……少帮主说，在书院里我许是有用，所以才派我来……公子，你可莫要嫌弃我啊！”

这不是巧了吗这不是！本是瞌睡，就有人送了枕头，少帮主可真是个大好人！

洛无双撑着病体，伸手去扶他：“桐桐，往后你就是我的人了！”

下午闷热得很。恐是傍晚将有雷雨，洛无双拉着燕岁桐问了许多，大约就是想看看他能不能派上用场，而那边儿放了课，秦渊端着药又来了。

洛无双老远闻那苦味就胆寒，眼珠子一转，对燕岁桐道：“外面那人，你让他走，就说我快好了，现在睡下了。”

燕岁桐懵懵懂懂地点头。一开门，果然见秦渊玉山似的立着，高大半头，他只能仰首道：“请回吧，我家公子休息了。”

秦渊一愣，扫扫面前毛头小子：“有你挡爷的份？”

燕岁桐也是个脸皮薄的，一听眼眶都红了，没多大力气推着秦渊道：“你……你小心我告诉我师父——”

“等会儿？你师父？”

秦渊还想多问两句，燕岁桐心底大叫糟糕，一时间暴露了自己，总不能说自己是丐帮新收进门，派来给洛无双当徒弟的吧？

憋了许久，脸都通红，仍然是闭着眼吼出几个大字：“不用你管！”

说着就砰的一声关上门。

秦渊捧着药碗，在外莫名其妙，干脆也气呼呼地打转回去。

这洛无双，身边的小厮都跟她一个狗脾气！

屋内，小童背靠着门，胸口起伏暴露了他内心的不安和忐忑。洛无双忍俊不禁，招手叫他过来，眸光温柔：“你方才想认我作师父？”

燕岁桐不好意思地低下头：“我……我虽入了丐帮，但根骨不好，无人指点。长老是嫌弃我年龄偏大，不愿收我为徒……少帮主说我可怜，这才送来您这里……”

“我可没心思养小娃娃……”洛无双小声嘟囔道。

“别……公子，我会洗衣做饭，我还能做文章作画，您可千万不能不要我啊！”

“好了，我又不是吃人的老虎……不就是个师父，我当了便是！你抬起头来。

“你是我收的第一个徒弟，只不过日后若是有什么师弟师妹，可要替为师好好照看。”

洛无双虽是病着，但一双眼睛依旧透亮，瞧得人心底暖洋洋的。

燕岁桐又惊又喜，觉得洛无双肯接纳他已经是天大的荣幸，这下子直接认了师，求之不得，赶忙跪下拜师：“谢师父！”

师父，师父。

洛无双低念两句，有一种今日终站上江湖之中的感觉。

——况且……

榻前燕岁桐还沉在突如其来的喜悦中，而洛无双心里明镜儿似的：这孩子什么都不会，却会写文章，这不是天赐福星吗？

看来自己考入天字班，指日可待！

…………

三日之后，夤夜，月朗星稀。

东西苑在此备考之时，皆是灯火通明，没人愿意懈怠。

洛无双正捧着脑袋，与燕岁桐死磕那些如黑蚁的卷本，就听外头好似有脚步声，紧接着：

“砰砰砰——”

难道是秦渊又来送药了！

燕岁桐第一时间就反应过来，很是警惕地起身，出声询问：“谁？”

门外是秦筑。

秦筑不吭声，只继续敲门。

洛无双皱着眉头。不爱说话，大约是西苑的，让人瞧着他们来东苑影响也不好。

她示意着，燕岁桐这才慢慢地开了门，门外高个子男人横眉竖眼：“开个门还这么慢！”

说着，他自顾自地进了门，从怀里一大本书卷，洋洋洒洒地扔在洛无双的床上：“喏，二哥给你的题。”

怎么又是书？！

洛无双如条件反射般地抖了抖，躲得远远的：“拿走拿走，我不要。”

秦筑啧了一声，抱着胳膊走到床前，居高临下：“你好好看看吧，就你这样，还想考天字班？”

话音未落，一根大鸡毛掸子从他眼前扫过。

秦筑惊得一再退身，见是那个小童，张着嘴还来不及斥责，就被赶出门外。

后头再是跳脚，洛无双也随他去了。

她收拾起书卷，那上头题目可真是，拆开来个个字能读，合在一块儿可就不知道是什么意思了。

秦筑说的倒是真的，她这样勤奋那么多天，都累病了，该不会的还是不会。

也不知道，这回的考试得行什么样的大运才能过，又是行什么大运才能得了第一入无穷洞！洛无双埋在卷子间叹气，本就煞白的小脸皱成一团。

"师父，什么策论……徒儿能看看吗？"

一旁放下鸡毛掸子的燕岁桐略带好奇地走过来。

他自然不忍心见洛无双愁眉苦脸，若是能帮到师父，也不辜负两人师徒一场的情谊。

"唉……你看看吧，我先睡会儿。"

洛无双也不敢抱希望，随手递给燕岁桐，就和周公下棋去了。

梦里周公是个臭棋篓子，打空炮还爱赖子，下得洛无双火冒三丈，一个大吼翻身滚下床，睁眼是燕岁桐惊慌失措的小脸。

"公子，您醒了？"

"阿嚏。"洛无双尴尬地抹了一把脸，被扶着回了床，"别看了……那些话，看再多遍，该不会还是不会的！"

我都睡一觉了，他还看呢，看来是真的难，瞧给孩子累的啊。

没想到燕岁桐一听这个，立刻回身去捧来几张卷，上头新字正晾着，洛无双就灯下扫了一眼，当场就愣住了。

所有题目，燕岁桐一题不落地答了。

纸上白纸黑字，笔力遒劲，真是字字珠玑，连洛无双这个文盲都觉得文采斐然，真难以想象出自一个少年郎的手笔。

她一边看一边拍着燕岁桐的肩膀，直到拍得对方直咳嗽，她才反应过来："没事吧没事吧，我太激动了……

"没想到我徒弟竟然是个天才！"

洛无双每每真情实感地夸人，都让人觉得备受尊重。

燕岁桐也是。他涨红了脸，嘿嘿傻乐："这也没有啥，我就是喜欢写点东西，能帮到师父，那是最好不过了。"

洛无双小心翼翼收起卷。

"岂止能帮啊，简直是救星！"

于是最后几日，洛无双闭门谢客，苦心背着燕岁桐的策论，背得昏天黑地，恨不得说梦话都是论述。

果不其然，在秦策出题、燕岁桐做文章的帮助下，洛无双继乐理之后，再次崭露头角。

当此次红榜一出，全校哗然，因为曾经垫底要另书一张的洛无双，竟然与秦渊和秦策的成绩不相上下。这一事真是不可思议，讲给谁听都是一个极其鼓舞人心的故事。

因此，这一战，洛无双彻底成了稷下书院的传奇。

当然，这就是后话了。

“殿下，三公子那边不让进门……”

考试结束后的日子，可谓难以言喻地轻松自在。

秦渊与秦渡谈论着此次论题有几点难处，就见小厮满脸愁云惨雾地回来，报出这么一句。

洛无双反了天了？

秦渊眉心一皱。

洛无双这次能考好，难道不是仔细背了自己送去的往届例题？还是他尚且赌气着？也不至于啊？

秦渊问道：“那他之前可受过什么人的来访？”

那小厮愣了一下，回复：“二殿下倒是去过。”

又是秦策。

后面的话，秦渊都没有再听。

他遣走秦渡，反手砸了屋内瓷器、茶罐，最后坐在桌前，犹是恼恨。

洛无双明知他与秦策不睦，究竟为什么一而再，再而三与秦策相好？

“难道，你如今真要变成秦策的人了吗……”

暑日晒着穹顶，一片碧空。

洛无双一病大半月，眼下才见转好，就迎来了室外的课业。顶着骄阳，她心内百感交集。

女子果真不该学习，呜呜。

她许久未出东苑，许多人瞧她眼热，不知是因为她身上传奇事太多，还是她倒霉的时候太多。

而当洛无双走过去，同时两道目光射过来，如芒在背。

那正是秦渊与秦策，自从上一场考试以后，她就闭门不见他们两个。第一是怕见秦策尴尬，第二是……她也不好意思让秦渊知道，她觉得秦策的题仿佛确实更好些。

当日课倒是有趣，是马术。

除去上课前站队的尴尬，骑术的武夫子年轻，是个俊朗的青年人，很和学子处得来。

夫子道：“大家入了书院也有半年的时间，总在室内，今日不妨就驯马为题，看看大家真正的实力。”

驯马，可不是比你的骑射。

这里所说的都是烈性马，未经驯化。而这一众贵公子，虽不说全部纨绔，但大多娇生惯养。出入乘车，来去有轿，真正善骑射之术者并不多。

宝马良驹非一日练成。

众皇子中，只有秦渊和秦策心下有所考量。

南部西丹人，近日似乎蠢蠢欲动，不知是否这项考测，也是陛下授意。

两人都心照不宣地低头思索。要把马厩里的哪匹马拉出来训练，几乎进入马厩的人都在内心犯嘀咕：一开头，就犯了难处。

这太乖顺的，起不到驯马的效果，太刚烈的又驾驭不了。

沉默间，唯有洛无双浑身心不在焉，磨磨叽叽，也不进去，就在门口和秦渡扯皮：“哎，你说我要是这场比赛过不了，是不是就进不了天班，直接被山长赶出去了？”

秦渡先是一愣，然后诚恳地对洛无双说：“你之前那样都不赶你，如今你这成绩名列前茅，还怕这个？况且你们北洲人还能不会驯马吗？”

洛无双一被提及这个，当下大惊失色。前面大江大河都闯过来了，若是在此栽了，岂不是要给北洲丢脸……况且进不了天班，怎么去拿《苍柏巡山图》啊。

熬到最后，洛无双终于满怀心事地去选马，转来转去，只有一只单间里小小的，其貌不扬的红马和她最投缘。

这马让她想起自己的那一匹。

竟然已经过去这么多时间了，不知家里一切可还好。洛无双顺着红马脖颈梳理，尽管它并不像一匹神驹，但是胜在和自己脾性投缘，并不烈性，倒让人满意。

与她所想的不同，自古宝马配英雄。

在马厩外，众人皆严阵以待，秦渊的紫赤骝和秦策的乌云盖雪，皆是当世良驹。

这间马厩正如江湖，卧虎藏龙。秦渊与秦策所乘，算是三宝其二，而当洛无双被催促着出来时，所有人瞧着她都愣住了。

洛无双骑的不是别的马，正是皇上寄养在这里的赤翼飞云。

众人都是当朝显贵，自然都认得这马，也自然都不敢打这马的主意。可是洛无双不认得，而且她胆子大啊。

赤翼飞云是一匹母马，由外邦进贡，很是得圣上喜欢。即便是跟随当今陛下春猎多年，也都不曾有人骑过。大约是去年末，为培育良驹育种，这才牵来养着。

秦渊看着洛无双一脸懵懂，登时便有些急眼，甩着马鞭，劈头盖脸就是一顿训斥：“放肆，陛下的御马岂是你可以随便借用的？”

洛无双在里头太久，乍一见天日还有些眼晕。她捂着脸，眸子眯起，被秦渊训得摸不着头脑。母马见了鞭风受惊，蹬蹄嘶鸣。洛无双摸摸马鬃，一面低声安慰，一面反驳：“怎么就不可以了？既然夫子让我们挑选，自然是任选即可，你不也挑了一匹紫赤骝。”

秦渊眼前一黑。

这人真是好坏不分，当即板着脸：“牵回去。”

洛无双回头望一眼：“我不！”

这里头分明不剩了，自己牵回去，如何参赛？

两人僵持不下，连夫子也不敢多嘴。秦渡见势只得咬牙上前，把两个人劝住分开：“好了好了。四哥，陛下是爱马之人，不会将它留在此又不愿意人碰它，想必是会通融。”

山中气候不定，方才还晴空万里，此时来了一片厚云，正遮着日头。

夫子许众人赛前试马，彼此亲近。洛无双与这红马脾气投合，一人一马正慢悠悠地闲逛着，不知哪里一声哨响。

她倒只是一惊，而秦渊登时就反应过来。

赤翼飞云最惧这尖锐哨响，这下怕是会闹。而他来不及提醒，洛无双果然在马背上被猛烈一颠。

红马双眼变红，扬起前蹄不安地嘶鸣，好几下欲甩下洛无双。就在秦渊策马赶去的同时，洛无双一个大后仰，差点从马背上跌落下来。

幸亏她也不傻，眼明手快，反手抱马，借助支点调整自己的位置。

马儿倔人更强，洛无双向来吃软不吃硬，你强，我必然要压你一头。几起几落之间，她竟然制住了赤翼飞云。

“无双！”

阴云逼仄得好似穹顶要落下来。

秦渊翻鞍错蹬，直接从马上纵身飞跃，落到洛无双的鞍后。他叫了一声，算是给洛无双稳定心神，接着也顾不得之前的争吵和不快，一把将洛无双紧紧地揽在怀里。

她身上被日头晒得极烫，连着秦渊的血也滚烫，像要烧起来似的。

秦渊厉声道：“说了不让你骑，你偏不听，与我对着干，你很开心吗？！”

身后的胸膛倒是十分结实，在那一瞬间，洛无双好似被什么东西当胸一掼，掼进来馥郁烈阳的暗香，连秦渊的训斥都忘了回驳。

她倒是难得不呛声，秦渊当她被吓着了，伸手烦躁地拧一把人后颈：“好了，没事了。”

围来的公子哥一半忧心洛无双，一半调笑，秦筑揶揄道：“四殿下与洛兄倒是真兄弟，比夫妻还亲厚些。”

他这话逗得满场大笑，夫子也颇有意思地跟了句：“三公子还是有天赋的，御术一流。”

御术可谓双关，不知夫子说的是御马之术还是驭夫之术，抑或是两者兼有。总之，洛无双是完完全全地领会到夫子的所有层可能的意思。

她脸红得能滴下血，一个激灵，猛地挣脱开秦渊关切的怀抱。

纵身下马气嘟嘟地走出去，嚷嚷着没意思，直往外走。

秦策在人群之中望着她离开的背影，自己都未发觉，缰绳勒得手心发红。

由于借坐骑的光，这一测试，洛无双再一次侥幸夺冠。

洛无双有过太多一战成名，而这次不同，稷下书院的贵公子们除了知道洛无双武功高强，还知道她的另一个身份是“四殿下男妃”。

这虽是个笑话，只是到哪儿都有一群人指指点点。促狭的笑容持续了小半个月之久，原本视洛无双为国民夫婿的贵女们也失望了许多，日日倚靠在窗子旁痴望东苑洛无双的房间，个个病若西子胜三分，凄凄惨惨戚戚。

好好的男儿，怎么就有龙阳之癖了呢？

谁也不知道，这春闺梦里人并非男儿郎，而是个女娇娘。

正当书院里的女儿们春心碎了一地的时候，比赛的新人榜单也已经出炉。

排在榜位之首的竟然真的是洛无双——她可以进入无穷洞瞻仰先贤。洛无双终于可以带着《苍柏巡山图》回家了。

只是明明该喜不自胜的洛无双，眼下却分外困扰。

——“岁桐，你说一个人能在危急时刻不计前嫌地帮助你，是不是没拿你当外人？”

燕岁桐正挨着冰鉴，为洛无双扇凉风，歪着脑袋思考半天，然后肯定地点点头：“没错，是这样！”

洛无双接着问道：“那你说我要是之前惹到他，跟他道歉，他是不是就会原谅我？”

燕岁桐又是频频点头：“没错！知错能改，善莫大焉嘛。”

洛无双惊喜地直拍床板子，对他道：“你可真是为师的小机灵鬼，为师给你二两碎银，去小厨房叫一桌子好酒好菜过来。”

燕岁桐望着银子：“做什么？”

“晚上我们请秦渊来吃酒！”

虽然不明白同一个屋子住了许久，低头不见抬头见，搞这么多仪式阵仗做什么，但燕岁桐身为洛无双座下第一小忠犬，自然是师父说什么自己做什么。

暮色四合。

秦渊在城下与人议事，再转回山门已是炊烟上时。

远远地，他就见一个小人影在山门前候着，左顾右盼，好似是洛无双那个小跟班。

他不以为然，再走近些，果然是燕岁桐。

对方一脸殷勤道：“我家公子有请。”

秦渊眉梢一跳，洛无双有病吗？住一个院子请什么？

他半信半疑地跟着走，直到回了东苑，才了解到洛无双真的有病。

席间做尽了小厨房能做的一切佳肴，洛无双不敢在秦渊面前喝酒，倒着酥茶跟劝酒似的，连说：“四殿下，您回来了，实在是辛苦啦，哈哈哈。”

秦渊嗅着洛无双一身奶味，竟然隐隐觉得这是阵奶香风。秦渊觉得自己脑子也被带得不大好，隐隐有些变脸。

洛无双再接再厉：“您……您吃菜，快吃菜。”

秦渊努力强迫自己镇定，然后对着洛无双的眼神多了几分戒备和试探：“你今天是哪儿不对劲儿？古人云，无事献殷勤，非奸即盗。”

洛无双顺着杆子往下爬，嘿嘿傻笑：“哪里的话，我前两日脑子有些转不来弯，误会了你，今天特地设宴赔罪。”

秦渊眉头一挑，觉得很是有趣：“原是想通了？可别是面上一套，背地里又是一套。”

她一巴掌拍在桌子上，连带着盘里的鸡腿肉都吓得抖三抖，很是义愤填膺地娇嗔道：“我是那种人吗？我是真心实意地跟你道歉，真心实意地献殷勤，你怎么能这么想我！”

月色皎洁，你一个大男人，好好说话不行吗？娇……娇嗔什么？

秦渊内心吐槽尽出，只强自保持着面上镇定。他扭过脸去，看着不远处的书卷，终于可以目光平如水镜，声音有些沉，但认真坦诚道：“不是不信你，只是怕你对不起这份信任……时至今日，对我，对阿渡，对我们所有人都很重要，我不希望因为任何人，最后落得满盘皆输，哪怕是你，也不行！”

——“他是比我更重利的人。”

秦策的话忽而在风里散过。

洛无双明显一愣，脑子里有太多的思绪却不知从何说起，几次张嘴，最后却变成了一句：“没关系，日子久了，人心也能看透了。”

这软绵绵的一句话，毫无张力，洛无双看着秦渊八风不动的眼神，忽而怅然。

自己又站在什么立场上，去说这件事呢？

有时候，想听到的话永远听不到耳朵里，你所听到的任何一句话都只是别人所想表达的冰山一角。

秦渊沉默了，好一会儿，他开口，嗓子里含着块冰，让洛无双暑天之中，都脊背发凉。

他问：“你为什么要进无穷洞？”

这就是关键所在了。她不能说自己是林家二小姐，来此就是为了偷宝贝，更不能说自始至终，她都有意无意地在利用秦渊，妄图使自己达成所望。

她不能，从前是担心秦渊一怒关了自己，或把自己送回唐门。如今是不愿意他伤心，不愿意他们的关系，断在这虚妄的过往上。

“我……我是……”

洛无双吞吞吐吐：“听说无穷洞有一本《霓裳羽衣曲》的孤本，嘿嘿嘿，我想着拿出来孝敬教我们音律课的许夫子，毕竟他收了我做关门弟子……”

这真是假得不能更假。

秦渊面色一下子十分难看，他忽然觉得对洛无双说什么信任，真的是滑天下之大稽。

他宁可洛无双说自己就是要拿宝贝，或是有其他的秘密，再是难以理解，都能说得通，而眼下洛无双还是在瞒。

那洛无双告诉秦策了吗？

洛无双和秦策，是否已经背着自己结盟？

酒杯被“砰”的一声掷在桌上，秦渊一声不吭，起身直接走了。

“哎哎哎，你别走……谁还没有些秘密，我……”

声音渐落，秦渊走得毫不留情，空留洛无双面对一桌子的美味佳肴，毫无胃口。

秦渊的心结，她怕是解不开了。

一桌好宴，最后是进了燕岁桐的肚子。

小忠犬打着饱嗝，试探性地询问洛无双：“那个……师父，你们怎么了，四皇子似乎误会你了。”

洛无双空落落地坐在椅子上，苦笑。

就连燕岁桐都看出来了他们之间有误会，她却没办法和他解释清楚。怪只怪天意如此，或许……如秦策所说，他们注定没办法同走一条路。

酒足饭饱，燕岁桐见洛无双实在困扰，建议道，有话还是解释清楚为好，无论是什么事，说开了，也就不忧心了。

洛无双气呼呼地一戳流沙包：“说了也不会信，不说也罢。”

“不是这样的师父，你觉得没必要的事情或许对别人来说很重要，说出来或许无法挽回解释什么，但是不说，永远是两个人心中的遗憾，师父真的要抱着遗憾过一辈子吗？”

洛无双望着他，忽然感觉自己这小徒弟倒不愧是读了书的。

无论结果怎样，自己总要做出应有的努力，不困于心，不乱于情。

“好！”

洛无双一咬牙，当下风风火火地冲了出去。

秦渊走了有些时候，洛无双无头苍蝇似的四处乱转，横穿整个夫子苑时偶然看到窗纸上的人影。

玉冠束带，侧颜高挺的鼻梁，远远一看就是秦渊。

“秦——”

不对，这么晚了，他们还在说话?

鬼使神差地，洛无双未出声，只是慢下脚步靠近，趴在窗下。

里间，秦渊在问：“这次去无穷洞人选，山长可确定好了？”

“洛无双虽莽撞，但近几次的表现也的确可圈可点，只是……侥幸成分过大，怕累及后世稷下学子……”

短暂沉默。

秦渊的声音传出来，

“山长考虑有理，我想——”

洛无双屏住呼吸，秦渊的声音好似来自远山，却比他往日任何一句都清晰。

“我想，不如将此次名额留给舒遥。

“一来，陛下急需丞相辅佐；二来，舒遥为当朝贵女典范，成绩也堪称完美，如此人选再合适不过。再者，舒遥也确实是女班的第一名，这样也不算违背院内规矩。”

秦渊在说什么?

“这……恐怕……北洲那边会以为我们故意偏私。”

山长还有些疑虑，只是没说完就被秦渊打断：“顾虑太多只会畏葸不前，无须考虑，这件事就这么定了，陛下那边我自会禀告。”

山长抬臂擦去额头上的细汗，抬眼偷觑一眼，秦渊明显不是来与他商议的，而殿下提及陛下，他只好颔首表示赞同。

屋外有夜风吹散了花木扶苏，洛无双跄踉两步，生怕秦渊走出来看见她，扭头就跑。

她心里跳得厉害，像被毒蛇咬了一口，却找不到源头。

为什么？

门扉之内的秦渊明明什么都知道，他知道自己有所谋，也知道自己为了得这个第一名付出了多少努力，甚至知道……可是这些有什么用呢？秦渊心中在意的只是舒遥罢了，丞相贵女、当朝典范，总之不是她洛无双，是她自作多情了。

她跑得太快，从此处到东苑并不远，洛无双神思恍惚，临到廊前时脚下一滑，猛地栽倒下去。

这一晚，燕岁桐等到烛火将息，才等到浑身狼狈的洛无双。

她什么都不说，径直就扑上了被褥间，无边黑暗笼罩下来，洛无双慢慢沉睡。

她想起曾经在京陵城外，秦渊紧紧攥着她的手。

如果那个时候就告诉他一切，她是不是就不会有今天？

又或者，其实一开始就错了。一棋将错，满盘皆输，说的不是他秦渊，而是她洛无双。

无论是谁愧对着谁，洛无双再也没有单独见过秦渊。

七月十六，进无穷洞的日子如期而至。

青穹远而高，头顶上一轮烈日，将所有人间颜色打失。

洛无双站在最后，即便是隐匿在人群中，她也是最抢眼的那个。

这一天，原本该是她努力得来的殊荣一日。

而前路广阔，舒遥被众人簇拥着，纷纷恭贺她是燕冀国女中豪杰，名门闺秀——得此殊荣，自是实至名归。

周遭也有非议，而无论是抱不平又或看戏，洛无双都不再言语，双眼直视看台。山长一身玄袍，有如进山之时，只是他究竟是否仙风道骨，当真是无法定论。

无穷洞中广含奥秘，舒遥不能由任何人引路，只能自行进入。当她进洞之时，回头望了一眼。

人群间，洛无双避无可避颔首。

——明日你能等一等，等到我敬香出来吗？

这是昨晚舒遥托人传的话。洛无双原本不打算等，只是舒遥到底对她是好，而这一场阴差阳错，也并非怪她。

外头一日竟都无风。

所有人焦心等着，而当到舒遥从无穷洞出来之后，已经是傍晚时分。礼成一刻，山长接过舒遥手上残香，将无穷洞重新封上。

再一启，便是三年后。

洛无双不必同秦渊一道走，便十分自由，如约候在竹林间。舒遥一袭月牙白，纯洁如月宫仙子，她走过来时面上的神色让洛无双心悸。

舒遥为洛无双偷来了《霓裳羽衣曲》。

拿着那本谱子，洛无双几乎要落下泪来。

“昨晚我才知道，入了无穷洞，便可以选一样东西带走。我父亲要我取一样东西，可我没拿。”

舒遥的嗓音始终如雨云，带着水波，涤荡而来：“我听说……你一直想寻找这本孤本，我……我就帮你拿了出来。”

舒遥耳根薄红，几乎要替主人说出心事。洛无双手忙脚乱地推拒，被舒遥递回，反握住手。

舒遥面上羞恼，急匆匆道：“拿着便是。无双，我喜欢你——我……一切都愿意为你做，更何况一本书。”

窗户纸从此便捅破了。

洛无双瞠目结舌，根本说不出话。

虽然从一开始就知道舒遥对自己颇为欣赏，但是真正听对方说出来又是另一回事了。尽管舒遥百般好，秦渊和秦策都恨不得为她挤破脑袋，可自己……自己可是真没办法承诺什么。

洛无双欲哭无泪，脑子一热，直截了当地拒绝：“不可以！”

舒遥含情脉脉的眼波也僵了下来。

她没料到洛无双拒绝得如此斩钉截铁，原本相处下来，洛无双与自己也是亲厚，男女之间年龄又相仿，她怎么也不信洛无双对自己毫无念想。

一时间，舒遥也红了眼圈，咬着唇不肯走。

洛无双本是惜花之人，又怎么会惹得女孩子哭呢，的确是自己做得太过分了些，慌张解释：“是我不好，说话太硬了些！

“我的确是喜欢你的，但并非是男女之情……你就像是我的妹妹一样，受我疼爱的人，无论何时我都一定会保护你，但你值得更好的，恕我无法答应你。”

只是拒绝，还不足够让人死心，这句妹妹，才真是一把利刀。

舒遥神色黯然。

许久，她垂眸攥紧五指，颤声道：“没关系。”

“喜欢你是我的事情，你也不必挂怀……其实，其实我们早就见过，幼时宫宴，我曾见过你。”

舒遥的话让洛无双更是寒心。

她不是戚风棠，而真正的戚风棠已经葬身山崖下，此刻鹰啄风咬，不知是否尸骨完全了。他若知道有个好姑娘，十几载为一眼而惦念，不知还是否死得甘愿。

可世事如此，非人力可转。

洛无双无可奈何地感到怅然。

她骗了秦渊，秦渊夺走了她辛苦争来的机会。

她骗了舒遥，舒遥替代她进了无穷洞，且带出来了一样她用不上的宝贝。

…………

或许，连《霓裳羽衣曲》都是舒遥向秦渊问的。

舒遥一心为的是“戚风棠”，而她洛无双也为了心里的事对秦渊谎说想要《霓裳羽衣曲》。一切都有因有果。

山色暗了。

舒遥不好在此久留，擦过眼泪就要走。洛无双深感舒遥是个好姑娘，更知道秦策和秦渊对舒遥都大动心思，且目的不纯。

她想，既然应下舒遥这个妹妹，并答应守她到底，必定要像兄长一样呵护她。此刻望着舒遥落寞的背影，于心不忍，低声道：“一定要远离秦策和秦渊。”

若是这两个孙子利用她，自己一定把他们扒了皮做灯笼。

洛无双义愤填膺的告诫，原本是出于姐妹之情，而这不明不白的关心让舒遥又重新点燃希望。

她垂首道：“不会的，我心中有你，怎么能随意接纳其他人。”

洛无双：也……也别吧。

洛无双知道舒遥一时半会儿是放不下自己，便也不急于一时让对方断了念想，一点点地疏离，总归会让她看清自己的态度。

霍雨萌知道舒遥约了洛无双在紫竹林一聚，兴冲冲来找，却在紫竹林听到两人对话，瞬间点燃了怒火，一袭红衣从暗处走到月光下，对着洛无双和舒遥哭着大叫：“骗子，你们都是骗子！”

“她知道我约了你……”舒遥绞着帕子，目有歉意。

“无妨，我去追她。”

林子很大，洛无双兜兜转转几圈，仍没寻到霍雨萌的人，便只能先回东苑，再做打算。但是洛无双很担心，她觉得霍雨萌一定会闯祸的——她的担心并不全无道理。

洛无双前脚回到稷下书院东苑，后脚就听到霍雨萌甩着鞭子要打舒遥的闹剧。

这一下书院可炸开了锅。

此刻堂内一片狼藉，洛无双风风火火地赶去，正看到霍雨萌将舒遥随从打翻在地，挥着鞭子抽向舒遥。

“雨萌！快住手！”

此刻急红了眼的霍雨萌哪里会听？

舒遥一个大家闺秀，哪里是虎门后代霍雨萌的对手，一见鞭子，顿时吓得花容失色。她向洛无双那处望本是本能求救，却看得霍雨萌满眼怒火。

“你还演？！你就是这样与我做姐妹的？说是大家公平，却私下对无双哥哥投怀送抱！”

霍雨萌身形很快，高高举起手中的倒钩刺鞭，眼看着就要落舒遥的前胸上。洛无双立马冲进去，生生替舒遥受了这一鞭子。

“无双——”

洛无双闷哼一声歪开脸，血当即顺着下颌淌滚。

那一鞭来得太急，洛无双实在躲避不开，竟被抽到了脸。

血滴落在地面上，声音太沉，沉得霍雨萌心惊。

她怎么会去伤害洛无双，怎么舍得伤到脸，可与此相比，她更恨洛无双这一扑身的袒护。

“无双，无双你怎么样？”

舒遥又惊又怜，她伸手捧住洛无双的脸。那一鞭擦过耳根，直到嘴角，幸而是避开了眼睛，否则后果不堪设想。舒遥哭得不能自已，直恨自己连累了洛无双。洛无双面上火辣辣的，满眼血色，只撑着握了握舒遥的手。

两人在霍雨萌鞭下，如落难鸳鸯，这刺激了霍雨萌，陡然挥鞭又要照二人握着的手而去。紧张关头，有人扑身一把推倒霍雨萌："我跟你拼了！"

霍雨萌一个失神，继而把人狠狠踢开！

钩鞭落在那人背上，很快地扯下来，哀号之声不绝于耳。

周遭根本无人敢来劝，直到秦策赶来，燕岁桐整个后背已是血红一张网挂着，皮开肉绽。秦策根本想不到事情这么严重，夺下了霍雨萌的鞭子，转身去看洛无双。洛无双脸色煞白，看向燕岁桐！

秦筑已经上前在为燕岁桐看诊，秦策一臂揽过洛无双，轻声道："别怕，院医马上就到。"

霍雨萌鞭子一失，当即失了力气。秦渊赶来时就见霍雨萌捂着脸跑走了，而秦策将洛无双严实抱起。秦渊上前劈手要夺，秦策身形一偏："滚开，别耽误。"

洛无双原本哭得昏沉，闻声仰起脸，半张面孔上一道鞭伤鲜红的，看得秦渊一愣，他伸手欲道："我……我带他去……"

秦策抱紧洛无双擦肩就走。

"你？秦渊，如果不是你让舒遥顶了洛无双的名额，也不会有今日之事。"

第八章
心有千千结

洛无双被秦策带回西苑上药，连带着燕岁桐也被安排在西苑静养。

燕岁桐一身鞭伤，夜里疼得无法睡好。夏月伤口容易恶化，秦策找人照顾着，洛无双依旧不放心，整夜陪着为燕岁桐扇风。

好几夜，她握着燕岁桐的手不断安慰。她心疼这小孩，竟顾不上自己面上鞭伤隐隐作痛。

秦策隐讳地告诉她，如果不好好休息，可能会留疤。

洛无双只是恍惚答应。她心底总放着那一日的事情，包括秦策对秦渊的质问，她一瞧见燕岁桐的伤口，一摸到自己的脸，就想到那日听到秦渊对山长的话。是呀，若是秦渊不与山长说那一番话，她与燕岁桐又怎么会受伤呢？

可她瞒了太多事情。

她心里很乱，谁也说不清楚，到底是从哪一步开始，一切都不对了。

于是经过这一次之后，洛无双对秦渊刻意回避，她不想见他，更不想想他。

尽管秦渊的补品源源不断地从东苑送到西苑，但是秦策和洛无双两人都十分有默契地不提及此事。

再半月，燕岁桐总算能起身，背上的伤口也逐渐结痂愈合。秦策总会来找洛无双，说些有的没的，或者提一只烧鹅、烫一壶酒，像是多年熟稔的好友，时间长了，洛无双倒也不再推拒。

洛无双在西苑，尤其是秦策面前，十分小女儿情态，有时掷骰子连着输，她就索性撒泼，让他把赢的钱连本带利地全都还给自己。

秦策表面佯作难为情，其实暗地里接连多给了许多。

他便是爱看她如此，看她肆意，看她高兴，看她不再缄口不语。

说到底，秦策享受这种偷来的时光。

看她耍赖，只对自己一个人提出无理要求的时候，说不出来的满足和欢愉。

欢愉有时尽。

最后一晚，秦策的骰子摇出六点，洛无双倏尔长叹一口气，眼里有阅尽千帆藏不住的疲惫和轻松："不玩了。"

秦策手下一顿。

"那明日……"

"不了。"

洛无双道："明日我便启程，多谢你对我和岁桐的悉心照顾。"

"你要去哪儿？"

洛无双直视秦策的眼睛。

她有满腹的谎话可说，但如今只是摇头："不知道。"

"反正我努力了许久也没进成无穷洞，原本答应你拿到《巡山图》就远远地离开，这也没做到。"语气稍顿，接着说，"不过这样也好，你同秦渊，我谁都不欠，大家一别两宽，各生欢喜。"

她说了太多谎话，每一句都为此付出过代价。

骰子哗啦响了几声，秦策依旧像最初所见那样，忽而一笑："好。"

男人永远比女人更加理性和无情，即使他对洛无双的感情是从未有过的特殊体验，也绝不会因此而葬送自己的前程，不如就永久地收起自己的感情，送她远远离开。

这样也好。

原本洛无双还很愧疚，害怕秦策说出挽留自己的话，他出人意料的爽快让她舒了一口气。

良久，秦策才出声询问："要同秦渊告别吗？"

秦渊这两个字一出，就仿佛烫着她的心，她有些慌乱，也没想好要不要跟秦渊告别，只能推脱说："既然打算要走，搞那么隆重也没意思……他也不一定在意。"

听完这话，秦策以为或许自己在洛无双心里比秦渊更胜一筹，不由得开心许多。

洛无双的眼睛一眨不眨地盯着他的神情变化，十分好奇："我走了你就这么开心吗？"

秦策满脑子都是自己比秦渊重要的优越感，脸上舒适享受的表情还来不及换上，就匆匆忙忙回答："一点都不开心。"

洛无双："……"

在她看来，不加掩饰的明显笑容真是太让人生气，亏自己还认为秦策是好战友，都怪自己太年幼无知，对男人这种道貌岸然的动物过于相信。

洛无双翻个白眼，连敷衍秦策的心情都没有，只说："我累了，少爷你可以把自己卷一卷滚蛋了。"

秦策十分不舍，但又不能厚着脸皮撒娇，轻咳一声，两侧脸颊有些发烫不敢看她："这样吧，等燕岁桐醒了，我给他再诊一次脉，以防不测。"

洛无双左手托腮，右手有节奏地敲打桌面，想着他的话有几分真实可靠。大概过了一两秒钟，洛无双抬腿就踹在燕岁桐的屁股上，肉肉的小山明显颤了三颤，燕岁桐这才睁开眼，对着现实的世界一脸蒙，揉着惺忪的睡眼："啊？怎么了，师父，你和二皇子都在呢？"

洛无双很是慈善地摸摸燕岁桐的狗头："乖，快让二皇子给你瞧瞧伤口，正好省了咱师徒二人的诊金。"

说是那么说，可当秦策为燕岁桐换药时，看着小童忍痛扯着被褥的手指，洛无双万分懊悔惭愧。

这一切都因自己而起。

倘若能早些离开，这一切都可避免。

心似双丝网，中有千千结。

洛无双心里也十分烦闷，借着说是休息的机会，蹲在荷塘边念念有词，将荷塘里的所有荷花都拔了。

月色如过往，所有夜晚一般明亮。

洛无双手边有一把莲子，她一颗颗丢进池塘，当丢出最后一颗，她终于做出一个艰难的决定：既然不能一本正经地告别，就用莲子作别吧，一别生欢喜，二别生新缘，三别岁岁不相见。

《苍柏巡山图》，她不要了，这个破地方，她也不待了。

洛无双告诉自己，从今天起，自己不再是北洲公子，她要做回她的游侠洛无双。

东苑洛无双的房中留书一封——

信中回顾了每一个书院里的战友和自己的相处时光：秦策、舒遥、霍雨萌、秦澄、秦渡，连山长都提到了。

唯独秦渊，只字未提。

只在话说得狠绝，心却一片柔软。她仍是去了一趟秦渊的小屋，然后将怀中那块价值千金的避毒玉放在了秦渊房中。

趁着夜色，洛无双匆匆离开了稷下书院。燕岁桐带伤，到底行走不便，洛无双几番思考，还是让他暂在书院疗伤。安顿好燕岁桐，她有一瞬间的迷茫——现在她该去哪里呢？她又有哪里可去？

她一路晃晃悠悠，最终选择了最江湖的方式，既然无处可去，那就随处为家吧。于是她选择了天香楼，豪气地点了一桌子好菜，顺带要了一坛十年的女儿红。这些银钱，还是在书院时，秦渊给她的。

怎么又想起秦渊了？去他的秦渊……

洛无双喝着闷酒，听着说书人绘声绘色地讲着林、唐两家联姻的事：什么唐凛断袖难改，谋杀娇弱小姐……唐家易主，世上哪里有三十年“太子”……

洛无双听得有滋有味，多喝了两杯小酒，夜深时才脚下打晃地从酒楼里出来。

一转身，她就被青楼里的老鸨拉进了春风渡。

那老鸨见洛无双相貌不凡，腰间鼓鼓的钱袋子，是个多金的主儿，更是喜笑颜开，耍着半老徐娘的风骚姿态：“这位大爷，姑娘们都等着您哪……”

洛无双脑子里空空的，晃荡着半坛子没喝完的酒，木木地点头，傻呵呵地搭话：“姑娘好啊，我看你就不错……”

那老鸨年轻的时候也是个名艳八方的主儿，到老了竟然还能得到俊俏公子哥儿的夸赞，不由得心花怒放，笑得脸上的粉都抖落三层，用傲人的胸脯肉使劲儿蹭洛无双的臂膀，娇滴滴的声音转着弯儿，让人身体发酥："不如……人家今晚陪少爷……你我二人共度良宵，不收钱……"

敢情这老鸨看上了洛无双的美貌，还要免费睡了洛无双。

不明状况的洛无双大手一挥，直接把老鸨揽在自己怀里，用手抬起她的下巴，努力瞪大眼睛看清她的面容：红唇绿眼影，吊梢眉三角眼，鬼神见了都发颤，吓得洛无双几步退出三米之外连连摆手："不好不好，你还是给我找你们楼里的头牌吧。小爷我有的是钱……"

那老鸨见洛无双躲自己如洪水猛兽，登时也没了推销自己的兴致。不过钱还是得赚，老鸨依旧热情地同洛无双介绍："今晚花魁柳畔畔的闺中舞竞拍，爷您若是感兴趣又财力雄厚，倒是可以一试。"

醉意阑珊的洛无双一听这话，登时就不乐意了，什么叫可以一试，小爷我出马，自然是手到擒来。她将腰上的钱袋子一甩，闷声炫耀财力的雄厚。

将酒坛子扔到那老鸨怀中，使了个眼色："走。"

整个花楼红袖盈满。

三层楼的大厅里坐满了前来竞价的达官贵人。洛无双在二楼落座，手里握着一个啃了半口的苹果，半梦半醒，看着楼下台子上的戏班子，呓语："磨磨叽叽的跟个娘们似的。"

然而，今晚的花魁柳畔畔本质上来讲就是个娘们。

终于，在洛无双打瞌睡的时候被一声刺耳的锣鼓声敲醒："花魁柳畔畔闺中舞竞价开始——

"三两银子竞拍开始——"

"五两。"

"十五两。"

"一锭金子。"洛无双醉眼扫过全场肥肠大肚的男人们，一个个有色心没色胆，全都在算计如何花最少的钱办最大的事。好歹也是春风渡的当红头牌，怎么出个价都如此不豪气。

洛无双对此向来不屑。

洛无双这一出手，全场哗然。都探头想看看为了一个青楼的女子抛出一锭金子的人，是哪家的便宜儿子。

拍卖的龟奴似是怕洛无双反悔，下一秒就带着签押字据来到洛无双的面前。

他点头哈腰："爷，您签字交钱，我们楼里的花魁柳畔畔今晚就是您的人了。"

洛无双闭着眼，摸索腰间的钱袋子，毫不在意地掏出一枚扔到桌子上，大笔一挥，唰唰写下三个大字：洛无双。

那龟奴赶紧把金子收到怀里，笑得胡须发颤，眼睛眯成一条缝，朝着楼下所有的嫖客说："恭喜洛大爷拔得头筹，一掷千金，抱得美人归！"

龟奴带路，洛无双打着酒嗝醉醺醺地进了花魁的闺房。

层层纱幔迭起，迷迭香的味道酥麻人的毛孔，洛无双觉得自己整个人都踩在云朵上，轻飘飘的，没有重量。

进了闺阁一盏茶的工夫，也没有脂粉香风，更没有投怀送抱，只有冷冰冰的美人柳畔畔隔桌相望。就在洛无双怀疑自己拍来个假美人时，窗外忽然飞来一只翠鸟，柳畔畔终于动了，她看着翠鸟脸色煞白，当即翻窗就要走。

洛无双眼明手快，抓着柳畔畔的肩胛骨，把人拉到屋子里，怒道："你们是玩仙人跳？也不看看小爷我是谁！"

她死死拽着人就不松手，大喝："小爷可是花了钱的，虽然不用你真伺候，但也不能这么敷衍吧……"

那花魁面色痛苦，直呼："您身份尊贵，着实不是奴等凡夫俗子可以招惹的，您还是别作践自己了。"

洛无双觉得好笑。

什么时候自己的威名已经连青楼头牌都知道了？

她盯着柳畔畔那张妖冶的脸，好似要同意了，忽而面色一冷："不行。"

迷迭软香竟然对洛无双不起丝毫作用！

柳畔畔眼底闪过一丝阴骛之色，瞬间变了张脸，阴狠起来，勾起凌厉的指甲朝洛无双胸前袭去。

还好洛无双有所防备，没能让对方得逞，抬手反击，只听得刺啦一声，柳畔畔身上的丝绸舞衣裂成两半，就连原本为闺中情趣准备的抹胸都跟着遭殃，显然此刻的柳畔畔不宜大动。

她捂着胸口，只好说出实情告饶：“大侠饶命，奴家主上此刻正被围困在稷下书院里，奴家急着去救人，您且放过我，日后做牛做马都凭您处置。”

洛无双只听到“稷下书院”四个大字就惊了神，怎么到哪儿都逃不开稷下书院的阴影，忙问道：“稷下书院怎么了？你的主上是谁？”

柳畔畔不愿多吐露信息，方才已经破例，言多必失，她自然是紧抿红唇半个字也不愿说。

洛无双抄起桌上的茶壶，拔了盖子兜头泼自己一脸，顿时酒醒了八分，顺势抽出腰间的软剑，架在对方的脖子上，厉声威胁：“说！不然我现在就把你杀了！”

豆大的汗珠从柳畔畔的额间滑落，胸口被汗水濡湿大片，带着魅惑的情色。房间中的迷迭香太过强劲，她自己都差点要被摄了神志，神色痛苦，她只好承认：“是当今四皇子……”

洛无双登时慌了神，连连后退几步，道：“我同你一起走。”

晨雾微起时，书院山门紧合，而一个人影不断在那前头来回打量张望，个子不高，瞧着犹是少年。

有人在山雾朦胧处来，深衣湿了袖角，抬手间漫出许多夏花的香气。

那是东苑的花香。

燕岁桐向着山门外不断张望，又不好意思在秦渊面前表现得太明显，只能每日早起过来。此时，离洛无双不告而别已经过去三四日。书院山门紧闭，也无人去议论为何北洲公子不见。

最初倒是有，只是被秦渊赶回去了。

只说洛无双是一时兴起想去山下，绝口不提那封信与避毒玉之事。秦渊想起那信，便是满心不自在，洛无双竟然在信上只字未提自己！

“别瞧了。”秦渊一拍燕岁桐脑门，“走了也好，这个时候，山上大半的学生都想走呢。”

他说得没错，书院中除却他们几个皇子，几乎没人不想快些离开。

从燕岁桐远望的这角度，可见在山雾间有些游移的东西。

一把把白得发亮的枪尖。

三日前，在洛无双走的第二天清晨，西丹人突然将整座山包围。

当日迎战的是秦策。他一身战袍，手提长剑，站在山门前，举手投足之间好似战神在世。他手下的公子哥们面露窘色，但也都愿意与他共进退。

那蒙着绿头巾的西丹人隔着院门大叫：“里面的人听着，现在开门投降还来得及，不然等会儿自己怎么死的都不知道！”

山门外的西丹人肆无忌惮的笑意更是激怒了秦策：“一群人围堵算什么本事，有本事来单挑！”

“两军交锋哪有单挑这一说，不是你死就是我活！好商好量，那还打什么，磨磨叽叽不如让老子送你归西。”

而当他们正在胶着之际，秦渊带着人来支援。各路人马还没动手，打一边冒出个人。秦澄这个天然呆忧心忡忡道：“听说西丹人善毒，二位哥哥小心……”

他的话未说完，一阵南风过境。

在秦渊眼下，浓郁的一阵烟瘴弥漫整个稷下书院。

秦渡大喊：“蹲下！！捂住呼吸——”

这会儿已经晚了，山门边一阵慌乱，人接连地倒下。直到最后，除却自保得当的秦渡，就一个秦渊还好着。

对此秦渡也不理解，而秦渊不说话，只有他自己知道，这是洛无双给自己的避毒玉在帮忙。

洛无双。

想起他，秦渊心里更加难受。

西丹人这一次攻山，狼子野心，昭然若揭。

他们不仅想一举拿下《苍柏巡山图》，还想顺手牵羊解决本朝两个继承人和大部分显贵之子。只可惜他们的如意算盘只打对了一半，贵子们倒下了，但也倒在安全区——稷下书院易守难攻，这群西丹人根本打不进来。

眼下就是熬了，看谁先把谁熬到山穷水尽。

再过些时候，雾就能散开。

山脚之下，飞奔而至的洛无双和柳畔畔除了干着急，竟有些束手无策。

西丹人已经渗透到了城中几日，这座城池也被围得七七八八。护主心切的柳畔畔急得翻鞍上马：“他们用毒了……不行，管不了这么多了！我冲进去！”思来想去，她甩手一鞭，说是硬冲也要冲进去。

洛无双一见掉转马头，拦腰截下她：“我知道你急着救秦渊，但是现在去只能送死！还是得……从长计议。”

老天开眼，这也是洛无双生平第一次说出要从长计议的话，实则她心里也没数。秦渊倒是个倒霉鬼，也不知会不会有多大事？

可他身上有避毒玉，纵然西丹人用毒，料也无妨。

柳畔畔到底是风月中人，性情天然得要命，说着纵然是死也要死在一处。然后她毫不顾忌地甩开洛无双就冲上山路……说是至诚至真也好，说是胸大无脑也罢，总之，洛无双也是心累，干脆不去追她。

洛无双蹲在山脚，寻思着她这都不能算守株待兔。人家兔子一个个人高马大，还有刀有枪，合计之下，她掉头向城内去。

实则，与书院相隔不远的京陵城此刻也在戒严中。

洛无双凭借当初三两日交情，畅通无阻进了霍家别府后院，正巧霍少谦就在前头。他在院中几乎未上几天课，城下动荡，他被父亲抓来带兵。洛无双下马都来不及，隔着十米远喊人：“霍兄，江湖救急！”

一番交涉后，洛无双与霍少谦还在当初亭下。

霍少谦对洛无双妄图借兵包抄的想法提出否定，洛无双沉沉叹气。

她来时已是黄昏，此刻火烧云落在她的茶碗中，嫣然不祥。同样，此情此景，却已经换了天日。见她愁眉不展，霍少谦忽道：“我若是向朝廷请命，少也三天……只是你也说了，院中众人中了毒，以我与西丹交战的经验来看，他们中了毒，怕是撑不过三天！”

“不是有秦渡吗？他可是有名的素问公子。”

霍子谦叹口气，摇了摇头才道：“巧妇难为无米之炊。西丹既敢如此谋划，就不会让书院里面还有可供解毒的草药。”

“那怎么办？”洛无双显然是急了，一双眼都有些泛红。

“对了，我听说唐家的人马在镇上，若是唐凛愿意帮忙，以他出神入化的毒功，没准可以一试。”

“唐凛？”洛无双一怔。

霍少谦自然不知他们能有什么牵连，只当洛无双顾及唐家不肯借人，只说若不愿意去，他自己也可前去投帖一试。

按唐凛那小气劲儿，怕是悬，且洛无双又担心若他知道，会不会对此事也横加参与。真是点背，洛无双愤恨喝空茶水，喉头苦涩：“我……我跟你去！”

唐家休整的地方在远郊某一处。此地茂林深嶂，洛无双丝毫不怀疑，若唐凛愿意，她洛无双今日傍晚就能被埋在这一片好风景里。

霍家也算强龙，交涉自然是霍少谦开口，洛无双是个陪衬。只是不知道为何，唐凛的目光始终向她而来。

怪了，他不该认识自己啊。

整个沟通过程让唐凛简化得十分精炼，无论霍少谦开出什么利诱条件，到唐凛嘴里永远都是：“不行。”

大哥，你好歹找个理由，这样摆明了不想合作，是不是有点不给大将军面子？

这也正常，洛无双心想，江湖上名门大族，好些都是看不上朝廷的。他们自认生存在武林的规矩之中，与天家无关，那个高位上坐的是谁，都改变不了自己的地位。

霍少谦在后的手攥紧袍角，这让洛无双看在眼里，心下忽然一动。

他也着急，他的妹妹、兄弟此刻都在山上，若是书院那一群人出了闪失，国家动荡，苦的倒是百姓。

死就死吧！

洛无双忽而清清嗓子：“唐凛！”

众人这会儿才回头望洛无双，她结结巴巴道：“我同你有话要讲。”

这下轮到霍少谦吃惊，北洲三公子难不成还和唐家堡少主有一腿？

唐凛的目光有如剜肉的刀。

他看向洛无双，不怒反笑：“这位是。”

“……朋友，这……”霍少谦也不知道洛无双要干什么。

洛无双咳了一声，脸色有些不太好看，低声道：“霍兄你先出去，稍作等候，一切交我处理。”

茶室内苦涩暗香萦绕，只留下洛无双和唐凛两个人。

洛无双道："你……你帮帮我吧！"

唐凛原本还打算好好羞辱她一番，一听这话，当即就恼了："帮你？你以为我认不出你？以为可以瞒天过海？

"你和林思渺究竟什么关系！"

洛无双迎上他逼问的目光，忽然就不想避了。压在心头许久的一句话，就那么破口而出："我就是林思渺。"

唐凛："什么？"

这小子疯了？

他甩手一个茶碗砸出去："别以为你长得像个女人，我就会你相信你的鬼话！"

嘿，会不会说话啊？

洛无双脸色难看，噌地从椅子上站起来，在唐凛面前伸手一拔束冠簪子，泼墨的长发倾泻而下。她随手擦了擦脸上故意画平的眉眼，仰着脸颇为孤注一掷的样子，咬唇嗔道："你……你现在相信了吧！"

斗室内静极。

唐凛的面色在洛无双说话间越变越沉，他忽而攥紧拳，骨骼的擦叩声分外清晰，下一秒，洛无双就被他掐着颈骨扣在墙壁上。

肩背之后是一副白虎下山的挂画，名家工笔，栩栩如生。

下山虎的双目被她压在脑后，而前方唐凛深潭似的一双眼睛也如一头狼。

唐凛越欺近，身上的古怪香味就越盛，就在洛无双觉得自己要被那股子忽然炸开的幽香裹死，唐凛切齿一笑："你扮男人真差劲。"

嘁，那不是也骗过你了。

她不敢说，但隐约也有感觉：唐凛不知出于什么目的，却是不舍得对自己下手的。

纵然他现在一紧拳头就能掐死自己，可喉骨间虎口从未真正压扣，像个虚张声势的幌子。

洛无双依旧是那句："一句话，你到底是帮还是不帮？"

唐凛眸光扫底，像巡视自己不听话的猎物："怎么帮？"

不等他说话，洛无双急切道："只需要你带你的人帮书院里的学子们压制毒性三日，待霍子谦的大军赶到，我们便有胜算！"

"哦，那于我来说，有什么好处？"

“你此次出手，满山王孙都会感激。听说你是刚上位，不知若无朝廷相佐，你的位子能否安泰？”

她倒会拿捏，只是她也不想想自己是何处境。

唐凛冷哼，瞥了一眼了她这一副奋不顾身的样子，只觉得心头阴霾更甚。他指节一收，问道：“这么卖力，是为了你在书院的姘头？”

鬼使神差地，洛无双心里浮现的竟然是秦渊。洛无双吓了一跳，连忙甩开这些奇怪的想法。

只见唐凛缓缓开口道：“我可以帮你……但是，我有个条件！”

…………

他们的交涉全隔在屋内，因而霍少谦只能在外焦急，等着等着，看洛无双发冠不正，衣衫不整地出来了。洛无双道：“成了，咱们先回去。”

“你这——怎么弄的？”

江湖传闻，唐家这位新晋东家有断袖分桃的爱好，洛无双该不会是被迫……

没注意霍少谦打量的目光，洛无双气喘吁吁，一摆手：“说来话长！你现在就回去带人，我虽然说通了唐凛，但并不是就有十足把握。

“他的毒能拖几日算几日，霍兄，咱们山上见！”

实际上，稷下书院内的确是风雨飘摇。

他们若知道有人在山脚下为他们的性命东跑西颠地忙活，定然感激不已，因为这时的秦渊与秦策，是真束手无策了。由秦渊安排的逃跑计划，在昨夜被西丹人识破，他们来势汹汹，不但山门外逼势更猛，还平白地搭上了霍雨萌和舒遥，被他们抓为人质。

屋漏偏逢连夜雨，船迟又遇打头风，真可谓是祸不单行。

于是再三合计之下，秦策提出了一个看似十分愚蠢的办法……

当夜。

唐门的一支精锐队伍悄悄潜入山中。

霁月隐在云后，洛无双咬着手指胡言乱语：“可真是个杀人放火、救死扶伤的好日子……哎哟！”

冷不丁地，脑门就被人敲了一下，她愤恨回头，只见唐凛面色冷如玄铁，薄唇一掀颇为挑衅，为他的莫名动手只解释一个字：“烦。”

洛无双满脑门火气，这死唐凛！和他一比秦渊真是眉清目秀。她向黑面煞神努力咧嘴，撑出来一个笑，心说，今天就算了，等我用完你再和你算账！

众人在夜色间小心翼翼，偶有石子碎声，像山里出没着敏捷的野兽。他们走小径，虽陡峭一些但绝对安全，可等队伍顺着这路摸上书院才发现，这里竟然早空了。

看样子，人应该是被集中起来避难和治疗毒伤去了。

众人站在四向通透的道路中，不知去哪儿。

手下瞥了一眼洛无双："哪边？"

洛无双胸有成竹似的站到前锋与唐凛前面，一抬手，在众人期待目光里，点着两个截然相反的方向，念念有词："天王盖地虎，唐凛是蘑菇！"她眼睛一闭，反手一挥，颇为笃定道，"走这边！"

这真是个人才。

唐凛望着洛无双手指方向，生平头一回怀疑：林家难道持着气死他的目的培养的这个未婚妻？

天可怜见，真是错有错招。尽管选择很随机，但是洛无双的运气的确很好，顺着这条路竟真的躲过西丹的埋伏。他们摸上山后，稷下书院的人马竟然就在这西山坡留守。

走了没多久，三人就看到了前头有火光，而光亮边则是忙里忙外的秦渡以及受伤疗养的同学们。因为情势紧张，大家都低着头各自忙活，还是秦澄在第一时间注意到洛无双，欣喜地朝他们挥手："无双哥？是无双哥！"

他这一嗓子把秦渡喊得一愣，精神紧绷下，本能地就想捂住秦澄的嘴，生怕他把西丹人引来。而不等他去拽，秦澄已经忘乎所以地飞奔了出去，一把撞进洛无双怀里："无双哥，我就知道你不会抛下我们！"

这小子，撒娇还挺行……不过是分离了几天，洛无双以为只有自己一人满腔愁绪，没想到却得到大家的关心。她此刻真实地感觉那些同窗的感情，竟然已经这么深厚。她扫了一眼四周，不见秦渊，心里隐约有点痛，晃晃悠悠地在心间，像是水将要溢出来，却又不好意思明问，只说："你们没事吧？"

秦渡走来，眼底诸多情绪压着，不能跟小孩子一样，便宽慰她："我们没事，只是你这两日跑到哪里去了？害我们担心得不得了。"

洛无双尴尬一笑："下山办点事，这不是又回来了嘛。"

秦渡挥手拍在她肩膀上，感慨：“你小子……回来就好，还算有点良心。”

随着他们谈话，陆续凑过来几个中毒不深的往日同窗，也不管之前是打过架的，还是结过仇的，此刻患难见真情，对于洛无双的到来同样十分欣喜，热情地同她讲话。

喧闹中，唐凛冷咳一声：“再扯没用的天都亮了，到时候一个都跑不掉。”

这像是兜头泼下一盆冷水，顿时把所有人又扯回现实。

一旁的秦渡见状适时打圆场：“说得极是，情谊什么时候都可再叙，眼下最重要的是商定计划保命要紧。”

山长坐在一旁，经历了交换人质一事，这会儿对生命更是十分珍惜，连连称是。原本仙风道骨的白袍此刻也是灰不溜秋地裹在身上，胡子上满是乱结，他一边擦汗一边说：“西丹人阴险狡诈，的确该先设法脱险。”

洛无双询问：“大家中的毒可有所缓解？”

这话一问，唯一有行医资格的秦渡当即面色凝重，向洛无双摇摇头。

这里每一个人的脉象他都清楚不过，西丹人下毒路数邪性极大，山中可用药材却不知何时被尽数盗走。于是，大家的毒一时半刻根本解不了，他能做的也只是压制下来，让大家不再那么痛苦。

洛无双咬了咬嘴唇：“唐凛，你看呢？”

唐凛？秦渡目光闪烁一下，向着洛无双问的那青年望去。

耳闻江湖变动，唐家堡换血，未料到这新晋堡主——“毒公子”唐凛竟会被洛无双带到稷下书院来。

面对众人疑惑的目光，唐凛面上八风不动，盯着看了洛无双半晌，才开尊口：“你们没药，我更不会有。我看，不如以毒攻毒。”

洛无双满脸问号，这个关头还搞文字游戏，她真担心唐凛走不出这里就被人群殴。而秦渡思索一阵，不知想到什么，忽而一拍手，往往日存毒的草庐里跑。洛无双皱眉，一路紧追着他，打算去给他打个下手，当然也是心里有事。

洛无双气喘吁吁地跑进药庐，看着秦渡忙里忙外地找着那些幸存的毒材，她有些不好意思地扯着袖子，支支吾吾、旁敲侧击地问道：“对了……呃，为何都是你一人在忙前忙后，其他人呢？”

下山前，她把避毒玉留给了秦渊，如果唐家没送赝品，那他应是没事的吧？那此刻他该大出风头，主持大局才是，怎么不见人影了呢？

莫非……

一种不祥的猜测笼罩在洛无双的心头。

愁思间，秦渡叹惋，手下煎药的炉子火光忽明忽灭。

他向洛无双沉声："你们没来时，西丹人围攻山门，我们不敌……雨萌和舒遥被抓去做了人质……"

洛无双一惊："他们连女子都下手？！那……那秦……"

知道她所问为何，秦渡垂下眼有些闪躲，言语间尽是自责和愧疚："二哥和四哥为了救她们，用自己去换人了。"

去换人了？

洛无双试探着问："我看你这样疲惫，这毒是很霸道吗？"

秦渡沉重地点点头，半晌才道："是西丹烈毒，大家中毒已经三日，毒入肺腑……再过两日，毒入经脉……再过两日，便是华佗再世，也回天乏术了！"

"唐凛是毒药的老祖宗，难不倒他的！你们抓紧解毒，然后……"洛无双忽然想到什么，眉头一皱，侥幸问道，"秦策与秦渊出去应战，所以他们俩应是没中毒的吧？

秦渡摇头："四哥尚好一些，中毒不深……二哥却比我们的状况都糟糕，昨日已经毒入经脉了！"

浑褐药汤在火上滚沸，满室苦涩，洛无双的心揪成一团。她不知道自己在紧张谁，在怕什么，兀自绞紧十指，望向药庐外浓重黑夜。

这一晚，大约很少有人能睡得踏实。

洛无双一闭眼总想到秦渊在西丹军帐里，五花大绑，奄奄一息……而她不能出声不能动，竟然只能远远看着他。那种滋味她从来没有尝过，像被人心口刺了针，密密麻麻地翻来覆去，难受。

天色微明时，秦渡与唐凛从帐中前后脚出来。

唐凛照样是一副棺材板似的样子，只把一张字条交给手下，然后自己一敛衣袖，竟然颇有心思问了洛无双一句："早上吃什么？"

"……你看我合你胃口吗？"洛无双眼眶子乌青，咬牙切齿。

唐凛倒惬意，漆黑眼珠子上下打量一滚，神色鄙夷："不合。"

你爱死不死！

她翻个白眼，见秦渡的背影好像不对，赶上去扶着："你没事吧？"

不明白为何同样出来了，秦渡倒是面色浮红，脚步虚浮。他勉强摇头，听到洛无双压低声音又问：“他没怎么你吧？”

秦渡听得脚下一滑。

没怎么着？他还想怎么着？！

他是真没想到，唐门用毒那么……重于实践。

秦渡回想昨夜与唐凛入了帐后，原本想着是会翻一夜古卷，找能相克相生的药来。而唐凛一落座，就备了一壶清水，秦渡一无所知，痛快地吃了两大杯——然后，唐凛就开始拿秦渡试药了。

整整一夜，不知道试过多少，唐凛手快，见势不好就给他逼毒，一口血没吐干净就用下一种，完全不拿人当人。好歹秦渡当年学医也是师父心尖上的爱徒，这药人当得实在不济，熬不住后半夜就神志昏聩……昏沉间，他就只记得唐凛白玉寒冰似的面孔……

太吓人了，像个玉面罗刹鬼。

洛无双扶着他歇了一会儿，秦渡又提着半口气钻进药庐。医者，济世为人……不管怎么说，折腾并非白受。等唐少爷用过不大称心的早点，秦渡又一次惨白着脸从药庐里出来，解药终于有了。

按理众人服过药，再歇半日就行，但是西丹人却等不及了。

山门前上来一队前锋振臂叫嚣，说的话听着像舌头系起来了。洛无双听不懂，只听旁边秦渡拧着眉说：“那人的意思……说是交不出宝贝，那两个‘贵人’就要吃苦了。

“贵人”，可不就是秦渊和秦策吗？

洛无双攥紧拳头，而唐凛在一旁闭目养神，隐隐听着，开口问：“他们说什么宝贝。”

洛无双嘴唇抿得泛白，颓唐坐下，有气无力道：“《苍柏巡山图》。”

没错，就是唐家当初用来娶她的那幅画另半卷。闻言，唐凛眉梢一动，却未再说。

大约是小孩子身体结实，秦澄好得最快。他们皇子闲着没事都要掌握外语，山外叫得响彻云霄，秦澄也听着了，从帐里跳出来咋咋呼呼：“洛大哥，你画技超凡，不如你临摹出一幅假的《苍柏巡山图》糊弄过去？”

一旁恰好有不知情同窗正走过来，一听乐了，打趣：“哟，还有这一招？无双兄弟，我怎么不知道你还会画画呢？”

秦澄得意一哼：“那是，之前玉人……”

“玉什么人！”洛无双猛地跳起来恨不得一把给秦澄捂死。

她堵着这小子的嘴，一边讪笑跟山长颔首，一边压着嗓子心虚骂道："闭紧你的嘴！老子要是这么厉害，还用在这儿跟你们磨叽？你哥真是太宠着你了！"

秦澄大眼睛扑闪扑闪的，惊恐地点点头，这才被洛无双放生。

她是不能决定西丹人先杀哪一个。但如果可以，她倒宁愿他们把秦澄捉去煲汤。

"你也知道自己的斤两？"

唐凛的嘲讽悠悠传来，洛无双无奈，现在可真是虎落平阳。她抿了抿唇回身靠到这人身边，唐凛襟袖间幽浮的冷香扑来，洛无双深吸一口气，赔笑："唐大少——"

唐凛退也不退，瞧着面前猫儿似的人，挑眉："我只说帮你解毒，可别想多了。"

洛无双未料到他软硬不吃，直言："那就说解毒，现在贼窝子里还有两个中毒的，你怎么说也得给我送佛送到西吧？"

唐凛冷着脸："我不会参与朝政，更不会直面西丹，你死心吧。"

她一摊手："行，不去就不去……你把解药给我。"

什么意思？难不成她还想自己去？

唐凛想不到洛无双倒真做得出，一时心内不知什么滋味，有些犹疑，但看着她那双坚定的眸子，还是将解药给了出去。他看着洛无双毫不留恋扭头的背影，忽道："这毒太阴，你……"

"什么？"

身后是一片扶苏山木，唐凛瞧着她回头一眼，也不知记挂着什么，竟就如此无知无畏了。他一贯说不出好话，顿了一下，只说："你自己注意些，就算是有避毒玉傍身，也挡不了全部毒性……莫要太刚强，给自己惹了麻烦。"

洛无双眨了眨眼，姑且回应着点头，走出去半路又想起什么，猛地回头向唐凛招手："喂——

"谢谢。"

远处的唐凛闭目养神，肩膀端得板正，再不搭腔。

洛无双捧着金贵的解药去做准备了。

树下青年倏然睁开眼，满树荫翳落在面上，不知在想些什么。

——左不过是逃跑多月的未婚妻，如今要涉险去救别的男人。

一旁有学院中的几人来道谢，与洛无双一般的少年，唐凛觉着烦人，他们一会儿也就散开了。这些人感激他搭救，但“毒公子”从不做这些客套。

“洛、无、双……”

唐凛低念这个有些陌生的化名。

我不为别人高兴，只是因为你央求了我，希望你也能遵守承诺，别让我今日白做。

山间入夜，添起一丝寒凉。洛无双一身漆黑夜行服，从密林里猫腰闪过，不多费劲就从后山的小路摸到西丹人营帐。他们的一些精锐兵还在山门口堵着，上头人下不来，这后卫也就不必要防守了。

正是这一点疏漏，让洛无双这原本的踩点行动，一探一个准！

守营的兵不多时换一批，且大帐只有一处还点着亮，就是这儿了。洛无双心道天助我也，趁着两队交换的间歇从草间滚进帐边，干脆利落翻进去。

虎皮金罗帐掩春色，雕弓一张悬下白玉璧。

这一间帐子的装饰让她顿感无语，看来与秦渊他们无差，但凡贵族就爱在方方面面讲究排场……角落铜瑞兽吞吐着祥瑞熏烟，洛无双蹑手蹑脚地进入里帐，一撩帘——秦渊和秦策果然被五花大绑地丢在这儿。

洛无双想也没想，把秦渊扶起来：“醒醒？秦渊？！”

秦渊的面色实在不好，她这才想到唐凛所说避毒玉并不全然有效，当即慌张起来。秦渊呼吸有些断断续续，一直叫不醒，洛无双只得从腰间拿出药，正要喂时，颈侧一阵异风！

“谁……”

身后闪过的人影太快，又是偷袭，洛无双不防，被人一把掀倒。对方劈手夺过她手里的解药，啧了一声：“怪不得总放不下心，原来你们还留有后手啊！”

洛无双狼狈抬头，撞上对方一双绿眼睛，那异邦人介于少年与青年间，模样好是好，可洛无双现在无心欣赏，她只知道，事情被自己办砸了！

那人把玩着解药，嗤笑问：“小子，你胆量不小，可惜身手太差，总会被好猎手捕到。”

洛无双恨声：“你！”

不给洛无双反应的机会，她已经被敲昏转移了地方，再醒来时是更小一个营帐。油灯昏黄，可以看见旁边秦渊和秦策歪七竖八倒着，气色都不大好。

回想方才失利，洛无双直想抽自己耳光，而眼下只能盼霍少谦的人马早到，也许还能寻到转圜的余地，只是……

“呃——”

洛无双担心望着，却见秦渊好似痛苦地挣扎转醒。她眼底一亮，不管不顾挪过去，道：“秦渊？你怎么样，你哪里不舒服？”

那边被捆来有些时日的秦渊只觉得在梦里。他最初的确不曾受毒影响，只是被丢在这帐里越发不对劲，而与他一道的秦策，一日前已经挨过一回，如今生死未卜。

可今天醒来，他竟然听到洛无双的声音？

“秦渊，你说话啊？！”

秦渊僵着身体回过头，竟真看到洛无双，且是与他们一样，被五花大绑着。

“你……你怎么在这儿？”

洛无双脸上无光，嗫嚅：“西丹的毒药霸道，怕你们挨不了几日，我便先带了解药来救你们……没想到，唉。”

没想到赔了夫人又折兵。

秦渊听过也是一阵恼怒，望着洛无双那张愧疚的脸，心底不知什么感觉。他本该好好过太平日子，却又折返回来；自己见到他本该高兴，却恨不得他丝毫不顾情义，逃得越远越好！这么个人，从来不让自己宽心！秦渊暗骂，这不是来送药，分明是来送死！

“洛无双，你不是走了？你这时候回来做什么？”

洛无双怕看秦渊的眼睛，也怕他板正着面孔问，一下子委屈也上来，直说：“你山下的相好绑着我回来的，我这才上来寻这个霉头！我是想救秦策，谁说要救你？！”

帐里没几个人，显得有些空旷，洛无双尾音甩着哭腔，秦渊心里一下子软了。

他问：“我哪个相好的？”

敢情是太多记不得了！

洛无双越听越气，挣着坐直身子，冲他嚷嚷：“柳畔畔！”

出乎意料，秦渊竟然若有所思地点点头。

他们竟然真有……那什么，下流！

洛无双深感自己冤得要命，本来走就走了，偏偏半路被拉扯回来。人命不能罔顾，可这秦渊，现在看起来还是该死。

地上的秦策几乎是个透明人，帐角熏香撩过秦渊，散到两人中间，洛无双气呼呼的脸蛋粉白粉白的。秦渊一时嘴快，晃声："……你气什么，像是吃她飞醋似的。"

没等洛无双开口，帐外横进来一把刀，封在鞘里，伴随一句诟骂！

洛无双知趣闭嘴，没忍住又问："他说什么？"

秦渊："他说让咱俩闭嘴。"

"哦，你看我猜得还挺准。"

秦渊真不知道洛无双的盲目乐观是不是和脑仁大小有关。

帐外仍是夜，有影子在照，是许多人。他们屏息，听到一个青年说话声，嗓音又冷又锐利，像冬月里的松枝。洛无双听出那是唐凛，可他怎么会来？

若不是搭救，就是同谋了。洛无双相信唐凛不会无聊到先救你再杀你再救你，虽然他小时候就是个无趣的人……但他竟然特地赶来，为了救他们也太冒险了。

茫无头绪，洛无双摸不透这个便宜未婚夫婿，只能听墙脚。外头有些风声，吹得唐凛声音七零八落，他说："我不介意跟你们耗，赫连慎，我敢跟你赌。"影子扬过来，落成一片灰，"那里头最多死一个。"

洛无双和秦渊对视一眼，同时望向秦策。

"而我给你手下下的毒，不到半日就会毒发。"

真狠啊，洛无双腹诽。

听到唐凛对面的人咬着牙冷冷地答："你们想拖延时间，是觉得来了救兵，西丹大军就会作鸟兽散？"

秦渊重重哼一声。

洛无双绝望被他连累，仨人一块儿被丢了出去。

原来帐外还有一片大空地，周围灯笼火把亮如白昼，唐凛跟那个西丹二皇子分别坐一把太师椅，比刚才她想的那种局势和平很多。

“你们死到临头，话还挺多？”

洛无双离赫连王子最近，直接被拽起来质问。她怕得要命，身后来自唐凛的目光能把脊背烧穿了，她刚想说话就被推开。王子手上拿着解药玩味看一眼，忽地捏碎一粒！

“喂，你——”

坐镇的两边都按兵不动，洛无双叫了一声，赫连王子那儿只有一粒解药，他的目光在秦渊与秦策间周旋，忽然问：“小子，你想救谁？”

他竟然把药塞到洛无双手里：“我卖唐堡主一个面子，你想救谁，把药给他。”

洛无双心里一震。

她当真是想让秦渊吃，可秦渊身上戴着避毒玉，而秦策做蛊人的破烂身体，怕是再不救就来不及了。那王子手下一脸不耐。洛无双狠心闭上眼，也不管许多旁枝末节，只是秉承先救一个算一个的宗旨，把药送给了秦策。

洛无双几乎不敢去看秦渊的眼睛。像是补偿一样，她不动声色地站在了秦渊身前，将男人高大的身影护在身后，仿佛只有这样，才能表明她的立场，才能证明她并未放弃过他，无论生死，她愿与他同赴。

然而洛无双心中所想，秦渊不尽知道。他只觉得分明是再寻常不过的朋友送药，他却莫名地倒吸一口气，不知为什么心里抽搐般疼了一下，他竟觉得有些委屈。

秦渊觉得自己嘴里发苦，原来在洛无双心中，自己始终比不上秦策。

对座上，唐凛始终不发话，直到赫连王子笑着鼓掌：“有趣有趣，这小兄弟若是个女子，今儿可算一出精彩的大戏了。”

洛无双觉得这人精神不好，但秦策已经咽了药，呼吸逐渐顺畅很多。这头赫连王子于是说：“唐大少，你当时说这三人只会死一人，现在他吃了解药，有一个可活了，你是不是也该拿出解药？”

西丹军队间有些躁动，洛无双知道，再说死士，也是一群普普通通的人，她想劝唐凛拿出来，没想到唐凛此时竟然……笑了。

从自己自揭身份到如今，洛无双从没见他笑，他一笑像是一夜冬梅花开了，夜里竟有些凉飕飕的。唐凛漆黑的眼睛抬过来，夹着笑意：“无药可救。”

“你说什么？”

“我说，无药可救。就凭你们，也配我亲自下毒？”

“你！”

赫连王子咬碎银牙，一拍太师椅扶手要发怒，忽被叫住：“阿慎。”

是了，赫连二皇子。赫连慎回头，打头那侍卫首领摘下面巾，露出一张素雅白净的女人脸。洛无双大惊，怎么还有女人？

赫连慎见状不慌不忙地下辇行礼，神色冷淡：“姑姑。”

其余西丹官兵侍从也收好武器，盔甲相击发出冷肃的声响，整齐划一：“卑职见过镇国将军。”

声势浩荡，势镇山河。

这正是西丹公主，赫连真真。西丹这一代，最善战善谋的女将军，号称西丹战神。

洛无双深陷虎潭一脸茫然，左右环视。她哪知道西丹公主还有这种爱好？！

也不怪赫连真真对洛无双有这么大的敌意，赫连真真小时候在北洲做人质时，没少被北洲人欺负。此刻手上有洛无双，赫连真真恨不得敲开洛无双的胸腔，问问洛无双为何装作不识自己。

若是真正的戚风棠见到赫连真真，说不定还有几分童年回忆可言，而洛无双是个冒牌货，她又怎么知道这两人也有前缘？

赫连真真娇容带七分怒，贝齿紧咬：“废话少说，拿命来！”

电光石火间，洛无双手上的扳指银光一闪。

随着她射出的银针，有人痛呼，有人坠马，却也有人反应极快，用兵刃格开了她的银针。

唐凛进山前特地给的，倒真好用？

只是赫连真真不同。

她有玄铁护体，别说银针，就是银矛枪都难以攻入半分。洛无双的举动在她眼中，简直是不值一提。

赫连真真是典型的心狠手辣，反正洛无双留着也得不到《苍柏巡山图》，也不管什么江湖道义，当机立断让所有人一起上，以迅速杀掉洛无双为目标，除敌先除王。

如果赫连真真好好学习这门外语，就会懂，人家那是擒贼！是抓不是杀！

洛无双打得眼前发黑，兵器虽占优势，但围住她的人实在太多，均不是等闲之辈，加上那个难缠的女首领，急切地围攻她，一时间，她被逼得手忙脚乱，险象环生。

双拳难敌百众，一边打，一边大骂：“你这个女人是魔鬼吗？我告诉你，这辈子你都嫁不出去，你一点不像女人，比我还不像女人！”

洛无双打急了眼，气得口不择言，但是她心中还想着如何找机会救出秦渊。转身的瞬间，她看向秦渊——与秦渊的目光相对。电光石火间，秦渊闪躲开眼。洛无双只觉得眼底发涩，她知道，秦渊难过了。

赫连慎随着洛无双的目光，看向秦渊。他几乎是瞬间便有了主意，踏地飞扑，朝着秦渊而去。洛无双着急上前去阻，却被周围人挡开。秦渊中毒阻碍经脉，身形滞慢。洛无双眼看着赫连慎，轻功掠过，一把提起了秦渊的衣领。

“小皇子，看你的情人如何救你。”

秦渊心里一惊，努力挣扎试图挣开被绑的双手，嘴里塞了破布条仍试图说话：“你是不是瞎！什么情人，那是兄弟……”

赫连慎揪着秦渊的后领，一个转身旋落在最高的轿辇上，一副挟天子以令诸侯的样子威胁洛无双：“你若再动，我现在就杀了他。”

洛无双疲于应付赫连真真的虎狼进攻，还要分心去照看秦渊的情况，一时落了下乘，小腿被狠狠击打，重心不稳，被打趴在地，一口血落在地上，将地上染出一朵血花。

洛无双有些如释重负，仿佛这一口血是用来补偿秦渊的。纵然迫不得已将解药给了秦策，但洛无双最在乎的，还是秦渊。

耳边是呼啸的西丹大军呐喊助威声，眼前是秦渊焦灼担忧的眼神。

洛无双昏迷前，只瞧见有一支箭破空射来——

是霍少谦？他们来救援了？

胳膊上的刀口隐隐发麻，洛无双眼前一黑，重重倒在地上。

营帐内一片狼藉。

赶来的霍少谦，正遇上洛无双被人一刀掀倒，当即恨得提剑破进阵间，和动手那人打在一处。

彼此胶着间，赫连真真有些实力不敌，再加上霍少谦剑眉星目，她心念一动，柔声道：“小将军，你这剑不错。”

霍少谦提剑在缠斗中，只见对面打过来的是个女人，原本生死关头无所谓这些，可这女人说话间，三分颤音。霍少谦的剑锋一抖，“铛！”他咬牙撑下对面钻空的偷袭，直说不对。

她的身法根本不足为虑，可她但凡开口，三尺青锋就要软下大半。

仓促赶来救命的霍少谦哪里知道，正跟他打对手的这位，就是西丹的“妖女”赫连真真。

虽贵为赫连一族，且是西丹常胜将军，以女子之身为将的赫连公主却因习幻术被族人背地里纷议，有人爱她如痴如狂，亦有人视她为洪水猛兽。

可惜在此地，她碰上的是武痴大木桩，霍少谦。

见对方依旧杀势不减，赫连真真不甘心，屡屡近身却不强攻。她的那刀柄从霍少谦剑锋擦过，像个逗猫的棒子，引着在笑：“别这么急动手，你看看你的朋友。”

什么？

霍少谦只恐有诈，不敢分神，余光一扫，才发现周遭无论西丹人还是自己的兵，都有大半脚软手软的，歪七扭八倒在一处。

被赶到杀阵外的洛无双对阵上的情况一无所知，霍子谦赶到后，她就再没了鏖战的心情。她趁乱帮秦渊、秦策解绑，一只手抓一个往密林里拖。秦策吃药之后迟迟不醒，洛无双除了静等别无他法。

空气中是淡淡的血腥气，她有些不敢看秦渊，她甚至不敢抬头。自从把解药给秦策后，这人的脸色就没有好过。想到方才一闪而过的疼惜，洛无双只觉心底的愧疚蔓延更甚。

自己既不能义无反顾地救秦渊，又不能把所有事情和盘托出，可在最紧要关头他总是表现出对自己的在乎。他们之间，不知还能容得下多少失望和隐瞒……

感觉到身后那人清浅的呼吸声，秦渊的心重重一沉。望着厮杀乱斗，他没有一丝获救的轻松，残留的毒依旧盘桓在每次动作中，而现在更甚：身体里的毒来自西丹，心里的钝痛却来自洛无双。

他以为洛无双单枪匹马来涉险送药，没想到紧要关头，这人的选择竟成了扎在自己心头最重一刀。

——“我是要救秦策，谁说要救你！”

洛无双那时倒真这样说了，原来他什么都说过，反而是他秦渊自作多情。

身后有叶动，四面异乱中，秦渊还等着洛无双上前给出一个解释。

若他来说，是什么信口雌黄的理由自己都能囫囵听下去，只要他来说了。只是，他却一个字也不愿解释。

树叶震得更乱，一阵马蹄声渐近，秦渊在又一次失望中等来了霍少谦调派来的援兵。

霍家军的死士悍不畏死的攻势，差点让赫连真真功力反噬。她一招没接稳，一口鲜血吐出，胸前银亮的盔甲粘连红色腥花，矮身跌下去，帽盔都滚进灰泥中。

手下均无力应敌，而自己也失了护命的本事，丢盔卸甲，赫连真真狼狈至极，直让赶来支援的将士们看了场鼓舞人心的好戏。

白色的将军袍上落满风尘，赫连真真面如金纸，见霍少谦扬手接过一柄亮银枪，横柄挑来，绝望闭上眼——

“当啷”一声锐响。

枪尖挑断一缕青丝，把上头碧绿素钗打落，霍少谦面色冷凝，眄来目光三分不屑，扬声：“回去告知西丹人，让女人替他们冲锋陷阵，只会让我们瞧不起。”

赫连真真咬紧唇踉踉爬起来， 听到霍少谦又道：“你的草包侄子早就跑了。我不杀女人，你滚吧，日后西丹宵小胆敢踏燕冀边境一步……

“杀无赦。”

轻飘飘的一句“杀无赦”，还伴随着霍少谦长枪挥下，就近斩落一颗血淋淋的人头。

首级滚在地上，胜负高低当下立见。赫连真真深看一眼，狠狠啐了一口血水，袖里撒开阵粉雾隐匿跑走。

“将军，这……”

手下捡来地上那支钗，霍少谦接过，心底一闪而过赫连真真含恨浸透水光的眼睛，与这钗一样，翠绿鲜活。

“行了，你下去带兄弟们回山上。”

他收起东西，隐约有种预感：他们之间还会有几番恶战。

一战方结，已是残阳铺满山阙。稷下书院一场无妄之灾，到落日时分总算险险度过。

伤患休养，书院整顿，霍少谦与妹妹短暂叮嘱两句，又领着人下山去了。

霍少谦说的是："你要好好照顾无双兄弟。"

而事后洛无双得知，在休养中咬牙切齿，谢过了他全家。

第九章 与君生别离

东苑，满屋药渣苦味。

洛无双坐在榻上，面前有大病初愈的秦策、置身事外研究自己毒材的唐凛、坐得最远但坚持待在自己屋里的秦渊……和相对正常，须要送药才来的秦渡。

药碗里黑漆漆的，秦渡被屋里摆阵一样气氛吓到了，磕绊说：“有……有些烫，要不我先出去给你放着凉一下……”

洛无双刚想点头，秦策忽然站起来端碗：“我来吧。

“无双，你伤了胳膊不方便，我来喂你。”

洛无双望着自己胳膊一条浅印，匪夷所思。而不等秦策靠近，原本对书很有兴趣的唐凛一把丢开手里东西，起身也走过来。

并且争道：“我来。”

秦渡丢下一句“你们请”就没义气地跑了。洛无双头疼得要命，为了从根源杜绝这种无聊的战役，表示：“我其实好多了，药先放那儿吧。”

唐凛当然压根儿没接碗，他目光凉飕飕地往洛无双身上一落：“若真好了，那明日就启程吧。”

秦策一愣：“你们？你要带他去哪儿？”

唐凛言简意赅：“回唐门。”

带未婚妻回家，这有什么问题？

问题就是这个未婚妻在别人眼里是个男人，但唐凛本人毫无自觉，说完又坐回案前，不打算多解释，也不给洛无双回寰的余地。洛无双垂下脸愤恨，恨不得把毒材带着唐凛打包丢回唐家堡，让他回去看个够。

秦策果然没明白，转问榻上的病号：“无双，你真要跟他走？之前你无故失踪，就是要跟唐堡主去唐门？”

你……你还真会联想。

洛无双小心暗瞥，隔得远远的秦渊脸色难看极了，他身后门打进余晖残照，不大吉祥的血红色。正因为他们俩在，洛无双才无法和唐凛继续纠缠。本来求他来解毒已经是欠了人情债，再到送药营救失误，唐凛亲自来拖延时间……

本来就是逃婚出来，现在用完了人反悔，可真是丢颜面啊。

憋了半天，洛无双无奈点头：“对，我……有事，我得跟他回去。”

秦策惊异地还要说些什么，他身后一声巨响，是秦渊出去后重重合上了门。

洛无双望着门前那把花梨木圈椅，揪紧被褥，椅子从床前的桌边被生生拖过去，而拖椅子的人也在这屋里跟众人僵持，一声不吭地坐了大半日。

现在他终于走了，对自己失望够了就走了。

门被甩上的那刻，洛无双心里也“咚”的一声。她以为秦渊在跟大家置气，在责怪自己的“背叛”，而直到刚才，她说她要跟唐凛走，她才仿佛明白，他只是跟自己“僵持”。

放不下洛无双的伤势，可又不愿为背叛与放弃释怀。

洛无双颓唐地靠进被褥里，闷声闷气：“你们都出去吧，我累了。”

她也不知道怎么办，只能继续缩着头，希望拖延和唐凛回去的时间，希望日子久了，秦策忘掉自己是个女人的身份，希望……希望拖到能跟秦渊解释一切的那时候，好好告诉他：我可是真心实意跑去救你的，我可从来没有想过救别人而放弃你。

要是心里话有翅膀能飞就好了。

出乎意料的是，洛无双发现唐凛拿自己好像有点没办法。

她拖着病，能混一天是一天，唐凛每每揭穿她，都会板着脸再给她两日时间的宽限。直到最后一次，唐凛甚至大发慈悲地让她在稷下书院住两日，而他自己则要去解决些问题。等他再来的时候，洛无双就要老老实实跟他回去。

洛无双点头如捣蒜："你去忙吧，千万别让我耽误你！"

唐凛："……"

事实上，的确事情不少，唐家堡易主，唐凛有一堆事情没解决，但是抓到了逃跑的未婚妻，还顺手爱国了一回。唐凛看着洛无双喜悦的笑脸，倒不怕她再次逃跑，因为他拿捏住了她的把柄，有"这件事"，她绝对会在山上老老实实地待到他回来。

甚至可能，求着自己回来。

无论如何，唐门的人在第二日傍晚下了山。

…………

这一夜，是个少有的月夜，长街空寂，有人在三更天拜访了霍少谦。

来人摘下遮面斗笠，竟是洛无双。

他们算不上多么熟络，可是这些事后，霍少谦对她已是十分钦佩。

院落门响，霍少谦亲自来开门："是你？深夜造访所为何事？"

洛无双抖落身上肉眼不可见的浮土，有些踟蹰，笑得有些勉强："这……进去说。"

她在门口转悠了不知多久，才有胆敲门。

洛无双有求而来，却无从下口。她道："我……我也就是路过你房门，看你院子里亮着灯，想必是还没睡，所以就过来找你说说话……"

霍少谦不疑有他："三公子心里有事，不妨直言，这一载小妹也添了不少麻烦，倒让大家费心。"

你那妹妹何止麻烦？

洛无双顾不上那些，屋内灯火照得亮堂，她心内百感交集："霍大哥……这回真是有事求你了。"

江湖儿女重情义，一字千金，更别说这一句真情实意的霍大哥了。霍少谦摆摆手，直说有什么帮得上的都行，而洛无双一句话，真让他犯难。

过往什么事，哪怕是借人、借兵都有得缓和，洛无双这一回要讨的，是天苜莲。

天苜莲，霍家至宝，传女不传男。当世间知道霍家有这味奇药的人，一只手数得出来。

霍少谦面色沉郁："天苜莲一在西丹，一在霍家。这事情，雨萌自小被叮嘱不可乱张扬，必然是有人指点了你吧。"

洛无双道："抱歉，秦渊身上的毒……我原本想秦渡或唐凛总能医好，可这次真是……"

"他小时曾中过毒，虽是救回性命。可体内有余毒难清，这些年恐怕是一直用药压制着。此次西丹一战，烈毒激起了他体内的沉毒，有过这些时日，已经逼进心脉。霍家有一种药，若要得来还好说，若不行……我下回来接你，大约能赶上给四皇子奉香。"唐凛走前说的话，言犹在耳。

洛无双如何能不救？这是秦渊啊！

她不知秦渊少时受过什么，只是自从秦渊与自己相遇，每一次中毒都是受自己所累。而在唐凛走后，秦渊的身体也日渐垮下。不知是不是还在记恨自己，他每日精神很差，偏又不似从前活泼，整个人垂垂带着暮气，连秦渡都着急不已。

而霍少谦，他是不知也不必太懂这些的。

秦渊是皇储之一，霍家是领兵者之一，纵然他有心，也不代表就能代表妹妹决定这一切。

秦渊的性命，关系江山易主，何必犯险让雨萌，甚至整个霍家蹚这趟浑水呢？

见霍少谦不再开口，洛无双心知此事难了。她整个人颓然坐在椅子上，室中豆烛荧荧，两人的影子在墙上拉得老长，一时无话。

许久，霍少谦松口，语气寒凉："我与秦渊的交情，不该见死不救，但是朝廷中，霍家却多处依仗沈贵妃，不到万不得已，我不想站队……"

沈贵妃正是秦策如今的母妃，也是他的亲姨母。

洛无双无法应这话，只以为一切无望了，而这时霍少谦深吸一口气，道："无双，我可以给你天苜莲。但是有一个要求。"

"什么？！"

"我要你娶我妹妹。"

若霍雨萌嫁去北洲，他们有戚将军在后，纵然霍家有难，雨萌也可保安泰。

洛无双一时语塞。

她已经欠下太多太多的人情，秦渊、秦策、唐凛，她哪一个没有辜负？全都食言。

且她是一个女子，如何娶另外一个女子？

可秦渊的毒……

——“短则三五日，长不过半月，你最好不要思考太久。”

唐凛说话时的脸在她眼前一晃。

洛无双手足发麻，慎之又慎说：“我……我考虑考虑……”

霍少谦也知道自己的确有些强人所难，明眼人都看得出霍雨萌对洛无双有情，但是洛无双从不回应，强扭的瓜是否又能登对呢？

只容洛无双考虑。

洛无双落荒而逃。

之后一连三天，洛无双不管秦渊理不理自己，日日都去秦渊房中伺候，陪他谈心聊天，偶尔还夹着几句斗嘴的玩笑话。

秦渊在病中，并不知道自己中的毒多么严重，有时被缠得无奈，对洛无双说：“你这算什么？怕你走之后，我派人追杀你？”

他们的相识，就是因一场祸事。

洛无双想起最初连累他许多也没有多尽心照顾，只觉得心里难受，含糊说：“别废话，你想来找我就来，我只是去办事罢了。”

秦渊这会儿连抬杠都缺乏兴致，只望着垂下的帐子，语焉不详：“我不想找你，你要走就早点走了好。”

洛无双干脆和他一起难过，为自己身不由己难过，为他言不由衷难过，也为他们难过。就算当时他扑上来质问“你为什么不救我”，她都有许多办法，可唯独面对他缄默的样子，她束手无策。

这三日，午后总起风，秦渊“患了咳疾”，每每受风就禁不住咳得厉害。有时洛无双带着帕子递过去，秦渊板着脸总说不碍事，接过的帕子却没有再还给她。

被他藏起来烧成灰的帕子上，想必是血迹斑斑，洗也洗不好。

唐凛说得不错，秦渊果然也就三五日了。

洛无双向霍少谦讨的日子，像事先算过命那么巧。三日后，一个雨水绵绵的暮日，秦渊昏迷了。

他只说，外头是不是还下着雨，遣她去瞧，才走两步，她身后沉闷一声响。

“的确是下着雨呢。”

那个在雨里支着伞隔门道歉，执意跟自己嚷嚷“明天见”的青年就剩一口气吊着了。

秦渡来得很快，根本没药可开。他只消看两眼，就跟洛无双摇头：“霍家真不肯给吗？四哥……撑不下去了。”

寒雨连江，就算在夏夜里原来也是会叫人觉得冷啊。

西丹人的帐子撤到了城外，一时半刻走不了多远，带着残存的伤兵扎在荒郊。

赫连慎再次见到洛无双，还以为这人要秋后算账。她浑身湿透，只提一柄软剑就破帐而来。掀进的山雨水汽连绵，赫连慎躲也不躲，任凭剑锋抵在咽喉前。而那双绿眼睛盯着洛无双惨白的脸，泛出笑意。

“我知道你会来，当初在山脚营地里，你的朋友骗了你。”

洛无双剑锋偏了。

赫连慎：“他说你们三人里只会死一个，所以我捏碎了解药让你选，你毫不犹豫给了那个看起来快不行的。他骗了你，真有事的是另一个。

“那个倒霉鬼短期内中过的毒那么多，你竟然放心他。”

剑锋在赫连慎喉口直晃，洛无双思绪有些混乱。唐凛为什么说谎？她救谁不救谁，都没有分别……除非他是看出了什么。

帐外的风声混着水汽，像夜鬼呜咽。赫连慎是个嘴碎的草包，藏不住心思喃喃：“他用毒技巧太高，不可能看不出来……且在那时候，他的话无疑会激怒我，亏你们当他在拖延，他只是借我的手在做事。”

赫连慎探究的目光，像淬满毒药，他眉心一皱：“……若你是个女子，我都要当他在记恨你们那位殿下，好让你亲手选错一个，再看着他死。”

“你想死吗？！”

洛无双咬牙低吼，她心里怎么不清楚唐凛对秦渊有敌意，可要是作为致死秦渊的一层推力，那其中她自己也是凶手之一……她尽量稳住，不再听赫连慎废话：“给我天苜莲，否则我现在就杀了你！”

赫连慎眼神锐化，安静了好一会儿，忽而嘲弄大笑。

“你……你竟真是……有趣，我原以为这样的事，只有我姐姐会做。

“我对你做的事致以敬意，只是你不会杀我，你甚至不会杀人。我帐外有四个守卫，而你的剑太干净了。”

他说得对。

就算秦渊在山上生死不明，她闯进来时也是打晕了守卫。她永远做不好什么，一路走过来，也只不过是有人在后头试毒挡刀。

剑锋到剑柄都在发颤，洛无双咬着牙才没有丢下剑，只是坚持要拿天苜莲。

帐外雨声大得像要把山浇塌。

洛无双不说话，听着对手沉叹一声："若为了自保，我倒是可以给你，但天苜莲远在西丹，你一来一回也得三月。

"不知道告诉你救命方的人有没有说过，三个月，早来不及了。"

洛无双勉力支撑的气势也顺着雨声垮塌了，她眼底一瞬间竟然有些茫然，接着揉了把脸，二话不说就要往外跑。赫连慎无意再自找麻烦，又觉得让人这么想来便来的真失面子，不甘愿地冲洛无双喊："你为了他放低身段，值得吗？！"

值得吗？

人影顿住，继而直转身进雨幕，没有过多思考，只有丢下的那句话如剑一般，刺进漆然夜色之中。

洛无双说："值得。"

从前有个姑娘，不想嫁人，就打晕了别人替她遮掩逃婚；喝醉酒大闹惹了麻烦，还能一夜好梦；跌落山崖，有人死死攥着她搭救；连陌生人的故事、身份都能直取不讳。反正救命的，是个她说什么信什么的傻子。

哪有什么值不值得啊？

现在那个姑娘只要他还能活着，只要人好好的，什么都值得。

秦渊昏迷一天一夜，山中大雨方停。洛无双向霍家下聘，带着她曾经推拒的玉如意，求娶霍雨萌。

霍少谦说话远比赫连慎算话，这大约也是不幸中的万幸。

当日随着嫁妆，那只金贵无比的药匣就被送到洛无双手中。

秦渡拿着那匣子，久久不语，他不知道若床上的四哥知道，曾经天不怕地不怕的东苑小霸王，就这么草草娶妻，会是什么反应……可这里是秦渊的命啊，明眼人都能瞧出来：洛无双用自由换了秦渊一线生机。

而这一点，几乎比一百枝救命药莲都弥足珍贵。

天苜莲的确是可以救人，可是还需要练武人心头血做药引配服，之前秦渡想不到洛无双能弄来药，没对他说，洛无双有些出神望着帐子，里头安安静静的，她从来没见秦渊这么安静。

于是当秦渡犹豫说出需要，洛无双眉梢略微一扬："用我的吧。"

她说得云淡风轻，就像有人向她询问了天气好坏。

洛无双被秦渡看得有些厌烦，她做这些，真不是为了兄弟情义。她奔波几日，又陪欢天喜地的霍雨萌谈婚事，如果可以，她真希望帐子里的人跳起来数落她的莽撞，搬什么身份也好，替她如常挡着……只是真的没办法了。

除了她，的确没有更合适的人选了。

当日下午，洛无双敲开了秦策的门。

秦策早听说三公子要娶霍家小姐的事，满腹疑虑。这时见她刚要说话，秦策摆摆手，自请去东苑走一趟。

秦渊的屋内缄默又热闹，秦澄在床前，秦渡小心护着一盅药，桌上有一只青花小碗、纱布、几瓶药粉。

"你们这是？"

洛无双对秦策笑了一下："救人。"

秦策似懂非懂，西丹事件之后他一直在休养中，一方面是毒素短时间内清理不干净，另一方面，他也不想见洛无双。她与唐家不知何事，但秦策自己身上还负担了沈家的期望……由不得他任性妄为，浪费时间。

秦策问："你需要我做什么？"

秦渡煎药的手打顿，听到洛无双向秦策解释："没有什么，我想让你取我一点血，你得在我脸上……"她尽力说得十分详尽，伸手在自己额头上比画，表达自己期望的大小，"……别划太大啊，我就要一滴。"

秦策嘴唇翕动，在"你为了他还有什么不愿意做"和"他到底有什么好"之间难以抉择，最终问："为什么找我？"

洛无双还摸着自己额头思索，听着话茫然"啊"了一声，很干脆答他："我们想，书院里除了我自己，你的剑最快。"

她皱起眉，喃喃道："说不定额头上的疤会小一点，还不至于特别难看。"

原来这心头精血并非从心中取出，而是两滴血。

一滴从右手无名指的少阳经脉处取出，另一滴血则是从眉心取出。只不过，都须在运动任督二脉时快速取出，稍有迟缓便是性命之忧，经脉尽断。

秦策有太多拒绝的余地。

他可以看着秦渊去死，少一个皇储路上的对手……但若不出手，难保秦渊救不回来，洛无双先走一步。

最终，取血在黄昏时开始。外头有整片晚霞和同窗结伴笑声，谁也想不到屋内有片刻极静，是有人在横渡生死。

如洛无双所说，秦策的手的确很快。他用的针又粗又尖，白光一闪而过，像夜里的昙花开了，刺出宝贵一滴血。

洛无双咬紧牙关，却有一阵说不出的轻松。

——秦渊不必死了，而在这一针落的瞬间，她也找到了困顿多日的答案。

不是柳畔畔逼她回来，不是唐凛狭隘误会，也不是赫连慎嘲弄揣测……她的心就是奔着秦渊去了，也不知道是什么时候，好死不死就送了出去。

她动情了。

服过药这天晚上，洛无双让其他人都走，自己坐在秦渊床边。

这个人天生金贵，就算昏迷，也有人伺候得很好，不至于在这远山书院里像秋花似的枯败。这应该是他们皇族的脸面要事，保证这位贵人纵然死也死得体面。

夜深了，烛焰被吹得晃悠。

洛无双摸着自己脑门上缠绕的白纱，又看看沉眠的秦渊。睡着的他像一块玉璧，被收拾得跟昏迷前一般光鲜，她伏在床边说："快醒了吧，有什么可睡的。"

醒了，笑话我额头上的印子，做些什么都比现在好。

现在的秦渊半口气吊在鬼门关，偶有人来瞧，会哭他这样好的年纪就要没了。只有洛无双陪在这间屋子里，反复做梦。

梦到那些泥地里滚过来的沙石，狼狈逃窜的日子，被人追着满街乱蹿的时候，秦渊灰头土脸的模样，一点不像当今皇帝最疼惜的四殿下。洛无双穷得骗吃骗喝，也不是什么三公子。

亡命江湖的日子里，只有他们两人。

大道之上各人行路，各有各的热闹辛苦。

且说那头，霍雨萌自从知道洛无双愿意娶自己以后，一改往日嚣张，竟然有模有样地在学院里上开了女红课，还亲手给洛无双缝了一个荷包。

尽管那鸳鸯交颈，活生生被绣成了水中两块有眼巨石……洛无双还是收下了，并且日日随身佩带。

假若不能给霍雨萌一个承诺，至少一个梦也是好的。

她在心中打定主意，秦渊苏醒后，她便悄悄离开。

唐凛既然能看透自己对秦渊的心思，此人行事实在难以揣测，自己留下也不能如何，恐怕还会给霍家带来灾祸。洛无双送去的聘礼很厚，但其中最为不起眼的一本书，其实才是她心意所在。

林家的机关术，多年来为江湖人士觊觎，她凭记忆仿制了一本，只写些实用的，保证外行人也看得懂造得出。对于霍家行军，该是相当有利了。

如此一来，也不算白拿人至宝。

唯一愧对的，就是霍雨萌的一番痴情。

茫然无绪的日子，一日掰开能有百年那么长。不过是最寻常的一天，洛无双开了窗，外头风好一阵吹进来，她听到后头有人咳嗽，手里支窗的东西一下子掉在地上，她回头看见床上那人侧过脸，神情有些无奈。

洛无双走过去，给秦渊倒了水，十分熟练地把人扶起喂了两口。秦渊被照顾得愧疚，哑着嗓子："……怎么你在，我以为该是阿渡。"

洛无双鼻子泛酸，缓了缓，捏着那只杯子有些憋气："就是我在。我在这儿好多天了，你还记得你怎么了吗？"

秦渊睁着眼睛的样子的确比睡着好看多了。

他眼底还有茫然雾气，不知道是不是过了这么久，还记恨洛无双当初没有救他的命，只斟酌着说："我……睡着了？胳膊酸得很，难不成我睡了好几天。"

洛无双眼眶发红，使劲眨了眨，还没说话，就听秦渊问："你……怎么没走？"

记忆里，洛无双该早被唐凛接走，山川湖海，也不知去哪儿，各自逍遥自在。

秦渊见洛无双的表情凝固了，不免多看几眼，这一看，他就发现了不对。

“你怎么续了额发？这么长，都挡着眼……”遮在后头的疤立在眉心，洛无双偏开脸，心想那儿昨晚正好落了痂，就被人看见了。

秦渊声音一沉：“怎么弄的？你又跟谁打架了？”

洛无双：“……”

她猛地站起来，让软发遮起的眼睛瞥着地面，一副无精打采的样子，但也显得模样更小，说了句“我还有事”扭头就跑，半路把秦渡赶进秦渊房里。

至于他们说什么，洛无双也不想知道。前段时间她刚看明白自己的心，想着秦渊如何如何，但这会儿人真醒了，她却发现自己什么也不该做。

外头书院张罗着一桩喜事，霍雨萌隔三岔五地邀约、试衣服，而秦渊只像做了一场浑浑噩噩的梦，醒了的第一句是“你怎么在？”洛无双甚至疑心，想戳着对方的心口问一问：你睡得这么舒服，你这场梦里有没有我？

像停驻的岁月一瞬间拨动了，秦渊转醒，洛无双才惊觉时日不多。

她就要迎娶霍雨萌了，而自从那天跑走之后，秦渊也没有再找自己。听说他开始喜欢去山下楼里喝酒，每回夜半才归，满身洗不掉的脂粉味，好像同从前没有差别。

一次被门外吵声惊醒，洛无双在被褥里，听着秦渡小心翼翼在哄：“四哥，你小声些，大家都睡了。”

“阿渡，阿渡？你来……”秦渊的声音浸多了酒，飘然钻进她屋里，他说，“你帮我给霜儿带话，就说……喀，就说我念着她……”

一阵手忙脚乱的开门声把浪子王孙送进去，洛无双始终睁着眼盯着黑漆漆床幔，想什么呢？

她想，他们也曾醉酒。

在一处捧着空坛胡乱吹嘘，那时秦渊说他日称帝，定然不能忘了同生共死的挚友。称帝道阻且长，但王孙的心意却很好忘。

隔壁的门关上了，秦渡在外头叹气。他的确很不容易，秦渊躺着要操心，秦渊能跑能跳更要操心，他叹着气说：“怎么人醒了……就变成这样了。”

其实他还是他，洛无双想劝秦渡一句，但拽起被子翻身要睡，就发现连自己都劝不了。若唐凛知道自己的未婚妻为了旁的男人毁容，对方醒来没日没夜买醉花楼，定然要手刃了这个废物，免得败坏唐家门面，“绿”都“绿”得委委屈屈。

三五日一过，书院开始传言：东苑四殿下一病病走了心，那三公子的皇妃位怕要不保。

洛无双偶然一听，觉得有点意思，连着两天搜罗，发现自己也不是全然委屈的受害者。

这样的风评里有一半人，听了会立刻反驳：三公子又有多情深？一面照顾着人，一面也不耽误去霍家提亲。

以讹传讹，混杂着一说，两个都薄情寡义，谁也不配提真心。

对此，当事人之一洛无双给出话是：“也挺好。”

他们在流言里情投意合了那么久，靠编纂才有了一点影子，就算要尘埃落定，也只能是在流言里。

事实上，故事中的三公子轰轰烈烈，盛宠衰荣，可比洛无双强多了。

她本人的爱情，则短暂得如昙花一现，且马上要落荒而逃。

大婚前三天的黄昏，没有再下雨。

秦澄久违地来跟洛无双蹭饭，这次没有那么多花样。秦澄吃得很安静，洛无双让给他一个鸡腿：“这也没什么吃的，你吃我这个吧。”

秦澄摇头：“无双哥，你受委屈了。”

看着他一边说一边还是在吃，洛无双有些无语，只能给他倒水：“我……还行。我也要成亲了，没什么事委屈……你吃慢点儿。”

“你是为了药才成亲，他们不知道才会乱说！”秦澄灌下一大口茶，出离愤怒，“四哥明明知道，可他最近就好像着魔了……我跟阿渡怎么劝都不听，他成天把自己往女人堆里送……”

洛无双觉得自己是惨，秦澄也差不了多少，不知道怎么在皇室里混的。

“无双！洛无双！”

秦渡这么急匆匆跑过来的时候可不多。洛无双抬头，秦渡站在门口，衣摆上被泼了大量的酒，非常直观地体现打哪儿来的，他咬牙切齿坐下说：“你去，去给四哥两个耳光，让他清醒清醒！”

洛无双匪夷所思。

“我可以吗？一边一个还是叠着打？”

秦澄慌里慌张拦下她的摩拳擦掌……

因是有人相求，洛无双无奈随秦渡下山。到了那个地方，她才发现这里一片都是风化场所，她遥想秦渊身上的脂粉气，隐约觉得难以定性。因为这里转一圈回去就能有那么大气味，但你可能一个姑娘都没抱到。

秦渊还好，秦渊不亏。秦渡拉着洛无双进去，就看见这位偎红倚翠，两排五六个人，秦渊活生生靠那张脸，让他像个被消费的。洛无双在心里劝自己回去再气，走上前分花拂柳，把秦渊捞出来。秦渊半醉半醒，一把捞过她盯了半天。

“你……新来的？”

洛无双翻了个白眼，招招手让秦渡一起扶。秦渊这时的力气特别大，碰也不给别人碰，只拽着洛无双：“别动……别动我，我就要你！

“我就要你，你别怕……别怕。”

三人连拉带扯，从大厅撞进后院。此时月亮升上来，洛无双看见秦渊眼角淬着红——他也不快活，还是花钱买不快活。

大把大把银票乱七八糟往洛无双怀里塞，秦渊盯着她的脸，一会儿要她不许动，不许皱眉头，一会儿又要她笑一笑。洛无双极不耐烦给他一推，后头就是树，秦渊将满怀银票雪花一样撒，听着洛无双问：“秦渊，你看看清楚，我是谁？”

穿堂风吹得树梢直响，秦渊一个激灵，眼底那层雾逐渐散开，但他试探开口：“霜儿？”

洛无双狠狠皱眉。

这“霜儿”是个叫“冷无霜”的花魁，她在半个月前被卖过来，成为花魁也不过半月，头一天出门不情不愿地揽客就撞见四殿下。据说那晚的月亮又大又圆，连个名字都没有的小流莺一抬头，就让秦渊在呼吸之间决定走进楼里。

秦渊当晚让她陪着吃酒，她不负所望倒酒往杯子外倒，弹琴唱曲一样不行，除了力气大些，基本告别风月行业。旁边伺候的小二都看不过眼，想替他换一个过来。秦渊却就着湿漉漉的酒杯，抿上一口：“不换了，就她吧。”

后来的事，洛无双在秦渡添油加醋中得知：秦渊为小流莺起名“冷无霜”，秦渊为冷无霜一掷千金。

这个传奇的花魁一入行即顶峰，从此一跃而红。但秦渊出手阔绰，只许她跟自己喝酒，琴棋书画一样不必学，隔三岔五坐着闷聊一时半刻，就足够吃喝享乐。

秦渡说起这些，同为皇子都有些肉痛，末了思索着，还加一句：“不过，他要求这位姑娘不许穿红，衣裳也尽可能……少。”

回想一路听的，洛无双气得头疼，面前秦渊叫了两声“霜儿”。见她不回，他上手就来拉扯，嘴里嘟嘟囔囔：“你穿成这样？谁许你穿成这样？！”

洛无双忍无可忍，扬手掀过去一个耳光。

她喉头发颤，说话时掌心麻得厉害，攥紧成拳。

她说：“秦渊，我知道你没醉。这一巴掌我打你对不起我们——

“我、秦渡、秦澄。”

秦渊被打得偏过脸去，好半天没出声。他看着从屋里跑出来一个人，水蓝色的纱半遮半挽，云鬓梳起，露着光洁饱满的额头，此时正瞪着眼睛看过来。

几步外，冷无霜讶异地捂住嘴：“你们……你们……”

而洛无双抬起头，面若寒霜，直截了当吐出一个字：“滚。”

月色下，秦渊如梦初醒。

秦渊低道：“无双。”

洛无双愣了一下，随即冷哼，语气跟从前争吵时一模一样，她说：“四殿下，你在叫我吗？”

秦渊艰难呼出热气，猛地伸手，把她抱紧。

他埋在洛无双肩头，做好了再挨一巴掌或是直接被打翻在地的准备，在这一瞬间，如释重负。

秦渊：“我们当了这么久兄弟，我却让你为了我被迫成亲，我不知道怎么面对你。洛无双，我很想你。”他眸光黯然，低声轻叹。

洛无双原本仰着脸，在这个拥抱里始终望着树梢尖上的那捧月亮。她原本可以哭出来，或是继续打完剩下的巴掌，结果，她只说了一句：“我也是。”

我也很想你，在你给别人一掷千金的时候，在你陪别人吃酒谈人生的时候，在我捂着额头上的疤，想走又舍不得走的时候。

他们之间一笔烂账，不知从何时起，已经无从算起了。

夜间醺然酒劲上浮，秦渊被洛无双这一句话哄得迷糊，从怀中拿出一张纸，是那时胡乱签的卖身契，他道：“我一直避着你，是因为我接受不了……我亏欠你，当日我是为了利用你的功夫护我一路……今日你来了也好，我能向你说清楚。

“这张纸，这也没意思了！我把它撕了，咱们以后……以后……”

秦渊当着洛无双的面几下撕碎，一扬手散开，落下的纸上还有墨字和一点红，原本该是个完整的手印。

洛无双面色一僵。

以后如何？撕了……他们就能两不相欠了？

她偏过脸，瞧不出高兴的样子，只说：“亏欠？”

秦渊这副努力想解释的样子，真是太晚了。

洛无双从他怀里退开，肩头落了一片碎纸，不会像雪那样化开，只能被可怜抖落。她斟酌着如何说能让人死心，转念一想，真是再容易不过。

洛无双：“秦渊，你真不必这样想，因为从头至尾，我都在骗你。”

仓促下山来，洛无双只戴了玉冠。当秦渊错愕的目光投来，洛无双伸手一抽，及腰的发垂散下来，像一把柔软的绸子，凝聚在青年眼底的水光打战。洛无双不禁想，这事情在任何时候说都好，但绝不应在此刻，可此时此刻，她又不得不说。

秦渊的嗓子哑得要命，他甚至来不及撤下面上一派缱绻情意，只是有太多事在脑中回闪——逃婚的林家小姐、突然出现的洛无双、唐门无端追杀……

紧接着就是在西丹人撤退后，唐凛追在洛无双身后，板正又说不出哪里不对的神色。

“你……你与唐门……”

洛无双颔首：“唐凛只给我一段时间，我选择用来救你。”

“我救你，因为我有太多事隐瞒你，而我回到唐门后也不知道是否还能再见。”撒谎需要技巧吗？洛无双不清楚，她现在紧张得厉害，手心满是汗，却不得不强自镇定，“所以……所以你不必对我感激，也……也不要有所误会。当日害你无辜受累的人，本就是我。”

砰！

后院木门被一股重力推开，院内两人回头，竟然看见霍雨萌与霍少谦站在那里。

他们不知道站在那儿多久了，只是见霍雨萌双目通红，该是一切都听得差不多。比起妹妹，霍少谦显然更为愤怒，他快步挡到霍雨萌前，好像要向洛无双讨个说法。而洛无双目光一凛，忽而搂住秦渊："抱歉。"

流水似的发遮住两人，秦渊下意识伸手接她，只拢到一段檀木香，借着青年身形。洛无双猫儿似的跃上树梢，翻过了矮墙不见人影。

擦肩而过时，秦渊听见她说："秦渊，忘了我吧。"

谈何容易?

矮墙下只有苍树与那轮圆月，洛无双带不走它，它还要继续看着这人间。

书院中再没人知道是何原因，洛无双就这么消失了。

至此，稷下书院再也没了那个让夫子头疼的洛无双。

而霍家大小姐霍雨萌，本次事件受影响最大的人，自此一夜后，好似也丢了魂魄一般，神思恍惚，很多人说她受不了刺激疯了。

当然，这也只是传言。

因为没多久，西丹人大举入侵，霍少谦领命，南下抵御西丹兵。

不过多久，从无穷洞传来消息：原本该藏妥的《苍柏巡山图》竟不翼而飞!

这年的冬日似乎来得比历年更晚。

学院小径人影稀少，勉强看到一两个下学回来的学生跑回自己的宿舍歇息，唯恐惹到两派人马。

洛无双这个名字，随着当事人的失踪被提及的次数越来越少。

大家回归了各自的生活轨迹，偶尔书院里会有人回忆过去，想到曾经的时光，洛无双带来的快乐，纷纷感慨那场梦竟做得如此真实。

对此秦策与秦渊难得心意一致，两个人下了封口令，在书院中，谁也不准提"洛无双"这个人。

似乎一切洛无双留下的痕迹，都被他们两人刻意抹去了。

而秦策和秦渊俩人短暂的友谊，也回归了正常——党争又起。

东西两苑人马也已被秦渊、秦策收买殆尽，不站队的下场只有死路一条，他们再也不顾夫子同学之间的情分，全然把学院当成了斗兽场。在洛无双之后，两人全然放下道貌岸然的伪装。

十一月七日，京陵大雪。

京中皇帝恶疾严重的消息传至书院。而江南水灾、塞北兵变，正值乱时，一时间流言四起。

秦渊与秦渡率先赶回京城，在圣上病榻前侍疾。

沈贵妃自有打算，第二日也召秦策回京。他们以为陛下寻药之名，在朝中广纳良才：帝位之争一触即发。

与那处龙争虎斗比，一人漂泊在外的洛无双则是在离开稷下书院后，南下直奔林家老宅，川城。

洛无双还是那个洛无双，虽然存着心事，但仍留着那一身不趁时宜的侠气，这日还顺手救了个卖身葬父的姑娘。

得救的姑娘一身孝衣，头戴白花，楚楚可怜，上前对洛无双行礼："多谢公子相救，承蒙公子不弃，奴家愿意以身相许。"

洛无这才回过神来，看着眼前欲语还休的姑娘，对卖身这词汇尤其敏感。这张清纯的脸总是让他想起霍雨萌，一个被她伤害至深的姑娘。

"别别别，我这儿还有些银两，你拿去自谋生路吧。"

洛无双想也不想，转身离开，独留姑娘一人在雪中。

许是那姑娘从未见过如此宅心仁厚之人，提高了嗓门问道："不知公子尊姓大名——"

洛无双摆摆手。

做好事不留名才是英雄所为，又不是需要别人歌功颂德，何必惹这一身麻烦。

又在街头继续收拾了两个逼良为娼的小毛贼后，洛无双这才寻了客栈落座，要了两壶好酒准备好生犒劳自己。

毕竟今天的洛大侠也没有停下脚步。

这些时日，她总想到离开的那个晚上，也不知道是不是作孽太多，一贯没心没肺的她竟有些失眠。她只能用入了江湖来安慰自己，虽是全新的世界，但似乎也只有每日例行公事的"多管闲事"，才能让她心里舒服一点。

可她知道，她心底深处也在期盼——若……若老天在看，希望让自己将功赎罪一回。

毕竟有些人沉在心底，就不容易丢掉了。

客栈里说书的小哥正卖力地说着江湖事，洛无双爱听那些，不免多注意几分。

“话说当年那个传说中被唐门退婚、顶顶温柔贤惠的林大小姐，竟然是跟了情郎逃婚!

“唐门素来以百毒闻名天下，林大小姐的出逃着实让唐大少丢尽面子，不仅不管唐家堡事务，还直接消失人间蒸发，据说是为了寻找逃妻。这唐大少也是个苦命人，前段时间不仅被传不能人道，还被人传什么龙阳之癖……”

客栈里的人哄堂大笑，洛无双近旁一个贼眉鼠眼的客人，嘴里叼着花生米，搓着手问：“那林家小娘子不是被逐出家门了吗，怎么唐家大少还当个宝贝似的？容貌肯定是一等一地好。”

说书人微微一笑，道：“且听我缓缓道来。后来黑风谷的几个小毛贼知道唐门与林家交恶，仗着自己是林家管家媳妇的亲戚，竟然惦记起唐门药库，策划要偷取自卖。”

众人唏嘘，大喊：“这狗贼也太不是个东西，这不是置林家于死地吗？”

议论纷纷，洛无双低下头，烧心的不知是酒还是事实。

有人急着大叫：“后来呢，后来呢！”

那说书人喝口水润润嗓子，捏着胡须眯眼笑：“后来，唐门确实是一点面子都没给，毛贼被尽数诛杀，参与其中者尽数被唐家堡的人丢进药池炼药，死无全尸。”

那群人哗然，其中便有好事的嚷嚷：“谁问你这个了！我说的是林大小姐为何被逐出家门！”

“哟，说到林大小姐。她逃婚后，林家脸上也不太好看，再加上林家管家做的腌臜事儿，着实难堪。

“后来，林家管家给唐家堡那边予书一封，内容暂且不表，可是到底有些兴师问罪的意思，讽刺唐家堡人不顾情义。这事算是彻底捅了马蜂窝，当日林大小姐逃婚时，林家可是扣下了聘礼避毒玉的，而且那林家传闻中的嫁妆紫金芒刃也未入唐家，我猜十有八九是林家使诈，假借婚姻之名骗走聘礼。

“说起来，这唐凛倒是个好气度的主，没说什么，可是没几日江湖上就传出了唐家堡十三道追杀密令，目标只有一个——林思渺。

“闹得这样难看，林家老爷子一看没办法了，只好舍女保平安。”

座下众生百态，独洛无双面色陡然一白，她蓦地搁下酒杯，扬声：“什么叫舍女保平安？”

“这位公子关外来的？您竟然不知道？林家已经发了江湖令，称与那位林小姐断了关系，不认她了。”

酒烧喉口，辣得洛无双连连咳嗽。这一次洛无双没有醉，她清醒地听完了故事。

这故事也让她意识到，发生在她身上的事实在太多，甚至多过她每个夜晚念起自己无疾而终的感情时，辗转叹气的次数。

近冬，行人已经寥寥。

驱马而来，洛无双远远驻足，见自家依旧是高门阔匾，一行而来的担忧才消失，能够安心一些。

幸好……林家还不至于为自己而门楣衰倒。

洛无双翻鞍下马，摸着门却近乡情怯，做了好半天思想工作，她才动手，没想到敲了许久，也不见人来。

难不成如同话本，为了躲避自己和那唐门什么密令，爹带着娘和哥哥搬家不成？

“怎么会，他们自小……也是疼爱我的啊。”

思前想后，又敲了一阵，气喘吁吁的洛无双撸起袖子，干脆坐在门前的石阶上等待。白天等到黑夜，月朗星稀，她终于逮到一个外出归来的小厮。

“黑子？还真是你！快快，让我进去。”

那小厮先是一愣，继而惊道：“小姐……？！”

这是个后厨里自小玩到大的小子，洛无双看着他眼圈发热，点点头：“我回来了。府里都如何？我都坐了一天，都不见人。”

黑子苦着脸：“您行行好，别进去了。

“老爷已经下令，把您逐出家门，就算给我十个脑袋，我也不敢放您进去啊。”

旁人怎么传，洛无双自己都可以不信，可这眼睁睁摆在面前的事实，也宛如晴天霹雳，打得她头晕眼花。原本赶来匆忙，加上一整日坐在门口根本没挪窝，洛无双跟黑子争了半天也进不得门，最后实在是没力气，直接一屁股坐下，饿得两眼泛白，道：“我不进去了，你……你去府中给我偷几个馒头加几碟小菜来……”

洛无双当日从林家逃走的时候，是两袖清风。与秦渊一番交情，她兜里也算是有了些金银存货，可耐不住这位大侠一路行侠仗义，打抱不平，反正钱是花了个精光。此时，她是真的饿啊。

月色照着黑子的脸，连这点儿事都让他犯难。洛无双眼前一黑，咬牙道：“就算……就算他们不认我！难道我饿死在门口，你就能交差了？”

三十年河东，三十年河西，这才短短几个月？

黑子果然是不禁吓唬，答应着就往里去，顺手一关大门，将曾经的天之骄女拦在黑夜中。

天可怜见，即便她与秦渊在外躲避追杀，流离失所，也没有受过这种委屈……秦渊，秦渊。

洛无双想不到有一天在家门前，饥寒交迫，只能倚靠门前石狮子，一遍遍把那个人在喉口心里撕扯着。

你要知道我离了你不好，会不会笑话我？

“小姐，小姐你醒醒，茶茶给您送饭来啦。”

风刀割面，吹得洛无双一个寒战，她以为自己在做梦。

而那小姑娘的声音又软又甜，洛无双不争气地努力睁开眼：“哎呀茶茶，你也饿死了？”

郁茶抱着食盒，满心无语。是谁谎报军情说小姐快饿死的？这不还有心情开玩笑。

再三确认不是在做梦，洛无双红着眼圈埋进小侍女怀里，抱得不肯撒手。

饭盒拿出来，一掀开白色的笼布——水晶肴蹄、酒糟排骨、肉酿生麸，还有西湖莼菜汤，这些都是她爱吃的，之前在书院时食堂不称心，她还偷偷让秦渊去拿银子骗掌勺师傅下山学了学手艺。

洛无双愣怔低头，手背一大滴水渍，她这会儿感觉自己哭了。

出门在外，漂泊如浮萍，她以为自己都忘了如何哭，只咬牙一味坚持。

郁茶又搂着她哄：“小姐，你别哭呀，这些都是夫人交代我做的。夫人是惦记着你的，您走的这些日子，夫人是没睡过一个安稳觉啊……”

她劝也劝了，恨不得比洛无双哭得更惨，弄得洛无双有些不好意思。

洛无双抹着泪，见郁茶掏出一大袋碎银子放到自己面前：“这是夫人给你准备的银子。”

洛无双一边狼吞虎咽地吃着，一边继续掉眼泪。随着食物一点点进到胃里，心也开始变得暖和起来。洛无双和茶茶排排坐在墙脚，回忆着往日的点滴，听着茶茶将府中的事娓娓道来。

“是唐凛？他将爹爹抓去说了什么……为什么爹爹回来后一病不起，还要赶我出家门！”

郁茶摇头：“谁也不知道。只是老爷那会儿病得昏沉，他最后一句话，就是要逐你出宗庙，夫人不愿，却没有办法。”

洛无双狠狠皱眉：“那爹爹现在可好了？”

“休养半年，万幸是好了……只是身子骨到底不如从前健朗，所以夫人也不能违背老爷的意愿。”郁茶喃喃，“老爷到底是对唐家存了愧疚之心的，倘若林唐二家能再次结成秦晋之好，这事许是就能了结了。对了小姐，你这些日子如何？可是如话本子一般有什么奇遇或姻缘？”

别提了吧。

这一路，奇遇不曾有，奇缘倒是不少……只是自己这命途坎坷，缘来了也暂无福消受。

洛无双叹一口气，幽幽道：“还秦晋之好！他现在大约满世界追杀我。”

在家门口坐着，又冷又寒，洛无双吃饱了便再也坐不住，向郁茶委屈道：“爹娘真如此忍心？我……我住客房也不是不行。”

郁茶怜惜望她，拉着人送到巷口。

“这些银子，足够小姐住间上房了……哎，对了，这些日子以来，大少爷每逢十五必定会替夫人去普月寺上香。

“你若是等得及，再过两日去普月寺寻少爷便是。不过，可别说是我说的啊。”

洛无双捧着银袋掂了掂，心叹这哪是银子，这是娘亲的一片心啊。

她再次抱紧面前少女，真心道：“茶茶，真没白疼你，等我回了府第一个给你论赏。”

郁茶靠在她怀间，笑得也是无奈。

我的傻小姐，你若能回府，论不论赏又怎样呢？

“真希望这场风波快些过去吧。”

普月寺门前香客如织，洛无双站在门前仰首，思绪万千。

在洛无双的记忆里，自己似乎从未陪母亲上过香，这次偶然来到佛门清净之地，到让她感觉有些不自在。

孙猴子见了如来佛祖，哪有自在的理呢？

更何况，洛无双这个皮猴儿，今日要见的是阔别一年之久的哥哥。

那个比佛像更面冷又更能普度她的哥哥。

按照茶茶的计划，晌午上过香后，各家香客往往会在厢房小憩片刻，等待下午大师讲授佛法或是离开。因而，在厢房后山佛林见面最为稳妥。

郁茶未说林净川对约见的态度，只说“少爷在那儿等你”。洛无双焦虑地灌了个水饱，眼看人都进了厢房，正琢磨该不该去观望，突然林中一阵声响，她机敏地动动耳朵判断人声方位。

说时迟，那时快！

洛无双腰间软剑抽出，同背后偷袭者同时出招，丝毫不慢，两人竟同时把剑架在对方脖子上。

“哥！！”

来人收剑，面目比佛相端冷，但唇口与洛无双一般形状，薄而红，抿出笑影。

正是林净川。

“剑，收一收。你若不是我妹妹，你的剑这辈子也指不了我。”

林大公子语气带着嘲意，动作倒是温柔，见洛无双手忙脚乱收着剑，捏了捏她的小脸，叹气道：“小渺儿，瘦了。在外浪迹，竟学会叫哥了。”

洛无双久违地撒起娇，朝林净川一笑，忙问：“我听那说书的讲，爹爹是因为我败坏了林家名声才把我赶出家门的……哥，爹爹怎么会如此狠心？”

说起这个林净川也黑了脸，狠狠地在洛无双的脑壳儿上敲了三下，目光沉沉：“还怪家人狠心？你可知你犯下了多大的错误。”

洛无双无辜地捂住脸。

对着自家妹子，林大少终究是叹了一口气：“你逃婚带走了避毒玉，走得倒是轻松。你可知道，我和爹以及整个林氏家族有多骑虎难下？

“唐凛一夕成了家主，断了唐林多年交情，更是连下十三道追杀令，情急之下爹只好宣布林大小姐私自离家，林门教子无方，将不孝女林思渺逐出家门。也只有如此，唐家得了交代，才算是取消了那十三道追杀令，不然你怕是早成了唐门刀下的枉死鬼了。”

果然是因为唐凛与避毒玉。

洛无双不再开口，在袖里攥紧手指。如今避毒玉被她给了秦渊……情没定，又丢了要命的宝贝。就算现在她回来，也无法给唐门一个交代。

见自家妹妹垂下脸，林净川不知个中缘由，拍拍她的肩头，很是语重心长："之前哥哥总觉得林家就算是天塌下来，都会有我替你顶着，你只要做好自己就好。可我没想到是我的纵容让你越发意气用事，闯下此等大祸跟我也脱不了干系，是哥哥的不是。"

洛无双紧紧握住哥哥的臂膀，踟蹰："可当初究竟发生了什么，一定要我嫁给我不爱的人？又……又是为何爹爹要寻《苍柏巡山图》？"

林净川神思一晃，目光落在洛无双小脸上，掌心温热，过了半晌才缓缓道："没事，都过去了。我马上要娶萧家嫡女，林家的危机也会随着联姻之事而消散。"

洛无双瞪大眼："萧家，可是你与茶茶——"

"林思渺！"

林净川手下一扯，洛无双吃痛，见她兄长面色一冷，比泥坯菩萨还难看些。

他背过身："你不是孩子了，有些话，有些事，不该再提。"

山寺间钟鸣，禅师将为香客指点迷津。

洛无双本就想回家一探究竟，没想到事情远比她想的要复杂。自己的一时任性，竟然要搭上哥哥的幸福。

她在心里把自己骂了千万遍，可这始终无力挽回。

这天下第一富商与天下第一兵器家族联姻，乱世之中，有几分情爱可言？

不过又是误了两个人的平生快活。

念及茶茶，念及林净川当日背着自己一步步将她送出旋涡中心，洛无双捂住脸哭得抽噎。

林净川作为大哥，怎么忍心自家妹子哭成这番模样。他像小时候一样把她搂进怀里，不停拍打她颤抖的肩膀，哄道："家里要添嫂嫂，这是喜事，你哭什么？"

她明知道哥哥是在故意逗弄自己，却始终没办法瞬间整理好自己的情绪，抽泣着："哥，你该过得更好的……"

"林思渺，眼泪擦擦。"

林净川捏一把她的小脸："什么叫好，什么又不好？你还小，不必说这些。”

你本也不该回来，我将你送出去，就是不愿你涉险。

万事，到底自有缘法。

安慰好洛无双，林净川总算提及些正事：“你可知，三年一度的花舟会将要举行？”

这词洛无双有些熟悉，茫然点头，林净川继续道：“在花舟会上夺魁，将有一件彩头。历年都是珍宝、名画、书卷，可今年不同。”

正是这份不同，迫使人人追逐。

林净川抬眼：“今年的彩头，是一枚碧玉麒麟扳指。

“《苍柏巡山图》是一张武宁帝留下的寻宝图，上下二卷合在一处，可得武宁帝当年铸的金银山所在……而这地方相传有一道外力无法破开的门。门上二兽环咬，只有一个圆槽。”

洛无双恍然大悟，倒吸一口凉气：“那这次花舟赛的彩头，是……钥匙？”

林净川不置可否。

洛无双默然地皱了眉，一些纷乱的线在她脑海中闪过，她像是抓住了什么关窍，却又似一闪而过。她只觉得所有的事似乎都隐隐指向一个方向，江湖也好，朝堂也罢，似乎都剑有所指。

半晌后，洛无双握拳：“哥，我若是能得了魁首，是否就能赔唐家的那避毒玉了？”

林净川本也有此意，只是听她这么说，有些感动：“你能这么想，真是长大了。

“萧家有大半造船产业，届时给你做一条漂亮的花舟，剩下的便要靠你自己了。”

兄妹二人商议之后，林净川安排洛无双暂住别院。好歹也是个小姐，成天在家门口打转像什么样子。

洛无双眼睛晶亮，好似离家又近了一步，那岂不是见到她娘亲指日可待？

她急忙拍胸脯保证：“哥哥放心，我一定不负重托！”

第十章
风起云暗涌

嘴上说得天花乱坠，但说话的如果是洛无双，那实际操作起来困难万分。

既然暂时解决了有家难回的问题，又跟兄长见过面，消了念想，洛无双就有些心猿意马起来。进了别院的第三天，她就想起自己好像有什么事儿忘了。

是什么呢？林净川奔波在外，根本没空顾她，徒留她独住。她深思辗转，忽而坐起！

唐凛！

她当初私自逃出书院，原本想着若半路被抓也是命数，没想到唐门的人等不到，倒是自己的事办得差不多，可时间耽搁这么久，按那人阴沉性格，是不是又在想着如何对付她？

莫不是又要逼着爹爹将她赶出家门？别啊……她在这别院才安稳没几天。

越想越怕，洛无双决心，这一次自投罗网，最好是能与唐凛把两家事说清楚，除了避毒玉。

于是，趁林净川短日内不会回来，洛无双结束来之不易的高床软枕安逸生活，深夜收拾一些行李，赶往京陵。

三日后。

唐家堡大厅之前，气压极低。洛无双坐在一把花梨太师椅上，一面吃葡萄一面整理衣裳，而殿前横七竖八地躺着许多人，正被陆续拖走。

这些人大多数被她用手刀敲晕，最后余下小拨见势不好要逃，被暗器放倒。

谁能想到以用毒闻名的唐家堡，也会有被人下毒的一天？

真是小鬼戏弄了阎王爷。

洛无双到唐家时，本来还在考虑敲门对方会不会开，会不会把她捉进去毒打，谁承想唐门门庭大开，畅通无阻。

而里面更奇异，唐家堡围着一伙黑衣人，却都不出手，场面一度非常尴尬。

路见不平，自要拔刀相助。于是洛无双仗义出手，给那几个黑衣人好一顿揍。

事后她才知道，原来包括唐凛在内，唐家堡的人都中了一种类似软筋散的药。而最丢人的是，这种毒唐凛竟然叫不出名字。

洛无双吃过葡萄，等着去温泉解毒的唐凛收拾出来。对方走出来一身素服，瞧着倒是好模好样，只是不知为何，洛无双总觉得唐凛的一双眼也像是淬了毒一般，令人生寒。

她舔了舔手指上甜味："话说，那些人——不好！"说话间面色一变，人就飞了出去！

唐凛眼前过去一阵风。

当唐凛看清楚这阵风源自他那该死的宝贝未婚妻时，洛无双正使劲掐着一个黑衣人，紧接着粉拳紧握，狠狠揍在对面脸上。

那一拳是直冲面门的，所以对方痛呼都来不及，当场就昏了。

而施暴者毫无察觉，甩了甩指节上不属于自己的血，向他粲然一笑。

"我看到他想……不能让他死得这么容易。没事儿，搞定了。"

唐凛："……"

若她当初没逃婚，这就是他的夫人了？

这行事做派，唐凛隐约觉得牙疼。

或许是洛无双的拳头实在让人胆寒，在他们说话的间歇，另有几个黑衣人动作干净利落，袖里银针一翻，当即自裁。洛无双有些懊恼自己的莽撞，而唐凛只扫了一眼就摆摆手。

"拖下去，没用了。"

从来打人没下过死手，洛无双摸着胸口叹气。地上散落的刀剑被人拾起，透过前厅的光一晃，她发现一件古怪的事：那一把刀短而窄，刀背有一块颜色，却不是血，好像……好像什么鱼形？

金色游鱼！

洛无双忽然心底一惊。金色游鱼，似乎是四皇子府的标志……难道这些人都是秦渊派来的？

难道是秦渊了为她，竟然要唐家人的命？

一时间，洛无双眼前闪过临走那日，秦渊缱绻含情的眼神。他对自己在乎，真的到了可以出手抢人的地步？但是他又怎么会摸透自己何时到唐门，何时不在？如此分毫不差，踩着点来。一番思索下，洛无双觉得可能是自作多情了，呵呵。

一旁有人冷声："你在看什么？"

唐凛的目光瞥来，分明是无事的，却总让洛无双觉得，他对自己心里所想一清二楚。

"刀，我瞧这刀不错。"洛无双信口胡诌。

唐凛再不言语，转身走开，语气不置可否："那就好，不该看的不要乱看。"

洛无双向他的背影翻个白眼。

那人好像背后长眼睛似的，忽而顿步。洛无双愣住，因为唐凛这回说话有些不自然，挽留似的："好不容易来一趟，那就多留几天吧。"

由于事情牵扯到了秦渊，洛无双也觉得不简单，便干脆答应留下来，待查明事实再走不迟。

与此同时，唐家被袭的消息传回京城，引起一片讶然。

唐门掌握了天下四分之三的药田，这块肥肉大家一直觊觎着，但谁也不敢轻举妄动。如今出此变故，秦渊同秦策比肩而立，拧眉思索。

他们都觉得此时京陵出事，有声东击西之嫌，只不过幕后黑手是谁，用意何为，暂时看不出眉目。

秦渊、秦策、唐凛。

于是，这三个与洛无双纠葛的男人各出人马，在此夜奔入一个巨大的暗涌中。

…………

夜深，唐门却仍有灯亮。

唐家堡药汤池虽有解百毒功效，但也只是缓解，并非对口良药，洛无双得知这事也是几日后。她夜半无事逛到园里，一不小心就撞见脸色不好、清水出芙蓉的唐堡主。

撞到两回，洛无双就干脆大方地打招呼，单方面闲聊后，得知原来那日的毒，唐凛一直潜心研究：是西域的青陀罗花，取汁液与七星海棠炼药，遇火烛无色无味，可以使人神经麻痹，筋软如泥。

最重要的是，这种毒药从药理到配制方法，都不是中原手段。

这样一来也算是为秦渊洗了罪名，以洛无双与对方厮混多时的了解，那人倒是没有那么远的交际圈。她望着回廊下潺潺明池，微微舒一口气。唐凛眉峰蹙起："你觉得这样，你那姘头就可以安然无事了？"

洛无双当即一愣，条件反射反驳："什么姘头？你说话注意一点……秦渊与你素无仇冤，又为何会带着自家的兵刃来害你！"

唐凛神色微愠，伸手一掐对面人的软热小脸，掰过来瞧着："林思渺，你这副着急否认的样子，只会让我迁怒于他。

"关于你这么蠢的脑子，加上那个全无防备的浪荡子，为何能躲过唐门，顺利入山门，我不多加评价。但是有人打我唐门的主意，事情就没那么简单。对方打着谁的名号来，我都不在意，但你要明白，对方针对的是唐门和秦渊。"

洛无双像个兔子一样被拿捏得无所遁形。

她的腮帮子被掐着，不疼，倒是发不出声，只能乖巧点头。等唐少爷大发慈悲松开手，她赶紧捂住自个儿花容月貌的脸蛋，想了想，不再绕弯："你说得对。但这件事既然我碰到了，我定然不会不管。你与秦渊，都是于我有恩的……这事能不能看在我的面子上，暂且缓一缓，待我问清楚，这件事我自然会让他给你个交代。"

唐凛手指相搓，懒得嘲讽她这面子刚才还被自己攥着。

冬月庭院霜露都冷，洛无双等着唐凛给个答复，等得手脚都冻麻了。对方忽说："不是我要找他麻烦，我只在想，若我这里是冒名顶替的人投毒，他那里又会是什么？"

幕后的人渴望两方互斗，好坐收渔利。可若是唐门不曾注意或中间出现纰漏，岂不是白费心机？最好的方法，是冒名顶替两方，从中作梗，若不出唐凛所料，此时已有人提刀备马，将去天都。

洛无双本就是为秦渊之事才留下，如今这事越闹越大，不解决如何心安？

唐凛给了她两个选择：一是在唐门留下，听从他的安排，而秦渊一边自然会相安无事；二是她不再干预其中，三两日之后，他就派人送她回川城。

洛无双心道：这又哪里是选择题？她心挂秦渊，又如何能弃他不顾回川城去。

十一月二十四，小雨如针，好梦中的洛无双并不知道，当夜天都城门前死了十数人。黑衣蒙面不知名姓，身上还藏着“唐门令牌”。

…………

“果然是同一队人。”

影卫将令牌呈上，唐凛半边面孔在烛火间，不屑发笑：“做得倒费功夫。”

“可惜，我手下的唐门从不用令牌。”唐凛的眉目间尽是煞气，随即大手一挥，吩咐下去，“按我说的去查，背后的人，我已经有眉目了。”

时如逝水。

“林思渺——

“这次花舟会，我需要你去，并且夺冠。”

清晨日光被推门而进的人带进来，洛无双眯着眼，蒙着被子翻个身，莫名其妙：“嗯？”

“我说。”唐凛一把掀开她的被子，“你还要睡到几时？你得训练一下，下个月的花舟会，我需要你夺魁。”

洛无双捂着脑袋，隐约觉得……这话在哪里听过。

从川城溜出来前，林净川让她参加的就是那个比赛，且说过为何天下人会蜂拥争抢麒麟扳指。唐凛也要这宝藏的钥匙？

洛无双存有心思，明知故问：“什么会？我什么都不会，怎么夺冠？”

果然，唐凛冷冰冰地看过来，并不像哥哥那样解释，只是一副让你去你就去的样子，并说：“本次花舟会若不出意外，秦渊会是主政人。”

洛无双眼底一亮，将信将疑：“秦渊？”

这人到底有没有点身为他未婚妻的自觉性？！

唐凛不耐烦点头，欺近洛无双：“怎么，不愿意？让你和你的情郎哥哥见面不好吗？”

“也不是不好啦……”洛无双下意识接话，一见唐凛脸黑了，赶忙改口，“呃，我是说，老同学。倘若我能一举夺魁……那扳指算我赔给你的行不行？届时我爹大约就能让我回家了。”

唐凛：“……”

这个愿望，还真是质朴。

正午暖阳当头，宜出行。

唐凛一直是个实干派，这头洛无双刚刚同意，那边唐凛已经不由分说地着人安排车马把洛无双送往江南。

对此洛无双倒有些不快活，她试图以回家报信为由，暂时溜走，再逍遥一段时间。而唐凛却道，他早修书给林家，她大哥林净川回了修书一封，上面只有一句：“好，劳烦照料。”

最终洛无双只能认栽，朝着江南而去。

唐凛看着洛无双上车后，将一大包锦盒递给了随行侍从：“看好她……让她按时吃药，否则唯你是问。”

此次护送洛无双下江南的正是唐凛的贴身小厮，凭借跟随唐大少行走江湖多年的狗鼻子经验，他完全嗅得出来，那一锦盒药尽是温补疗伤的上品。

洛无双在车里昏昏欲睡，忽然面前有光。她睁眼见唐凛撩帘进来，一时有些茫然：“你……你也一起去吗？”

唐凛不答，只是在狭小车厢内靠近些。他身上的冷香让洛无双思绪清明了许多，没等她再开口，他就伸手将她的额发撩起。

那道疤被人摸着又凉又滑，洛无双问：“是什么？”

唐凛低着眉眼，像个细致画眉的郎君：“药。

“花舟会上全是美人，你别丢了脸面。”

洛无双顿觉没趣，只凭他涂。

唐凛认真地上了十八种膏药，但好像也没什么好效果。

摸着脑门上依旧明显的伤疤，洛无双没心没肺地乐呵：“小心白忙活一场。”

正是她这不经意一笑，惹得发间七宝珊瑚簪摇摇欲坠，面若芙蓉，一双凤眼媚意天成。她本就生得极好，且是美而不自知。

唐凛在这一刻忽而愣住，这一刻的她，像极了她少时的样子。

十二月中，大雪严冬。

霍少谦在边塞已经打了近三个月的仗。

边境的大雪封路时，西丹余孽也才清静，统统到了边塞外。

此刻，花舟会迫在眉睫，霍少谦率领的燕冀大军也正准备班师回朝，回朝受赏。

此次要说唯一的遗憾，那就是西丹女战神赫连真真，一次都没有同他交锋。

好似真的挺信守承诺，霍少谦打了三个月，愣是没见着这位女战神。依照霍少谦对此事的判断，真见不着，他心里反倒打鼓。

“报，将军，赫连真真带了部分精锐部队连夜赶路。看着方向是朝着江南去了，不知道是有什么图谋。”军中探子来报却让霍少谦眉头一皱，只轻声回了句：“知道了，继续观察，有消息随时汇报。”

江南？

霍少谦戎马一生，为人谨慎刻板，江南并非西丹人该去的地方。

除非……

思及此，他连夜写了急件，信中嘱托秦渊、秦渡小心行事，命人快马加鞭送过去。

没想到，他的信还没发出去，家里的信就送来了。

原来，自家那个宝贝妹妹霍雨萌，一身男装离家出走了。

听到这个消息，霍少谦再也坐不住了。霍雨萌虽被他从小庇护，但哥哥的关爱终究与父母的有所不同——霍雨萌童年丧母，父亲久战，终究养成了个古怪的性格。

整个将军府都是霍少谦一力撑起来的，要说唯一的牵挂只有亲妹子霍雨萌。

而他这个哥哥，似乎总是在好心办坏事。

洛无双与自家妹子，“始乱终弃”是真，阴差阳错也是真。

而如果非要往上追究，他这个当哥哥的就脱不了干系。他也不是那般绝情之人，更何况洛无双是个女人，就是真想着去找她给霍雨萌负荆请罪，似乎也不太可行。

霍少谦像被钉在帅位上，一时有些难以理解。洛无双是个女人的事，霍雨萌当然知道，可她一身男装又为了什么呢？

霍少谦想不通，招来送信的家奴再一问：“你可知小姐去了哪儿？”

那家仆倒也诚恳，恭恭敬敬答道：“回将军话，小姐临走之前嚷嚷着似乎要去江南，说什么登花舟，为霍家夺宝藏。”

这不是胡闹吗？

一连数日，霍少谦都无法屏气凝神在军事上。思前想后，他决定亲下江南，一为探西丹人究竟意欲何为，二也是为了寻负气出走的妹妹。

当夜帅营，灯火如昼。

“将军，无诏离职可是重罪！”左副官是个二十出头的青年男子，此刻正双手抱拳请求霍少谦三思。

“是啊，将军，西丹人狡诈，若是调虎离山，您岂不是落入圈套中！”右副官跟随霍少谦出生入死多年，亦师亦友，同样劝道。

可霍少谦怎么听得进去？

他的心早就随着霍雨萌飘到江南去了。

他回道：“诸位追随霍家多年，该知道我性格，此事，我意已决，不必多劝。”

霍少谦谋算，十四天后，他定然回归。

只是这十四天注定不能平静。策马而去的路上，他心内不安，这个赫连公主真是让人难以捉摸。他害怕西丹人提前一步找到霍雨萌，以此威胁自己。

…………

千里之外天都，不见月照。

沈贵妃不知在皇上面前吹了什么枕边风，竟然把内定的花舟节主政人临时换成了自己的弟弟——豫章王，也就是秦策的叔父。

而此事，秦渊自然一百万个不乐意。但事已至此，便只谋划着利用花舟一事狠狠打击秦策。

以秦渊的判断，秦策肯定不会做什么蠢事，但那个草包叔父就不一定了。秦渊的盘算是，激怒豫章王让他来行刺或者为难自己。总之，虽是自导自演的戏，但只要豫章王够草包，不怕秦策不会被拖下水来。

于是年末，江南城中，一片张灯结彩。

洛无双虽是不甘愿来，可到了此地，又痴迷于江南风景。这段时间，她日日上街赏美人儿、话西厢，至于什么接受唐凛派来的嬷嬷教导，她才不会真学。

表面一派安稳，实际上的江南已经是风云四起。花舟花船已经到了许多，江湖中的各位绝代佳人纷纷至此，一争天路。

这次夺冠的热门，不外乎薛小小和柳畔畔。

柳畔畔是京陵城中有名的花魁，琴棋书画诗书，样样精通；薛小小则是冠绝京城，书香之后，博古通今。

于是，坊间赌场也自然以此二人开盘，至于洛无双这号不知名人物，根本排不上号。

知道行情后，洛无双怒而出手，花重金让赌坊为自己单开一栏，然后压上了自己大半家当。

为何不是全部家当？

因为剩余的均分两份，投在柳畔畔与薛小小身上，以保万一她自己名落孙山，不至于赔得倾家荡产。

洛无双以此为借口，潜伏于民间市坊，一边打探各位参赛选手的底细，一边玩得乐不思蜀，几乎要忘了秦渊是此次主办人一事。

众所周知，柳畔畔是秦渊众多花柳中一枝，而那薛小小是秦策的人，与沈贵妃庶弟之子沈淮有那么一段过往。

暗潮汹涌，多方盘踞下，花舟会终于要揭开帷幕！

江南城中，豫章王高坐。

两边的百姓自五更起就开始在河堤两岸占座，商人摆台，府家观赛。

一时间，夜晚竟比白昼还要灯火通明，热闹几分。

洛无双作为参赛选手，自然一大早就随着众人来到自己的花舟中。

按照惯例，来参加花舟会的姑娘都须宿在花船上。此举只为保留神秘感，而这船不靠岸、不泊人、笙歌不起……直到比赛开始。

洛无双蒙着纱巾，坐在船舱里，透过窗户向外看。各色花舟形态不一，设计风格也绝无相同，或朴素或豪华，总之各有各的优势。

反观唐凛为自己准备的船，外观看起来算是豪华中的中等偏上，比不上薛小小的宏伟壮观，也比不过柳畔畔的精雕细刻。说起来，柳畔畔的船还真像皮影戏里说的天宫花船。

等等，柳畔畔？是她认识的那个柳畔畔没错吧……可对方这是在干什么？！

洛无双遥望去，此时船上，柳畔畔一袭红衣坐在外头，面色沉静，配上夜晚湖中靠彩灯撑起来的山光水色，是一片美景。

洛无双气得跳脚，谁说保持神秘感的？柳畔畔在甲板上这一坐，岂不是公然拉票？！

洛无双正想着，破空几声箭响。

不远处几个黑衣人在灯火通透的照耀下，点着湖水而过，在柳畔畔的船上落定，与船上众人打成一团。

丫鬟和护卫自然不禁打，而柳畔畔一身武功，是秦渊亲自教导，打起来倒像是跳舞一般，行云流水的。相邻的花舟之上，不少手无缚鸡之力的美人儿小姐，因为一艘船的动荡，重心不稳，纷纷掉落水中。

而因为船停在湖中，湖边许多公子官兵眼见着美人落难，却因为距离离着太远，无法救人，只能看着作罢。

不过倒也有许多人在这惊险中，连连赞叹柳畔畔身姿漂亮。黑衣人和柳畔畔各自酣战，谁都不能占上风。

最终，失算的黑衣人甩手一丢。火烈随风起，一艘花船霎时变成了火船，又因花船前后锁连，前后船只也跟着遭殃。火光映天，生生将半面湖映得通红。

洛无双见状热血涌上头，自然是不能坐以待毙。

热心百姓林小姐运功而起，拦腰抱住人，就拎着后衣领扔到最大的那艘主船上。眼看官兵跳水，半天救不上来一个人，她的急脾气上来，什么云岫披风，什么曳地七彩流纱裙，统统能脱的脱，能撕的撕。连热身运动也来不及做，一个猛子扎进水里，开始搜索不懂水性的美人儿们。

等到洛无双气喘吁吁地爬上主船，早已手软腿无力，狼狈不堪。

而那柳畔畔赫然站在一众公子中间，除了鬓角稍显凌乱，其余连个头饰都纹丝不动，美得十分显眼。

正是在这种情境之下，洛无双湿漉漉地喘着气，竟见到了自己日思夜想的秦渊。

两相对视，洛无双心下漏跳一拍。

而秦渊面上已然没有当初那样浓烈的醉意，状似无意，挪开了脸。他在躲着自己。

洛无双的心陡然一落，虽然离开时曾放话，希望他将自己放下，但到了再见时，隔山隔水的一眼，原来放不下的永远不是别人，只有自己罢了。

那一边，秦渊双手抱拳，对高坐的豫章王道："开幕式上遇袭，简直是百年来花舟会上最大的失误！此次差点让花舟娘子们丧命，必然要彻查。”

柳畔畔是秦渊的人，因而秦渊为她讨要个说法，于情于理都说得过去。

可望着被秦渊挡在身后的娇小的柳畔畔，洛无双捂住脸暗暗咬牙，他倒真是关心！

豫章王不曾表态。

秦渊扬声：“本次花舟会的安保工作一向是二哥所安排，臣弟敢问二哥一句，固若金汤的保护怎么会让刺客钻了空子，除非……”

秦渊没有再说下去。

这话已将秦策摆为众矢之的。

豫章王摆手和事道：“来人啊，宣江南城最好工匠，连夜赶工，制作一条规模最大最豪华的凤船，补偿柳娘子。”

此举倒也可行，洛无双抱着胳膊点头，心说捣糨糊还是皇家会一些。未料不等手下人去办，柳畔畔率先发问：“小女斗胆，敢问这凤船重新造好前，小女宿住何处？”

“这……”

这下可把豫章王难住了，按说选手都该住在各自的花舟之上，若下榻寻常酒楼，出了事也不好交代。

众人沉默不语尴尬之际，柳畔畔表示自己愿与薛小小同住。

洛无双喃喃：“跟薛小小同舟，这下就再也不怕花舟会还没正式开始就丧命了，这样就算秦策的人下手，也要有所顾忌……怎么之前上山救人的时候没看出来，这柳畔畔还有点脑子。”

“你以为，这里参赛的都是你这样？”

身后冷不丁有人搭腔，洛无双一惊，险些被吓得又掉进水里。对方伸手一捞就给她拽进怀里。扑面冷香，洛无双隐约有种栽进寒梅林里的错觉，而不等她说话，一颗药丸就拍进她口中。她条件反射一咽，紧张不已，感觉那药顺着喉咙下去了。

唐凛目光扫下来，顺着她湿漉漉衣摆，晦暗不明。

“你……你给我吃了什么？！”

唐凛淡道：“抑制蛊毒的药。”

洛无双：“……”

等一等吧，我什么时候中毒了？

看她一脸不解，唐凛竟然笑了笑。和那时在西丹人的营帐外一样，洛无双虽然满心恼火，却也不得不说……偶尔笑一下，倒有些人气儿了。

她后退两步，拍着胸口反应过来："你给我下毒了，什么时候？还有……你既然也要来船上，为什么不同我一起？"

唐凛负手立在舟前，此刻外头一团乱，没有人注意这儿的一点变故。他想了想，望着对岸火光与忙碌的人群："毒融在药剂里，你三番五次逃走，我不得不防。

"至于我为什么来——"

顺着唐凛目光，洛无双无意一瞥，却见那儿正是秦渊所在的方向，只是那人此刻正与人商议着，无暇顾及她。唐凛不动声色挪开眼。

"大约是怕你故态复萌，跟老相好再跑一回。"

"……行吧，随你。"

洛无双觉得自己不能跟唐凛沟通，夜风吹得她浑身冰凉。她终于想起来比赛早打断了，现在回去爱怎么休息怎么休息，于是撇下唐凛，一脸麻木扭头跑进舟中厢室。

而岸前原本毫无察觉的秦渊，忽然之间抬头，隔江风水雾，花舟前青年的目光像水下蛰伏的异兽。

他们对视一眼，隐约剑拔弩张。

可惜都十分凑巧地，刻意瞒过了洛无双。

一夜无人打扰，洛无双的船舫又恢复一般宁静。唐凛大约真不是为自己所来，她想着，站在舫前伸着懒腰。

这日晴空尚有暖和的日光，洛无双眯起眼，忽而愣住。

远远的水岸边站着一人，似是穿甲，可这光天化日哪有在城中穿甲的人？

对方正在走着，见此处有异，便也一望。

这一望，二人皆愣怔。那穿甲的人竟然是霍少谦！

他瞥见洛无双，身形微晃，竟一路踩水踏波而来。洛无双向他挥手："霍兄，你怎么来了？"

话还没说完，洛无双就被霍少谦凌厉的掌风打断。

他双目微红，咬牙切齿地向她道："洛无双，你受死吧！"

洛无双连手都来不及放下，对方就打了上来，十足的力气，比之前所有比武都狠戾。她一时阻挡不敌，胸口重重挨了一掌，顺着劲风就被掀出去!

自从柳畔畔花舟被烧之后，主办为防止余孽来袭，加派三层兵力层层保护，原本情况该是有个风吹草动就全员出兵。可能是洛无双名气太低，加上这一下变故太快，等到人被打出去，保护的侍卫才姗姗跑来。幸好是赶上霍少谦刚想乘胜追击，他当即被蜂拥而上的卫兵隔了开来。

“什么人？！”

洛无双咳得眼前发黑，她被一年轻侍卫扶起来，胸口疼得直犯恶心，而几步外霍少谦依旧怒目相视，这会儿他好似疯了，连朝廷也不惧!

洛无双试探问：“霍大哥？你……有话好说……别惊动官家了。”

“少啰唆，洛无双，你没资格叫我！”

霍少谦俨然不管这些，上手打得毫不留情。很快面前侍卫就一个个被丢进水里，可洛无双生受了一掌，此刻提不上力气逃走，眼看着他提剑劈头就要杀来，绝望合眼——

“无双！！”

腥风间有人大喊，她听着像是秦渊，却一时不敢认。秦渊，秦渊，你要是有些良心，多烧些纸钱给我便是了，我这死得冤枉，说是为你也不为过。

她胡乱地想，不争气地浑身发抖。预料中那一剑却没有直刺咽喉，反而是有人将她稳稳搂在怀间，气息清冽干净。

“洛无双，你怎么样？说话，他伤到你哪里了？”

听声音，也像秦渊。

洛无双茫然睁眼，原本该是天幕的地方，此时是一张熟悉的脸。原来他早认出自己了，原来他早知道了。不知为什么，洛无双心头有些酸涩。

见她看过去，那人眉心紧紧蹙着，手下却十分温柔，担心碰到哪儿是伤处，只用灰青大氅裹着，又问了一遍：“说话啊？打……是不是打坏脑袋了？”

洛无双缓慢眨了眨眼，确定面前这个锦衣玉饰的救命恩人，真是她心里的那个人。她长舒一口气，捂着胸口钝痛处，摇头又点头：“我好像有些不清楚。”

秦渊一愣，捧宝贝似的把人横抱起来，斗篷挡住了大半的风，保证他怀里暖如三春。他不知想着什么，忽低声道：“那你……记不记得我？”

……不是，他以为我失忆了吗。

洛无双抿了抿唇，配合道："你是谁？"

秦渊脸色陡然一变，然后眼底光亮转动，又抱稳了一些，坦然柔声道："我是你夫君，你冷不冷，夫君抱你回去。"

洛无双："……"

一声惨叫惊动了周围船坊……

晌午时分。

侍卫将五花大绑的霍少谦拖上岸，洛无双喝过秦渡配的药，面色还有些难看，被一张雪白狐裘裹着，旁边陪站恬不知耻骗感情的四殿下。

两边侍卫哪敢多看，目不斜视地站着。

洛无双抱着手炉，措辞委婉："霍……将军，我自知对不起你，今天在这儿，我们解释清楚可好？"

霍少谦已是阶下囚，目光带火烧着洛无双与秦渊，切齿道："呸！我与你还有什么好说？洛无双，你对不起的又岂是我，只怕你现在攀上高枝，早不记得被你耍弄了的雨萌！"

雨萌……洛无双愧疚点头："雨萌，我定会当面谢罪，只是我现在还有私事未了……"

霍少谦冷嘲，抬起头来却忍不住噙泪："赔罪？呵，雨萌她现在已经不认得你了……呵，怕是连我也认不得，你惺惺作态又有什么用？"

在霍少谦的控诉下，洛无双大约知晓，原来在她走后霍雨萌伤心不已，便离家出走，想来到江南，却不想，半路遇到西丹人……命是保住了，只是当霍少谦追回自己的妹妹，却发现她惊吓过度，状态已经不正常了。

那样好的姑娘，洛无双想，一时间不知责怪自己还是恨西丹人。而在狐裘下，一只手轻轻捏着她的手，只听秦渊旁若无人，低声道："别自责，总会好的。"

洛无双面上发烫，原先和秦渊关系多亲，也没有如今这样众目睽睽的。她也不动，只默默让他握着。这时下头传话，说刚才出手相救的武林人士求见。

秦渊正窃玉偷香，摆摆手让人带过来。那小侍卫红着脸跑开，没一会儿带上来许多人，衣衫褴褛，面目熟悉。洛无双这两天接二连三地遇事，一时没认出来，打人群间蹿出个少年，抱拳拱手一跪："师父！"

随那少年一跪，众人纷纷恭敬随礼。洛无双蓦地睁大眼睛，惊喜道："燕岁桐！怎么是你！"

“师父，我可找到你了。”燕岁桐扬起脸，又没有了刚才那股子气势，大约是在亲近的人面前放松些，他向洛无双乐道，“徒儿若不来，您今儿可就要跟四殿下做一对亡命鸳鸯了。”

燕岁桐大约是洛无双除却秦渊外最乐于见的人，不过他带来的消息可不轻松——在这城中分布的丐帮势力极大，而近期有许多弟子反映，好像帮内混入了西丹人。起初，这只是一个小弟子的猜测，但逐渐地帮内矛盾激化，众多弟兄要自立门户，证实了这个猜测。

燕岁桐在寻洛无双的同时分担起部分帮务，就这么到了花舟会中。

而随着同样追赫连真真而来的霍少谦出现，他可向洛无双肯定，西丹人已经暗中动手了。

这些人都是冲着麒麟扳指而来，而洛无双身在其中，头一回不是看客。她不能明说自己也为那东西，只留下燕岁桐做随侍。见他欢天喜地的样子，她心道真算收了个好徒弟。

唐凛、秦策、赫连真真。

这三人牵动着江湖、政权与敌国势力，让洛无双想得头疼。

她下意识看向秦渊，这才发现对方一直注视着自己。洛无双忽然垂下头，低声道：“你——你不怪我了？”

这话问得奇怪，但是秦渊听懂了，想到洛无双刚离开那些日子，秦渊醉酒终日。那时秦渊总在想，他怎么会这么傻呢，枉他自诩非凡，在朝堂上洞察入微，竟是连女子与男子都分辨不清。明明是失察，可不知为何，秦渊心中却生出欢喜，似是心中有一颗大石终于落下，也似是有什么终于尘埃落定——原来，他是可以喜欢她的。

想到这处，秦渊只觉得老脸一红，干咳两声，别过脸岔开话题，道：“这两日出了太多事，比赛必然要延后，下面的人已经对选手与各家族逐一进行安抚，你想做什么，大可以放手去做，只是——”

他这关子卖得好是时候，洛无双难得存着耐心，听秦渊笑说：“只是，比赛我不能偏心你。”

烦人！

事情暂时安排下去，洛无双表示必然会尽到责任，清理丐帮中的西丹人，其他人跟着下去。洛无双让燕岁桐同她一道上花舟，燕岁桐点点头，忽而开口：“师父，其实我有两个问题……”

洛无双：“你问。”

燕岁桐的目光在她身上上下下打量，“师父，你为什么穿女装？”

怪不得这小子从进来到现在都不惊讶！

洛无双从狐裘里艰难抬起脸，怜惜地看着自家傻徒弟，一字一句道：“我不是女装，我就是女人。”

迟钝如燕岁桐，此刻恍然大悟：“哦哦！我说呢，你……你穿女装还怪好看的！”

洛无双已经不想问他为什么接受得如此之快了，她长叹一口气：“还有什么问题？”

底下少年抓了抓后脑勺，有些不好意思：“那个……我从进来就想问来着，你们两个，为什么一直牵着手啊？”

虽然再见面并且成功牵手的第二天，秦渊就被洛无双打得左胳膊青了一大块，但从她边下手边红着脸的样子来看，他真不是一厢情愿。

这就够了，挨打不算什么。

事后，为秦渊包扎的秦渡在接受燕岁桐暗中访问时坦言：“我也不知道他为什么这样，但恋爱一般不会让人变傻，请大家不要恐慌。”

年轻的燕岁桐也不太清楚，只跟着洛无双在花舟中休整了一天。第二天，沉浸在喜悦中的四殿下就带着点心和一个消息大清早造访。他问洛无双，有没有想好如何对付赫连真真，洛无双困倦地摇头：“没有。”

秦渊的神情颇为得意，他告诉洛无双不必忧心，因为昨夜城中上下已经戒严。

换言之，这个情窦初开的殿下为爱弄权，选择了最直接果断的方式——封城。

这城中并非是秦渊为尊，上面还有二皇子秦策和豫章王压着，只是秦策他一向不放在眼里，豫章王虽然毛病多，但好在胆子小，且花舟开幕式后为了平息两位皇子的怒火，可谓是极尽“狗腿”之能事，有求必应。

秦渊只是想要封城，也不算太过分，他们便就睁一只眼闭一只吧。

这边一封城，丐帮中早已反了的分舵主段无涯就失了后路。段无涯他们怎么也想不到官府的人会插手，于是赫连真真不得不安排暗中势力提早行动。

后面的事就如推倒一排骨牌，原本江湖内斗因秦渊插手当即变了味。这一次入江南，赫连真真是独行，除了她言语煽动有些厉害，其他人都是一盘散沙。

封城令下，反者草木皆兵。不过几日，洛无双已经借着秦渊的人将那些无头苍蝇般的弟子抓住，最后一日，由燕岁桐带着人直捣黄龙，抓了段无涯一个现行。

燕岁桐不是洛无双，据说当场手起刀落，连着那老东西的人头一并将反旗斩断，拥少主，反手一指地上的尸体——

“如再有二心者，当如此。”

这些事都是新帮主陶让来道谢时说的，洛无双当话本听，满心对小徒弟这么硬气感到欣慰。她这两日被唐凛的人扣着学琴，秦渊也救不了她，日子苦不堪言。所以她见到陶让便强留对方说话，把一句“燕公子办事十分利落”就能夸完的事，分章连载，说了大半日。

窗外日暮西山，陶让望着远处最大的那艘花舟，忽而失神。

洛无双最近和秦渊的气氛不错，对这种眼神再熟悉不过，轻咳两声：“少帮主认识柳姑娘？”

陶让连连反驳：“不……不……我，我只是……”

他低下头，十分不好意思：“我们曾经认识。我知道她心思在别人身上，可那人对她不好，前几日我被段无涯的人怂恿，想烧了她的花舟再来搭救。”

洛无双脸色一黑：“是你烧了人家的船？！”

陶让头垂得更低。

“原先在她落水时，我便能去救，没料到她……武功甚好。”

这真的很丢人了，兄弟，比想假造英雄救美还丢人。

说起这事，面前少年也十分羞愧，只深刻剖析了一番，最后说：“若是有机会，我想让您带句话——

“丐帮少夫人的位置，我为她留着。”

应该，没有机会。

洛无双不知怎么答他，只含糊点头。

他对柳畔畔、柳畔畔对秦渊、秦渊与自己……

当真问世间情为何物，只是一物降一物。

…………

由于分舵主之位无人接任，陶让单方面宣布洛无双暂时挂职，并且看起来十年二十年的没什么人敢再造反，她可以在这个位子上做到骨灰级元老。

但是洛无双有点不愿意，理由是她听了少帮主的追爱故事后，对该门派的未来发展开始存疑。

对此，燕岁桐始终坚持："这个分舵主，师父你必须得做！"

洛无双好奇，趁练琴休息的工夫，偏头有些调侃似的问他："为何？我升了官，你也跟着鸡犬升天？"

燕岁桐自然知道鸡犬升天不是什么好词，师父分明是在羞辱自己，止不住红了脸，但胸脯还是挺得高高的，一口咬定："没错！师父做了分舵主，徒儿也跟着鸡犬升天，至少也能落个六袋弟子。"

听闻此话，洛无双哈哈大笑，说："这有何难，不过挂个闲职罢了。不过……为师真没想到，你这家伙居然还是个官迷。"

燕岁桐不答，只是摸着后脑勺傻乐。

洛无双就是喜欢他这份率真，在江湖之中，这简直是少年人最弥足珍贵的东西。

水面上不知谁家唱起渔歌，而前路仍长，似无尽头。

学习的时光好似受刑，等洛无双好不容易能自由出去，第一时间找到秦渊问起霍少谦的事情。

当时抓段无涯，怕燕岁桐被赫连真真暗害，洛无双放霍少谦去对付那个妖女，没想到两人纠缠着就不见了。燕岁桐猜测必是霍将军穷追猛打，妖女又诡计多端，可不管如何，总该有个下落？

面对并不是来找自己的洛无双，秦渊兴致索然，表示："没看见，不知道，你能关心一下我吗？"

洛无双便陪着他吃过早点、午膳、晚膳，最后撑得一脸茫然被送回花舟。

这么吃了两天，左右都等不到，她不禁担忧起来，霍雨萌的事还没了结，这霍少谦万一再有个什么意外……别的不怕，万一咱们忠勇无双的霍将军被敌方妖女收编，那可就不妙了。

自古温柔乡是英雄冢啊。

各种千奇百怪的可能性，都想了个遍，只是洛无双唯独没想到，霍少谦会遇到叔父霍城。

叔侄相遇，自然多有耽搁，其中情状那便是后话了。

风波过去，洛无双终于有心思顾一顾自己。她已经大半月没见过唐凛，而上一次见，她才知道自己又被下了毒。这么久时日了，上一回的解药也不知压不压得住？

她想得头痛，决定丢脸就丢脸些，去找秦渡好好看看。于是，说干就干，当夜她就悄悄地潜入了秦渊的府内。

他们兄弟住在一处，倒不是什么新鲜事，新鲜的是，她刚一溜进去，就听到一些趣事——秦渊竟然派人打听自己，且由于曾经有跟踪被发现前科，他这次让人打听得很小心。

洛小姐今天去哪儿了？

洛小姐今天做什么了？

洛小姐今天见了什么人？

听了一串，跟夫君查岗似的，洛无双嘴角藏笑，仍是要骂一句，这厮真不害臊！

听够了，笑腻了，洛无双还记着自己的要紧事，她不是头次来这别院，进到秦渡院里，秦渡还未休息。

见小皇嫂夜半翻墙，秦渡的脸色都白了：“姑奶奶，让四哥看见，咱俩一起沉水底了！你有什么事儿非要翻墙来说？”

洛无双手脚利落，拍拍袖口一伸手：“帮我看看。”

秦渡：“四嫂，我不会看手相。”

“谁是你四嫂！”洛无双耳根一红，瞪着他，“我说看看脉！”

一天到晚那样了，叫个四嫂还不好意思了。

秦渡强忍着孤寡心酸，搭过洛无双脉象，忽然“咦”了一声：“你脉象虚浮，似乎真是中毒之兆。”

洛无双哭丧着脸：“竟然是真的。那你快给我治吧，我被唐凛下了毒蛊。”

秦渡一愣，问：“这事要告诉四哥吗？”

洛无双摇摇头。

她跟唐凛的一笔乱账，自己都理不清，若是将秦渊牵涉其中，只会更当局者迷，不如等花舟会过后，好好清算。

秦渡也不细问，只让她坐正身体，重新切脉，沉吟片刻，说：“这蛊毒应该是唐凛研制出的新品，恐怕解这个毒需要半年左右，而毒发也就三个月左右。没办法，解唐凛的毒总得有几只小白鼠。”

洛无双一听，立时大骂："唐凛这个王八蛋，居然拿我试药。"

秦渡无奈，他也不知情，只好依着自己的认知分析道："不过……唐凛极少用这种慢毒。他出手不爱留活口，练出慢毒也用不上。想必，他也不一定是想要你的命。唯今之计，只能按他的意思做。"

秦渡话里有话，洛无双也不细问了，她现在身如浮萍，多问多错，不如不知道。

正在两人细摸那毒的药性时，就听得外面传来动静。洛无双屏息，听秦渊叩门："还不休息？"

秦渡脸色一变："正准备呢，四哥有事？"

他这边说着，洛无双那边条件反射开溜了。她对秦渡使了个颜色，然后一个人悄悄从窗户溜出去。后头回廊四通八达，洛无双记不大清哪儿是哪儿，随便找了间房间跳上梁。

偏是，好巧不巧，洛无双进的正是秦渊的书房。

不一会儿，门外就有窸窸窣窣的脚步声，推门，正是秦渊……和柳畔畔。

洛无双屏住呼吸。

她准备好了，若这两个人一会儿孤男寡女发生什么，她就跳下去教训这对狗男女。

屋内，柳畔畔穿了一件葱绿织锦的皮袄，那颜色十分挑人，穿不好则跟水葱似的，偏她细腰款摆，像只翠玉的瓶子。洛无双想，她像要把秦渊收进去一般。

只听柳畔畔问道："主上，你为何要把洛姑娘的事都探听清楚？可是对她有防备？"

秦渊的表情难以看清，只是听声十分怅然。他说："那倒不是。无双气性大，我怕这里人生地不熟，她被别人欺负。"

稍顿，他又补充道："或者欺负别人。"

洛无双暗暗点头，深以为然，又听底下声音传上来。

"况且，我不在她身边，总是记挂。"

总是记挂。

洛无双攥紧木梁，心下一片鼓声在敲，原本有什么繁茂生长的，经此一句，恨不得溢出胸腔。

她不好动，不然下头就是个火坑，是阎罗殿里滚油，她也乐意往下跳！

秦渊对她的好，从不挑明，总是春风化雨，哪怕他在经历生死之后十分动情，也只抱着她说："很是想你。"

他们此时一在房中一在梁上，正是咫尺。

而她，何尝不是刨出肝胆与君见了？

而她，也敢在他生死未卜时，当着赫连慎的面横剑向风雨处，说一句"值得"。

"啪嗒。"

水声落下去的声音极轻，而洛无双后知后觉抬手，才发现是泪，这大约是她在求不到救命药的每一日、在守着秦渊不知道哪天会醒的每个夜里，强忍着未落的眼泪。

屋内烛火摇曳，所幸，柳畔畔的确未在此与他春宵一度。

正巧两人说着，霍少谦同一男人走进。

正是他的叔父霍城。

仆人新添了一遍茶水，柳畔畔是外女，即刻退下，叔侄二人道："给四皇子请安。"

秦渊亲自将霍叔父扶起："不敢当，霍大人现在是京畿红人，连我都要仰仗大人多多提携呢。"

霍少谦的叔父霍城，正是上任没多久的江南提督。

"卑职尽职尽责，一心效力皇上，老了也只想含饴弄孙，经不起多少折腾啦。"

秦渊明白，表面上好商好量的人大多非善茬，只笑眯眯地问："如何？提督大人此次前来，可是带来什么好消息？"

霍城捋胡须，同样笑意盈盈地答道："自然。这几日封城后，愚侄日夜追杀那妖女赫连真真，竟探出一些底细。"

洛无双听得恍惚。

底下悄声道："回四皇子，末将因功力大损，追逐三日三夜后让那贼人跑了，却得到一个重要消息，西丹人或许同二皇子、沈贵妃一党有不齿勾当。"说完还有些心有余悸，静观他反应。

室间俱是缄默。

秦渊好似冷哼一声，再三确认："此话当真？构陷皇家可是死罪。"

霍少谦低头："自然不会冤枉他。"

如此说来，沈贵妃等人为了得到帝位，当真什么都不顾了。

秦渊不齿，一掌拍上雕花红木桌：“这个沈家，当真以为天下在握！幸得你二人相助，不然东窗事发就追悔莫及了啊！”

秦渊已有打算，立刻联系朝野老臣共议对策，连夜加急上书呈报前朝，让皇帝早做准备。

霍城见目的已达成，便诚惶诚恐地退了出去，连带着霍少谦一起。

洛无双听得云里雾里。

秦策不是素来不愿做些偷鸡摸狗之事？更何况，通敌叛国可是重罪，他不会不知道其中要害。

神思缥缈间，秦渊已经躺到摇椅上，正眉眼带笑地往嘴里扔着葡萄：“下来吧，梁上君子也该歇歇了。”

洛无双闻言一愣。

她抹了抹脸，若无其事地向下看：“你故意要让我听？”

秦渊向她敞开双臂：“下来，我接着你。”

擅闯皇子府邸的小贼像片雪花，落入秦渊怀里。抱着这两日明显重了的洛无双，秦渊打趣：“偷听了皇室秘密，感觉如何。”

洛无双挪开脸：“一般。”

她不仅脸红，连带着额头上的疤痕红得发艳。

秦渊蓦然有些心疼，伸手去摸却被洛无双打掉：“别乱摸我。”

她怕秦渊嫌弃，虽然明知道若是那样，他就不值得自己如此。

“你怎么这般傻。”

秦渊拉着她坐下，案前八仙桌上摆开笔墨纸砚，秦渊毛笔蘸了朱红雪泥，巧妙地在她额间开出一朵莲，衬得肤白胜雪。

洛无双睫毛轻颤，笔触的凉意惹得她面颊发烫，口干舌燥。

洛无双拍掉他手里的小狼毫，伸手环住他。额上乱红蹭花，在两人身上都留下印记。隐隐约约地，青年感觉颈窝间一片温热，秦渊伸手掰过洛无双的脸，动作不重，指腹摸到处有些滑腻，他怎么也想不到洛无双为什么哭了。

她还在意秦策吗？

因为听到秦策谋逆，为他难过？

秦渊知道自己不该揣测，却忍耐不住。他手下收紧，使洛无双有些茫然想避开。

这份躲避在此刻，倒更像缄默。

秦渊醋得要命。

灯花啪的一声。

于是，在这冬月的最后一场雪夜里，他们交换了人生的第一个吻。

四方乱事拖延，萧家的造船厂居然仍在很短的时间内造好了柳畔畔的花舟。

听闻这个消息的洛无双不由得感慨，这便是萧家，果然在财力上，无人能出其右了。

于是花舟大赛继续。

第一天，不出意外，就上演了双姝斗艳。

凤舟上的柳畔畔不见其人只闻其声，说昆山玉碎，凤凰清啼，也不为过。她的曲调唱悲，咬字却不缠绵，而是脆生的，不觉幽怨，只让人想永久留在此间。

而和柳畔畔分庭抗礼的薛小小自然也不遑多让。

怀抱琵琶，玉指轻扬。薛小小的落音比之凤凰，更幽怨，好些世家贵女为她落泪，却也不知愁从何起。

只是这一切，都敌不过另一艘花舟的出现。

那花舟比所有的都要大而华丽，说是天家官船也可，其上一声起弦，继而唢呐声骤响。

百乐无颜色，不得不说，唢呐真是乐器中的山贼代表。

燕岁桐女装蒙面，真像个小丫鬟，他被压着撑场，再不情愿也没办法。他深吸一口气，手指在琴弦上飞速抖动，修长而优雅的双手所到之处，皆荡起阵阵涟漪，泠泠清音弹出一曲《渔樵问答》，令所有人侧目，瞬间俘获了所有闻者之心。

岸上的人都猜不透这花舟主人的心思，这姑娘的情怀当真与他人不一样。

洛无双也被琴音所打动，遥遥相望。她看到水云间的舒遥、霍雨萌，还有主台上的秦渊和秦策……也看了许夫子，看了山长，看到了许许多多的南山同窗。

若如当初。

若如当初。

碎玉声一转如入秋后窃窃私语，洛无双满眼都是曾经的书香年华，在座世家公子均读过书，都被这一曲拨动了心弦。

于是当尾音溅落，主船上有人高声宣布：“壹拾柒号龙舟，林家大小姐林思渺胜。”

评判声落，人群顿时炸了锅一般！

林思渺，这花舟主人竟然就是当初闹得沸沸扬扬、逃婚唐门的林家千金？

相传，那《苍柏巡山图》就在她身上。席间纷议，无外乎是对这传言更加信服。若《苍柏巡山图》真在她身上，那她此次比赛，必然是志在夺魁。

只有夺得魁首，拿到麒麟扳指做钥匙，她那宝卷才能真正成为宝卷。

洛无双出了船舱，起身向岸上之人躬身行礼，而当她面向秦渊那处时，不由得一惊。

人群中，她一眼就看见了舒遥。

只是对方好似未认出自己，或是不愿相认。

可怜自己这个曾经的稷下全民相公，居然要抛头露面争魁首。

洛无双哀叹。

而与之相比，燕岁桐则更加窘迫。不知出于什么原因，当洛无双说台上有舒遥的时候，他恨不得能整个人都塞到洛无双身子后面。

洛无双一把拽住他，莫名其妙：“你躲什么啊？今日你的妆画得极好，没人知道你是男的。”

燕岁桐拼命低头，差点就要把脖子拧下来。他咬牙切齿：“不是这个原因！”

洛无双心直口快，根本想不起来什么其他的理由，疑问道：“那是什么啊？”

燕岁桐哀号：“哎呀，你别问了，时机成熟了，我自然会说。”

第一轮比赛结束，洛无双的花舟上迎来的第一位客人竟然是舒遥。

洛无双正想着，也不知道该不该见，便向燕岁桐求助：“你说，我是见还是不见？”

燕岁桐一口咬定：“不见！不纠缠！”

嗯？事出反常必有妖，在她离开稷下书院的这几天，究竟发生了什么她不知道的事情。

不见？

洛无双大手一挥：“快快请进。”

在洛无双的幻想里，舒遥见到自己总是诸多尴尬，是先问她吃没吃饭好还是先问她玩得如何？要不要问问秦渊安排的向导好不好？

但等到舒遥真的踏进洛无双的闺房，不但没有尴尬，出人意料的是，她还十分亲昵地抱住洛无双哭了起来。

舒遥道：“无双，我早该看出你是个女孩。都怪我，让你徒增许多烦恼。”

唉，这真是个好女孩，洛无双叹道，才情心思，简直是居家过日子的贤妻标配。

见了她，洛无双又回忆起当初，习惯性不停地哄她：“好了好了，也是我不对，不该……生得好看又去招惹你。”

“喀！！”

一直躲在衣柜里暗中观察的燕岁桐，这时真的忍不住咳嗽了一声。洛无双眼刀一扫，没用的东西。

舒遥有些害怕，询问：“什么声音？”

洛无双自然不能说是躲在柜子里不敢见你的燕岁桐，忙道：“无碍无碍，不是咱屋里的声音。”

舒遥若有所思地点头，左右看了看，问：“燕岁桐……他是不是在你身边？”

洛无双没想到她会问这个。

“是啊，他是不是哪里做得不对，让你们多费心了。”

舒遥脸上闪过一丝不自然，道：“没有。其实，他只是模样生得小，他同你我差不多年岁……”

洛无双“哦”了一声。

每日听着燕岁桐师父来师父去，还真是把他当孩子一般看待，但仔细想想，自己哪件拿得出手的事情不是他顶替自己做的。

洛无双突然有些惆怅：“嗯，是我总把他当成孩子。”

舒遥贝齿轻咬，似乎不太想过多讨论这个话题，皱着眉头忍不住替他辩解：“他比一般人早慧，同样也更懂生活，琴棋书画样样精通，我跟着他学了不少东西。艺术源于生活，他却过着高于艺术的生活，更何况他心性善良，待人接物宽厚有度，除了出身贫寒，没人能说出他什么不好来……”

洛无双静静地听着，嘴角的微笑越发深。就算她反应慢，把所有事连在一块想了也该知道。好嘛，原来燕岁桐与舒遥两情相悦，只是还没捅破那层窗户纸罢了。

舒遥就这么自顾自地说着，洛无双听得着急，张口问了一句话：“你喜欢他？”

舒遥当时一愣，道：“他很倔强，也很要面子，我……我只是支持他所做的一切。”

这么一说，洛无双明白了，门第观念在舒遥这种大小姐心里根深蒂固，舒遥所追求的幸福，必须要经过世俗的恭祝。

洛无双突然想起自己和秦渊，对方是四皇子，自己则是江湖机关术家的小姐，财力上讲只算勉强登对，身份地位上讲，则是千差万别。

想那么多有的没的作甚，今朝有酒今朝醉，若是真爱又何必在乎那些个世俗眼光，喜欢便就是好的。

舒遥见她沉思许久，以为是在思考燕岁桐的事情，脸臊得慌，忙表明自己的来意：“你……你大约不懂呢。陛下有意，若是谁人能取了赫连真真的人头，便将我嫁与谁……”

又是万恶的指婚！

遣妾一身安社稷，不知何处用将军。

洛无双赶忙问道：“此事可有其他人知晓？”

舒遥摇摇头，柔声道：“不曾，陛下没正式下圣旨之前，谁也不敢妄揣圣意。”

洛无双挠挠头。

她不想舒遥成为彩头，若真是迫不得已，那么，最终手刃赫连真真的人也只能是燕岁桐。

捋清思路，洛无双长舒一口气，对舒遥说：“你放心，此事我自然会上心周旋，宁拆十座庙，不破一桩姻，这忙我帮定了。”

正在此时，柜子里“砰”的一声，燕岁桐朝洛无双大吼：“我不需要你们好心！”

说着夺门而出。

少年人的心思，真是捉摸不透。

洛无双和舒遥两人面面相觑，都不知道自己哪句话不对得罪了他。

难道结果不是最重要的吗？

第十一章
惊变江州城

天色昏黄，燕岁桐才迟归画舫。而他亦非只身，倒是带回了一个人，谁都认不得的霍雨萌。

原来，燕岁桐想霍少谦上回走时，追着将赫连真真打成重创，对方能够逃脱不过是侥幸。顺着这个思路想下去，他觉得赫连真真必然藏在城内的某家医馆。

燕岁桐便一家家地寻找赫连真真可能藏身之处，却在第十八家医馆找到了霍少谦“寄存”的霍雨萌。

那时的霍雨萌身无分文，又痴又傻，马上就要被赶出医馆，幸是燕岁桐帮忙带了回来。面对霍雨萌，洛无双只有无尽羞愧，她找来秦渡，却被告知，这心病除非神药，否则大罗神仙也不可能医好。

风间有冷香，却不是中原的气息。

谁也想不到来人竟是四处被抓的赫连真真！

一袭白衣，半张金色面具遮住面容，跟在她身后的霍少谦面色疲惫，向洛无双道：“她说，她能救雨萌。”

“你糊涂，她可是……”

赫连真真抬手，打断洛无双的话：“我能救她，是因为我有事可做交换。”

霍少谦也是山穷水尽，咬牙道：“你别妄想我会因此放过西丹。”

赫连真真凝视着他："你还是老样子。"

众人护在周围，见赫连真真把一颗乳白色药丸塞入霍雨萌口中。霍少谦还要质问，只被秦渡一拦："是天苜莲，她把神物化成了药丸。"

这最后一颗药被霍雨萌咽下，世间再也没有医死人、肉白骨的灵药了。

倏尔，霍雨萌胸口猛烈起伏，挣扎着，竟然呕出一口血水。

霍少谦双手打战抱住她："萌萌……你……你记得哥哥吗？"

霍雨萌吐过几口瘀血，面色青白，眼神却清明起来，扫过众人，一一念过名字："哥哥、四殿下、舒遥姐姐……"强压哽咽，"三公子……"

洛无双连连答应，一拳捶到霍少谦的肩膀，眼含热泪却字字真切："以后可别再见我就砍了！"

霍少谦哽咽点头答应："从前的事，一笔勾销！"

赫连真真向来不喜欢这种温情场面，道："你们尽可两不相欠，我西丹一族的圣药可是给了你的宝贝妹妹用，这个恩情你如何还？"

霍少谦也是条汉子，腰板一立站起来："我霍某人除了不干通敌卖国之事，其余悉听尊便。"

赫连真真等的就是这句话。

她要求道："不必！只是眼下城中已封，我要你将我送出城外。"

此事倒的确也并非什么大的要求，只是送出她，秦渊那儿不好交代。罢了，大不了自己去帐前领三百板子。

习武之人，讲究一个义字。

"好，我送你到城外，至于你到了城外是否被抓，我概不负责。"

她似乎早就料到霍少谦这番说辞，只暗笑道："胆小的中原男人。"

听说此事，洛无双灵机一动！

这边霍少谦将赫连真真送出城，倘若自己在城外抓了她，然后再交由燕岁桐出面押送安都，让自家小子占了这份便宜，成全他与舒遥，岂不是有情人终成眷属？

思来想去有理，故而洛无双道："且慢！霍大哥，我陪你去吧，西丹人天性狡诈，万一再骗了我们单纯的霍将军。"

霍少谦："单纯？"

不知怎的，一个久经沙场的将军听到"单纯"二字，总感觉是在骂他。

最后，三人虽是一路争吵不停，总归还是到了城外。

这个世上，承诺真是最不值钱的东西，前脚三方告别，后脚几路人马就在城外撞车了。秦渊安排的人手下长刀雪亮，刀背金色游鱼日光下如覆白霜。

而洛无双那边就差些——燕岁桐领的丐帮能打是能打，却一个个瞧着不怎么像样，且由于洛无双通知有些仓促，带来的也不是精锐。

这一对比，洛无双都后悔让燕岁桐过来。

众人一时僵持不下，这儿赫连真真只有一个，僧多粥少的，总不能抛骰子定输赢？

而老实木讷如霍少谦，如何想到诸位都是成了精的。作为这儿唯一一位能领兵的，他手下两个趁手兵器都没拿。

下意识地，他掩在赫连真真之前，是出手也不是，不出手也不是。

洛无双这次回来一直与秦渊腻着，这会儿见了对方，却是短兵相接，不由得愤恨嚷道："你给我让开！抢什么抢，难得你还想娶舒遥吗？"

秦渊面色一僵，他闻讯赶回来，哪想到洛无双知道的消息这么多。

众目睽睽下，他要如何告诉洛无双，娶舒遥不过是一个可有可无的彩头，若生擒了赫连真真，他在皇帝面前要谁不要谁，还不是听凭心意？

他们眼看要起内斗，那处赫连真真在霍少谦身后，目光飘忽。她惊讶于这个敌国将军的本能反应，竟是将自己护在身后，可儿女情长只会让她在此地丧命。

袍袖间素手一攥。

霍少谦警惕四顾，忽而听耳后一声："抱歉。"

那声音太轻太软，像雪灌进了骨缝里，紧接着一只手握上来，赫连真真在说："霍少谦，是你泄密把他们引来的。"

刀锋舔血的少将军面色一晃，尚且挣扎着："不，我没有……"

那声音如魔铃响起："不……是你……"

"不……我……"

话还没说完，霍少谦就抵不住声音穿透催眠。他向后倒去，赫连真真便如鬼魅般上前，从他腰间一摸。

那边秦渊正要走过来，见霍少谦有异，刚说一句："不好！"

赫连真真甩下一阵沙雾，人就钻进灰蒙间。

洛无双暗骂，拔腿就追，可这鬼雾根本不随风飘，像聚成一团的云。她不知踩在了何处，往前猛地一扑，结实撞向前人，继而两人一块儿滚下陡坡。

昏迷前一秒，她好似听见秦渊骂道："又是这样！"

——"又是这样！"

洛无双捂着肩膀，从秦渊胸口爬起来。

这种感觉太熟悉了，她感觉今年摔过的悬崖比她前半生见过的悬崖都多。

"哪儿不舒服？先起来，你倒是沉了。"

秦渊此次穿了护甲，比上回摔断魂崖那是好多了。并且一回生二回熟，落地都尽量护着两人周全，见身上小姑娘一动不动，心说这怎么还摔蒙了。

洛无双回头望一眼他，又抬头看着高崖，心内一阵无力。

要不是因为秦渊又跟自己争，燕岁桐早就把赫连真真抓在手里，关进笼子了。

此刻两人都在崖下，山头城外满是自家的人，上去倒是容易，不至于担心死在底下埋骨山岗。但是这回失了赫连真真，回去秦渊挨骂，自己也要为燕岁桐哭丧的脸烦心了。

一想到这些，洛无双就心口钝痛。起初她还不觉，只是跟秦渊打闹着，又趁没人嗔怪腻歪。秦渊用斗篷将她裹在怀里，神色忧虑："你知道，她跑前拿走了什么？"

洛无双有些昏昏沉沉的，不吭声。

秦渊当她不清楚，捉住人手指，边摸边道："虎符。

"她拿走了虎符，倒不表示她便能号令三军。可是失了虎符是重罪，霍家股肱之臣、满门忠烈，若是失它，有如折翼。"

"嗯……那……怎么办……"

洛无双摇摇头。

她好像听不清秦渊在说什么，但方才跌下来，分明没有摔着哪里。此刻她只觉得心口的不适越来越重，而五感逐渐在丧失……

有一种不好的预感，在她脑中越发清晰。

唐凛的天蚕蛊毒发作了。

分明未到三月，只是此刻她能感觉有一股寒气在胸腔盘绕，且越发滞涩。她浑身发冷，下意识往秦渊斗篷间躲。

"无双？"

秦渊掌心摸着怀里人发顶，总觉得哪里不对劲。他唤了两声，听见山崖上有风声，低头道：“这儿不能睡，太冷，我听见上面有动静，大约是……”

秦渊忽而顿住了。

在他胸口，洛无双无法抑制地辗转战栗，单薄肩头一抖，闷头就是一口血，腥锈的气味散在冷风间。秦渊急忙去扶起她，就见洛无双双目紧闭，已是冷汗淋漓！

他不敢动她，唯恐是摔下来是伤了脾脏。而洛无双在这会儿又清醒些，大约是吹着冷，两瓣裹血的嘴唇张了张，还未出声，就又是一大口乌血。

眉心发暗、唇口青紫。

这分明是中毒的症状！

“该死……”

秦渊为自己的失察后怕，在这会儿，他根本无法回忆洛无双在哪里中的毒，是什么毒。他拥紧洛无双因剧痛不安稳的身体，有些好笑地庆幸现在是他在。

他体内有圣药与几种毒融合的血，让中毒者饮下血，能短暂抑制毒发。秦渊咬开短匕刀鞘，掌心横去一刀，划开一道血口。

“无双，乖，喝下去。”

血滴落在乌青唇面，顺着洛无双齿关透进去。

当秦渡找到他们二人时，崖下满是腥风裹着他们。他不知多庆幸自己会医，总算能把这俩一个吐血一个送血的祖宗从阎王爷手中抢回来。

洛无双体内的毒秦渡是无法解，且也不敢贸然动手。就在毒发第二日清晨，从安都唐家来的小厮就拜上秦渊王府大门，随行送来一颗药丸和一句忠告。

秦渊进屋时，脸色铁青。

他用扎裹纱布的手扶起洛无双，袖间有一丝残香。洛无双握着药丸皱起眉，淡道：

“点些香吧，屋里药味重。”

秦渊望了她一眼，将香炉点上。兽首间白雾如缕，洛无双吞下药，望着纹络交杂的青帐。她知道这是唐凛让人送来的药，在秦渊袖角，沾了唐家那点香气。

而香气如附骨之疽，让洛无双的药也哽在喉头。

接下来，还有第二，第三场。

无论是谁，无论如何，现在在江南城中的众人，谁也跑不了。

人人尽说江南好，游人只合江南老。

而值此隆冬，国都之中大约也只有江南的水不冻冰。哪有什么春水碧于天，又如何画船听雨眠。

花舟大赛第二轮，在一个阴雨绵绵的午后举行。

冬雨磨人，教人轻易不愿意将手从袖炉里抽出来，而这一场各家小姐比拼的，竟然是女红。

薛小小是名门之后，女红刺绣自幼习得。据说为了这次比赛，专门从苏州请来绣娘教导，说是尽力便好，其实明眼人都看得出——这轮，她势在必得。

而另一边，柳畔畔和洛无双都是习武之人。十根手指握剑提刀，取人性命说来容易，对于女红都不甚精湛。

为此，秦渊早早就收买好裁判，在船舱隔层准备好了刺绣成品。

洛无双知道却不能举报，毕竟她也让舒遥帮自己做了女红作品。

舫外雨丝缥缈摇曳成线，河堤上的游人隔着纱幔，远观美人刺绣，素手翻红，赏心悦目。

洛无双这里正一个头两个大。

她作弊功力不深，倒是准备好了作品，可被旁边的督查时时刻刻盯着，恨不得停一停手都要被观察，根本拿不出藏在裙子底下的绣作。

一旁的燕岁桐穿了身鹅黄衫子，裹得玉雪可爱，见状向督察献媚道："姑姑，您累不累啊？这江南真是湿冷，别冻着骨头了。"

他说是要倒杯茶，壶嘴净往人身上浇，别说准头差些，倒是淋得很匀称。

这下这姑姑不冷也冷，大冬天让泼一衣裳滚茶。天知道这丫鬟是怎么伺候主子伺候到今日，手脚还健全的。

洛无双目光一扫，心领神会道："你看你笨手笨脚的像什么样子，惊扰了姑姑，你还不快滚下去带姑姑换衣服，仔细了你的皮。"

这也是仗着背后有人，根本不给这个督察说话的机会。两人一唱一和直把姑姑哄到后仓去，洛无双这才从裙子底下抽出绣作，再把自己做的包进去。

整套动作，基本行云流水，毫不胆怯。

洛无双长舒一口气，端看舒遥的这副绣作，而当她把手举高，静水竟然就在她的舟下翻了一个浪，谁也始料未及。洛无双被惯力一甩，失手把绣品甩了出去。

那东西掉入水上，倒还浮着，只是舒遥用的绸缎都金贵，冷水一泡，可算是白费心机了。

岸边秦渊正向此处望来。

他右手的纱布没拆，正挡在身前，可他的眼神倒不担忧，只是向洛无双处看着。

——“你不拿那麒麟扳指，我也有足够的本事养活你，做我的皇后，委屈你了吗？”

洛无双紧抿嘴唇。

在这次比赛前，她与秦渊久违地又大吵一架。

秦渊的心思摇摆不定，他既要江山，又要洛无双，可这自古便无人能成。

洛无双不是坐以待毙的人。

于是此刻出事，案前观赛的舒遥已经先一步跑开，不一会儿就带来几人，并给洛无双的花舟送来了一副巨大的白缎。

远远临水，竟有琴音起了，秦渊面色一僵。

洛无双对琴声的共感，在某种程度超越习武多年的高人。

果然。

花舟之上，洛无双袖里飞针混入雨幕。一时间舞蹁跹，人蹁跹，绣罢图竟然整个湖面都悄无声息了。

洛无双舞罢有些累，她停下动作，而燕岁桐愣在一旁，好一会儿才指着她说：“你……你的脸……”

对平水相照，洛无双也是一惊，她的光裸额间，那处取心头血的伤不见了，取而代之的是一朵昙花。

当世间，又有谁见过艳红的昙花开放？

自然，洛无双一举获得满堂彩。

风头竟就此盖过了薛小小、柳畔畔两人，人群间唯有秦渊不置一词。

他根本不愿意洛无双如现在这般出风头，而那扳指也一定不能落入旁人手中，这一切和他所要的比，都太小。

洛无双该与他比肩，接受群臣山呼海贺千秋。

而这场比赛，他势在必得。

尽管秦渊有意阻止，但洛无双的才艺和色艺是有目共睹的。更有甚者开始议论，凭林家大小姐的姿色和本事，恐怕有天下第一美人儿称呼的舒遥都该畏惧三分。

于是，自然她的名次也不会差，除了理应艳压群芳的薛小小，柳畔畔同洛无双并列第二。

按照往常惯例，此时应该由民间投票，选出他们最喜爱的女官，但此次为公平起见，赛制做改：这第三场，他们要各家相争“点天灯”。

这原是民间当行出货的交易形式，基本是由各家的手下坐楼，若有意一样宝物，则起身点起左手边一盏灯，最快燃灯者得此宝物，落槌定音。

此谓“点天灯”。

这一场比赛，她们的宝物则是“魁首”，而只要最快点起江上风灯者，则前数不计，选作冠军。

最后花落谁家，还是让老天爷来决定。

秦策一听不乐意了，洛无双、柳畔畔就不说了，那都是个中高手，可他选的薛小小那可真是规规矩矩的千金大小姐，除了琴棋书画、歌舞、诗书加女红，还有哪一样能放到明面上比试？

可不管怎样，最后柳畔畔、薛小小和洛无双三个人还是站在湖面的天女台上准备一争高下，女官要的是全才，无论如何，三个人的武艺也是有必要展示一下的。

燕岁桐正给洛无双捏肩放松，唐凛时隔多日终于露面，一袭紫袍，依旧是那么一句：“到时，你一定点上天灯，再登花舟花冠之位。”

由于毒发过一次，洛无双看唐凛时恨不能给他撕成八瓣，瞪着他问道：“你当那是我家灯笼，我要点就点？唐凛，你到底想让我做什么？”

唐凛幽幽一眼，自始至终只愿意说：“待你登上花位，自有分晓。”

洛无双无可奈何，只好应允。

而谁也没想到，这一场看似简单的“夺灯”，却不是想象中那么回事。

薛小小自然不足为惧，她不会武，只能看着另外二位表演，但好在她机巧会舞，几次试图靠近，但都被两人逼退。就在洛无双与柳畔畔互比身法时，远处猛然几声巨响！

不知为何，湖面和看台上同时炸开，整个看台上都成了火海一片。

再回头，柳畔畔与洛无双差不多距离，暂且还好，薛小小太靠近水面，已然被波及坠下去。

人群间，洛无双回望，那陶让混迹在一个不显眼的角落，所有人都在寻找爆炸源头，只有他，死死盯着柳畔畔。

该死，他竟然敢做到这一步？！

纵然此时，陶让早已集结江南城中的丐帮中人迅速抢救，可他根本未料到洛无双对他的怀疑从来未消。就在他想要奔向柳畔畔，妄图英雄救美时，穹顶上传开可怖的木材响动，一根支撑爬梯的悬梁柱被烧断了牵绳，直直向后砸去——

阴影罩下，那处只有一个人影，就是柳畔畔。

陶让反身一扑，嘶声叫道："畔畔！小心！"

倒下圆梁遍滚焦火，吞没了陶让紧拥住柳畔畔的身影。

就在火势燎开之时，全城的可调用兵将都聚集在这里抢险灭火，而不知是谁趁乱发射了箭花，正给了城外西丹人以可乘之机。

赫连真真手握虎符，带着她的残余人马攻入城中，而霍少谦紧追其后，带的是他霍家的兵，却不是朝廷的军队，一时间涂炭混战。

原本风光无限的花舟会，成了滋养刀剑的尸山血海。

陶让是被人从柱下抬出来的，他怀里的柳畔畔伤了右臂，怕是今生不能再抚琴。而与这相比，陶让则说不上幸或不幸。

他的命姑且保下了，只是火灼伤了他半张脸。

洛无双茫然站在火光间，无法缓过神。所有的事情几乎都发生在顷刻间，而偌大城下，死伤无计，却只有她这一处天女台，恰好被水波环绕。

虽身在其中，火却永远烧她不着。

萧瑟寒风间枯索的烟气太重，洛无双蹲下身，环抱紧自己，妄图去追溯这场灾事的源头。当头罩下来，一顶绒里的斗篷，裹着诡秘冷香，让人无法取暖。

"唐凛。"

洛无双倒是不必回头，她喃喃念了一声，忽而肩头颤动。

"是你对吗？"

身后人的靴尖落在圆台上，像一片雪。

可这天地间，此刻根本存不下一处净土。

那人听洛无双道："是你向燕岁桐透露我的行踪，将我送至江南，暗示陶让阻止柳畔畔夺魁……"

唐凛立在三尺台上，长风猎猎，吹得一张面孔更无情些。

他在洛无双看不见的地方，轻轻颔首，好似赞许一般："继续。"

洛无双不愿说了。

她奋力抖落那件沾满满城百姓鲜血的大氅，好似妄图抖落自己愚蠢的信任。当她回头，她紧紧攥住了掌心。

唐凛竟在这样的日子，穿了一身白。

他像一个为此间悼念的未亡人，而底下的火海里，不是他该理会的人。唐凛只向洛无双伸手，问她是现在回唐门，还是等人送她回去。

洛无双心惊地拍开他，吼道："燕岁桐，你把他又怎么了！"

短暂的沉默后，对方撤回手："瞎了，但他现在和舒遥在一起。"

洛无双捂住脸，不可抑制地哽咽出声。

唐凛的目光扫下来，带着怜悯和那么一点莫名其妙的缱绻。

"从小时候起，我就喜欢你哭的样子。洛无双，现在你真的只要再为我办最后一件事。登上花魁之位后，拿到碧玉麒麟扳指，你只要把这钥匙给我，我自会给你解药。"

"你疯了。"

洛无双后退一步，半边身子已经撞在风里。

她难以置信地瞪圆双眼："你疯了，事到如今，我怎么还会帮你？"

——"无双！"

"洛无双！"

天女台下有人在高声叫她，洛无双十分确认那是秦渊，可她不确定的是，这种时候，秦渊是否还会分身来寻她。

她踟蹰难行。

唐凛抬手紧了一把肩头青鹤氅，他还在说："你可以考虑，但我的时间不多。"

他的右手攥着有什么，远远的，像一团云絮。那东西被唐凛摸把了两下，洛无双瞳孔骤缩。

那是……父亲的白玉手牌。

洛无双怅然退后半步。

——"噢，对，听说林家与萧家将要联姻？"

又半步。

——“你的兄长不会与你一般，也无端在婚宴上失踪吧。”

林家，兄长。

唐凛抛手一丢，白玉手牌砸了过来，连带着洛无双一道坠下。

坠落在天女台与滚滚红尘之中。

“洛无双，你总要跟我回去的。”

“扑通！”

——洛无双只觉得眼前一黑，混乱的火光与唐凛寒入骨髓的话，彻底消失在她的耳边。

洛无双再见到秦渊，是在大牢的狱底。

隔着锈迹斑斑的铁囚栏，她蜷缩着手脚，靠在枯草堆之中，有人将微弱的火光从长廊之外带来。这里太黑了，分不清白昼黑夜，而那一点亮撕破浓重的死寂，让她难以适应地眯起眼。

光亮之后，是秦渊死水一潭的双眼。

他高高在上，深衣束冠。洛无双上一次见他如此还是在进书院时，她神思有些混沌，竟想着那场面，无端笑了。

“洛无双。”

秦渊的声音听上去和阴狱一般冷，他厌恶地皱着眉，问道：“两卷《苍柏巡山图》，你藏在哪儿了？”

洛无双带笑的面孔从蓬草间抬起来，还是柔软白净的，她其实只在这里一天，且迫于身份，没有人能够对她用私刑。

可这已经足够了，秦渊想。

他等不到人回话，压着性子又厉声问：“你若说了，便不必在这儿苦熬！”

牢内暗处有了些动静，洛无双嗓子哑着，好像刚声嘶力竭哭过，可是眼里一滴泪也没有。

她问：“爆炸如何了？

“稷下的同学和夫子可还安好？霍雨萌和舒遥呢？”

秦渊脸色阴沉，干脆将话挑明道：“《苍柏巡山图》藏着前朝一笔最大的宝藏，这所有的一切都是围绕着这两张图展开的，你们林家想做的事，难道还要再瞒下去吗？”

洛无双点点头。

宝藏、林家、《苍柏巡山图》。

看来所有人都为了这些，不断地把她从一个火坑抛进另一个火坑。

她不知自己是怎么被关在这里的，只是除了秦渊，这里已经来过太多的人，问题大同小异，而在此地，他们的身份也早已今非昔比。

唐凛利用她，险些害了整座城，而秦渊再次面对她，便使她身陷囹圄。

所谓温情的过往，被一场火烧得面目全非。

问不出更多，秦渊又带着他的光走进黑暗中，到他所去的“人间”。

霍雨萌被秦策所绑，霍少谦无奈投诚二皇子党，秦渊为了荣华抛弃了自己……

这一夜晚，唐凛竟是最后一个来的。

唐凛当日确没料到后来的变故，洛无双心神大动，引发了蛊毒，一时昏厥落入水中。而周围的混乱中，有官兵一哄而上，唐凛想救人，却还是晚了一步。

但，不过一日他就拿到了开牢门的钥匙，一并送给洛无双的还有两样东西和一句略显凉薄的话。

“去找你的旧情人，最后再看看他。”

洛无双走得很慢，她在等嗓里的药丸彻底融化。

出去的路已经被唐凛铺平，每隔两步，就有狱卒分离的尸首，洛无双的呼吸声在这里被放大，那份解药太苦了。可她不能就这么咽下去，她情愿吊着这口气，永远记住这一个晚上。

唐凛说，去看一看，说不定秦渊骗了你，说不定他假意与你疏远，他心底还爱你。

牢外原来又落了雪。

洛无双骑上唐凛备好的马，手里有一柄短刀，在风雪里翻进秦渊的院门。他屋内灯火可真亮，而窗影里，秦渊为一个女人解下外氅。

柳畔畔的声音从窗缝里露出来，让人想听不见都难，她说：“殿下当真不去放了洛姑娘？”

秦渊的手在她肩头顿住。

他竟然说：“这些事，你以后少提……”

有人叩响了门，秦渊来开，随风雪一同掼进的，还有一柄寒凉的刀。

“无双？！你……”

洛无双眉间和睫上都有一层白霜，秦渊无法判断她在外头站了多久，又是什么时候逃出来的。他紧紧攥住那把刀，尖锋就在心口，连一丝犹豫偏差都没有。

屋内柳畔畔探出一张芙蓉花似的面孔，大惊失色。

看来唐凛真是恨毒了自己。

洛无双的刀推不出，只能反手抽开，在秦渊掌心狠割了一道，抽出的一串血珠落在地上。柳畔畔惊呼一声，上前来看，被秦渊挡下。

他摊开手，血淋漓顺着指缝往下滴，他问洛无双："你是想要我的血，还是想杀我？"

夜风刮得人耳鼓生疼，像有夜哭的厉鬼，被血气吸引。

洛无双看着柳畔畔褪开的那只衣袖里受伤的手臂，忽然有些疲惫。

"算了。"

她摇摇头，一把将刀丢在雪里。

算了，这世界真没意思。

洛无双眨了眨眼，眼睫上有雪化了，如泪一样滴下来，秦渊从来没见她这样。

她分明是要哭了，可眼里睁大了，却空空荡荡的。

她说："秦渊，咱俩算了。

"我不要再喜欢你，你也不要感激我。

"你我从此，一刀两断。"

十二月末，岁大寒。

这一年，几乎无人盼除夕，朝野动荡，流民四散，帝子之位不定，举国上下，人人自危。

此刻夤夜三更，洛无双在屋里坐立不安，来回踱步，直摆着手骂："燕岁桐，我看你真是疯了！"她厌烦地拍着脑门，"我拿什么交？别说是《苍柏巡山图》了，我就是连个苍蝇都没有！"

而桌前燕岁桐一脸无辜，说道："师父，我那明显是缓兵之计，你急什么？"

他一双眸子让秦渡治好后，总有些爱红，每每一说就要哭似的，半大小子都骂不得了。洛无双不知该哭还是该笑，瘫坐在椅子上："你真是害死我了。"

三日前，他们在京陵城中。

百姓得知党争激烈，又正是朝本不安的时节，边关将士失守，又有西丹大军屡屡来犯，大家都收拾包裹跑了。

洛无双自秦策府出来，只觉得天昏地暗，一颗心尽是惶然。好在，她遇到了燕岁桐。像是忽然有了些主心骨，那时的她只有一个想法，她要离开这个地方。于是当即带着燕岁桐，打算出城去，谁想会被霍少谦堵住。

霍少谦竟与唐凛混到了一处，这已经让她十分困惑，更绝的是，他们竟要她交出《苍柏巡山图》，并扬言秦渊、秦策皆在他们手上，若她不想秦渊、秦策出事，就要乖乖行事。

洛无双："……"

要不你弄死他们吧，我是交不出来的啊？

可惜，霍少谦好似被什么东西上了身，根本不容她商量，一把掐着她的喉咙灌了药，就说出限定日期。

而在那时，该死的燕岁桐毫无骨气，直接丢盔卸甲大嚷：”我们交！我们交！“

行啊，看现在交什么！

常言道，兵来将挡，水来土掩。

他们现在是山穷水尽，横竖一死的买卖。

洛无双索性也放平心态，脱了靴子准备上床睡觉："好了好了，反正还能多活两日，死前还能像我们这样好好准备的人不多了，当一天和尚撞一天钟，你也早些睡吧。"

燕岁桐死死地抓住被子，吹熄了灯："不，师父，你要逃出去。"

洛无双做了一夜梦，她在一个麻袋里，被丢来丢去恨不得撞死。

于是，第二天醒来，洛无双就惊讶地发现，那竟然不是个梦？！

她竟然躺在荒郊野外，旁边是三个丐帮打扮的子弟在守候。

见人醒来，那几个弟子都有些激动，上前拜道："舵主！"

洛无双头蒙，敲着脑袋起身："我怎么在这儿？"

一个瘦高个道："昨天半夜，六袋长老向我们发信号，接着直接从窗子里扔了个麻袋下来——"

矮胖子接着说道："他让我们拖到城外，有多远走多远，我们不敢耽搁，只好一路狂奔，才从东城走到西门出了城。"

洛无双眼前一黑。

“所以……你们没人看看麻袋里是什么？”

“我们也不知道麻袋里装的是您呀……”

洛无双痛苦地捂住脸：“那……那你们狂奔一路，为什么不直接从东城走东门？”

那高个子面色一红：“呃……这样显得我们比较专业。”

“专业？”

燕岁桐这小子，虽说办事太次，好歹一番苦心。

他们四人赶忙向城外去，希望能遇到帮手进城救出燕岁桐。正在傍晚时分，大道外有人策马而来，洛无双满怀希望一抬眼，正撞见对方的亮银枪头。

坏了！怎么会是霍少谦？！

他们赶紧掉转头，可已经来不及了。霍少谦见到洛无双很是惊喜，翻身下马急道：“无双？你等等……哎，无双，你为何避我如蛇蝎？”

洛无双浑身僵直，还是勉强笑道：“那……那个……霍兄，你要的图我藏在外面，所以我这是特地出来——”

“等等……”

霍少谦抬手打断她，他面上神情除却疑惑，倒是比当日温和许多，洛无双见他说：“什么图？”

心底一愣。

“霍兄！你昨日在哪儿？”

霍少谦茫无头绪：“昨日？我将雨萌交给秦渡照顾后，回霍府调了一部分人马过来。”

他一想，又不禁皱眉：“倒是你，怎么在这儿？”

洛无双大叫不妙，那霍少谦扣押两位皇子的消息从何而来？

而她也的确在昨日，刚和霍少谦有过一战！

电光石火之间，洛无双有一个大胆的想法——城中的霍少谦是别人假扮的！

洛无双苦着脸大叫：“糟糕！我们上当了……江南城中有人假扮你捉了秦渊和秦策！”

江湖之中善易容者何其多？

霍少谦让洛无双好好想想是否有破绽之处，洛无双眉头紧锁，忽而指向霍少谦腰间：“虎符！

“是赫连真真！她拿了你的虎符，那日在城外！”

可恶，原来这女人偷虎符，是为了今日这一招。得知了这次江南的变故，洛无双有开始狠不下心弃秦渊而去，她心下忖度，只当好人做到底。

若他真有难，自己就最后再救他一次！

就这一次！

秉着这种心理，洛无双别过三兄弟。

她同霍少谦快马加鞭进城，而此刻的江南城中狼烟四起，几乎是一座战后的乱葬岗。

霍少谦提议二人乔装。而进了江南城，他们才发现这身装扮倒是十分明智，因为无论什么衣着、什么阶层的人，都在拼命从城内逃出去，进城的倒成了异类。

洛无双和霍少谦面面相觑，抓住一个出逃的阿婆问："我们是异乡逃难来的，城里可是发生了什么，怎么大家都纷纷向外走呢？"

那阿婆把他们拉到一边，望向四周并未有卫兵才道："我说你们两个外来客，还是寻他乡避难吧！城里已经变成了尸城，二皇子和四皇子被霍将军囚禁，根本无人敢报信给朝廷……

"现在的城主是我们燕冀的战神……呸，什么战神，就是霍疯子！

"他们与唐家堡每天都来街上抓人去做药人……"

洛无双与霍少谦不免胆寒。

没想到唐家竟在唐凛手中落得个通敌卖国的下场。

"不好啦，不好啦，唐家堡又来抓药人了——"

正在他们说话间，一个蓝褂男子满街呼救逃亡，而他尚不及跑多远，一只利箭正中那男人后背！

见此状，洛无双把心一横，将那阿婆推与霍少谦，匆匆交付一句："在外掩护！"

她混入人群中，随着这一拨哭号的难民一起被抓了回去。

洛无双的那张脸，唐门实在太熟悉了。当难民们被一个个推进囚室，洛无双垂着头，还是被唐凛一个手下认了出来。

不过她这个"少夫人"，目前可一点特权没有，只是不必被绑着，活蹦乱跳地被带了出去。

这回洛无双没有被拎到什么暗房，或是水牢。

他们把她"请"到了中庭。

这儿的天井她很熟悉，小时候随着父亲来了几次，都是在这儿窝着小憩。说来今日也算是个好天气，此刻晌午，天井下投着一片日光。

洛无双微阖上眼，仰着头，在那风间竟然有一阵花香。

她怕自己嗅错了，又仔细去分辨，那味道又冷又清洌，颇像唐凛身上的气味，只是没有更多杂的了，只有寡淡花香。

“是冬梅花。”

唐凛不知何时站在她身后。

洛无双吓得一愣，脚下打绊，她“啊“的一声往后倒，正栽进一个说不上多么暖和的怀里。

唐凛的一双眼睛，居高临下扫来：“洛无双，我从前不知道你有这爱好。”

“什么？”

“明明已经离开了，不好吗？为什么又要跑来做药人？”

“我是为了见你！”

不知是不是日头晒的，唐凛玉似的面孔上泛一层浮暖。

洛无双站直身子道：“我知道了一个惊天动地的大秘密！”

唐凛上下打量她，掀唇讥讽：“哦？是吗？逃跑的人回来竟然会给仇人报信。”

洛无双涨红了脸，小小的拳头紧紧握住，道：“你是我仇敌不假，但看在小时候的情分上，我有必要提醒你！”

唐凛瞧她这样子有趣，点头道：“你说吧。”

“赫连真真骗了你，她借你的手杀掉秦渊和秦策，目的就是拿到《苍柏巡山图》，找到隐藏图中的宝藏！”

短暂沉默中，风把一阵梅香吹散。唐凛偏了偏脸，淡道：“我凭什么信你？”

“你傻啊！”

洛无双忽然恨声：“我的命都在你手上，你不信我大可以杀了我。”

“那你从何而知？”

“我出城的时候看到两个西丹人，他们为非作歹，还要抢劫酒家，我气不过就帮了酒家一把，谁知道他们俩竟然威胁我说，待他们赫连公主找到《苍柏巡山图》，找到宝藏造了武器就把燕冀人统统杀了。”

洛无双这话半真半假，唐凛只觉得她的表演未免浮夸，摆手道：“够了，此事我自有主张，你下去领了药，在院子里歇息，若有任务自然会有人通知你。”

只是这样？

洛无双不甘心，似乎自己下的眼药还不够效果，又道：“你就这么轻易放过她吗？假若她夺得了燕冀，你以为唐家堡能独善其身？你未免也太天真了些！依我之见，你就该即刻攻打西丹人，给他们点厉害瞧瞧！”

“林思渺。”

“……啊？”

唐凛用冰似的嗓音说：“我只给了她半卷，她杀不了你的燕冀人。”

洛无双眸光一亮，难得聪明一回的她立刻捕捉到这条关键信息，眯着眼睛道：“你的意思是，另外半卷还在你手中？”

唐凛一愣，随即反问：“那半卷不是在你林家藏着？”

洛无双脑子转得飞快，她开始怀疑自己落在稷下书院的那半幅图的真假。

看样子，唐凛从一开始就没打算把真正的图交出来。

…………

滴答。

滴答。

有水落下的声音，又或是雪融了。

若雪融了，岂不是开了春？

逼仄狭小的空间十分压抑，秦渊日日靠着最上方的换气口判断是黑夜还是白昼。

每过一天，他就会在墙上画一道，直至写满一个正字，再另起一字，整整半月，没有一人来探访，他甚至觉得这里会是自己最终的归宿。

他总在这些寂夜之中想起那个雪夜。

洛无双在囹圄之中仰起的脸，望着自己走完那一条伸手不见五指的长廊。

她在那里熬过一天一夜，恐怕也如自己一般，数着砖瓦裂缝，期盼有人将她救出去。

每一个到过那里的人都问她《苍柏巡山图》在哪里，连自己也不例外。

秦渊攥起掌心，他那晚握刀的手再也没有痊愈，长疤横贯掌心，像洛无双送他的一笔命脉，一段人生。

他真后悔。

“若是人间囫囵客，又岂于今思离人。”

他渴望权势，又总想把洛无双藏起来，从来不去管她说的愿不愿意，只是自顾自做了。

皇位、荣华。

哪一样，都不如一个山崖下背着他的“洛无双”啊。

水声不知从何处落下来，永无止境。

秦渊心口滞涩得厉害，他猜测是毒发了，又或自己撑不到见天日，而一旁有人摇晃着他……

“四哥？四哥？”

是阿渡吗？

——是阿渡啊。

若这就是最后了，他死前见不到洛无双，大约就是报应。

江南巨变，豫章王虽措手不及，但反应到底算迅捷。沈贵妃也派出重兵，营救秦策。只是趁着秦渊不在，他们在朝堂上倒也翻云覆雨。此次他打算一举歼掉所有秦渊派系的人，再借机将朝廷命脉握在手里。

秦渊入狱，朝中的老臣也有些人心涣散。舒丞相本有意支持秦渊为储君，但无奈秦策爪牙遍布朝野，盘根错节，竟有些一边倒之象。

舒家人自来身体不好，舒遥被自己的丞相爹左右逼迫，一女难侍二夫，秦渊、秦策都不是她的意中人，可风雨飘摇，江湖动荡，燕岁桐自那日一别后再也不知去向。

忧心忡忡，舒遥虽不至于卧床不起，但是到底受伤，一直未愈，在江南竟也久病卧床。

且说燕岁桐略施小计帮助洛无双逃走后，自然少不了被唐凛和赫连真真收拾。幸亏丐帮少帮主以丐帮全体实力相要挟及时解局，逼迫赫连真真和唐凛不得不把燕岁桐放了。

回到丐帮后，陶让问他：“接下来你可是想好去哪处了？虽然洛无双对我有追妻之恩，但我更希望你幸福。”

柳畔畔在他身后，芙蓉一般娇颜，已是情意相投。

燕岁桐苦笑，道：“师父对你有天大的恩情，对我又何尝不是？情爱须有功名在，我一介草民，如何能配得上所爱之人……

“属下不是少帮主这样的人物，自然也不配得到苦尽甘来。”

陶让想再说些什么，却被身后的柳畔畔一把拉住。

情爱之事向来只有局中人懂其滋味，旁的说再多也是徒增烦恼。

就这样，燕岁桐辞别丐帮后，独自走上了闯荡江湖的道路。他一边寻找洛无双的下落，一边帮舒遥采药，他想若是此生无以兑现承诺，便要她健健康康地享受荣华富贵，除此之外，别无他求。

落寞的燕岁桐独自去爬江南城边的天险峰，在天险峰顶端，好巧不巧遇到了大战归来的霍少谦。

那日洛无双走后，西丹军兵临城下，霍少谦的霍家军本有十成十的打算，但奈何低估了唐家堡的毒术，接连损失两名大将后，只得蛰伏在这天险峰，留派人手打探。

燕岁桐难分敌友，以为是城中赫连真真假扮的霍少谦，一时怒火难烧，道："你还敢出现，我师父呢？！"

如今的江南城几乎是受天下人瞩目，霍少谦若是不绝地反击，那这个祸乱江山的大锅他就背定了。此刻他更是百口莫辩，急忙道："听我说……"

燕岁桐在此情此景见到霍少谦，第一反应就是拔剑相向，刀光剑影，你来我往，正好让燕岁桐有练习武艺的机会。

霍少谦自然不可能真的同对方打斗，虚接了几招之后，燕岁桐终于意识到眼前的霍少谦似乎和城里的霍少谦不是一个感觉，停下手中的青龙剑，给他解释的机会。

"城中之人是赫连真真假扮的，我才是真正的霍少谦！"

燕岁桐将信将疑，道："你如何证明你才是真的？"

这下霍少谦可真是哑巴吃黄连，有苦说不出。看来，如何证明自己是自己一直是一个千古难题。

"……"

燕岁桐不傻，眼前之人眼眸清澈，面容清晰依旧，再联合当日情景，自然知道霍少谦所言非虚，便信了七八分。剑回了鞘，他便十分认真道："姑且信你一回！不知你此番可有我师父洛无双的消息？"

不用他多言，霍少谦也是要仔细同他对一遍消息，如今如何救出洛无双是众人心头最大的念想。

霍少谦提出："我也在寻找她！那日我同她一起进城，可所望之处已经是面目全非，路有哀鸣。我本想同她详细打算，可她救人心切，不惜以身为饵，去唐家堡做了药人，我也没有她的下落。

“倘若我没猜错，她必然是要说服唐凛重新归附朝廷，而我们正好也可以趁着城中蛇鼠相斗，将计就计，以谋后事。”

燕岁桐略一思考，便知此事可行，但他担心城中的舒遥恐遭黑手，便道：“既然如此，岁桐也可以稍放心些，烦请将军麾下能工巧匠借我一人，取了山崖壁上的白目菇，回城送到舒小姐府上再来一同商议。”

霍少谦不知燕岁桐已经同舒遥两情相悦，只以为是受洛无双所托，便准了他的请求。

而在江南城的另一端，洛无双每天好吃的好喝的，在唐家堡“养尊处优”。

除了每天给唐凛洗脑，她实在是不知如何帮助旁人，甚至已经入府多日，竟都未曾打听出来，秦渊与秦策到底是否如民间传说一般被抓，又到底被困在何处?

洛无双随便找了角落入座，只听那说书人道：“上回说堂堂四皇子被抓，那还了得，举办花舟节的豫章王急得就像热锅上的蚂蚁，好不容易将人救出来，过了没两天，四皇子回了府，竟然看上了豫章王的女儿玉溪公主，着她日日侍奉榻前……”

这什么乱七八糟的?

洛无双越听越觉得臊得慌。

秦渊怎会糊涂至此，虽是异姓王之女，但怎么说也是跟皇帝拜了把子，玉溪公主是他堂妹，假若真的发生些什么，那可是乱伦。

回了屋内，洛无双越想越亏。

为了秦渊，她一次次深陷龙潭虎穴，他倒好，先是舒遥，后是柳畔畔，现在再加上一个玉溪公主……想起之前他说的甜言蜜语，洛无双恨不能回到那天，那个雪夜，干脆一刀结束了他。

彼此都痛快。

房门吱呀一声，不用看都知道，准是唐凛不请自来。

他明知洛无双的每日行程去向，偏还要问：“怎么了？看到你的旧情人秦渊美人环绕，不开心了？”

“要你在这儿说？！”

迎面飞来一个玉枕头，直冲面门，唐凛偏过身，扫过一地碎瓷：“怎么还恼上了？”

洛无双滚进被子里，把自己裹成一个如意芙蓉卷，只有那张小脸抬出来，十分不屑似的：“你少管我！”

什么“阶下囚”，脾气还不小？

他轻咳一声：“林老爷带着林净川到新洛萧家提亲，我打算放你去一趟，说不定你还能赶上他大婚。”

嗯？

这样一想，洛无双忽然意识到，江南事变，哥哥也没有找过自己，这一下子要成亲了，却也不来接一接自己吗？

唐凛见她不吱声，说道：“你在想他们怎么不接你去？听闻，新洛还有一个林大小姐。”

什么林大小姐？哪里来的林大小姐？

与其忧心，不如自探虚实，洛无双打定主意就要走。临出门时，唐凛似是有些犹豫，一面挂心，一面又不愿意说似的。

他道：“若是遇到困难，掰开避毒玉，我便能感应你的位置。”

原来，避毒玉之所以能够避开世间一切毒瘴护人性命，是因为里面注入了历代唐家堡掌门的心脉血。

玉石碎，牵挂知。

这本该是历代唐家堡堡主给下一任少主的护身符。

洛无双眨了眨眼，她哪敢说那玩意儿已经被她送了没良心的情郎？只得在心里唾骂杀千刀的秦渊一万遍。

这边的状况实际上并不好，洛无双想弄死秦渊的时间里，秦渊在病榻上也跟阎王缠绵了数万次。别说什么玉溪公主，以他当前的身体状况，就是跟母蚊子都不好有什么亲密接触，简而言之，最宜静养。

江南失控，洛无双失踪。可最该静养的秦渊却一刻都养不住，他隐约之中觉得有什么暗流在卷着洛无双入旋涡。

夜黑风高，秦渊不顾秦渡的嘱咐，强行灌下两碗参汤要往新洛萧家赶去。

他黑灯瞎火地摸着收拾行李，动作鬼鬼祟祟，只因为平日里有秦渡看着，再加上一个豫章王送来的狗皮膏药玉溪公主，弄得要走也走不掉，只能“潜逃”。他背着包裹，望一眼天边月色，倒是并不清明，也不知道洛无双……

他总在月夜无端挂念这人，若知道对方心底如何唾骂，也不晓得怎么想。

秦渊沉叹口气刚关上门，风间有一瞬晃动：“谁？！”

不等反应，背后就被人用刀抵着，一个压低的嗓音荡在耳根，暧昧又似曾相识：“跑？急着去会情人？”

秦渊心下猛地跳了一下。

“你是谁？”

对方的刀尖一点不锐，像戳在心口，又好似只有一抹春色，把他堵死在房门前。

秦渊回过身，一袭夜行黑衣的洛无双目光冰凉：“怎么，你的公主伺候得不好，还要夜半摸出去偷情？”

她还活着，她还好好地在这大千世界里。

秦渊无比感激曾被他唾骂过的诸天神佛，可当他想去推开那把刀，洛无双却并不动。

她依旧记得那日秦渊对自己冷漠的神情，就算是对路边的阿猫阿狗都比对自己亲切，虽然事后柳畔畔也曾找过自己提及此事，虽然他有太多的借口和无可奈何……

“无双，你愿意听我说吗？”

秦渊向刀口挪近了一些，语气温柔到能挤出水。

——虽然他这一刻的深情绝不是做假。

但洛无双就是憋着一口气，须要亲手跟秦渊来消。

她撤开手，像一种无声的妥协。

洛无双闷声说：“你最好快点说……趁我后悔之前。”

刀子“当啷”一声掉在地上。

秦渊紧紧抱着她，怀里夹着夜露和月色，比那一晚的雪和狱里的铁栅栏不知强过多少倍。

他早一天这样，或许自己就早一天原谅他……而同时洛无双也怨恨自己的不争气。

她推开了唐凛送来的大半个江湖，就是来等秦渊怀里这点月色？

真是一点不值得！真是愚蠢透了！

秦渊眼睫垂下来，扫着她发痒，他说：“无双，我好想你。”

洛无双不说话。

这人这辈子大概也就会说这一句情话。

想念是真的，眼神是真的，那天的狱中的冷情也不是在别人身上发生的，现在还有一个公主，谁知道秦渊是不是也用这套对付那个公主？

“少碰我！”洛无双啐了一声，说着就要抡拳头发泄。秦渊用手包裹住她向自己飞来的粉拳，化作柔情蜜意掌贴在左胸膛的位置，居高临下地看着她。

月光下，她眉如墨画，眼若秋水，恰好红着的双颊尽显说不出的柔媚细腻，如雨打碧荷，说不出的空灵轻逸。秦渊眼睛里满是宠溺，轻声：“娘子，饶了我可好？”

洛无双羞红了耳根，根本不知如何作答，贝齿轻咬红唇，却习惯了粗着嗓子学男人说话：“谁是你娘子，老子可是……”

她话还没说完，就被秦渊封了唇，辗转细啄，便是单单一个吻就已经让她如堕梦里。

她眸眼若秋水，眼底一泓潋滟波光被雾气笼罩，但仍然不忘追问：“你和那个什么公主，你们是不是……”

秦渊左手抚着她脑袋，右手环腰：“外界的风声都传你那儿去了？豫章王糊涂你竟也跟着糊涂，我像是那样没眼光的人？且说那日被人瞧见被她伺候的也并不是我，是受了风寒的秦澄。”

这样一说，倒是自己酸了？

洛无双不大好意思，竟为玉溪“情敌”辩解起来：“她怎么说也是公主，你们何必拿她当下人使唤？”

“来都来了，我皇子府的饭可不能白吃。”

洛无双不置可否，只觉得认识秦渊这么久，没想到他还有斤斤计较的一面，便转话头问他：“你这偷偷摸摸的可是要去新洛？若是同道，我们倒是可以结伴而行。”

秦渊一口拒绝：“不行，我自己去……那里危机重重，比举办花舟节的江南也不遑多让。”

洛无双不解，道：“左右不过是我们林家同萧家联姻，有何怕的？纵使他萧家权势再大，比得了你一个皇子？”

洛无双归根结底还是太稚嫩了些，根本觉察不出朝中的动向：萧家是秦策的人，此番操作俨然表明林老爷子已经站队到秦策的队伍中去。

秦渊十分严肃道：“我去便是……这样，出城三里有一个名唤天险峰的地方，那儿有霍少谦驻扎，还有你的小徒儿燕岁桐。你照顾好自己，等我回来。”

洛无双知道霍少谦同赫连真真城门之战，最后霍少谦退兵败守，便道：“霍兄不是中了唐家堡的毒吃了败仗？他眼下正是伺机复仇的好时刻，我怎么好打扰他！”

秦渊颔首，倒是诸事了然于胸。

“是这样没错，可据我观察，赫连真真此刻已经不在江南城中，而是去了新洛。”

洛无双：“新洛我是一定要去的，我不管你在担心什么，可是我爹娘在，我大哥也在。纵然那是龙潭虎穴，我也是得去闯的……你们就当是捎带上我吧。”

果然自己还是那个被捎带的废物。

秦渊略一沉吟，半晌才道：“那……行！你可以去，但你得时时和霍子谦、燕岁桐一起，万不能涉险。”

洛无双点点头，想到燕岁桐，洛无双不免又提起自己为人师表的身份，忙说：“我可先给你说下，到时赫连真真的项上人头谁都不许抢！那是我送给我徒儿的见面礼。”

洛无双絮絮叨叨地说着，根本没注意秦渊一瞬的不自然。

恐怕不能如她所想了。

他之所以能够这么快从牢狱里出来，并重新掌握江南城，除了秦渡的及时劫狱，还有舒丞相在朝中的鼎力支持。

能这么快达到这一目的，方法只有一个，那就是利用舒遥。这一枚至关重要的棋子，他必须收到身边。

秦渊不愿同洛无双说这些，便轻声哄道：“好好好，你说什么便是什么。今日时候不早，你还是早些回去休息，明日再动身也不迟。”

洛无双张了张嘴，却什么也来不及说。满肚子的知心话儿不知同谁讲，或许唐凛对自己所做之事还是不要告诉他的好。于是她恹恹同他告别，准备同霍少谦和小忠犬见面。

这一晚倒是难得好眠。

第二日天刚蒙蒙亮，洛无双就急不可耐地出发。依照秦渊所说的方向，在出城两炷香后，她终于看到了阔别已久的两人。

晨光为这场重逢增添了些动情颜色。

她奋力打招呼：“近来可好？”

霍少谦也感慨万千地应声。

他夜半就收到了秦渊的飞鸽传书，自然也是对赫连真真恨得牙痒痒，表示即刻启程。唯独燕岁桐不同意。

他的意思是："若是我们就这么一走了之，那城中的老百姓该如何自处？万一赫连真真卷土重来，岂不是功亏一篑。"

霍少谦也沉思过。

燕岁桐的担心并不全无道理，只是这边有秦渡驻守，短期并不需要多么担心。洛无双听罢这些，大掌一挥，打在燕岁桐的肩头："不必如此担心，秦渊已经掌握了赫连真真的动向，她此刻定在新洛。你也不必想太多，有师父在……"

她尾音悄悄地降了下来，只有两人才听得见："舒遥还给你当媳妇儿，放心吧！"

燕岁桐摇摇头。

他真是有苦说不出，他同舒遥之间，差得何止是一个赫连真真？

跨越阶级的恋爱注定没办法受到祝福。

而……他望一眼乐观的洛无双，恋爱中的女人智商为零，师父果然是沉浸在她的美好爱情中了，丝毫没有感受到自己眼里的挣扎无奈。

洛无双与燕岁桐二人做简单收拾，就上路了。

第十二章
君心似我心

紧赶慢赶，也花了不少时日。

等到三人赶到时，新洛城中已结彩盛典。洛无双仔细询问才知，这林、萧两家大婚，竟由皇帝亲自拟旨。

不但如此，皇上还让沈贵妃代替自己主婚，权当聊表心意。

如此，洛无双这才明白秦渊所说的不简单是什么意思，依照目前的情况来看，秦策一派简直是故意拉她林家下水，逼迫其站队。

整个上午，了解了全情的洛无双都气愤不已。

当今天下，全乱了。

圣上病体沉疴，疾重难行，掌六宫实权的沈贵妃一手遮天——这对秦策一族来说无疑是一份天大的荣光，甚至这是给了朝中诸位大臣一个风向标。

新洛皆道，林家大公子和萧家小姐的婚约是天赐良缘，而届时，林家那个夺了花魁的大小姐也会出现。

一时间，有头有脸的人都想来见见这个百年难得一遇的场面。各家小姐铆足了劲梳妆打扮，倘若有幸入了贵妃法眼，那许配个王孙贵族岂不是绰绰有余？而其他武林人士各人有各自的想法，无法一一细说。

可以说，这个婚礼，足以称得上举国盛宴。

萧家出手阔气，几乎包下了整个新洛城，一面款待天下商贾，一面招待林家的江湖朋友。

而林家江湖上的朋友虽然名义上是观礼，其实内心打的都是林家大小姐的主意。越是进城，洛无双越是了解到更多的关于假林家大小姐的传闻，这使她恨不得立刻就去撕掉假扮者的脸皮。

她一度怀疑，这次也是赫连真真假扮自己骗取了爹爹的信任。

大婚一日终是在各方的虎视眈眈下到来。

洛无双三人也早已换上便装，梳洗打扮一番，成功混进了林家所邀的江湖人士中。面对满桌丰盛菜肴，他们谁也没有胃口。所有人都在等待，等待水落石出。

“沈贵妃到——”

一声尖锐的公鸭嗓划破了喧闹的宴会。

一名雍容华贵又不失风韵的妇人被请进门。洛无双被挡在后面，抻着脖子看不太清，而霍少谦倒是十分紧张，拉了拉她的衣袖：“低头！”

洛无双没听清楚，愣是听成了“里头”，还皱着眉头不停追问：“啊？什么里头？”

她的声音本不大，但在这会儿哪有人敢开口？

太监不悦尖声道：“何人在喧哗！”

众人皆一颤，俯身紧闭着嘴。那女人凤眸所睨之处皆是人心惶惶，洛无双被盯着，也不知道怎么办，便照礼制行宫礼给贵妃请安。

沈贵妃淡道：“免了，你叫什么名字？”

洛无双目光一转，矮身道：“草民洛无双，叩见贵妃娘娘。”

沈贵妃若有所思点头，也不唤她起身，直直冲霍少谦的位置高声道：“那儿可是霍将军？”

霍少谦见身份隐藏不了了，索性大大方方地站了出来行礼：“末将给贵妃娘娘请安。”

沈贵妃这才一只手把洛无双扶起来，对两人道：“无须多礼，将军为朝廷立下汗马功劳，本宫不敢多承你的礼。”

霍少谦肩头一僵，依旧双手抱拳：“卑职不敢。”

沈氏眼底一沉，朱唇轻启：“霍将军这是带着哪家的姑娘？若是有意，本宫大可为你做主……”

这话一出，吓得霍少谦一身冷汗。

他忙道：“娘娘您多虑了，我同无双姑娘不过是路上偶然遇到，结伴赴宴而已。”

沈氏不应，依旧是若有所思地在两人脸上打量，不知看出什么，而后竟笑着说道："我瞧着这丫头也好。不如宴会上，你就将她借予我解闷，如何？"

霍少谦握紧拳头。他知道沈贵妃是在用洛无双做威胁，人哪有借和卖的，这到底是沈家一贯风格。

洛无双瞥了他一眼，心说不答应也得答应了。于是霍少谦把头一低，便也只得如此："是，谨从贵妃吩咐。"

洛无双随着金枝玉贵的女人进去。

喜宴的锣敲尽，千呼万唤，结亲的两家人这才出来。

礼乐声中，林老爷子同萧老爷一胖一瘦，表情比起办喜事更像赴鸿门宴，同各位见了礼。

洛无双坐在席间，从逃婚后许久不见林老爷，此刻望着对方，再也绷不住眼泪。她猛地站起来，出神地唤了一句："爹……"

左右聊天的人都愣住了。

而前头，林懿回过身，目光竟然十分冰冷，如同陌生人一般装作听不见的样子，直接无视了。

而此时坐在洛无双下首的一个模样清秀的女子站了起来，越过洛无双，在林老爷面前行礼："爹爹。"

洛无双望过去，女子的背影看起来倒同自己真有三分相似，这下洛无双傻了眼。

爹爹？

自己的爹何时成了别家小姐的爹？难不成是认的干女儿？

洛无双不敢多猜，只在后面不甘心地喊："爹，我是思渺啊，这些日子您……"

"放肆！"

林懿严厉呵斥，向洛无双怒道："哪来的野丫头？竟这样当众认爹，还不快滚出去！"

洛无双瞧着他目光，心口一寒。

往昔最疼爱她的爹爹此刻对她，弃如敝屣，这是怎么了？难不成所有人都被下了蛊不成？她不甘心，还想再上前解释。座上，那沈贵妃一副看好戏的嘴脸，向霍少谦冷嘲："这是怎么说？你这朋友方才还自称洛无双，怎么这会儿见了人，又上赶着认爹？"

洛无双嘴唇翕颤，吐不出话。她不知道若天底下有父母亲不认儿女，又该如何。

秦渊，她想着，不知道秦渊何时会来。

她多希望秦渊在这儿，握着她的手说“不怕”。

…………

城内是盛世良辰吉时，而此时的新洛城却被守卫军围了个水泄不通。

有两拨人马先后到达新洛城，左边是脸色还有些苍白的秦渊，右边赫然是大闹江南的唐家少主，唐凛。

这围城的兵卫很明显是拒绝唐凛入城，只是唐凛若这么好摆平，也不会短短数月就手握半壁中原武林。他高坐马鞍上，面无表情，身旁小厮冲后面的守城人喊道：“还不滚开，唐门的人你们也敢拦？”

守卫面面相觑，不敢玩忽职守，不料唐凛抬起手，轻描淡写道：“打。”

唐门出手狠毒，那些侍卫单纯是防守，根本防不住，秦渊怕这些守卫性命堪忧，率先出面——

汗血宝马拦腰横断进城的路，铁蹄嘶鸣。

秦渊盯着眼前的来人，假意道：“唐少主何必动怒？左右不过是个侍卫，难不成少主是把覆灭江南城的豪气带到新洛城里来了？”

唐凛不屑冷哼：“看来殿下的意思是，江南如今已是我唐门的了。”

秦渊懒与他争辩，挥退左右直问：“为何来新洛？”

唐凛倒也坦然：“自然是找我的未婚妻。”

二人争执不下，前后到了府门前。当洛无双六神无主之时，门口有人通报：“四殿下到——唐堡主到——”

这两人怎么会撞到一起？

洛无双已经管不了许多，她抹了抹脸迎上去，不愿让秦渊瞧见自己难过的样子，尽力扬起笑脸：“秦渊，你来得正好，他们……他们不知道怎么了，定是被人……”

“松开。”

“……什么？”

秦渊眼风扫来，落到洛无双拽着的袖口上，像看一个怪物，皱着眉重复：“松手。你是何人？竟敢如此唐突与我，来人，把她轰出去！”

“秦渊，你说什么？我是无双，你怎么了……”

“啧！”青年不耐烦伸手，将洛无双一张脸抬起来，端详着道，“你这样想攀附皇亲的女人我见多了，长得倒是不错……可惜，不懂尊卑。”

他重重一甩手，将洛无双推开，冷声吩咐：“让外头好好看着，不要什么人都放进来。”

“是。”

人群分散让开道，为的是当今陛下最宠爱的四皇子，而他今日蟒袍加身，眉目朗似星辰，就在众人目光中从洛无双面前，稳稳走过。

洛无双面上笑意溃散，连伸出去的手都不好意思收，她忽而扬声道：“秦渊！”

沈氏身旁的太监见她捣乱，尖锐嚷嚷：“大胆，殿下名讳也是你能叫的？”

洛无双仰起脸，极为难堪地发笑：“我为什么不能？

“我在西丹军营中舍命救过你，在山中书院不眠不休地照顾你……我们签过契约、滚过断崖、沉过一片湖底……秦渊，我凭什么叫不得你？”

每一个字都被洛无双咬得很轻，仿佛说过就能化烟飞走不见，而自始至终，前头那个金枝玉贵的人物也没有动容。他向沈贵妃道过喜，肩背端端正正，继而走到林老爷与假冒的林思渺前寒暄致意。

在所有人眼中，他光风霁月，而洛无双则是个胡言乱语的笑柄。

她踉跄两步，一时有些头晕目眩，身后有人接住她，然后看见唐凛面无表情的那张脸，眼里又黑又深，像一片夜。他说：“林思渺，我好像每次都能遇到你在惹麻烦。”

洛无双愣了愣：“我是谁？”

唐凛把她拽至一边：“如果你有借此解除婚约的想法，最好打消。”

真可笑，竟然有这么一天，除了唐凛没有人站在她身边，而那一纸婚约，从前她想尽办法去逃避的婚约，竟成了她作为“林思渺”的证明。

门外有人点起了炮仗，洛无双在唐凛怀里掩着耳朵，有些不自觉打战。喜婆隔着老远大喊：“吉时已到！迎新人！”

敢情热闹了半天，主角终于要登场。

洛无双木然地看着林净川，可以预料到，他的目光自始至终也没有分给自己半分。

当时林净川斥责她离家太久、怨恨她的任性、安排她去江南花舟会……可他从未说过不要她这个妹妹。

洛无双不明白，这一切究竟是噩梦，还是有人从中作祟。

“一拜天地——”

林净川低下头，阖起眼底悲悯，他不再看洛无双。

“二拜高堂——”

洛无双看到她的兄长握住红绸的手在打战。

“夫妻对拜——

“礼成——”

山呼海啸间，有人鼓掌庆贺，有人作壁上观。

直至最后，林净川都没有开口叫过洛无双。就像原本就是陌生人，他的缄默比林懿更为伤人，他只是牵着新娘走开。

仅仅一年半的时间，怎么就物是人非了？

在林老爷身旁的“林思渺”叫了一声嫂子，喝过茶。她一直旁观着一切，却不言语。

洛无双仓促地抹了一把眼泪，仔细盯着“林思渺”，少顷，忽而喊道：“茶茶？！”

虽然化过妆的眉眼调得与林思渺有三分像，可那就是跟她一起长大的侍女郁茶！

易容后的郁茶不再那么活泼，一切都被遮在那层画皮之下。她置若罔闻地扭过头，只是在掠过林净川的那一眼里，有难以察觉的痛楚。

正是这一丝情绪让洛无双彻底肯定，自己没有疯。

茶茶的难过挣扎，是因为与林净川在此叩首的人本该是她，而她现在成了“林思渺”……

一切都方寸大乱。

在大婚的傍晚，新洛落起冬雨，如絮絮绵上针一般，洋洋洒洒。当唐凛找到洛无双的时候，她神色恍惚，走得摇摇欲坠。油纸伞罩下，唐凛挡在洛无双面前：“跟我回去。”

洛无双眨了眨眼：“你不该找我。

“你的未婚妻，林家大小姐在婚宴上……你不该找我。”

唐凛脸色沉郁，一把将洛无双拽着要走。洛无双挣扎着，猛地摔在地上，就那么颓唐捂住脸，半晌后，终于崩溃地哭道：“所有人都变了，我也变了，我不是林思渺，我究竟是谁呢？”

伞下蔽着，一片干净的人间，唐凛俯身沉在洛无双眼前：“你是谁，只能你自己知道。”

无声的雪崩在整座京陵城上。

唐凛与洛无双吹了半天的风，正打算把人打昏带回去，忽然街对面跑来一个少年。对方气喘吁吁，见了洛无双眼里一亮：“师父！”

燕岁桐嚷嚷着，一脑袋雪，直愣愣走过来：“师父，我发现……”

洛无双被唐凛搀着站起来：“什么？”

大约是性子太直，燕岁桐没有看出洛无双的不对劲，兴奋地说道：“我发现赫连真真就在城内，而且我有办法让她自投罗网。”

听到赫连真真，洛无双勉强打起精神：“你？只你一人去抓？”

——“还有我。”

追着燕岁桐，霍少谦扬声，走到他们面前：“无双兄弟，单打独斗，你不仗义啊。”

洛无双像是忽然找到了发泄的口，坚定道：“好，去抓她！”像是忽然想到了什么，洛无双回头去看唐凛，一脸警惕，“你……你不会还是要帮赫连真真吧？”

唐凛面色清寒，半晌才道：“如果抓她能让你心情好些……那你便去吧。”

唐凛再不言语，转身离开。唐凛似乎早已经习惯了，在洛无双孤身一人的时候来到她身后，在她找到故友后转身离开。

他们二人，似乎从未交心，也不知是否能算得上点头之交。

第二日清晨，天色蒙蒙亮。

大街小巷的告示不知被什么人动了手脚，都画上了日月符号，并且在旁边用西丹文写了一个“狩”字。

——西丹，以日月为神明。一个“狩”字自然指向城外，意思是：约赫连真真在城外一见。

这个点子也就燕岁桐能想得到，洛无双是锦绣皮囊好看，腹内却是一点就着的草莽。

日出不久，洛无双带着燕岁桐蹲在城外不远处的斜坡上。他们看着新洛城进进出出一片繁华的景象，不由得心生感叹。

千古都城，从来日升月落都是寻常，可若国破山河动荡，那么什么都是弹指间了。

洛无双忐忑：“岁桐，你说赫连真真会来吗？”

“放心。”燕岁桐头也不回，“知道你身上有另外半卷《苍柏巡山图》，她肯定会来的。”

果不其然。

一个汉人打扮的乞丐走过来。他体格消瘦，脸上有一块碗大的疤痕，目光躲闪，四处探望着，向洛无双所在的山丘走来。

洛无双眯着眼，望着缓步走来的疑似赫连真真的人，一拍大腿笑了：“你瞧，赫连真真是个汉子，竟然敢一个人来。”

燕岁桐一时无语。

他略微停顿了两三秒才说道：“或许她以为给她留信号的是他们西丹自己人。”

“……”

洛无双放弃这个问题。

待赫连真真远离人群，走得离自己更近了，燕岁桐向坡下扔出一枚铜钱大的石头，咕噜咕噜滑下去。赫连真真一见，便知是走对了方向，她小心试探一步步走上去，而洛无双却悄悄从坡下绕到她背后准备行动。

疾风吹野上劲草！

洛无双的身法并不那么滴水不漏，赫连真真有所察觉。而前头，燕岁桐突然出现在她面前，又是扭脖子，又是压手指：“将军，别来无恙。”

她的脚步一退，洛无双已经逼上，活动着手腕面色冷凝：“想跑？”

洛无双勾起拳，两脚岔开，上前进攻。

赫连真真大惊失色，险险一弯腰躲过洛无双的进攻，她赶忙向其他方向跑去，洛无双和燕岁桐自然在背后穷追不舍——

只要赫连真真不往新洛城中搬救兵，燕岁桐就有信心凭借两人之力活捉了她。

前后夹攻，赫连真真见入城不得，便假意放慢脚步而一下子被他们抓住，这让燕岁桐心里有些愣怔。

他们没能和赫连真真交过手，不知道水浅王八多，西丹套路深。一抓到手，洛无双用身外罩衫上的腰带将人绑了起来，她捏着赫连真真的脸："还想跑？快说！林家的动荡究竟和你有什么关系？"

赫连真真的确同唐凛联过手，只是在中途，唐凛撕毁条约，归顺了秦策一党，而林家的变故她的确不知。额头上贴的刀疤现在因为汗水的浸染滑落盖住了右眼，她强忍难受对洛无双道："我不知道，你找错人了。"

洛无双将一切的罪源都归结在赫连真真身上，一句不知道就把之前的一切都抹掉了吗？

洛无双有些癫狂，抬手重重扇了赫连真真一巴掌，顺带把她脸上的假刀疤带掉，道："你撒谎！"

赫连真真的眼睛里似乎出现了重叠的人影，微笑时嘴角裂开的疼痛让她意识到自己成了阶下囚。不过右眼的阻挡少了，她重新凝聚好气息，聚精会神地盯着洛无双，准备使用幻术。

"别看她的眼睛！"

太迟了，随着赫连真真几句话，洛无双与燕岁桐无一幸免。

赫连真真再次逃跑，而当霍少谦带兵赶到，只看见两人晕倒在冰天雪地中。

他赶忙命人从城中端来两盆冰水，直接浇在二人头上。一瞬间刺激，这才把两人从幻术梦境中唤醒。

醒来后的洛无双和燕岁桐皆是泪流满面。

幻梦之中，虚假的天地与人生，竟令人如此真实地体会痛苦和甜蜜。

霍少谦有些无奈，俯身道："没事吧。你们二人定力尚算稳固，若是定力极差之人，就是大罗神仙也叫不醒你们了。"

平平常常一句调侃的话，却已经让洛无双红了眼。

她梦到了林家，那些当初作为林家大小姐无忧无虑的日子。她实在是太想回到林家，回到母亲的怀抱之中，梦里也是一晌贪欢。

霍少谦也大约能懂，他看穿了她的心思，无不感叹一句："你与其没头苍蝇似的找原因，为何不直接问问林老爷子呢？"

洛无双一愣，这才恍然大悟。

的确是做了太久的局中人，她竟然忘记这么直截了当的方法。赶忙谢过霍少谦，她带着燕岁桐直奔萧家，而霍少谦自己则无奈叹息摇头，率领一小队人马继续向城外寻找赫连真真的下落。

…………

是夜，洛无双潜入府邸，去见自己的父亲。

洛无双站在林老爷房间门口，望着窗户上烛火投影在纸窗上的影子，不自觉湿润了眼眶。

父亲依旧喜爱夜间作画，只是脊背却比以往更加佝偻。

她整理好心情，深吸一口气，食指关节叩门，“咚咚咚——”的声音在寂静的夜色下更显突兀。

房中人咳嗽一声，唤：“川儿？进来吧。”

哥哥……此刻他也不知如何了。

洛无双低着头进了门，略微上前走了几步，同正在奋笔疾书的林老爷隔开些许距离，未语泪先流，出声便带着哭腔：“爹……”

脆生生的一句，愣是让林老爷身形颤了颤。他手下笔杆陡歪，散了一片墨迹。

一时无话。

他抬头望向洛无双，尽可能地克制：“小姐莫非认错了人，进错了房，老夫不是你爹。”

若不是，您为何手下发颤?

洛无双以为林老爷还在气头上。

她回想自己当初所做，根本不顾父母亲是否难过，一时悔不当初，膝盖一软，直接跪在青石地上。

“爹，爹……思渺知错了！您看在往日的情分……不，就看在娘的面子上，您认了我吧。”

林夫人似乎是林老爷的痛点。

他僵硬转过身，一巴掌打在她的脸上，指尖发颤：“不孝女！”

洛无双被打得跌倒在地，听着林父泣声：“你既然走了，既然走了！又何必再回来？！为了你，你哥哥连一辈子的幸福都不要了，你……咯咯咯。”

由于情绪太激动，林老爷佝偻着身子猛地喘息，接着道：“你走吧，啊？走吧，林家你回不来了。”

洛无双面色惨白，她哭得抽抽搭搭，挪过去抱住父亲大腿苦苦哀求：“爹，是我不好，你不要赶我走……我想你，我想哥哥，还有娘亲啊……”

一句话，林懿颓唐后退。

屋外有大风掀刮着窗子，洛无双惶恐睁大眼。她见父亲张了张嘴，好似在说：“你娘她，不在了。”

不在了。

——“她被沈家的人带走了，再也没有回来。”

短短的几个字却如晴天霹雳般击中洛无双的天灵盖，踉跄蹲坐在地上，难以置信地望着林老爷，喃喃道：“什么……”似又缓过神来，拼命摇头，拒绝接受这个事实，道，“不可能，不可能……爹，你在骗我对不对……”

林懿心如死灰，到现在洛无双依旧像个没长大的孩子不愿意接受这个事实。

他一把推开哭泣的女儿：“你走吧。”

洛无双久久沉浸在丧母之痛中，精神恍惚：“为何？连父亲都觉得我是多余之人了吗？”

林父面上流露的不忍，几乎让洛无双有一瞬间认为，父亲要一把抱住她。然而不是，林懿只道：“走吧，渺儿。

“走吧，你娘的心愿，便是你能安稳，现在的林家，你再回来，只是自寻死路啊！”

“没了……什么都没了……”洛无双喃喃自语，她如同一架行尸走肉的躯体，仅能机械地向外运动，但是自己已经感受不到外界对自己的刺激了。

至此，她富贵荣华的前半生便真正到头了。

离开林老爷的房间，洛无双不知道在黑暗中走了多远，冥冥中有一双手捂住洛无双的口鼻，将她掳到另一个房间去。同样温暖的橘黄色烛光，同样熟悉的林家常用熏香，洛无双良久才能适应刺眼的光。

耳边传来的是大哥林净川的声音，依旧醇厚让人心头一颤：“思渺。”

洛无双的清泪如同断线的珠子，不停地掉落，她红着眼眶：“大哥！大哥，我不是有意的……是我，是我的错……是我害了娘，娘她……”

林净川一双手紧紧握住她的肩膀，咬牙切齿：“不！不是你！

“思渺，你是娘最爱的女儿，她怎么会怪你？害死她的是沈氏！是一手遮天的沈家……”

洛无双身子颤了颤：“可是……”

林净川道出的话远比父亲更残忍。

他说："思渺，娘被他们抓走，是为了逼你出来。

"娘把半卷《苍柏巡山图》送给你了，就在你的宝贝匣子里。"

他说："思渺……娘到最后，都没有告诉他们匣子在哪儿。"

洛无双的脑中闪过包袱里那只漆红镜盒，心口却好似有万只蝼蚁在咬噬。

林净川瘫坐在凳子上，捂住胸口不愿回忆过去，但他仍然要将自己憋藏许久的话向洛无双说清楚。

"带走母亲的人是秦策。哥知道……你们可能有过几日情谊，思渺，你不必想什么复仇……只是以后你总是要防着他的。"

他哑声笑了笑，捂住双眼。

"他们总不会罢休，若是查下去——总会查出来的，所以，爹才出此下策……别再回来了，只当不认识我们，这是娘的心愿！"

洛无双笑得有些艰难，她问："哥……你和茶茶。"

林净川闭上眼睛，痛苦哽声："来世吧。"

来世，到一个太平山河去，若有缘，我还去娶她。

秦策。

洛无双摊开手，这双手曾在悬崖边拉起那个人，千钧一发，自己用这双手救起他。

是不是就在那时候，他们绑走了母亲？

是不是就在那时候，秦策逼迫母亲说出《苍柏巡山图》的下落？

是不是……若不是自己，天都愿他死在那天，死在悬崖之下。

洛无双痛苦地埋下脸。

何其讽刺，她还曾同秦策有过一段情谊，他隐忍的错爱，还曾让她愧疚不已。

林净川缓过一阵，将窗推开，外头夜风寒凉。

洛无双狠狠地抹了一把脸："哥，我知道了。"

林净川这才舒了一口气，万般不愿意再回忆，只是感慨："父亲，他并非恨你，他只是无法面对……"

无法面对妻子被害。

亦无法让女儿回来送死，这个女儿还与仇人有一番似有似无的情谊。

良久，他才叹了一口气，扶起洛无双，道："你回去，撕开包装锦盒的绸缎，在背面就是一副完整的《苍柏巡山图》……秦策为增加逼宫的筹码，已经杀红了眼。”

便是心上人，他也不一定愿意放过了。

这下一切都真相大白。

父亲的冷若冰霜，只是为了遮掩悲恸，为了护住母亲最后的记挂……

父母之爱子，必为之计深远。

所以，所以她出嫁那天，母亲抱着她哭了起来；所以林净川背起她，送到了一片逍遥的天地外。他们原以为唐门能护她周全，谁知她逃了。他们处心积虑地保护着她，拼尽全力要她远离这一切，她却冥顽不灵，甚至自往死路上送，去了稷下书院。

洛无双从林家书房出来，在门前就看到了秦渊。他眼中是止不住的疼惜，不置可否，他一把将洛无双揽入怀中。

“对不起。”秦渊的声音清浅，如羽毛般轻抚她的耳畔。她强忍在心头的酸楚，忽然就冒出来，眼泪一颗颗掉下来，像是断了线的珠子。

“你不知我那日忍得辛苦——攀附皇恩的野丫头，天晓得我巴不得你攀附我，日日缠着，再不放手。”

“可你还是推开了我。”洛无双嗡嗡地说着，像是想起那日这人的可恶，她一把推开人，气鼓鼓地吸着鼻。

“唉。”一声轻叹，似是无法，他上前揉了一把她的碎发，这才道，“不让你来新洛，就是我隐隐察觉出不对……我暗自让人查探，这才知道林老爷的一番苦心安排。你可知，新洛大婚，一切都是冲你而来。”

“我？”洛无双有些诧异。

“是江南花舟后，沈氏寻到了前朝旧臣，问出了一则秘密。武宁帝当日战败，一路南下，藏下金山银山。他将两卷《苍柏巡山图》分开，一送稷下书院，一送江湖。为的便是引起纷争，伺机复国……可不久后，武宁朝彻底覆灭，武宁旧族也彻底失了消息。只这江山中觊觎宝藏的人，层出不穷罢了。”

“为什么忽然说起这些？”洛无双一双眼赤红，满面不解地问道。

“因为——”秦渊耐着心思继续解释道，“你可知当日你父母为何忽然要将你嫁予唐门？是因为他们要换被唐门得到的半卷《苍柏巡山图》，献给沈家，才能让林家逃过一劫。”

“是我，是我对不起爹娘。”说到这里，洛无双更为愧疚，秦渊却摇着头。

“那你可知，为什么沈家一定要向林家要图？朝中一直盛传，林家有图，原本是无稽之谈，沈贵妃也不过借力打力。谁承想，前日寻到的前朝重臣终于揭开其中关窍，林夫人便是武宁帝嫡子明华太子最小的女儿。当日流传江湖的两卷图皆是假的，而真图一直在林夫人手中。”

“什么？”洛无双震惊。

“林夫人被沈贵妃抓走，却始终不肯说出那图的下落，竟……”秦渊有些说不下去，他再一次将洛无双揽入怀中，轻轻拍抚着她的后背，才继续道，“那时，沈氏一脉全力搜查图卷下落，已经查到了当日的唐林联姻之上，林老爷为保你的安危和夫人苦心保下的图卷，这才有了假的林二小姐。沈氏多疑，故意大肆张罗林萧二家的婚事，为的就是一探林二小姐回家的虚实……大婚前一日我才知道这些，却没想霍子谦那个傻子竟带你自投罗网。我当时身上都是冷汗，既怕你身份被拆穿，又怕沈贵妃看出你我二人的情谊，对你不利……这才……唉，若我能早些洞察这些，兴许结果不会这样……对不起，无双。”

原来，她从不曾被舍弃，她才是被大家保护得最好的人。

纵然事情错综复杂，她却忽然在迷雾中找到了方向。秦渊一下下拍抚着怀中的人儿，许久之后，才道：“无双，朝堂巨变顷刻之间，我求你……求你一次好不好？离开这里，将一切都交给我。待我平定山河，十里红妆，我定亲自接你回来！”

洛无双久久无语，看着不远处林净川房中的灯光，又看着秦渊眼中的担忧。

她是软肋，束缚他们手脚的软肋，因为关心她，所以不容她有失。

生平第一次，洛无双这样听话。她认真地点点头，然后踮着脚，在秦渊的眉心落下一吻。

这一眉间吻便是约定。那夜之后，洛无双真的似云边月色般，带着所有人的心意，不知所终。

上京，老皇帝在沈贵妃照料之下，病情不出所料加重。

秦策和秦渊等皇子全都被召入宫中，而在进宫前夕，沈氏再也坐不住，招来秦策商议对策。

秦策此刻也有些失魂落魄。

他不是不想做皇帝，也不是疲于征战，只是那日在喜宴之上与洛无双一别之后，他才发现自己始终是忘不掉她。

一心谋取国家大事，最初是为了沈家的荣光，为了自己的欲望，后来，却不过是因为想让洛无双能够在秦渊之外看到自己的存在。

可即便是走到现在的位置，洛无双也丝毫没有对自己有什么改观，反而更加厌恶了。

而自己手里攥着的也不再是剑柄刀把，而是一条条鲜血淋漓的人命。

当日他绑林夫人，是想让洛无双来找自己……

当沈贵妃的手下带走林母，秦策心底有一瞬惊慌。

他怕什么呢？怕洛无双的憎恨，还是他们从此再不可能了？

他明知道的不是吗。

室内的熏香浓得让人作呕。那些味道，依旧按照宫中旧制散开，那是沈家特制的压制蛊人的解药。其实有某一刻，他曾受够了这样的牵制——在那个清凉如水的月夜，他告诉她那个秘密的时候，他其实怀揣私心。

他甚至隐隐希望，有一日她能将这个秘密公布于天下，那时对他而言也未尝不是一种解脱。只是他的女孩从不曾背弃他们之间的誓约，从不曾透露分毫他的秘密。

他是何其有幸，又是何其不幸。

正红的朱漆大门顶悬黑色的金丝楠木匾额，上面龙飞凤舞地题着“天下太平”四个大字。大殿四周装饰着奇异的花朵，洁白，骨瓷样泛出半透明的光泽，花瓣顶端是一圈深浅不一的紫色，给紧张的局势平添几分萧瑟。

天下太平，何其可笑，而白花蕊亦如惨白骷髅。

沈贵妃端坐在榻上，看到秦策进了殿门，便急不可耐地拉他同坐，喜上眉梢道：“策儿，我的儿，你那便宜父皇就差一口气了，我们沈家，不日便可真正坐拥整个江山！”

秦策木然点头。

面前女人依旧在眉飞色舞，她道：“到时，我们来个里外夹击，直捣黄龙！”

香炉一捧灰无声落下。

秦策张了张口：“母妃……儿臣有一事相求。”

沈贵妃完全沉醉在自己即将坐上太后之位，成为这个燕冀国最尊贵的女人的幻想之中，根本无暇在意秦策的神色，下意识地问：“何事？”

秦策直挺挺一跪，额首叩低，眼神炙热而坦诚："儿臣想娶洛无双为妻。"

沈贵妃了然点头。

作为他的姨母，自然知道他存什么心思，只冷哼一声，甩手丢下珊瑚串珠："你给本宫住口！"

红珠落地，滚在秦策面前。

早知如此。

他不敢强逼，只解释："儿臣……儿臣只求一个人罢了，您放过她……策儿什么都愿意做！"

他越是说得信誓旦旦，沈贵妃就越是觉得荒唐、不可理喻。这是她一手拉扯起的人，是江山未来的君主，他现在说他所做的这一切只为一个女人？！

可笑！

秦策不肯起身，沈贵妃亦恼恨，劈手一掀，端起滚烫的茶杯尽数扔在地上。茶水溅了秦策一身，他依旧未吭一声。

"策儿，好男儿志在四方！

"你为了一个女人就这般作践自己，你可对得起沈家对你的栽培？对得起姨母的心？"

地上的秦策肩头一震。

"母妃……到底是为我，还是为沈家？策儿，难道不从来就只是你填充欲望沟壑的一个傀儡吗？"

满室靡香皆苦。

这一天，沈贵妃反复梦到了这一时刻，秦策亲口说出了所有隐藏的不满。沈贵妃气得抚着胸口，连说了几个"好"字，猝然发笑："来人！二殿下抱恙不适，即日送回封地，无召不得来见本宫！"

一个秦策倒下去了，自然有千百个秦策争着抢着要上来。沈贵妃顾不上，随便找了一个沈家的公子来坐镇新洛城，假借西丹人攻城之名，大举挥兵反击新洛，清扫秦渊的势力。

可此刻皇帝随时可能驾崩。秦渊人已经在京师了，分身不能，他无暇顾及损失的惨重，只派了霍少谦等人率领从京城调集的兵马，马上到达新洛。

眼看着天下大乱，在帝寝中，却依旧没有留下诏书的迹象。

而沈贵妃的爪牙却步步紧逼，整个京师犹如瓮中之鳖，任人宰割。

朝野大乱，诸王争势，秦策与秦渊两派的人马各自占据朝政要位，互不相让。等秦渊带着退位诏书回到新洛城时，已经失去先机。城中封锁，秦渊等人只能在城外扎寨。

一连半月，连天烽火，民不聊生。

无人知道究竟党争走到哪步田地，因为一切都估算不了。沈贵妃因秦策临阵却步，退而立自己的小儿子秦简为君。

她干脆定都城新洛，并以洛无双性命为威胁，要秦策称摄政王，掌管军机大事辅佐幼弟。

而此时的新洛根本就是龙潭虎穴。

次月中旬，阴雨一落十日，落得人心如浮萍难定。

秦渊的大军兵临城下，以“清君侧，剿乱党”为名，挥旗与秦策开战。而同一时间，霍少谦曲线救国，在扫清江南势力，坐镇长江以南大部分区域后，他的亮银枪终日所指，便是新洛宫中一干人的项上人头。

军行半路，霍少谦发觉，赫连真真一直在暗中追着自己。

因拿不准这个老对手究竟打了什么算盘，他走走停停，试探出手，目的就是逼迫赫连真真同自己火拼，但发现对方似乎真的没有要与他交手的打算。

最后一片驿道关口，天色昏暗。

霍少谦将军旗一拉立在地上，冲不远处的赫连真真喊道：“你……你究竟要追到几时？！”

不远处的树后果然挪出一道娉婷玉影，期期艾艾地道：“我要跟你们一起走……”

霍少谦疑心有诈，十分谨慎地问道：“你如何与我们一起？”

赫连真真一双凤眼媚意天成，却又凌然生威。较以往不同，她一头青丝梳成华髻，更像个中原女人，只是姿容天生华贵。

她走近些，轻笑：“你我二人一个霍家神将，一个西丹战神，倘若联手，无米之炊也可为。况且，这江山如今乱成如此，你不反天下，天下就会反你。

“不如我们一起起事，割据一方。进一步，可以图天下，退一步，也能做你好兄弟秦渊的强援。”

她说的没有半点不妥，只是太过轻易了。

霍少谦提高十二万分的警惕。

事出反常必有妖，倘若是谈个小小的联手，自然没必要穿得如此花里花哨。

可惜，赫连真真实在不知道他的心思。今日她穿了一身莲藕色粉纱裙，正是在西丹最日常的装扮——她也知，这是从军，无须打扮，此次联合正是各取所需。但不知怎的，站在镜子前的她就想扮成漂亮姑娘，最好让他看着眼底一亮。

她略一沉吟，接着道："就算是最差的情况，也可以在一方战火不利时保你妹妹霍雨萌的平安。我西丹大军是有野心，也绝不是乘人之危的鼠辈。"

雨萌。

这两个字，真说到霍少谦心中。

霍少谦的戒备卸下大半，只是心里仍有些难以理解：明明好处是自己占大多数，怎么她却兴冲冲地主动相邀？

莫非……莫非她有意与燕冀二分天下？

说起来，这西丹公主赫连真真并不怎么难理解。她看上了眼前的霍少谦，根据西丹人的习惯，敢爱敢恨才不负韶华一场。

世事洞察皆学问。

霍少谦惊异于赫连真真的全局观，不由得问："为什么你可以看得如此清透，不为局势所影响？"

被夸的赫连真真有些害羞，笑称："因为我是西丹公主啊。"

就这样，两队人马由对峙走向合并联手。

夜晚驻扎，霍少谦难得有兴致地同赫连真真聊天。

久雨之后的天空有十分朗月，赫连真真却丢了一坛酒在霍少谦怀里，自己捧一坛，拔掉红布塞，对他说："喝吧。"

霍少谦捧着酒，露出久违的颇带少年气的困惑神色。

赫连真真笑道："这是西丹国一绝的屠康酒，喝了能解百忧，就算是感谢你我多次交锋，你却不对我痛下杀手的回礼吧…"

说罢，赫连真真掀开酒坛，咕嘟咕嘟猛灌几口，借此证明酒中无毒。

霍少谦有些不好意思，因为他对赫连真真从来就没有过同情。

可以说，她一个女子，能逃脱全凭自己本事。

霍少谦知道，赫连真真也知道，这只不过是战前最后消遣，借此找个喝酒的由头罢了。

他们肩搭肩躺着，望着那月亮。赫连真真战甲之下的肩膀，竟然还是十分柔软，她似沉醉在回忆中坦言：“你知道吗……”

霍少谦微侧过脸，这是个极好的故事开头。

“我出生那天，满天紫星。国师对父王说我是妖星，要将我杀了……可母亲紧紧护住我，她愿意以命换命，我就这样活了下来。

“二十载，整整二十载啊，我忍辱负重，学习幻术……我保护西丹国疆土、护王臣百姓、护父王率土……二十载来，一次也没停歇过。”

霍少谦看着她亮晶晶的眼睛，一瞬间，竟有些于心不忍。

他从没想过一个女孩子竟然活得比男人还心酸。

同是天涯沦落人，霍少谦仰头也灌了许多酒，入口绵长，后劲火辣，只一口便知是边牧人的口味。

见他饮酒，赫连真真莫名感到开心。她抬手一指，对着遥远天际最亮的一颗星比画：“告诉你，在认识你之前，我最恨的就是中原男人！

“我啊，总觉得他们阴险狡诈，不念恩情，不忠妻子……个个都是陈世美！”

霍少谦一乐，揶揄她：“哟，没想到西丹公主还能知道陈世美，不容易。”

赫连真真脸红得有些不自然，俏皮地翻了个白眼轻松掩饰过去：“那有什么！知己知彼才能百战不殆啊！”

风将醺然的酒意，在荒野夜幕下吹得泼开。

霍少谦看着她的眼神有些飘忽。

他突然很想伸手摸一摸她被风吹乱的乌黑的头发，但他没有动作。他望见了远处兵营的火，那是此刻烧在整个乱世间的火。

乱世需要的是两个将军，而不是一对爱侣。

“霍少谦。”

他听到女子叫他，带着一种异邦口音。

赫连真真重新回到自己的思绪中，看着他的眼睛，认认真真、一字一句道：“但你和他们不一样。”

她喝到至满，又说到情动，纵是再豪放的姑娘也有些害羞的情愫。

赫连真真的眼睛瞟到其他地方，小声地说：“我……我偷了你的虎符，你却还愿意答应我之前的要求，不伤害我，甚至有了危险，在第一时间护着我。

“光是这样，你便是个好人。”

霍少谦从来没有被一个女孩这般夸过，尽管是无心之举，但被人记住总是一件十分愉快的事。

他有些羞赧地低下头，轻轻“嗯”了一声。

这一声像鹅毛似的，飘飘荡荡落到女子心口。

赫连真真大胆地拉过他的手放在自己左心房的位置，道：“这里，现在都是你。”

霍少谦哪里见过这么大胆的姑娘？

他一时清醒过来，想抽手却被她死死地抓住，不知说些什么好。

见状，赫连真真也只是轻笑出声，放了局促不安的他，似感叹：“胆小的男人。”

时局！时局不可！

霍少谦实在觉得此刻是自己这辈子最不爷们的时刻。

习武之人怎能妄议儿女情长，他板起脸来严肃道：“我们……只是一盏酒的朋友，来日战场相见，我定不会因此手软的！”

……傻小子。

赫连真真也被他假正经的样子逗笑，只是心底有些酸涩，是酒意吗？她强忍泪花，嘴角上扬，尽量摆出不在乎的姿态，道：“好，来日兵戎相见，你霍少谦依旧是我最尊重的敌人。”

霍少谦也不矫情，两人月下，拿着酒坛一人一口，一时无话。霍少谦酒量浅，再加上屠康酒是西丹国贡酒，百里飘香，素来有一醉天下人的美名。

霍少谦已经隐隐约约有了醉意，迷迷糊糊地昏睡过去。

赫连真真只听到一声闷响，再转眼就是倒在自己腿上不省人事的霍少谦，晶莹的泪水再也忍不住落在他脸上。她俯下身子，在他的脸颊上轻轻落下一吻，道：“愚笨的男人。”

愚蠢的……自己。

翌日天明，两方的大军整装出发。

霍家军和西丹大军联手，同秦渊的军队一道合力攻打新洛，新洛守军节节败退，沈贵妃怒而不发，严令关闭城门。

三道城门接连失防，贵妃震怒，请来摄政王一同商议对策。

“策儿，我们该如何是好？”沈贵妃从军队中归来，没了在外人面前色厉内荏逞强的样子，朱钗凌乱，一时间竟憔悴了许多。

秦策无话可说。

虽是被迫而来，但面对这个自小带着自己的女人，他终是不忍。他用手轻轻撩起她额间的散落的白发，缓声道：“母妃，不如就……投降了吧。”

“啪”的一声脆响，沈氏打掉秦策正欲帮自己正发冠的手，眼窝里露出两只空洞的眼睛，胸口猛烈喘息，厉声尖叫：“笑话！你让我投降？

“我做这一切还不是为了你和简儿？现在稍有阻塞，你就让我投降？你让我如何对得起死去的姐姐……”

是了，他那不得宠的母亲。若说天底下还有什么沈贵妃真心爱重的，便是自己的长姐了。

他的双手按在姨母肩上，沉稳有力，好生哄道：“母妃，歇息吧，等你一觉醒来，什么都恢复原状了。你依旧住在高高的大殿里同我母亲说话，我和简儿过会便去找你们用晚膳可好……”

他在茶中下了点东西，沈贵妃的神志时而清醒，时而迷糊。听完这番话，她的眼神瞬间燃起了希望的光，如稚子一般，将信将疑道：“可是真的？”

秦策闭着眼狠狠点头，眼泪顺着侧脸掉落在尘埃里，悄无声息。

“那你可要记得你说过的话哦，我找姐姐说一会儿话，一会儿就睡着了。”

秦策用尚且温热的手摸着她消瘦的脸颊，勉强撑着笑道：“是啊，快歇下去吧，姨母……”

他一面劝慰，一面朝殿外大喊：“江嬷嬷！快扶太后下去歇息。”

门外一个妇人模样的宫人小步快走，左手拉着一个五六岁的男孩，亦同样泪流满面：“公子！您何必如此……”

他无力地挥挥手，转身不再看她，声音带着疲惫：“快走吧，往后余生就拜托你把简儿抚养成人了。切记……不要告诉他自己的身世。”

这里的一切，就当作梦一场吧。

那妇人哽咽应允，带着沈贵妃同小皇子秦简快速从密道离开。

外面大军厮杀震天。

大殿之上，秦策身着摄政王的红袍坐在龙椅上。

这一刻，他才清醒地意识到——

原来耗尽所有大好年华所争夺得到的，不过是这样一把冰凉、梆硬的椅子。

留守的宫人全都逃命去了，偌大的宫殿只有他一个人，与殿外亮如白昼的火光，

他在等待，等待索命者的来访。

秦策小时候一直不懂，为什么自己要被练蛊，为什么要被一次次蛊毒发作折磨，为什么要写自己不喜欢的字，为什么要日夜不停练功？

他不懂沈家的门楣与他何关，不懂亡母的心愿与他何关，他只是单纯地不喜欢。可是时至今日，他忽然就懂了，像是沈家人骨血里的孤注一掷，他忽然想计较一次，他也想试一试破釜沉舟的滋味。

缓缓地，由远及近，秦渊大军的铁蹄已经清晰可测。他的血液却丝毫没有澎湃回暖的迹象，反而越发冰冷，如同这龙椅一样。

秦渊穿着银戈金缕衣，摩擦着关节处的献合金甲胄，挠得人心里痒痒的。他摘下头盔，露出立体的五官，长枪斜指殿上之人。

“二哥。”他扬眉道，“你败了。”

“败？”

秦策似是惶惑一抬眼，眼神突然凶狠起来，大叫：“我如今坐在这儿！你说我败了！”

霍少谦上前一步，掏出皇帝临终旨意扔在他面前，道：“捡起来好好看看，谁才是天下真正的九五之尊。”

秦策不屑冷哼。

他不愿低头，肩膀却不停地颤抖，暴露了他此时内心的恐惧。他呼吸急促，额头上似乎有汗，道：“不……不会的！我……我们就一起到父王那里去问问，可好？”

不对！

秦策转动龙椅上的旋钮，整个宫殿都被木门封死，根本无处可逃。

“秦策，你疯了！把门打开！”

秦渊剑锋上挑，轻而易举地将秦策从龙椅上甩了下来，到处摸索开门的机关。

不知动了哪个开关，一支火箭直直地冲向秦渊的后背，眼看就要击中了。

此时，殿外霍少谦正破门而入，他不加犹豫，飞身就要替他用身体挡下这一箭，可另一个身影却比他快一步！

霍少谦大叫："真真！"

可惜为时已晚。

飞出的箭头直直插入她的胸腔，她如一只孤雁，重重地坠落在地上，发出一声闷哼。

霍少谦手忙脚乱上前，拍灭带血火星，把赫连真真紧紧地拥入怀中："你怎么这么傻？你这是做什么？！"

此刻的赫连真真已经失掉三魂六魄，只剩最后一口气。她半阖着眼，努力想看清眼前的霍少谦，泛白的嘴唇用力地蠕动，微笑着说："我……不想让你死……"

"我不需要！我不需要你这样！"

我不需要你的温柔、关注，你舍身为我……你明知道，明知道……

赫连真真望着他，那唇口真软，可惜她就算趁他酒醉，也只敢偷着吻。

她吃力拽住霍少谦，断断续续："你……你可曾喜……"

"喜欢我"三个字尚未说出口，那只伤痕累累的手就跌落下去。

霍少谦紧紧拥住她，最终吻了上去。

喜欢的。

我如何能不喜欢？你在烽火狼烟里与我送行，为我披甲，你做的那些，不就是要我这样说？

"你真是……"

缠绵冰凉的血腥气味在唇齿荡开。

这是赫连真真在这个世上留给他最后的念想，而那晚他亦没有真正睡着，他记得那个带着酒香的吻，只是今后，都无法再喝那种酒了。

皇座之上，秦策的胸口被秦渊贯穿，已然时日无多。

他到底不肯打开殿门，只一味低念着"父皇""母妃"，而许多带火箭矢从四面八方射来。顷刻之间，房梁倒塌，红柱毁半。

滔天大火烧了大半个宫殿。

秦渊捂住嘴鼻冲下殿，霍少谦抱着赫连真真纹丝不动。秦渊低骂一声，被烟雾呛得无法直身。在这一刻，秦渊突然好想见到洛无双。

再见一面，再死也好。

火烟熏人眼，不少烟雾冲入他的鼻腔，猛烈咳嗽间，他似乎看到自己的军队已然突破大殿上的木门，冲了进来，为首的那个，正是他日思夜想的脸庞。

许多人的声音如浮世绘般在他脑海中闪现。

“来人啊……救火啊……”

“秦渊，你若不醒，我就与你死在一处……”

意识模糊时，秦渊只觉得有什么温热的东西凑上来，覆在他的唇上。

纵是火势漫天，都不如这一瞬，灼热地落于心上。

我自然是要醒来的，醒来看着湖光山色，看着世间最好的你。

尾　声

新洛城外，这一夜无人入眠，战火纷飞。

一月后，秦澄押解着大批金银珠宝，回到安都城。

天下最终易主，新皇即位。秦渡坐在皇座上，承八方来朝。

新朝起始，为感旧部，皇家点将封侯：燕岁桐、唐凛、霍少谦等人赫然在册……其中唐凛虽有奖赏，却因之前的种种不法行为，又被扣押待审，秦渡治下的新朝，即使是江湖人士，也不允许肆意妄为。

纵然是死去的秦策，也有追封。

而那被天下争逐的《苍柏巡山图》，据说葬于火中，世无可寻。

新洛城外。

刚挖空珠宝的山谷里，一处幽静地，小茅屋下，坐着一对青年男女。

秦渊正在为洛无双画眉。

依旧是山花烂漫的日子，洛无双巧目盼兮。如今她已梳了妇人发髻，半扬着脸，一派笑意明媚："好好画，否则我可不饶你。"

"是是。"

秦渊满脸宠溺，一把将洛无双搂在怀里，在她额头上轻轻落下一吻。

"秦夫人。"

那日醒时所见，幸不是孟婆鬼面，而是娇妻梨花带雨的小脸。在大火之中、劫后余生后，他才真正认清自己的心思。

他原以为他身在皇家，此生必定尽责为民。可那一场火，终于将他烧得明白，江山再好，哪里比得上她的一颦一笑。

她是自由的鸟儿，那他为她卸去一身荣耀又何妨？这江山没了他秦渊，不是还有秦渡？还有秦澄，还有……秦氏一族的万千儿郎。

只要在位者贤明仁德，是谁又有什么关系呢？

离宫之前，洛无双问他："你真不悔？秦渊，那些你都不要了？"

是了。

他都不要。

大好江山不要，万千美人也不要。

秦渊此生——

只要一个美人思渺，只要一个公子无双。

— 全书完 —